Pour sauver son bébé

Protection clandestine

CASSIE MILES

Pour sauver son bébé

Traduction française de
CHRISTIANE COZZOLINO

BLACK ROSE

HARLEQUIN

Collection : BLACK ROSE

Titre original :
MOMMY MIDWIFE

Ce roman a déjà été publié en 2016

HARPERCOLLINS FRANCE
83-85, boulevard Vincent-Auriol, 75646 PARIS CEDEX 13
Service Lectrices — Tél. : 01 45 82 47 47 - www.harlequin.fr
ISBN 978-2-2804-8141-0 — ISSN 1950-2753

Composé et édité par HarperCollins France.
Imprimé en septembre 2022 par CPI Black Print (Barcelone)
en utilisant 100% d'électricité renouvelable.
Dépôt légal : octobre 2022.

FSC
www.fsc.org
MIXTE
Papier issu de sources responsables
FSC® C159065

Pour limiter l'empreinte environnementale de ses livres, HarperCollins France s'engage à n'utiliser que du papier fabriqué à partir de bois provenant de forêts gérées durablement et de manière responsable.

Prologue

Gelée jusqu'à la moelle des os, Olivia Laughton déambulait sans but dans les rues sombres de Denver. Le vent cinglant de novembre secouait les branches dénudées des arbres. La jeune femme s'efforçait de tenir fermés les deux pans de sa veste de molleton bleu marine, dont la fermeture Eclair était cassée. Cette veste, elle l'avait empruntée au bureau des objets trouvés de l'hôpital, après avoir abandonné sa parka couverte de sang.

Elle ne pouvait se débarrasser de ses souvenirs aussi facilement. Avec un luxe de détails horribles, elle revoyait la scène de l'accident en haut du col, l'hélicoptère qui les avait transférées à l'hôpital, les victimes et elle, et le médecin des urgences qui lui disait qu'il n'y avait plus rien à faire. *On pouvait toujours tenter l'impossible.* Elle était infirmière. Elle aurait dû essayer. Peut-être aurait-elle réussi…

Un sanglot monta dans sa gorge mais elle n'avait même pas la force de pleurer. C'était à peine si elle arrivait encore à mettre un pied devant l'autre, avançant tel un automate. Mais il fallait qu'elle continue, coûte que coûte. Elle savait que, si elle s'arrêtait, le chagrin s'abattrait sur elle comme une avalanche. Lorsqu'elle serait prise dans un bloc de glace, la peine et la culpabilité continueraient-elles de la torturer ?

Sans l'avoir voulu, elle se retrouva devant le pavillon de briques claires d'Alex Weathers. Alex était médecin ; il s'efforcerait de la réconforter. Il prendrait sa main dans la sienne et lui dirait qu'elle n'y était pour rien. Que ce n'était pas sa faute. Elle ne le croirait pas, bien sûr.

Alex ne lui serait d'aucun secours, mais Troy, son frère, était exactement ce qu'il lui fallait. Elle était toute retournée rien que de penser à lui. Dans les bras de Troy Weathers, elle oublierait ce qui s'était passé. Le beau Troy saurait la tirer de cet affreux cauchemar.

Mais oserait-elle aller le trouver ? Ils étaient sortis ensemble deux fois seulement. La première pour prendre un café. La deuxième pour déjeuner. A l'issue de ce second rendez-vous, ils avaient échangé un fougueux baiser qui avait laissé Olivia sur sa faim, mais Troy avait promis de la rappeler la prochaine fois qu'il serait à Denver. Malgré ce début prometteur, elle s'était bien gardée de tirer des plans sur la comète. Elle savait que cette relation resterait sans lendemain. Troy et elle n'avaient rien en commun. Elle avait fait des études d'infirmière et était devenue sage-femme. Il était dans l'armée, marine dans les forces spéciales.

Un peu malgré elle, elle s'approcha du pavillon et appuya sur la sonnette.

Troy ouvrit presque tout de suite la porte.

— Olivia ?

A travers la porte moustiquaire, elle plongea son regard dans ses yeux marron foncé.

Il la fit entrer. Aveuglée par la lumière crue de la lampe, elle mit quelques secondes à distinguer la pièce dans laquelle elle se trouvait : meublée de bric et de broc, c'était bien une tanière de célibataire. La lumière se reflétait sur la tranche d'un livre ouvert sur la table. Bizarre. Elle n'aurait jamais imaginé qu'un homme d'action puisse lire à ses moments perdus.

— Alex n'est pas là, dit-il. Il travaille de nuit cette semaine.

— Je ne suis pas venue pour Alex.

La douce chaleur ambiante commençait à l'envahir, chassant le froid intense qui l'enveloppait comme un linceul. Un frisson la parcourut tandis que son cœur se mettait à battre la chamade et son sang à courir plus vite dans ses veines.

— Tu as une mine effroyable, dit-il.

Lui, en revanche, avait l'air en pleine forme. Avec sa carrure d'athlète et ses hanches étroites, il arrivait à rendre sexy son T-shirt noir à l'effigie de Mickey. Il était pieds nus mais cela ne l'empêchait pas de la dominer d'une tête. Musclés et bronzés, ses avant-bras semblaient sculptés dans la glaise. Olivia avait envie de sentir ses bras autour d'elle, de le sentir en elle.

Avait-elle perdu la tête pour aller ainsi sonner à la porte d'un simple copain et se pendre à son cou ? Jamais elle ne s'était sentie aussi pathétique. C'était elle, d'habitude, qui prenait soin des autres ; pas l'inverse. Elle qui prétendait savoir faire face à n'importe quelle urgence. Là, en l'occurrence, elle avait bel et bien raté son coup ! Jamais elle n'avait éprouvé un tel sentiment d'échec.

Elle lâcha les pans de sa veste qui s'ouvrirent, découvrant son T-shirt. Troy écarquilla les yeux.

— C'est du sang, dit-il.

— Oui.

— Tu es blessée ?

— Non, ce n'est pas le mien.

— Dois-je appeler le 911 ?

— Le 911 ? répéta-t-elle, déconcertée. Pour quoi faire ?

— Si ce sang n'est pas le tien, c'est celui de quelqu'un qui est blessé et qui a besoin d'être secouru.

— Tu ne penses quand même pas que j'ai tué quelqu'un ? demanda Olivia, abasourdie.

En d'autres circonstances, la réaction de Troy l'aurait sans doute fait rire.

— Que s'est-il passé ? demanda-t-il.

Une explication s'imposait. Troy avait le droit de savoir. Mais elle n'arrivait pas à se décider à tout lui raconter. Elle avait le souffle court, les poumons en feu et la gorge sèche.

Les sanglots qu'elle réprimait depuis un moment menaçaient d'éclater. Elle secoua la tête. Sa vision se brouilla et sa respiration s'accéléra.

— Allez, du cran ! lui intima Troy d'un ton autoritaire qui lui fit l'effet d'une gifle en pleine figure.

— Pardon ?

— Je n'ai pas envie que tu fondes en larmes. Désolé, mais c'est un truc que je ne supporte pas.

— Sois sans crainte, dit-elle en carrant les épaules. Je vais t'épargner la crise de larmes.

— Tant mieux.

Il prit sa main dans la sienne. La douceur de son geste contrastait avec la dureté de ses propos.

— Tu es gelée, fit-il remarquer. Viens avec moi.

Elle le suivit docilement au bout du couloir, heureuse de pouvoir s'en remettre à lui. Dans la salle de bains, il alluma le plafonnier. Un planisphère géant décorait le rideau de douche transparent, et la tablette du lavabo était tout encombrée d'un nécessaire de rasage que, manifestement, Troy n'avait pas utilisé depuis trois jours. Ses joues mal rasées ne cadraient pas avec sa coupe de cheveux soignée.

— Tu es couverte de sang, dit-il. Tu en as même dans les cheveux.

Elle se regarda dans le miroir. Une traînée brunâtre maculait les deux ou trois mèches de cheveux blonds qui s'étaient échappés de sa queue-de-cheval. Elle détourna vite les yeux.

— Je suis répugnante, dit-elle.

— Rassure-toi, j'ai vu pire. Ecoute, voilà ce que je propose. Tu pourrais commencer par prendre une bonne douche. D'accord ? Je vais aller te chercher de quoi te changer.

Olivia se traîna jusqu'à la cuvette des toilettes, descendit l'abattant et s'assit, découragée à l'idée de se laver. Contemplant le rideau de douche, elle eut soudain envie d'être ailleurs et commença à regretter d'être venue. Mais qu'est-ce qui lui avait pris, bon sang ?

— Allez, Olivia, il faut que tu enlèves tout ça.

— Je sais.

— Détends-toi et raconte-moi ce qui s'est passé.

S'agenouillant sur le carrelage, devant elle, Troy entreprit de lui délacer ses baskets.

— Comment se fait-il que tu sois à Denver ? Tu vis quelque part dans la montagne, non ?

— A Dillon.

Elle était sage-femme à son compte mais travaillait également à l'hôpital, et elle venait à Denver deux fois par mois pour assurer une permanence dans un dispensaire ouvert aux plus démunis. C'est là qu'elle avait rencontré Alex.

— Que faisais-tu en ville ? répéta Troy en lui retirant sa chaussure et sa chaussette droites. D'où vient tout ce sang ? Y a-t-il eu un accident ?

— Un accident de voiture. L'hélicoptère est arrivé. Le bruit était infernal.

Elle entendait encore le vrombissement des rotors de l'appareil, les cris des urgentistes, le hurlement déchirant de sa patiente.

— Les hélicos font du bruit, concéda-t-il en lui retirant l'autre chaussure et l'autre chaussette. Tu es allée à l'hôpital ?

Elle acquiesça d'un hochement de tête.

— Et ensuite ?

Elle se ferma comme une huître.

— C'est... trop dur. Je... ne veux pas en parler, bredouilla-t-elle.

Troy posa sa main sur son genou et planta son regard dans le sien.

— Tu ne vas peut-être pas me croire, mais je sais ce que tu viens d'endurer.

Ces mots la mirent hors d'elle.

— Qu'est-ce que tu racontes ? C'est impossible, voyons !

— Je sais que tu viens de traverser une épreuve douloureuse. Extrêmement douloureuse, dit-il en se relevant. As-tu besoin d'aide pour retirer ta veste ?

— Je peux me déshabiller seule, grommela-t-elle.

— Il n'y a aucune honte à demander de l'aide, tu sais.

— Tu es gentil mais papoter avec toi ne m'avancera pas à grand-chose.

— Il faut bien commencer par quelque chose. Quand tu te seras changée, je te préparerai une boisson chaude.

— Si j'avais eu besoin d'une tasse de thé et d'une oreille compatissante, je serais venue voir ton frère.

— Normal, reconnut Troy. Dans ce cas, qu'attends-tu de moi, au juste ?

Olivia bondit sur ses pieds, s'avança vers lui, prit son visage entre ses mains et l'embrassa sur la bouche. Ses lèvres étaient dures comme de la pierre mais elle ne s'en formalisa pas. Du bout de la langue, elle les titilla puis l'embrassa à nouveau.

Nouant ses bras autour de son cou, elle se plaqua contre lui.

— Fais-moi l'amour, Troy.

Il essaya de la repousser, mais elle s'agrippa à lui.

Il essaya de la raisonner, mais elle ne voulut rien entendre.

Désespérée comme elle l'était, elle avait besoin de sentir la vie pulser en elle. Seul l'embrasement de son corps parviendrait à faire fondre l'étau de glace qui étreignait son cœur.

Forte de cette certitude, elle l'embrassa avec fougue. Il commença à se dégeler.

— Je t'en prie, Troy. J'en ai tellement besoin.

Il referma ses bras sur elle et répondit enfin à ses baisers.

Une nuit torride s'annonçait.

Olivia n'en demandait pas plus. Elle ne comptait même pas le revoir après.

1

Huit mois et demi plus tard...

Aujourd'hui était une grande première pour Olivia. Elle avait mis au monde des triplés. Cela n'avait pas été une mince affaire, ni pour elle ni pour la maman ! Caressant distraitement son ventre proéminent, elle se félicita du fait qu'elle-même n'attendait qu'un seul enfant — un garçon. Avec des triplés, elle n'y serait jamais arrivée. Surtout seule.

Après avoir jeté un dernier coup d'œil aux trois nouveaux nés — d'adorables petites filles, elle se dirigea vers la sortie de l'hôpital St Agnès. Epuisée mais heureuse, elle franchit les portes vitrées et respira à fond, emplissant ses poumons d'air frais et vivifiant.

Les dernières lueurs du soleil embrasaient la crête des montagnes en dos d'âne, juste en face de l'hôpital. Il faisait encore doux. Par précaution, car au mois d'août le temps changeait vite, elle avait enfilé un cardigan par-dessus sa blouse violette mais, ce soir, elle n'en aurait pas vraiment eu besoin. Posant son fourre-tout par terre, à côté d'un banc de pierre, elle s'étira longuement et bâilla.

L'accouchement avait duré douze heures et généré pas mal de stress. A un moment, Olivia avait envisagé de faire pratiquer une césarienne, mais la parturiente, courageuse et opiniâtre, s'y était opposée. Elle avait eu raison. L'accouchement s'était bien passé. Il avait juste fallu à Olivia beaucoup de dextérité pour gérer trois nouveaux nés à la fois.

Avant de traverser le parking pour rejoindre son SUV, elle s'assit sur le banc pour consulter sa messagerie téléphonique. Le premier appel avait été laissé à 16 h 16 et émanait de Troy :

« Salut, ma belle. Je suis à Denver et j'aimerais bien te voir. Rappelle-moi dès que possible. »

Huit mois et demi plus tôt, un gros besoin de câlins l'avait poussée dans ses bras. Elle était aujourd'hui… beaucoup moins demandeuse. Tapotant son ventre, elle supprima le message.

Le supprimer lui était nettement moins facile. Le message suivant, à 17 heures précises, était également de Troy.

« N'espère pas te débarrasser de moi en faisant la morte. Au besoin, j'utiliserai les ressources du renseignement militaire pour te localiser. Grâce à ton numéro de téléphone, je te pisterai et te retrouverai, où que tu sois. »

— Un vrai pot de colle ! murmura-t-elle en supprimant le message.

Il avait appelé une troisième fois moins de quinze minutes plus tard. Son message ne comportait que trois mots :

« Epouse-moi, Olivia. »

— Pas question ! lança-t-elle rageusement.

Comment le lui faire comprendre, bon sang ? Cela faisait au moins vingt fois qu'il la demandait en mariage.

Elle était enceinte de quatre mois lorsqu'il était revenu à Denver et qu'elle lui avait annoncé la nouvelle. Il avait le droit de savoir qu'il avait engendré un enfant et qu'elle avait décidé de le garder et de l'élever seule. A trente ans, il était temps pour elle d'être maman. Aussi stridente qu'une alarme incendie, son horloge biologique le lui rappelait régulièrement. Elle désirait cet enfant et avait bien expliqué à Troy qu'elle ne lui réclamerait jamais de pension alimentaire et qu'il pourrait exercer ses droits de visite aussi souvent qu'il le souhaiterait.

Il n'avait fait ni une ni deux. Posant un genou à terre, il l'avait aussi sec demandée en mariage. Elle aurait dû se douter qu'il réagirait ainsi. Les marines n'étaient pas du genre à fuir leurs responsabilités. Troy était un homme d'honneur et de devoir.

Pour elle, c'était pure folie. Sa grand-mère disait toujours : « Si tu te maries à la va-vite, tu auras toute ta vie pour le regretter. » Forte de cet enseignement, Olivia avait remercié Troy pour sa prévenance mais refusé tout net. Il était hors de question qu'ils se marient. C'était non, un point c'est tout.

Ce refus n'avait pas découragé Troy, qui ne cessait de revenir à la charge. Chaque fois qu'elle le voyait ou avait des nouvelles de lui, il lui posait la question. Le jour de son anniversaire, il lui avait fait livrer une douzaine de roses. Sur la carte qui accompagnait le bouquet, il avait écrit :

« Olivia, épouse-moi. »

Puis il s'était mis à envoyer des cadeaux pour le bébé : une minuscule casquette de base-ball à l'effigie des Yankees, une couverture au crochet toute douce, un ours en peluche et une poussette tout-terrain à trois roues, parfaite pour la montagne. S'ils avaient été amoureux l'un de l'autre, elle aurait été aux anges. Mais ils ne l'étaient pas.

Elle supprima le message.

Troy avait appelé une quatrième fois :

« Je suppose que tu es occupée, sans doute, à aider une maman à mettre son enfant au monde. A très bientôt. »

Il renonçait, apparemment. Olivia aurait dû être soulagée d'échapper à un nouveau rendez-vous embarrassant mais, contre toute attente, elle se sentait vaguement déçue. Même si elle n'avait pas l'intention d'épouser Troy, il lui fallait bien reconnaître que sa cour insistante la flattait.

Le dernier message sur son répondeur provenait de sa mère :

« Ton père et moi venons juste d'arriver chez ta sœur, à Denver. Nous sommes exténués. Le vol depuis Le Caire nous a paru interminable et en plus de cela, nous avons dû enchaîner avec quatre heures d'une réunion mortellement ennuyeuse à Washington D.C. Nous sommes impatients de te voir demain. Appelle dans la matinée, ma chérie. »

Olivia soupira. Ses parents, qui étaient tous deux diplomates, passaient leur temps à parcourir le monde. Ils avaient probablement dû bouleverser les emplois du temps de plusieurs rois, cheiks et ambassadeurs pour être présents à la naissance de leur premier petit enfant. Ils accordaient à l'événement une importance capitale et estimaient avoir leur mot à dire tant sur le choix du prénom du bébé que sur les modalités de l'accouchement. Ils exigeaient que, le moment venu, Olivia se rende dans un hôpital, ce qui était extrêmement vexant pour elle. Elle était sage-femme, que diable ! Mettre au monde des enfants était quelque chose qu'elle maîtrisait parfaitement. Ne venait-elle pas de s'occuper de la naissance de triplées ? Mais sa mère voulait toujours avoir le dernier mot.

Fourrant son téléphone dans son sac, elle se leva. Comme elle s'écartait du banc, du coin de l'œil, elle vit quelque chose bouger et entendit un bruit — un cliquetis métallique. Un pistolet qu'on armerait ?

Le cœur battant, elle tourna la tête et scruta le bois de pins derrière le parking. Personne. Le parking était désert. Elle tendit l'oreille. Rien. Elle avait dû rêver. Ou se faire un film en entendant une branche craquer. Il n'y avait pas de quoi paniquer.

Un groupe d'infirmières sortit de l'hôpital. L'une d'elle lui fit un signe de la main et la félicita pour les triplés. Elle lui fit signe à son tour et s'empressa de rejoindre son SUV.

Assise au volant, les portières verrouillées, elle se sentit enfin en sécurité. Depuis quelque temps, elle avait l'impression d'être suivie. Du coup, elle était nerveuse, constamment sur ses gardes. Cette paranoïa était-elle un effet secondaire de l'importante imprégnation hormonale à laquelle la soumettait sa grossesse ?

Après avoir bataillé un bon moment avec sa ceinture de sécurité, elle démarra et sortit du parking. Si elle était à cran, c'était peut-être aussi parce qu'elle se sentait vulnérable avec son gros ventre. En cas d'agression, comment ferait-elle pour se défendre ? Impossible de s'enfuir en courant. Pas question non plus de mettre en pratique ses cours de karaté, les *mawashis* et autres techniques de fauchage étant bien sûr exclues. La seule façon pour elle de neutraliser son agresseur était de l'écraser en s'asseyant sur lui.

Les phares du SUV éclairaient violemment la route bordée de part et d'autre par une épaisse forêt. *Personne ne me suit, voyons !* Pourquoi la suivrait-on ? Elle menait une vie rangée, routinière, tout ce qu'il y avait de plus plan-plan. Elle n'avait rien à craindre. Sans doute le stress induit par sa grossesse et l'arrivée prochaine du bébé la rendaient-ils particulièrement nerveuse. Il fallait qu'elle se détende. D'autant plus qu'elle n'avait aucune raison d'être stressée. Elle avait tout planifié.

La mère des triplées était sa dernière patiente. Elle n'en prendrait pas d'autre avant un bon bout de temps. Pendant les trois prochains mois, une collègue sage-femme allait se charger de faire tourner son cabinet. A l'issue de ces trois mois, Olivia reprendrait son activité. S'occuper du bébé en travaillant en même temps ne serait pas chose facile, mais elle serait moins désemparée que la plupart des jeunes mamans et elle aurait des facilités pour trouver à faire garder son enfant, au besoin.

Lorsqu'elle s'arrêta devant la porte de son garage, elle avait presque réussi à se persuader qu'elle n'avait aucun souci à se faire. A l'autre bout de la maigre pelouse se trouvait sa maison : un bungalow de plain-pied comportant deux chambres. Avant même d'avoir coupé le moteur, elle remarqua que sa chambre était allumée. Avait-elle oublié d'éteindre la lumière ce matin ? Cela semblait peu probable. Quand elle était partie, il faisait déjà grand jour. Avait-elle pris soin de fermer les portes à clé ? Et si un intrus s'était introduit chez elle ?

Les doigts crispés sur le volant, elle faillit repartir pour aller demander de l'aide. Mais de quoi aurait-elle l'air si c'était une fausse alerte ?

Comme elle hésitait sur la conduite à tenir, un SUV noir qu'elle n'avait jamais vu arriva à sa hauteur et s'immobilisa. Affolée, Olivia voulut enclencher la marche arrière et filer, mais elle n'en eut pas le temps. Le conducteur du véhicule bondit à terre. A ses cheveux d'un noir de jais et à sa mâchoire carrée, elle reconnut Troy.

D'une démarche nonchalante, il s'approcha de sa portière. Elle descendit la vitre, soulagée. Il tombait à pic. Un marine ? Que pouvait-elle espérait de mieux ? S'il y avait quelqu'un chez elle, Troy saurait la défendre.

— Il y a de la lumière dans ma chambre, dit-elle sans préambule. Je suis sûre d'avoir tout éteint ce matin.

— Reste dans la voiture, recommanda-t-il. Si ça tourne mal, pars immédiatement. Et appelle le 911.

La perspective de devoir partir comme une voleuse ne l'enchantait pas du tout car elle était ici chez elle. Elle acquiesça néanmoins d'un hochement de tête.

— Que vas-tu faire ?

— Je vais aller voir ce qui se passe.

— Attends deux secondes.

Elle détacha de son trousseau la clé de la maison et la lui tendit.

— Tu vas en avoir besoin pour entrer.

— Pas vraiment.

— Ne défonce pas ma porte, s'il te plaît.

Il fourra la clé dans sa poche, écarta les pans de son blouson et tira une arme automatique du holster fixé à sa ceinture. Puis il s'approcha de la maison à pas de loup, en rasant les murs. Une pensée traversa fugitivement l'esprit d'Olivia : pourquoi était-il armé ?

Oubliant le but de sa visite, qui était d'essayer de convaincre Olivia de l'épouser, Troy passa instantanément en mode guerrier. Ses quatorze années dans l'armée, notamment dans les forces spéciales et dans le renseignement, l'avaient rendu très réactif et toujours prompt à affronter n'importe quelle situation de risque. Il avait été formé pour cela. Pour neutraliser le danger.

Il devait tout d'abord s'assurer qu'il n'y avait personne aux abords de la maison. Veillant à ne pas passer devant les fenêtres, pour ne pas être pris comme cible, la main sur la crosse de son pistolet, il fit le tour du bungalow au toit de bardeaux.

Il n'était venu qu'une fois chez Olivia. Et il n'était pas resté longtemps. Mais il avait remarqué qu'au niveau sécurité Olivia était mal lotie. Les fenêtres pouvaient être ouvertes en un tournemain et les verrous de la porte forcés par un gosse de huit ans au moyen d'un simple trombone.

Une fois qu'il se fut assuré que personne ne faisait le guet devant la maison, il s'apprêta à entrer. C'était l'opération la plus délicate. Si les intrus étaient sur le qui-vive, prêts à attaquer, ils auraient leurs armes pointées sur la porte. Troy aurait préféré passer par une fenêtre mais pour se hisser sur le rebord, qui lui arrivait à la poitrine, il aurait eu besoin de ses deux mains. Se souvenant de la recommandation d'Olivia de ne pas enfoncer la porte, il utilisa la clé, ouvrit le battant en grand puis recula d'un pas pour se mettre à l'abri du mur de rondins.

Il n'y eut pas de coups de feu. Aucun bruit n'était perceptible à l'intérieur. Il entra et inspecta chaque pièce de la maison, chaque penderie, chaque recoin, en allumant partout pour être sûr de ne rien oublier. Il ne trouva rien et, à première vue, Olivia n'avait pas été cambriolée.

Lors de sa précédente visite, il n'était pas allé plus loin que le séjour, aussi prit-il le temps de jeter un coup d'œil à cet intérieur qui reflétait si bien la personnalité de la jeune femme. Rustique, le mobilier dénotait son goût pour les choses simples, tandis que son farouche désir d'indépendance était clairement visible dans certains éléments du décor : les grappes de raisin et la glycine peintes sur les portes de son dressing, l'abat-jour à pampilles de cristal de sa lampe de chevet.

Si des intrus avaient allumé cette lampe, cela signifiait qu'ils étaient entrés dans la maison après la tombée du jour, soit moins d'une heure plus tôt. Or il n'y avait, semblait-il, pas eu d'effraction. Olivia avait plus vraisemblablement tout simplement oublié d'éteindre la lumière ce matin en partant. Troy était néanmoins bien trop avisé pour ne pas s'assurer qu'il ne s'agissait pas d'autre chose.

La seconde chambre était peinte en bleu clair, de la même couleur que les yeux d'Olivia. C'était la chambre du bébé. Leur fils aurait-il les yeux de sa mère ? Troy déglutit pour se débarrasser de la boule qui s'était formée dans sa gorge à cette pensée. Il n'avait jamais été un grand sentimental, aussi se demandait-il pourquoi la perspective d'avoir cet enfant le mettait dans un état pareil.

Son âge expliquait sans aucun doute cette émotivité. Troy avait trente-six ans. Dans la plupart des professions, il aurait été considéré comme encore jeune. Mais pas dans l'armée, surtout dans les forces spéciales. Sa vue n'était plus celle qu'on attendait d'un tireur d'élite. Ses réflexes étaient un peu moins bons. Cela se jouait à quelques millisecondes, mais cela suffisait pour faire la différence. Il n'était plus au mieux de sa forme et devait commencer à envisager de se réorienter vers un poste d'encadrement. La paternité, la vie de famille semblaient donc être dans l'ordre des choses à ce stade de sa vie.

Il aimait la manière dont Olivia avait meublé la chambre du bébé. Le berceau et la table à langer étaient en chêne foncé. Dans le rocking-chair assorti était assis un ours en peluche vêtu d'un treillis camouflage. Troy avait envie de voir son fils serrer cet ours dans ses bras. Il avait envie de lui apprendre à jouer au ballon. Il avait envie de l'emmener à la pêche. D'une manière ou d'une autre, il fallait qu'il arrive à convaincre Olivia.

Il sortit de la maison et s'approcha du SUV, dans lequel elle attendait anxieusement.

— Il n'y a personne, dit-il avant de chercher du regard d'autres cachettes possibles. Tu rentres ta voiture dans le garage d'habitude ?

— Jamais quand il fait beau.

— Laisse tes phares allumés et déclenche l'ouverture automatique de la porte.

Son arme à portée de main, il se positionna au coin du garage. La porte commença à remonter en s'enroulant sur elle-même avec force grincements et couinements. Le garage renfermait le bric-à-brac habituel, ainsi qu'une paire de skis et un vélo tout-terrain flambant neuf.

Remarquant une empreinte de pas dans la poussière qui recouvrait le sol en béton, Troy s'approcha. A en juger par sa taille, cette empreinte n'avait pas été laissée par Olivia, mais par un homme portant des bottes. Impossible cependant de savoir si elle était récente. Continuant plus avant l'inspection des lieux, il constata que la porte latérale était ouverte.

— Olivia, appela-t-il. Cette porte est-elle fermée, d'habitude ?

— Normalement, oui, répondit-elle. Mais je ne pourrais pas te jurer qu'elle l'était, étant donné que je ne vérifie jamais.

Les cartons et les outils qui se trouvaient dans le garage semblaient être à leur place. Si un intrus avait fouillé là-dedans, il avait pris grand soin de ne rien déranger. Pourquoi se serait-il donné tant de mal ? Cela n'avait aucun sens.

Troy décida de ne pas parler de la trace de pas. Ou en tout cas, pas tout de suite. Il regagna le SUV.

— Tout va bien, déclara-t-il.

— Tu es sûr ? Rien n'a été volé, d'après toi ?

— Non, je n'en ai pas l'impression.

Pour une simple lumière qui était restée allumée, elle semblait anormalement stressée. Ce n'était pourtant pas son genre de s'affoler pour un rien.

— Que se passe-t-il ? demanda-t-il. Quelqu'un t'embête ? Tu te sens menacée ?

— Qui irait s'en prendre à une sage-femme ?

Ouvrant la portière, elle descendit maladroitement du SUV. En deux mois, son ventre avait doublé de volume et pointait devant elle comme un obus. Troy brûlait de le caresser.

— Tu es splendide.

Elle se dirigea vers le bungalow en se dandinant et lança par-dessus son épaule :

— Tu parles ! A moins d'être amateur de déesses de la fertilité précolombiennes !

Il lui emboîta le pas, les yeux rivés sur le balancement hypnotique de ses hanches sous sa blouse violette. Il ne trouvait pas les femmes enceintes particulièrement excitantes d'habitude mais, là, il devait lutter contre le désir irrépressible de la prendre dans ses bras.

A peine entrée, elle jeta son sac sur le canapé et retira sa veste. Sa poitrine aussi s'était arrondie. Troy déglutit.

— Comment te sens-tu ?

— Les questions, c'est moi qui les pose, décréta-t-elle en se dirigeant vers la cuisine.

Sa démarche en canard donnait l'impression qu'elle tanguait, comme si elle se déplaçait sur le pont d'un bateau. Elle ouvrit le robinet et attrapa un verre dans le placard à droite de l'évier.

— Tout d'abord, comment as-tu su que j'étais là ?

— Il a suffi que j'appelle à ton lieu de travail habituel. Quand je suis arrivé à l'hôpital St Agnès et que je n'ai pas vu ta voiture dans le parking, je me suis douté que tu étais rentrée. L'infirmière que j'ai eue au téléphone m'a dit que tu avais aidé une maman à mettre au monde des triplées. Comment ça s'est passé ?

— Fantastique. C'est un terme un peu galvaudé qu'on a tendance à utiliser pour tout et n'importe quoi. Mais, là, c'était vraiment fantastique. Un vrai miracle. Mais je n'ai pas terminé avec mes questions. Que fais-tu là ?

Il en avait par-dessus la tête de la demander en mariage et de se faire rembarrer à chaque fois.

— Je voulais te voir.

— Pourquoi ?

— Eh bien, figure-toi que, moi aussi, j'ai une question à te poser. Une toute nouvelle.

Olivia but une gorgée d'eau et posa sur lui un regard méfiant.

— D'accord. Vas-y, pose-la, ta question.

— Quand tu as découvert que tu étais enceinte, qu'est-ce qui a fait que tu as décidé de garder l'enfant ?

— Quelle question idiote ! J'aime les enfants et j'ai toujours eu envie de fonder un foyer. De plus, j'ai trente ans, l'âge idéal pour mener à bien une grossesse. Et enfin, tu as également joué un rôle dans cette décision.

— Ah bon ?

— Evidemment. Réfléchis deux secondes. Tu es en pleine forme et plutôt intelligent. Pour un don de sperme, tu es le candidat rêvé.

— Je vois. Merci pour le compliment.

Elle traversa la cuisine en direction du réfrigérateur. Comme elle levait la main vers la poignée, elle se figea, les yeux rivés sur les photos fixées sur la porte.

— Qu'est-ce qu'il y a ?

— Il manque une photo. Celle qu'on avait prise l'an dernier, pendant les vacances, et sur laquelle on nous voyait tous les quatre, papa, maman, ma sœur et moi.

— Tu es sûre qu'elle était là ?

— Sûre et certaine ! Regarde, on voit encore la marque, dit-elle en désignant du doigt un espace vide sur la porte du frigo. Voilà bien la preuve que quelqu'un est entré.

2

Après que Troy, à quatre pattes par terre, eut vérifié que la photo n'avait pas glissé sous un meuble, il fallut se rendre à l'évidence : quelqu'un s'était bel et bien introduit chez Olivia en son absence et avait volé la photo. Pourquoi cette photo et rien d'autre ? C'était incompréhensible.

— Jette un coup d'œil un peu partout, dit-il à Olivia, aussi déconcertée que lui. Regarde s'il ne te manque rien d'autre. Des papiers, par exemple. Ou des bijoux.

— Je n'ai pas de bijoux de valeur.

— Ce n'est pas une raison. Une photo de famille n'a aucune valeur en soi. Vérifie quand même.

Il la suivit dans sa chambre, où elle fouilla dans un coffret à bijoux, puis elle alla dans la salle de séjour et, assise à son bureau, se mit à trier ses papiers.

En la regardant, il se livra mentalement à une évaluation des risques. Au cours de ses missions, il avait appris à dresser très rapidement un état des lieux et à adapter la conduite à tenir en fonction de la situation. Dans le cas présent, il était capital de savoir pourquoi le bungalow avait été cambriolé. S'il arrivait à savoir ce que cherchaient les malfaiteurs, il saurait jusqu'où ils seraient capables d'aller pour arriver à leurs fins.

— Y avait-il quelque chose de particulier sur cette photo ?

— Non. Elle a été prise chez ma sœur, à Denver.

— Prise par qui ?

— Par le petit ami de ma sœur.

— Décris-moi cette photo en essayant d'être aussi précise que possible. Dis-moi ce qu'on voyait, comment vous étiez habillés, etc.

Olivia plissa les yeux, très concentrée.

— C'était l'été dernier. Ma sœur avait organisé un barbecue dans son jardin. Il y avait une épinette bleue derrière nous. Nous portions tous des tenues estivales. Dans son short écossais, mon père avait l'air d'un échassier. Il est grand et a des jambes toutes fines.

Troy acquiesça. En fait, il savait pas mal de choses sur ses parents. Le parcours atypique de Richard et Sharon Laughton était passionnant, surtout pour quelqu'un comme Troy, habilité au secret défense.

— As-tu la moindre idée de la raison pour laquelle on a pu te voler cette photo ?

— Non, aucune. C'était juste une photo de famille tout ce qu'il y a de plus banale. Les Laughton au complet, un dimanche d'été.

C'est justement parce qu'ils étaient au complet que la photo était intéressante. Elle allait probablement servir à les identifier. Enceinte, Olivia n'avait évidemment plus la même apparence que sur la photo, mais son visage, lui, n'avait pas beaucoup changé.

Outre cette photo disparue, le seul autre indice dont disposait Troy était la trace de pas dans le garage. Pourquoi les cambrioleurs étaient-ils allés dans le garage ?

Pour se cacher, bien sûr, songea-t-il soudain.

— J'ai compris, déclara-t-il tout à trac.

Toujours penchée sur ses papiers, Olivia pivota vers lui.

— Ah, tant mieux. Parce qu'à première vue on n'a pas touché à mes papiers. Les plus confidentiels sont enregistrés sur le disque dur de mon ordinateur portable, que j'emmène partout.

— Les cambrioleurs attendaient ton retour, cachés dans le garage.

D'une main tremblante plaquée sur sa bouche, elle réprima un cri de frayeur.

— Tu crois qu'ils étaient là quand je suis arrivée ?

— C'est possible, répondit Troy, qui s'en voulait de ne pas avoir commencé par inspecter le garage.

— Pourquoi ? Que veulent-ils ? demanda Olivia.

— Apparemment, ils ne sont pas venus pour voler.

— Pour quoi, alors ?

— Ils voulaient… te kidnapper.

Elle détourna les yeux, comme si elle cachait quelque chose.

— C'est donc moi qui les intéresse, murmura-t-elle.

— Tu n'as pas l'air surprise.

— Depuis quelques jours, j'ai l'impression d'être suivie. Je sens une présence. Et tout à l'heure, en sortant de l'hôpital, j'ai cru entendre le bruit d'un pistolet qu'on armait.

Voilà qui se corsait dangereusement. Ils allaient devoir se mettre à l'abri.

— Tu as cinq minutes pour préparer tes affaires, Olivia. On s'en va, lança Troy.

— Cette histoire de kidnapping est complètement absurde.

— Nous en discuterons plus tard. Va faire ta valise.

— Non. Je ne partirai pas tant que je n'aurai pas compris ce qui se passe.

Posant les mains sur les bras de son fauteuil, Troy se pencha vers Olivia. Sa présence le déconcentrait ; aucun doute là-dessus. A cause de sa peau bronzée, et de ses pommettes roses, ses yeux paraissaient encore plus bleus. Elle rayonnait. Mais il aurait le temps plus tard de s'émerveiller des changements dus à la grossesse. Ce qui importait tout de suite, c'était de la convaincre de coopérer.

— En général, dit-il, on kidnappe pour de l'argent, dans le but donc de demander une rançon. Ou pour avoir un moyen de pression et obtenir quelque chose. Les intrus de ce soir voulaient se servir de toi et de notre enfant comme monnaie d'échange.

— Une demande de rançon est peu vraisemblable. Mes parents ne sont pas particulièrement riches.

— Ils sont à Denver, ce week-end, n'est-ce pas ?

— Comment le sais-tu ? demanda-t-elle.

— Je travaille dans le renseignement, lui rappela-t-il. Ils sont à Denver, je ne me trompe pas ?

— Chez ma sœur Bianca. Ils veulent que j'emménage chez elle jusqu'à la naissance du bébé.

— Ils veulent te protéger, dit-il.

— Me protéger de quoi ?

Il prit son menton entre le pouce et l'index, l'obligeant à lever les yeux vers lui.

— Je suis au courant pour tes parents.

Elle battit des cils, comme chaque fois qu'elle essayait de noyer le poisson.

— Je ne vois pas ce que tu veux dire.

— Richard et Sharon Laughton travaillent tous deux pour la CIA. Ils sont agents secrets.

Olivia avait encore du mal à croire qu'elle avait failli être kidnappée. Dans son état, cependant, elle préférait ne pas prendre de risques. Il fallait qu'elle s'en aille.

Elle jeta quelques affaires dans la valise ouverte sur son lit. La plupart de ses vêtements de grossesse étant trop petits, la valise fut vite faite. Elle prit tout ce qui lui allait encore, y compris la robe caftan bleu lavande qu'elle avait achetée dans une vente de charité.

Appuyé contre l'encadrement de la porte, son arme à la main, Troy ne la quittait pas des yeux. Malgré son attitude nonchalante, il était sur le qui-vive, prêt à tirer à la moindre alerte. C'était une facette de sa personnalité qu'elle découvrait — qui l'effrayait un peu et, en même temps, la rassurait. S'il n'avait pas été là ce soir, elle aurait peut-être été dans un sacré pétrin.

— Tu sais, dit-elle, mes parents et toi ne jouez pas dans la même cour. Eux ne sont jamais impliqués dans des missions actives.

— Bien sûr.

A son ton, il était clair qu'il n'en croyait pas un mot.

— Ils travaillent dans les ambassades. Mon père est agent administratif et ma mère, attachée culturelle. Elle fréquente les danseurs étoiles et les artistes. Elle organise des spectacles.

— Tu as pris tout ce dont tu as besoin ?

Elle avait fourré ses affaires de toilette et son sèche-cheveux dans un sac qu'elle avait posé au-dessus de la valise. Elle y ajouta le livre qui se trouvait sur sa table de nuit et opina d'un hochement de tête.

— C'est bon, j'ai tout.

— Nous allons prendre ma voiture, déclara-t-il.

— Pourquoi pas la mienne ? Elle roule aussi bien que la tienne, et je vais en avoir besoin à Denver.

— Si je suis amené à utiliser des manœuvres d'évitement pour échapper à nos poursuivants, tu seras bien contente que j'esquinte la voiture de location plutôt que la tienne.

Un frisson la parcourut.

— Tu plaisantes, j'espère ?

— J'en ai l'air ? rétorqua-t-il aussi sec.

Quand il fronçait les sourcils, ses yeux foncés semblaient encore plus perçants.

— A partir de maintenant, c'est moi qui décide. Je sais ce que je fais, Olivia. La sécurité, cela fait partie de mon métier. Alors, s'il te plaît, ne proteste pas chaque fois que je propose quelque chose.

En d'autres circonstances, son attitude de petit chef macho aurait énervé Olivia. Mais elle avait failli se faire kidnapper : le danger était bien réel. Bon gré mal gré, il allait falloir que, pendant quelque temps, elle mette en veilleuse sa farouche volonté d'indépendance.

— Nous allons éteindre toutes les lumières, dit-il. Je passe le premier. Tu me suis avec la valise. Pose-la derrière le SUV et monte du côté passager. Fais le plus vite possible.

— Dans mon état, cela va forcément prendre un peu de temps.

— Et, si je te l'ordonne, tu te couches par terre.

Elle espérait ne pas être contrainte à ce genre de gymnastique. Car, en dépit de ses cours de Pilates et de yoga, elle avait la grâce d'un hippopotame quand elle devait s'allonger sur le sol ou se relever.

Lorsqu'il eut tout éteint, ils restèrent quelques instants devant la porte, à l'intérieur, afin de laisser à leurs rétines le temps de s'habituer à l'obscurité. Troy alla jusqu'à la fenêtre pour scruter le jardin.

— Tu vois quelque chose ? demanda-t-elle.

— Quasiment rien. Dommage que je n'aie pas de lunettes de vision nocturne. Impossible de savoir si quelqu'un se cache derrière le garage. Mais ne t'inquiète pas, je passe devant. Tu es prête ?

— Euh, oui.

Il ouvrit la porte, et ils sortirent l'un derrière l'autre. Traînant sa valise, Olivia avait un peu de mal à le suivre, tant il marchait vite.

Son cœur battait à tout rompre. Grâce à une poussée d'adrénaline, elle finit par arriver à la voiture. Après avoir posé sa valise, elle grimpa dans le SUV sur le siège avant, du côté passager, comme le lui avait ordonné Troy. Tandis qu'elle bataillait avec sa ceinture, pour ne pas changer, Troy mettait la valise dans le coffre. Puis il se glissa derrière le volant, tourna la clé de contact, passa la marche arrière et démarra sur les chapeaux de roues.

Il dépassait allègrement la vitesse autorisée sur cette

route étroite et sinueuse, mais elle n'avait pas peur. Troy semblait parfaitement maître de son véhicule. Il conduisait vite mais il conduisait bien.

Elle se retourna pour regarder derrière eux.

— Ils nous suivent ? demanda Troy.

— Non, je ne crois pas. Je ne les vois pas, en tout cas.

Ils longèrent un étang, à moins de deux kilomètres d'une intersection. A cet endroit, la route se rétrécissait encore.

— Et s'ils nous rattrapent ?

— Ça ne risque pas, affirma Troy en fonçant comme un bolide sur la route défoncée. On a filé si vite qu'ils n'ont pas eu le temps de réagir. C'est une chance que tu aies remarqué que cette photo avait disparu.

— C'est surtout une chance que tu sois venu ce soir.

Il tourna brusquement le volant, et le SUV obliqua sur une route bitumée. Il n'y avait aucune autre voiture en vue.

Poussant un grand soupir, Olivia s'affaissa contre le dossier de son siège. Ce n'était vraiment pas la soirée qu'elle avait espérée après une longue journée de travail à l'hôpital. En temps normal, elle se préparait une salade composée ou une assiette de crudités, buvait une tasse de thé et se détendait. Affreusement enflés, ses pauvres pieds étaient tout comprimés dans ses baskets.

Machinalement, elle se mit à caresser son ventre. Le bébé lui donnait des coups de pied, sans doute à cause du stress qu'elle avait ressenti tout à l'heure, quand il avait fallu sortir du bungalow dans le noir et rejoindre le SUV à toute vitesse.

— Waouh, on dirait qu'il fait du saut d'obstacles !

— De quoi parles-tu ?

— Du bébé. Il n'arrête pas de sauter.

Sans quitter la route des yeux, Troy tendit le bras vers elle.

— Je peux ?

Elle lui sut gré de poser la question. Beaucoup de gens ne prenaient pas cette peine et la touchaient contre son gré. Elle prit doucement sa main et la posa sur son ventre, à l'endroit où le bébé — leur bébé — donnait de grands coups de pied.

Surpris, Troy retira sa main.

— C'est lui ? demanda-t-il.

— Oui, bien sûr. Il est tout excité, sans doute à cause de notre fuite.

— Ce n'est pas dangereux, j'espère ? Pour lui, je veux dire ?

Il semblait soudain nettement moins macho. Il avait suffi qu'il sente le bébé bouger pour que le gros dur qu'il était se transforme en papa poule. Sa réaction était vraiment touchante.

— Le bébé ne risque rien, assura-t-elle. Il gigote beaucoup. J'ai parfois l'impression qu'il joue au ping-pong.

Troy remit sa main sur son ventre. Un grand sourire s'afficha sur son visage lorsqu'il sentit le bébé bouger.

— Sacrément turbulent, ce petit bonhomme. Comme son papa.

Elle partageait sa fierté et se sentait plus proche de lui qu'elle ne l'avait jamais été. C'était parce qu'elle avait besoin de réconfort et de tendresse après une expérience très traumatisante qu'ils avaient fait l'amour la première fois. Et, aujourd'hui, ce qui les avait rapprochés, c'était le fait qu'elle avait failli se faire kidnapper.

— Où allons-nous ? demanda-t-elle.

— Nous pouvons continuer jusqu'à Denver ou bien nous arrêter pour la nuit dans un hôtel. Comme tu veux.

— Allons à l'hôtel, répondit-elle sans hésiter. Je ne me sens pas le courage d'affronter mes parents ce soir.

— Alors ça tombe bien : j'ai réservé une suite à Keystone.

— Comment se fait-il que tu aies réservé une chambre d'hôtel ?

— Je m'attendais à ce que tu me jettes dehors. Une fois de plus.

Etait-elle aussi mesquine qu'il le disait ? Oui, hélas. Elle le repoussait sans ménagement depuis des mois. Il n'était pas question cependant qu'elle lui présente des excuses. Elle avait ses raisons.

— Y a-t-il un room service dans cet hôtel ? demanda-t-elle.

— Bien sûr. Ce soir, je vais te chouchouter. C'est un bel hôtel ; tu pourras manger ce que tu veux.

— Super ! Je vais finir par me réjouir d'avoir été cambriolée.

— Dès que nous serons à l'hôtel, il faut que tu appelles tes parents pour les mettre au courant. Vous figurez tous les quatre sur la photo volée. Ils sont peut-être visés, eux aussi.

Il avait raison. Sa famille était en danger. Le problème, c'était qu'elle allait avoir du mal à l'expliquer à ses parents.

— Nous ne parlons jamais de leurs activités, dit-elle. C'est un sujet tabou.

En grandissant, sa sœur et elle avaient fini par comprendre que leurs parents étaient plus que de simples diplomates, mais elles avaient appris à ne pas trop poser de questions lorsqu'ils s'absentaient.

— Ils voyageaient beaucoup quand vous étiez enfants ? demanda Troy.

— Quand j'étais petite, nous bougions pas mal, oui. Mais, comme pendant des années, nous avons vécu à Washington, D.C., j'estime avoir eu une enfance à peu près normale.

Consciente de s'enfoncer dans le déni, Olivia se détourna et regarda par la fenêtre. Elle avait beau essayer de se convaincre qu'elle avait vécu comme tous les enfants de son âge, elle savait bien que c'était faux.

— Tu peux me dire la vérité, tu sais.

— Comment cela ?

— J'ai accès à toutes les informations que je veux. Je connais ton passé dans ses moindres détails.

— Cela me déplaît profondément. J'ai droit à une vie privée, tout de même.

Pendant quelques instants, Troy garda le silence. Puis il se racla la gorge et déclara sans préambule :

— Quand tu étais enfant, ta mère et toi avez été enlevées et retenues prisonnières pendant une semaine.

Il venait de faire resurgir de son passé un événement qu'Olivia avait soigneusement refoulé. Cet épisode de sa vie était son secret, un lourd secret qu'elle avait enfoui au plus profond d'elle-même et qu'elle n'avait pas l'intention d'exhumer.

3

Troy savait qu'il avait poussé le bouchon trop loin avec Olivia, mais il ne comptait pas faire machine arrière. Sa sécurité était en jeu. Il fallait qu'elle comprenne que la profession de ses parents expliquait peut-être qu'on veuille la kidnapper. Elle avait déjà été enlevée une fois.

— Arrête la voiture, ordonna-t-elle. Je veux descendre.

— Certainement pas. Je ne te laisserai pas vous mettre en danger, toi et l'enfant que tu portes.

— Mais puisque personne ne nous suit, que veux-tu qu'il m'arrive ?

— Tu as besoin d'un garde du corps. Ce sera moi. Il va falloir que tu te fasses à cette idée.

Quelques mois plus tôt, lorsqu'il avait commencé à fouiller dans son passé, il avait eu quelques scrupules à se montrer aussi intrusif. Mais sa démarche était justifiée par le fait qu'Olivia était la mère de son enfant. Puisqu'elle ne voulait plus lui parler, il n'avait eu d'autre choix que de se débrouiller seul pour en savoir un peu plus sur son compte. Il avait cependant approfondi ses recherches lorsqu'il avait découvert qu'elle était la fille de deux agents secrets. Jamais il n'aurait imaginé tomber sur quelqu'un d'aussi original.

En la voyant la première fois, il avait eu l'impression d'avoir affaire à une fille bien dans sa peau, qui avait les pieds sur terre, aimait la vie au grand air et n'éprouvait pas le besoin de se maquiller. Lorsqu'elle avait débarqué chez son frère et lui avait sauté au cou, il s'était dit qu'Olivia était aussi très impulsive et qu'elle ne manquait pas de tempérament. Elle lui avait fait l'amour comme si elle devait mourir le lendemain. Il la revoyait encore, à cheval sur lui, échevelée, passionnée, insatiable. Son corps mince était souple comme une liane. Elle l'avait rendu fou. Jamais, avant elle, il n'avait eu de relation sexuelle aussi intense. Pas étonnant qu'il ne se soit rendu compte de rien lorsque, dans le feu de l'action, le préservatif avait glissé.

Après cette nuit mémorable, il avait évidemment cherché à la revoir. Mais elle l'avait envoyé promener. Il était retourné au Moyen-Orient, où sa mission l'attendait, et avait essayé de l'oublier. Olivia Laughton était passée dans sa vie comme une comète ; il ne la verrait plus qu'en rêve.

Sauf qu'elle était tombée enceinte et qu'elle l'en avait informé. Bien décidé à assumer ses responsabilités, il s'était intéressé de plus près à elle. Ses parents l'intriguaient. De l'avis général, ils étaient charmants et distingués. Pour découvrir que leurs fonctions de diplomates n'étaient qu'une couverture et qu'en réalité ils travaillaient tous deux pour la CIA, Troy avait dû interroger de grosses pointures du renseignement. Il ne savait pas quel rôle jouaient exactement les parents d'Olivia, mais il avait eu vent d'un incident qui s'était produit dans un pays d'Amérique du sud et qui avait changé de manière significative le cours de leurs carrières. Olivia, alors âgée de sept ans, avait été impliquée dans cet incident.

Il jeta un coup d'œil vers elle.

— Je ne peux pas t'obliger à me parler, mais ce serait bien qu'on sache qui est susceptible de s'en prendre à toi. Si on en discute, si on y réfléchit ensemble, on a plus de chances de trouver.

— Tu as raison, admit-elle d'une toute petite voix. Je dois en convenir, même si cela implique pour moi de revenir sur un épisode de ma vie que je n'évoque jamais.

— Tu peux tout me raconter. Je suis prêt à tout entendre.

Elle poussa un gros soupir.

— Tu penses que cet enlèvement a un rapport avec ce qui se passe aujourd'hui ?

— Je n'en sais rien.

Elle se détourna à nouveau. S'il avait pu voir son visage, peut-être aurait-il su ce qu'elle avait dans la tête. Allait-elle lui faire confiance et tout lui raconter ? Allait-elle se fermer comme une huître ? Il n'en avait pas la moindre idée.

— Cela n'a pas été si terrible, dit-elle. On s'imagine souvent que la captivité est un enfer. Mais, là, ça n'a pas été le cas.

Il se taisait, préférant ne pas l'interrompre, maintenant qu'elle était lancée. Il y avait un peu de circulation sur la route de Keystone. Dans les deux sens. Il gardait un œil sur le rétroviseur arrière pour s'assurer que personne ne les suivait.

— Nous habitions en Amérique du Sud à ce moment-là. Je ne sais même plus dans quel pays. J'avais sept ans à l'époque, et nous bougions tout le temps. Pour moi, tout cela était un peu flou. Ma sœur, qui a trois ans de moins que moi, était presque toujours avec la nourrice. J'étais pour ma part un peu plus libre. Je jouais dans le patio de notre maison avec les enfants des domestiques. Je passais de l'anglais à l'espagnol sans même m'en rendre compte.

Elle prenait de l'assurance. Sa voix était moins hésitante, son récit plus fluide. Ils approchaient de l'hôtel, aussi Troy décida-t-il d'allonger le trajet pour qu'elle poursuive son récit. Il donna un coup de volant à gauche et fit demi-tour.

— Qu'est-ce que tu fais ? Nous n'allons pas à Keystone ? demanda-t-elle, surprise.

— Si, mais c'est une feinte. Je veux juste vérifier que personne ne nous suit.

Olivia avait croisé les mains sur son ventre.

— Tu sais, je n'avais encore jamais raconté tout ça. Je me

demande même si cela m'est vraiment arrivé. J'ai l'impression de parler d'un film que j'ai vu ou d'un livre que j'ai lu.

Pour l'inciter à reprendre le fil de son récit, il demanda :

— Tu avais ta propre chambre dans cette maison ?

— Oui, bien sûr. Je me souviens du lit à baldaquin et de l'édredon rose à volants. La chambre de mes parents était immense et comportait un grand dressing. J'aimais bien regarder ma mère quand elle s'habillait pour aller au spectacle. Le soir de l'enlèvement, elle portait une robe bleu nuit qui avait un décolleté en V et des épaulettes. Tu te souviens de la mode des épaulettes ? Ma mère en était fan. C'est vrai qu'avec des épaulettes, un vêtement a tout de suite plus d'allure.

— J'ai vu des photos de ta mère, dit-il pour achever de la mettre en confiance. C'est une très belle femme.

— Belle et distinguée. Ma sœur lui ressemble énormément. Moi, pas tellement. A part la couleur des cheveux. Nous sommes blondes toutes les trois.

Troy trouvait Olivia jolie et il le lui avait dit cent fois, mais ce n'était pas le moment de revenir là-dessus.

— Quand tu étais petite, tu savais ce que faisaient tes parents ?

— Ils travaillaient à l'ambassade. Je n'en savais pas plus. Mais c'est assez normal, non ? Les enfants s'intéressent rarement au métier qu'exercent leurs parents.

— Rares sont ceux qui ont des parents agents secrets.

— Ou qui se font enlever ! répliqua-t-elle. Maintenant que j'ai commencé, je vais aller jusqu'au bout. Je serai débarrassée.

— Je t'écoute.

— Ma mère s'était faite belle. Mon père se trouvant déjà à la réception, j'ai accompagné maman sur le perron pour attendre avec elle la limousine qui devait l'emmener. Une grosse voiture noire, rutilante, s'est arrêtée devant la maison. Un type bizarre en est sorti et a parlé à maman à voix basse.

Il avait probablement un pistolet mais, moi, je n'ai rien vu. Tout ce que je sais, c'est qu'il a attrapé maman par le bras et qu'il a commencé à l'entraîner vers la voiture. J'ai senti qu'il ne fallait pas que je la laisse partir. Je savais que, si elle partait, je ne la reverrais jamais. Alors j'ai sauté dans la voiture et je me suis agrippée à elle de toutes mes forces.

— Tu n'avais pas froid aux yeux.

— Détrompe-toi ; j'étais morte de peur. Les types se parlaient en espagnol. Ils cherchaient un moyen de se débarrasser de moi. Je leur ai crié que je voulais rester avec ma mère. Et, du coup, ils nous ont enlevées toutes les deux.

— Où vous ont-ils emmenées ?

— Je me suis blottie sur les genoux de ma mère. On nous a bandé les yeux. Maman a essayé de me faire croire que c'était un jeu, mais j'avais bien compris. Le trajet a duré une éternité. Nous nous sommes retrouvées dans une immense maison — une sorte de palais. Il y avait un escalier en marbre. Nous l'avons pris pour monter au deuxième étage, où se trouvaient nos appartements. Nous étions enfermées, mais ce n'était pas l'espace qui manquait. Nous avions une chambre, un salon et une salle de bains.

— Et ensuite ?

— Ensuite, rien. Nous sommes restées là une semaine. Seules, la plupart du temps. On nous apportait à manger. La nourriture était bonne. Puis on nous a de nouveau bandé les yeux et ramenées à la maison.

Troy avait bien conscience qu'elle racontait cette histoire avec le point de vue d'une enfant de sept ans. Sa mère avait dû s'efforcer de la protéger et de la rassurer, mais il y avait fort à parier qu'elle-même avait vécu l'enfer, tout au long de cette semaine.

— Comment se déroulaient vos journées de captivité ? demanda-t-il.

— Je ne me souviens pas de grand-chose, mais je nous revois très bien faire des étirements, au saut du lit. Puis nous allions nous laver. Il fallait que je donne un coup de main à maman parce qu'elle avait un bleu. A la fesse. Un gros bleu qui virait au noir. Oh ! mon Dieu !

— Qu'y a-t-il ?

— J'avais complètement oublié ce bleu. Il était pourtant de taille. Comment a-t-il pu me sortir de l'esprit ?

La mémoire vous jouait parfois de drôles de tours. Olivia avait inconsciemment gommé de cet événement tout ce qui pouvait le rendre traumatisant. Toutes les pensées négatives avaient été soigneusement refoulées.

— Comment se l'était-elle fait, ce bleu ?

— Un soir, très tard, un des hommes était entré dans notre chambre, dit-elle. Il criait des insanités et sentait mauvais. Son visage était tout rouge. Il a frappé maman si fort qu'elle est tombée sur le carrelage.

Olivia inspira à fond avant de poursuivre.

— Je me suis jetée sur le type et l'ai bourré de coups de pieds et de coups de poings. Je voulais l'empêcher de faire du mal à maman. Il a fini par s'en aller. Maman m'a prise dans ses bras. Elle a dit que ce n'était pas grave et qu'il fallait qu'on reste tranquilles.

Il était touché par la bravoure dont avait fait preuve la fillette pour protéger sa maman.

— Je suis désolé que tu aies eu à subir ce genre de choses.

— Maman m'a dit de courir me cacher dans la salle de bains, la prochaine fois que quelqu'un viendrait. C'est ce que j'ai fait. Je collais mon oreille à la porte pour écouter mais plus personne n'a frappé maman. Je ne sais pas ce que j'aurais fait si ça avait été le cas. Au bout d'une semaine, nous sommes rentrées à la maison.

— Tu as eu une explication ? Tes parents t'ont-ils parlé de ce qui s'était passé ?

— Non, jamais. C'était une sale histoire qu'on s'est tous dépêchés d'oublier. Nous avons tourné la page. Et déménagé. Une fois de plus. A Washington, D.C., où mes parents avaient reçu leur nouvelle affectation.

A cause du kidnapping, leur couverture était sérieusement compromise. Troy savait que les Laughton n'avaient jamais remis les pieds en Amérique du Sud. Le père d'Olivia s'était vu confier quelques missions de courte durée en Europe et au Moyen-Orient, mais Richard et Sharon avaient attendu que leurs filles soient étudiantes pour reprendre vraiment du service dans les ambassades étrangères.

Troy les admirait d'avoir fait de la sécurité de leurs enfants leur grande priorité. Leur annoncer qu'Olivia avait failli être enlevée n'allait pas être facile. Ils devaient en être informés, cependant. L'homme qui s'était introduit dans le bungalow d'Olivia avait volé une photo qui représentait toute la famille.

L'hôtel dans lequel Troy avait réservé était un établissement de standing. Leur suite se trouvait au troisième et dernier étage. Dès que le portier eut refermé la porte, après avoir posé leurs bagages, Troy inspecta les lieux pour s'assurer qu'ils y seraient en sécurité. Il traversa le vaste salon dans lequel trônait un canapé de cuir crème, fit le tour de la chambre et entra dans la salle de bains pour jeter un coup d'œil dans la baignoire. Satisfait, il regagna le salon et coinça une chaise sous la poignée de la porte d'entrée. Puis il sortit sur le balcon, qui donnait sur la montagne baignée par le clair de lune.

Olivia le rejoignit. S'appuyant contre la balustrade de métal, elle demanda :

— Quelqu'un pourrait monter par le balcon, non ?

— Techniquement, c'est possible. Mais c'est risqué. Je pense que nous serons tranquilles. L'hôtel est agréable et la vue, vraiment magnifique.

— Oui, c'est un bel hôtel.

— Quand je suis en mission, les infrastructures sont généralement déplorables. J'aime bien m'offrir de bons hôtels.

— Avec le service de chambre, lui rappela-t-elle.

— Tu as faim ?

— Je te laisse passer la commande, mais il me faut du poisson, du riz et des légumes, sans oublier un petit dessert pour terminer sur une note sucrée.

— Un repas équilibré pour garder maman et bébé en bonne santé, commenta Troy en fixant son ventre rond. Avant que tu te mettes à l'aise, tu devrais peut-être appeler tes parents.

— Je ne sais pas quoi leur dire.

Elle rentra, s'allongea sur le canapé et étendit ses jambes. Elle était pieds nus. Dans sa blouse violette, elle le faisait penser à une aubergine — ce qu'il se garderait bien de lui dire. Il ne voulait pas se la mettre à dos alors que leur relation commençait tout juste à se mettre en place.

Il avait envie de lui faire plaisir, au contraire.

— Que dirais-tu d'un massage des pieds ? demanda-t-il.

— Excellente idée.

Il s'assit sur le canapé et souleva les pieds d'Olivia pour les poser sur ses genoux. Ses orteils étaient légèrement enflés. Lorsqu'il prit son talon dans sa main et commença à le masser, elle s'installa dans une position plus confortable. Calant son dos contre les coussins du canapé, les doigts croisés sur son ventre, elle ferma les paupières.

Il en profita pour la dévisager. Il l'avait rarement vue aussi détendue. En dépit des cernes qu'elle avait sous les yeux, elle était resplendissante. Elle avait un teint éclatant et une peau parfaite. Ses boucles blondes encadraient ses pommettes hautes.

— Mmm ! C'est fou ce que ça fait du bien, murmura-t-elle. Je n'ai pas envie que tu t'arrêtes, mais j'aimerais bien que tu appelles le service de chambre.

— Il me semble que tu as, toi aussi, un coup de téléphone à passer.

— Mes parents, dit-elle avec un soupir. Je suis sûre que mon père va t'adorer. Lui aussi se serait livré à une inspection minutieuse de la suite.

La sécurité était une obsession chez n'importe quel agent secret.

— Ton père et moi avons quelques points communs.

— Plus que tu ne le penses, affirma Olivia. Tu lui ressembles énormément.

— Cela m'étonnerait.

Troy avait vu des photos de Richard Laughon, et il avait parcouru son dossier. A en juger par la carrière qu'il avait faite, c'était le genre d'agent secret en smoking qui évoluait dans les plus hautes sphères de la politique.

— A ma connaissance, ton père est un homme du monde.

— Et toi, tu te définis comment ?

— Je suis quelqu'un de solitaire et de bourru.

— N'empêche que vous faites le même métier. Je sais qu'à la CIA c'est un peu spécial, mais vous êtes tous deux dans le renseignement. A propos, sur quoi travailles-tu, en ce moment ?

Il était actuellement dans une phase de transition car il souhaitait quitter le terrain pour un poste de superviseur.

— Nous cherchons à démanteler une cellule terroriste.

— Ici, aux Etats-Unis ?

— Oui.

Olivia remua les orteils.

— J'ai envie de faire pipi. Je propose qu'on reprenne ce massage un peu plus tard, qu'en dis-tu ?

— Quand tu voudras.

Elle posa ses pieds par terre et se rassit sur le canapé. Puis elle se tourna vers lui et planta son regard dans le sien.

— Dès que je t'ai vu, j'ai su que tu exerçais un métier dangereux.

— Pas plus que n'importe quel marine, répliqua-t-il en haussant les épaules.

— Ou que mon père.

Il la fixa. Malgré la fatigue, ses yeux bleus avaient un éclat farouche, le même sans doute que celui de la fillette de sept ans qui avait cherché à protéger sa mère. Le traumatisme qu'elle avait subi alors l'avait sûrement fragilisée pour toujours.

— Tu en as voulu à ton père quand vous avez été kidnappées, ta mère et toi ?

— Ce n'était pas sa faute, dit-elle, prompte à prendre sa défense.

Son père n'avait effectivement jamais rien fait qui puisse mettre en danger sa famille. Bien au contraire. Après l'enlèvement de sa femme et de sa fille enAmérique du Sud, il n'avait pas ménagé ses efforts pour mettre les siens à l'abri, partant avec femme et enfants s'installer à Washington, D.C.

Mais, vue à travers le prisme des émotions, la réalité était souvent déformée. Quand Olivia repensait au kidnapping, sans doute se souvenait-elle de ce qu'elle avait ressenti à l'époque. Il y avait fort à parier qu'à un moment ou à un autre elle tiendrait son père pour responsable.

— Je te promets que jamais mon métier ne vous mettra en danger, notre enfant ou toi, dit-il solennellement.

Elle darda son index sur son torse.

— Ne fais pas de promesses en l'air.

Ce brusque changement de ton contraria Troy. Il n'avait pas encore parlé de sa prochaine reconversion à Olivia. Elle ne pouvait évidemment pas savoir à quoi ressemblaient ses missions sur le terrain. Elle aurait dû se douter, cependant, qu'il n'était pas homme à négliger ses responsabilités.

— Où veux-tu en venir ?

— Il ne t'est pas venu à l'esprit que les types qui se sont introduits chez moi n'ont peut-être rien à voir avec mes parents ? Et s'ils appartenaient à cette cellule terroriste dont tu as juré la perte ?

Il y avait pensé, mais il avait vite écarté cette possibilité.

— Il est impossible qu'ils te connaissent. Nous ne sommes pas mariés et nous ne vivons pas ensemble.

— Au cours des derniers mois, tu m'as envoyé des cadeaux pour le bébé, des mails et des fleurs. Pas besoin d'être un génie pour deviner que nous avons une relation.

Elle avait raison. La tentative de kidnapping dont elle avait fait l'objet était peut-être effectivement liée à sa mission. Par sa faute, elle était en danger.

4

Après avoir passé la commande auprès de la réception de l'hôtel, Troy profita du fait qu'Olivia était dans la chambre en train d'appeler ses parents pour contacter le sergent artilleur Blaine Nelson qui assurait, en son absence, le commandement de leur compagnie de sept marines engagés dans les forces spéciales.

Lorsqu'il répondit, Nelson ne put réprimer un bâillement. A Camp Lejeune, en Caroline du Nord, il était deux heures de plus, mais Nelson n'était pas censé dormir. Troy ne perdit pas de temps en discussions inutiles.

— J'ai un problème.

— Où êtes-vous, bon sang ? demanda le sergent d'une voix ensommeillée.

— On se réveille, sergent ! J'ai besoin de renseignements sur la localisation de la cellule terroriste. C'est urgent !

— Oui, mon capitaine. Tout de suite, mon capitaine.

Troy sourit, amusé par la soudaine, et très inhabituelle, déférence de son subalterne.

— Qu'essayez-vous de me dire, Nelson ?

— Que vous me faites vraiment suer, mon capitaine.

— J'en prends bonne note, répondit Troy. Quoi de neuf ?

— Rien de nouveau depuis votre départ, ce matin. Nous n'arrivons pas à les localiser mais le bruit court qu'ils se prépareraient à lancer une attaque sur New York.

— Voyez s'ils sont en relation avec le Colorado. Il y a eu une menace.

— Sans rire ? Racontez-moi.

Nelson était maintenant complètement réveillé. Cela faisait huit ans que Troy et lui travaillaient ensemble. Ils étaient plus que des collègues, plus que des amis. Ils étaient comme des frères.

— De quelle sorte de menace s'agit-il ?

— Depuis quelque temps, Olivia a l'impression qu'on la suit. Il y a environ une heure, quelqu'un est entré chez elle par effraction. Il pourrait s'agir d'une tentative de kidnapping.

— Vous soupçonnez les terroristes que nous poursuivons d'être impliqués là-dedans ?

— Je me pose la question.

Le nom de code qu'ils avaient choisi pour ce groupuscule terroriste, basé au Rwanda, était Hatari, qui signifiait « danger » en swahili. A l'occasion d'une mission en Afrique, Troy et ses hommes avaient été chargés de capturer deux des leaders du groupe. Si la cellule américaine planifiait l'enlèvement d'Olivia, c'était peut-être par vengeance.

— Vous disiez qu'elle a eu l'impression d'être suivie, dit pensivement Nelson. Cela ne ressemble pas à Hatari.

Troy était d'accord. Les terroristes auxquels ils avaient affaire employaient des méthodes beaucoup plus radicales. Dans leur pays, ils avaient anéanti des villages entiers, incendiant les champs, empoisonnant les puits, décimant les familles. Ils étaient armés jusqu'aux dents, persuadés que leurs kalachnikovs leur donnaient tous les droits. S'ils avaient voulu lui faire payer son intervention au Rwanda, ils auraient tué Olivia.

Sauf que, dans le Colorado, ils n'étaient pas chez eux. Et que la cellule américaine d'Hatari avait d'autres actions en vue. Les terroristes en question s'étaient acoquinés avec un dénommé Kruger — nom qu'il avait adopté lorsqu'il avait disparu de la circulation vingt ans plus tôt. Kruger se cachait si bien qu'il était presque invisible. Il vivait aux Etats-Unis mais on ignorait sous quelle identité. Ses empreintes digitales ne figuraient dans aucun fichier. Et on ne disposait pas de photos de lui.

— Il est possible que ce soit Kruger qui mène la danse, dit Troy. Ce kidnapping pourrait être une idée à lui. Il se servirait d'Olivia pour faire pression sur moi.

— Dommage que nous n'en sachions pas plus sur lui, déplora Nelson. Ce type est un fantôme. Une espèce de spectre à l'ancienne.

Un peu comme le père et la mère d'Olivia.

— Il faut que je raccroche. Explorez la piste du Colorado et tenez-moi au courant.

— Oui, mon capitaine, répondit Nelson avant de bâiller à nouveau.

— Vous avez hâte de vous recoucher, on dirait. Comment se fait-il que vous soyez déjà au lit ? Vous vous couchez plus tard d'habitude.

— Oui, mais d'habitude... je dors seul.

— Je vois, dit Troy, amusé. Retournez vite à vos occupations, sergent.

Après avoir raccroché, Troy songea qu'il serait judicieux qu'il parle, lui aussi, aux parents d'Olivia. Kruger était une sorte de légende dans les cercles de la CIA, cercles auxquels avaient longtemps appartenu les époux Laughton. Ils auraient peut-être des tuyaux à lui fournir.

Frappant à la porte de la chambre, il demanda :

— Je peux entrer ?

— Oui, bien sûr.

Il poussa la porte et se figea sur le seuil. Olivia avait troqué sa blouse de travail contre un long déshabillé de coton crème dont le profond décolleté, bordé de dentelle et de rubans, mettait admirablement en valeur ses seins épanouis. L'étoffe légère drapait harmonieusement ses rondeurs. Ainsi vêtue, avec ses cheveux blonds qui cascadaient librement sur ses épaules, elle ressemblait à une déesse.

— Je me suis changée, dit-elle.

Il avait remarqué. Ebloui par sa beauté, il en restait bouche bée, les bras ballants, incapable du moindre mouvement. Et dire que cette femme merveilleuse portait son enfant…

— Qu'est-ce qui ne va pas ? demanda-t-elle.

— Rien du tout. C'est juste que tu es… renversante.

— Ne t'inquiète pas, dit-elle avec un sourire. Je sais que j'ai un gros ventre mais je vais essayer de ne pas te renverser.

— J'aime bien ton gros ventre. Et le reste n'est pas mal non plus.

— Ce déshabillé est un des nombreux cadeaux que j'ai reçus de mes patientes. C'est l'un des avantages de ce métier. La plupart de mes connaissances ont accouché récemment.

Les pans de son déshabillé virevoltant gracieusement autour d'elle, elle se dirigea vers le bureau, près de la fenêtre, et s'empara du téléphone.

— Il faut que je me décide à appeler mes parents, déclara-t-elle.

— Quand tu auras fini, passe-moi ton père, s'il te plaît.

— Pourquoi ?

En d'autres circonstances, Troy aurait rencontré son père avant de la demander en mariage.

— La cellule terroriste que mon équipe a pour mission de démanteler aurait un lien avec la CIA. Ton père pourra peut-être m'aider.

— Si je comprends bien, tu veux parler boulot avec lui ?

— Il est bien placé pour nous renseigner.

— Je n'avais pas prévu de te présenter à ma famille, dit-elle en se laissant tomber dans un fauteuil. En tout cas, pas comme ça.

Troy aurait préféré que la conversation téléphonique qu'il allait avoir avec le père d'Olivia reste purement professionnelle, mais cela semblait difficile. Richard Laughton et lui avaient désormais en commun bien plus que leurs activités dans le renseignement.

— Tu leur as souvent parlé de moi ? demanda-t-il.

Soudain mal à l'aise, Olivia se mit à fixer le téléphone qu'elle avait dans la main.

— Ils savent que tu m'as demandée en mariage et que j'ai refusé.

— Tu leur en as donné la raison ?

— Je leur ai tenu à peu près le même discours qu'à toi. Tu es quelqu'un de formidable mais il n'y a rien entre nous. Et je n'ai aucune envie d'épouser un homme qui voyage tout le temps et qui se met constamment en danger.

— Et si je changeais de métier ?

Elle lui lança un regard surpris.

— Tu y songes vraiment ?

— J'envisage sérieusement de demander à ne plus être sur le terrain.

— Mais c'est ce que tu aimes, dit-elle en se levant et en se dirigeant droit sur lui. Tu ne vas quand même pas démissionner des forces spéciales ?

Il lui décocha un pâle sourire.

— Tu verras.

— Il n'en est pas question. Je ne te laisserai pas faire un tel sacrifice. Ce serait donner de très mauvaises bases à notre relation. Et tu finirais par me reprocher d'avoir gâché ta vie.

Il se doutait qu'elle n'applaudirait pas à deux mains à sa décision, mais il ne s'attendait pas à un refus aussi catégorique. Bon sang, c'était à lui de décider. A lui, de faire les choix qu'il jugeait nécessaires.

— Tu sais, Olivia, il ne s'agit pas que de toi.

Un coup frappé à la porte de la suite l'empêcha de lui donner de plus amples explications. Une voix cria :

— Service d'étage.

Troy sortit son pistolet.

— Je m'en occupe, dit-il. Reste ici et passe ton coup de téléphone.

Il alla à la porte et l'ouvrit avec précaution. L'employé qui leur avait apporté leurs bagages un peu plus tôt attendait avec son chariot. Son arme cachée dans son dos, Troy le fit entrer et ne le quitta pas du regard tandis qu'il déchargeait son chariot et dressait leurs couverts sur la table du salon.

Cherchant à obtenir de lui quelques renseignements qui pourraient lui être utiles, Troy commença à parler de choses et d'autres avec lui.

— Vous ne devez pas avoir grand monde, en ce moment. C'est la morte-saison, non ?

— L'hôtel n'est pas complet, comme c'est le cas en hiver quand les pistes de ski sont ouvertes, mais il y a plus de monde que vous ne le croyez. Nous avons non seulement des golfeurs et des randonneurs, mais aussi des amateurs de VTT et de rafting.

Ce n'était pas comme ça qu'il allait savoir si l'homme avait vu d'éventuels terroristes ou un agent secret dénommé Kruger dont on avait perdu la trace depuis une quinzaine d'années.

— Principalement des familles, je suppose ?

— En effet. Et, demain, nous avons un mariage. Les invités vont passer la nuit de samedi à dimanche ici.

Troy le gratifia d'un généreux pourboire. L'homme parti, il ferma la porte à clé et replaça la chaise sous la poignée, pour plus de sûreté. S'il avait été en mission, il n'aurait jamais pris le risque de manger de la nourriture qui n'avait pas été préparée devant lui. Mais, là, il n'avait aucune raison de se méfier du repas qu'il venait de réceptionner. Personne ne les avait suivis. Personne ne savait qu'ils avaient pris une suite dans cet hôtel.

Olivia sortit de la chambre, son téléphone à la main.

— J'ai eu ma sœur. Je lui ai tout raconté et je lui ai dit de faire attention. Sa première réaction a été de me prendre pour une folle. Puis elle m'a rappelé que sa maison était équipée d'un système de protection hyper sophistiqué.

Il tendit la main vers le téléphone.

— Puis-je parler à ton père ?

— Mes parents sont couchés. Ils étaient épuisés à leur arrivée du Caire. Ma sœur ne voulait pas les réveiller.

— Tant pis, ce sera pour plus tard.

Troy était quelqu'un de patient. De patient et de persévérant. Dans son métier, c'était préférable. Mais Olivia semblait avoir le don de le pousser à bout.

S'approchant de la table, il souleva les cloches qui recouvraient leurs deux assiettes : truite meunière pour elle, côte de bœuf pour lui.

Elle s'assit et lui jeta un regard circonspect.

— Alors comme ça, ta demande de mutation n'a rien à voir avec moi ?

— Je confirme.

Il coupa un morceau de viande et s'empressa de l'engloutir, histoire de gagner du temps. Il avait encore un peu de mal à accepter les conséquences qu'aurait cette mutation sur sa vie, et il savait bien qu'il ne devait pas compter sur le soutien d'Olivia.

— Alors ? Je t'écoute, dit celle-ci, la fourchette en l'air.

Il haussa les épaules.

— Le moment était venu de passer à autre chose.

— C'est l'armée qui t'impose ce changement ?

— La côte de bœuf est délicieuse. Comment est le poisson ?

— Très bon. J'avais une faim de loup.

Elle se servit un grand verre d'eau qu'elle but presque d'une traite. Apparemment, elle avait également soif.

— Les femmes enceintes sont réputées manger pour deux, dit Troy avec un sourire.

— Je ne fais pas exception à la règle. J'ai pris une quinzaine de kilos. Peut-être plus. Il y a deux jours, j'ai décidé de ne plus me peser, comme ça, c'est réglé. Mais revenons-en à toi. Parle-moi de cette nouvelle vie. J'aimerais bien en savoir un peu plus.

C'était précisément pour lui parler de ses projets que Troy était revenu dans le Colorado. Il pensait qu'une mutation serait susceptible de la faire changer d'avis à son sujet. Lorsqu'il l'avait demandée en mariage, dès la première fois elle lui avait clairement fait savoir qu'il était hors de question qu'elle épouse un militaire qui risquait sa vie en permanence. Maintenant qu'il connaissait un peu mieux ses antécédents, il comprenait sa réaction. Mais il n'aurait pas démissionné des forces spéciales s'il n'avait pas éprouvé un besoin de changement. Les choses étant ce qu'elles étaient, le moment était parfaitement choisi pour prendre ce virage et donner un nouveau sens à sa vie.

Il voulait un foyer.

Il voulait être un père à plein-temps, totalement investi dans l'éducation de son enfant.

Il ne lui restait plus qu'à convaincre Olivia. Il risquait gros, cette fois. Car, si elle refusait à nouveau, il saurait que son métier n'était pas seul en cause. Et qu'Olivia ne voulait pas de lui. Tout simplement.

— J'ai trente-six ans, dit-il. Dans mon métier, ça commence à être limite. Mes réflexes sont moins bons. Mon tir est moins précis qu'autrefois.

— J'ai l'impression que tu te déprécies.

Puisqu'il avait décidé de jouer franc jeu, autant la mettre au courant. Se levant de table, il se dirigea vers son sac, dont il extirpa un étui. Il l'ouvrit et en sortit une paire de lunettes qu'il posa sur son nez. Sa vue baissait, inutile de le cacher plus longtemps. Mais si ces lunettes lui donnaient indéniablement un coup de vieux, elles lui permettaient aussi de voir clairement le contenu de son assiette.

— Je les porte pour voir de près, expliqua-t-il. De loin, je vois encore très bien.

— Ça te va bien, dit-elle. Avec des lunettes, tu fais tout de suite plus intello.

Il fit la grimace.

— Tu crois qu'un QI élevé suffit à semer la terreur parmi les malfaiteurs ?

— C'est ton but dans la vie ? De semer la terreur ?

Il secoua la tête.

— Mes aptitudes physiques restent supérieures à celles de la plupart de ces types. La question n'est pas là. S'il est important que je sois le meilleur, le plus rapide, le plus précis, c'est parce que la sécurité de mes hommes en dépend.

— Cette décision a dû être difficile à prendre. Les missions sur le terrain ne vont pas te manquer ?

Il réfléchit quelques secondes avant de répondre.

— Contrairement à ce que tu sembles croire, je ne carbure pas à l'adrénaline. Me mettre en danger ne m'a jamais particulièrement excité. Ce dont je suis le plus fier, c'est de n'avoir jamais perdu un seul homme en quatorze ans. Je suis content de partir avec un aussi beau score.

Lorsqu'il croisa son regard, il remarqua que ses yeux brillaient d'un éclat qu'il ne leur avait encore jamais vu. Etait-ce bon signe ? Elle sourit avec douceur.

— Que vas-tu faire, maintenant ?

— Je peux rester dans la brigade mais en me bornant à la superviser. J'ai également la possibilité de faire de la formation à Camp Lejeune. Un poste d'instructeur me plairait assez.

— Tu seras derrière un bureau ?

— Certainement pas ! Je ne le supporterais pas. Un instructeur assure quelques cours magistraux et supervise tous les entraînements.

Le sourire d'Olivia s'élargit, et ses yeux se mirent à briller encore plus intensément. Bingo ! Il avait l'impression d'avoir gagné au Loto.

— Tu seras un excellent professeur, déclara-t-elle d'un ton enjoué.

— Qu'est-ce qui te fait dire ça ? C'est à cause des lunettes ?

— Tu as une patience incroyable, dit Olivia avant de porter à sa bouche un fagot de haricots verts. Pour me supporter pendant ces derniers mois, il en fallait beaucoup. Je sais que je suis sacrément têtue quand je m'y mets.

— Comme une mule.

— Mais tu ne t'es pas découragé. J'avais beau dire non, tu es revenu à la charge encore et encore, et…

— Ça ne te déplaisait pas, avoue-le. Tu as apprécié que je te fasse livrer des fleurs pour ton anniversaire. Chaque fois que je t'ai fait un cadeau, tu m'as remercié d'ailleurs.

— Politesse oblige.

Troy savait que ce n'était pas que cela mais il n'insista pas. Le dîner se passait bien. Le repas était délicieux et la conversation commençait à être plus détendue. Olivia parlait de ce qu'elle ferait après la naissance du bébé, et ils découvrirent qu'ils aimaient tous les deux l'escalade. Il lui confia qu'il se passionnait pour l'histoire et qu'il lisait beaucoup de biographies, en particulier celles des chefs d'Etat.

— Tu aimes la politique ?

— Pas la politique en soi, mais la stratégie qu'impose toute prise de décision. Et toi, tu lis quoi ?

— Des romans en tout genre, mais jamais de romans d'espionnage, cela va sans dire. J'ai eu ma période vampires mais, quand je suis au chevet d'une parturiente en plein travail, ce n'est pas idéal comme lecture. Un peu trop gore.

S'appuyant au dossier de sa chaise, elle croisa les mains sur son ventre et lui décocha un sourire satisfait.

— C'est sympa de discuter avec toi.

— Nous n'avons jamais eu beaucoup l'occasion de parler.

— En fait, nous ne nous étions vus que deux fois avant que je débarque chez ton frère et que je te saute dessus.

Les choses auraient sans aucun doute été différentes s'ils

n'avaient pas brûlé les étapes. Troy était à peu près certain qu'ils n'en seraient pas là aujourd'hui. Olivia et lui s'étaient tout de suite sentis attirés l'un par l'autre mais, entre les missions à l'étranger de l'un et le fait que l'autre ait choisi de vivre à la montagne, leur relation n'était pas partie pour durer. Ils se seraient revus deux ou trois fois et ça se serait arrêté là. Ils n'avaient pas grand-chose en commun — du moins jusqu'à ce qu'elle se jette sur lui.

Le téléphone d'Olivia sonna brusquement.

— C'est ma sœur, dit-elle sans enthousiasme.

— Réponds.

Elle parla quelques secondes et, prenant un air encore plus renfrogné, elle lui tendit brusquement l'appareil.

— Je te passe mon père.

Troy soupira intérieurement. Sa relation avec Olivia avait plus progressé en quarante-cinq minutes qu'au cours des huit derniers mois. Ils apprenaient à se connaître et s'entendaient bien.

Quelque chose lui disait que le coup de téléphone de Richard Laughton allait tout compromettre.

5

Olivia fixait d'un air furibond la porte de la chambre dans laquelle Troy s'était enfermé pour parler à son père. Il ne voulait pas qu'elle entende, alors que les deux hommes étaient en train de parler d'elle, de la manière dont ils allaient s'y prendre pour la protéger. Elle n'appréciait pas du tout le fait de ne pas avoir son mot à dire.

Elle s'efforçait depuis très longtemps de prouver à ses parents qu'elle était quelqu'un de responsable et d'indépendant, qui n'avait besoin de personne pour savoir ce qu'elle avait à faire. Parfois, sa mère captait le message. Mais, avec son père, c'était une autre histoire. Il n'y avait pas moyen de lui faire comprendre qu'elle n'était plus une enfant. Si elle l'avait écouté, il aurait fallu qu'elle lui donne encore la main pour traverser la rue. Dieu seul savait ce que Troy et lui allaient bien pouvoir inventer ! Ils étaient capables de l'emballer dans du papier bulle et de l'enfermer dans une forteresse jusqu'à ce que tout danger soit écarté.

Cela partait d'une bonne intention, elle le savait. Elle ferait, bien évidemment, le maximum pour que tout aille bien pour le bébé. Mais ce n'était pas à son père et à Troy de décider, surtout en ce qui concernait la manière dont elle mettrait au monde son enfant. L'accouchement, c'était son domaine, bon sang ! Et elle n'avait pas attendu son huitième mois de grossesse pour réfléchir à tout ça. Son souhait était d'accoucher de la manière la plus naturelle qui soit. Dans une ambiance paisible, pleine de lumière et d'amour.

De l'autre côté de la porte, Troy riait, ce qui ajouta encore à l'agacement que ressentait Olivia. Qu'est-ce que son père et lui pouvaient-ils bien se raconter ? Des blagues d'agents secrets ? Quoi qu'il en soit, ils avaient l'air de bien s'entendre ; c'était déjà quelque chose, mais elle appréhendait un peu ce qui allait ressortir de ce conciliabule. Ces deux-là, s'ils s'associaient, étaient capables de s'attirer toutes sortes d'ennuis.

En débarrassant la table, elle songea à la mutation de Troy à Camp Lejeune. Le choix qu'il avait fait de renoncer à l'action sur le terrain pour devenir instructeur était motivé par des raisons qu'elle comprenait. Sa vie ne le satisfaisait plus. Il avait besoin d'un changement. Mais quelles autres implications aurait cette mutation ? A aucun moment il n'avait dit qu'il envisageait d'acheter une maison près de Camp Lejeune et d'y vivre avec elle et le bébé.

Bizarrement, il n'avait pas reparlé mariage de toute la soirée. Avait-il changé d'avis ? Dans les derniers messages qu'il lui avait laissés, il lui demandait pourtant de l'épouser. Mais, depuis, il n'était pas revenu à la charge. Avait-il fini par comprendre ? Et, si c'était le cas, pourquoi en était-elle aussi affectée ?

Lorsqu'elle eut mis verres, assiettes et couverts sur le chariot du service de chambre, elle avisa le canapé et le gigantesque téléviseur. Si elle s'asseyait, elle risquait de ne pas pouvoir se relever ; ce genre de manœuvre commençait à être vraiment problématique. Sans doute serait-il plus sage qu'elle s'abstienne de regarder la télé et qu'elle aille directement au lit. Surtout après une journée aussi éprouvante. La naissance des triplées l'avait mobilisée une douzaine d'heures. Dans son état, c'était vraiment beaucoup mais, curieusement, elle ne se sentait pas fatiguée.

Posant les mains sur son ventre, elle attendit que le bébé bouge pour lui demander son avis.

— Qu'en penses-tu, toi ? As-tu envie que j'aille me coucher ?

La réponse, transmise au moyen de coups de pieds plus ou moins vigoureux, ne lui parut pas très claire, mais elle crut comprendre que le bébé voulait qu'elle reste debout encore un moment. Il fallait qu'elle réfléchisse aux conséquences de la tentative de kidnapping dont elle avait fait l'objet, à ce qu'elle allait dire à ses parents demain, et à la tournure que semblait prendre sa relation avec Troy.

La conversation qu'ils avaient eue à table s'était révélée passionnante. Même chaussé de lunettes cerclées de métal, il restait un homme d'action — grand et costaud, avec une mâchoire virile et des yeux foncés extrêmement mobiles. Au fil de cette conversation, il s'était peu à peu dévoilé, lui laissant entrevoir des aspects de sa personnalité qu'elle ne connaissait pas. Il avait étudié l'histoire, à l'université, et il lisait des ouvrages érudits. En plus d'être beau et attirant, il était intelligent.

Elle se dirigea vers le coin de la pièce où se trouvait la baignoire spa, derrière deux grandes portes vitrées coulissantes. Et si elle prenait un bain ? Rien ne l'en empêchait, dans le fond. Absorbé par sa conversation téléphonique, Troy ne faisait pas attention à elle, alors pourquoi se priver ? Après avoir ouvert le robinet d'eau chaude, elle alla chercher dans la salle de bains une serviette supplémentaire et un peignoir en éponge blanc.

Lorsqu'elle revint, la baignoire était remplie aux deux tiers. Elle testa la température de l'eau, éteignit la lumière, ramena ses cheveux en chignon pour éviter de les mouiller, se débarrassa de son déshabillé et se glissa voluptueusement dans l'eau.

La taille de la baignoire lui permettait de s'étendre de tout son long. Son ventre et ses seins affleuraient l'eau comme trois îlots blancs. Elle activa les jets, dans son dos, et s'abandonna tout entière à leur massage bienfaisant.

La porte derrière elle s'entrouvrit, et Troy demanda s'il pouvait entrer.

— Oui, tant que tu n'allumes pas la lumière.

S'approchant, il posa ses coudes sur le bord de la baignoire. Les rayons argentés de la lune frappaient ses larges épaules et faisaient luire ses cheveux noirs. Si elle le voyait, il devait la voir aussi. Malgré les tourbillons dus aux jets, il devait deviner sous l'eau les contours de son corps. C'était un peu gênant, mais pas au point de sortir du bain.

— Alors ? dit-elle. De quoi avez-vous parlé, mon père et toi ?

— Tout dépend de ce que tu es prête à entendre.

— Je suis prête à tout entendre. Tu peux tout me dire.

Ses parents ne leur avaient jamais parlé, ni à elle ni à sa sœur, de leurs activités dans le renseignement, probablement parce qu'ils n'en avaient pas le droit et parce qu'elles n'étaient que des enfants. Mais aujourd'hui c'était différent. Elle avait besoin de savoir. Il y allait de sa sécurité et de celle du bébé qu'elle portait.

— Plus j'en saurai, mieux je me sentirai.

— C'est une longue histoire. Tu permets que j'entre dans le bain avec toi ?

Partager un bain avec lui ? Cela risquait de se terminer au lit. Depuis ce fameux soir où elle lui avait sauté dessus, Olivia avait observé la plus stricte chasteté. Elle savait que, chez certaines femmes, la grossesse augmentait la libido, mais elle n'avait rien remarqué de ce genre chez elle. Du moins jusque-là.

Elle haussa les épaules.

— Si ça peut te faire plaisir.

Lorsqu'il retira son T-shirt, son cœur se mit à battre à coups redoublés. Le clair de lune sculptait les muscles de ses bras et des épaules. Sa toison pectorale se raréfiait sous le plexus, formant une bande étroite qui descendait vers son nombril et disparaissait sous la ceinture de son jean.

Aussi spontanément qu'il avait enlevé le haut, il retira le bas.

— Je vais ouvrir la porte, annonça-t-il. J'aime bien sentir la fraîcheur nocturne sur ma peau.

— D'accord.

Dans le plus simple appareil, il contourna la baignoire pour faire coulisser la vitre. Nu, il était superbe. Un bronze antique. Elle ne pouvait s'empêcher de le regarder. Quand il poussa la vitre, elle sentit un souffle d'air lui caresser les joues. C'était d'autant plus agréable qu'elle avait chaud, brusquement. Vraiment très, très chaud.

Troy se glissa dans la baignoire. Ils étaient assis chacun à une extrémité, mais la baignoire était si grande qu'ils arrivaient à ne pas se toucher. Olivia veillait cependant à garder ses jambes pliées ; sinon, ses pieds seraient entrés en contact avec les genoux de Troy.

Il enfonça brièvement sa tête sous l'eau puis s'ébroua.

— Ça fait du bien, déclara-t-il avec un grand sourire.

Olivia aurait bien voulu se sentir aussi à l'aise. Elle ne savait pas où poser les yeux et n'osait pas bouger.

— Le type que l'on recherche s'appelle Kruger, dit-il. C'est du moins comme ça qu'il se fait appeler.

Elle serra les poings pour essayer de juguler les pulsions qui la parcouraient car il fallait qu'elle se concentre sur ce qu'il lui disait.

— Quand tu dis « on », tu parles de mon père et toi ? Vous recherchez la même personne, en fait ?

— C'est un peu plus compliqué que ça. Kruger a la CIA à ses trousses depuis longtemps. Cela fait presque vingt-deux ans qu'il vit aux Etats-Unis sous une fausse identité. Mais il se planque si bien qu'on n'arrive pas à le démasquer. C'est très probablement un homme de pouvoir. Ton père sait qui il est mais il ne l'a jamais rencontré.

— Et toi, comment l'as-tu connu ?

— Ma brigade a mis au jour l'existence d'une cellule terroriste d'origine rwandaise qui opérerait aux Etats-Unis, sans doute autour de New York. Cette faction, que l'on nomme Hatari, est financée par Kruger.

Olivia fit la grimace. L'espionnage n'était pas son truc. Ces histoires de taupe, de cellule terroriste, de complots ne la concernaient en rien.

— Qu'est-ce que je viens faire là-dedans ?

— On n'en sait rien, répondit-il.

Il brassa la surface de l'eau, produisant des ondulations qui vinrent lécher les seins d'Olivia et reprit :

— A ce stade, nous ne pouvons qu'émettre des hypothèses. C'est peut-être à cause de moi qu'Hatari s'en prend à toi. Ils espèrent ainsi avoir un moyen de pression sur moi. A moins que Kruger ne cherche à attirer l'attention de la CIA, et donc de ton père.

— C'est compliqué, en effet.

— Oui, très. Ton père m'a appris quelque chose qui pourrait se révéler utile. D'après la CIA, Kruger est dans l'industrie pétrolière.

— En quoi est-ce que cela pourrait être utile ?

— Cela nous oriente vers les cibles potentielles de Hatari. Si Kruger fait poser des bombes, ce sera vraisemblablement dans les bureaux d'un de ses concurrents.

— A New York ?

— Apparemment, répondit Troy en se rapprochant d'elle. Comme il y a pas mal de compagnies pétrolières qui ont leurs sièges dans le Colorado. Kruger est peut-être plus près qu'on ne le croit.

— Qu'allons-nous faire ?

— Il est hors de question de prendre le moindre risque. Je reste avec toi jusqu'à ce que tout danger soit écarté, déclara-t-il en posant une main de propriétaire sur son épaule.

Humides et lisses, les cheveux noirs de Troy évoquaient le

pelage d'un phoque. Olivia ne put s'empêcher de lui caresser la tempe. Une petite voix lui soufflait de sortir immédiatement de la baignoire. Mais, au lieu de l'écouter, elle posa sa main sur sa nuque et plongea son regard dans le sien.

— C'est la première fois que nous passons plus d'une heure ensemble et que tu ne me demandes pas de t'épouser, fit-elle remarquer.

— Ton père m'a donné sa bénédiction.

— Oh ! non ! Ne me dis pas que tu lui as demandé ma main ?

Contrariée, elle s'écarta de lui.

— En fait, j'ai…

— Mais enfin, Troy, comment as-tu pu faire une chose pareille ? Nous ne sommes plus au Moyen Age !

— Je n'ai rien demandé du tout. C'est lui qui a mis ça sur le tapis. Il savait que je souhaitais t'épouser. Il trouve que c'est une bonne idée.

— Evidemment ! s'exclama-t-elle en l'éclaboussant. Mon père est persuadé qu'une femme ne peut pas s'accomplir si elle n'a pas un mari.

Il l'éclaboussa à son tour.

— Pas n'importe quel mari. C'est avec moi que Richard veut que tu te maries. Il s'est renseigné sur moi.

— Tu as fait la même chose pour moi, je te rappelle.

— Oui, j'avoue.

— Vous faites vraiment la paire, tous les deux ! Bon, eh bien, moi, je sors du bain.

Elle tâtonna sur le côté de la baignoire pour mettre la main sur sa serviette.

— Attends, dit Troy en lui prenant le bras. J'ai une idée. Et je te rassure ; il ne s'agit pas de se marier.

Elle se dégagea, gardant ses distances.

— De quoi s'agit-il, alors ?

— Nous n'avons jamais vraiment eu l'occasion de nous connaître. La conversation que nous avons eue tout à l'heure, à table, a été une grande première. Nous ne nous étions jamais parlé aussi longtemps.

— Et donc ?

— Etant donné que je vais être ton garde du corps, nous allons passer beaucoup de temps ensemble. Je pourrais en profiter pour te faire la cour.

— Pour me faire la cour ?

Elle ne put s'empêcher de sourire. Cette expression surannée était étonnante dans la bouche d'un marine tout ce qu'il y a de plus viril.

— Tu as l'intention de me conter fleurette ?

— Oui, pourquoi pas ?

— Je ne sais pas pourquoi, mais ça me paraît louche.

— J'ai envie d'être avec toi, tout simplement. Je te promets de ne pas parler mariage. De ne pas te mettre la pression.

Elle se doutait bien qu'en échange elle aurait elle aussi à faire des concessions.

— Et qu'attends-tu de moi, au juste ?

— Je veux être là quand tu accoucheras. Je veux voir mon fils venir au monde.

Sa requête la toucha. Les hommes se faisaient souvent prier pour assister à l'accouchement de leurs femmes. Le fait qu'il veuille être là était un bon point pour lui. Elle restait méfiante, cependant.

— J'espère que ce n'est pas un stratagème pour me faire accoucher à l'hôpital. C'est à la maison que je veux mettre au monde mon enfant, et rien ne me fera changer d'avis.

Il acquiesça d'un hochement de tête.

— C'est toi le chef.

— Ta requête me semble légitime ; je peux difficilement refuser. L'accord est donc conclu.

— Il ne nous reste plus qu'à le sceller d'un baiser.

Il glissa dans l'eau et la prit dans ses bras. Leurs corps mouillés lui rendaient la tâche difficile. Il dut s'y reprendre à deux fois pour trouver la position adéquate. Lorsque leurs lèvres se rejoignirent, Olivia sentit toute velléité de résistance l'abandonner. Leurs langues se mêlèrent et se mirent à danser une folle sarabande.

Tandis qu'ils s'embrassaient, la caresse de l'eau sur son corps et le souffle de l'air sur sa peau la firent frissonner. Quand Troy toucha ses seins, ultrasensibles, elle retint son souffle.

Il lui mordilla le lobe de l'oreille.

— Tu es magnifique, murmura-t-il.

— Enorme, rectifia Olivia.

— Non, épanouie.

Il la poussa jusqu'à ce que son dos touche l'une des buses de la baignoire, afin que le jet d'eau chaude masse ses lombaires et soulage les tensions engendrées par cette trop longue journée. Tandis que ses muscles endoloris commençaient à se détendre, d'autres endroits de son corps s'éveillèrent sous les baisers torrides et les caresses habiles de Troy. Ce diable d'homme savait y faire. Si c'était sa manière à lui de lui faire la cour, elle était prête à se laisser conter fleurette autant qu'il voudrait.

Sans crier gare, il l'attrapa sous les bras et la souleva. Debout dans la baignoire, il la maintint hors de l'eau.

— Mais qu'est-ce que tu fais ? demanda-t-elle en lui donnant une tape sur la tête. Lâche-moi tout de suite, enfin.

Il la fit asseoir sur le bord de la baignoire.

— J'ai envie de te voir tout entière, dit-il.

En attendant, elle avait la chair de poule. Lorsqu'il s'approcha pour l'embrasser à nouveau, elle noua ses bras autour de son cou et se serra contre lui. Le contact de son torse glissant l'excita au plus haut point.

La ramenant dans l'eau, il lui écarta les jambes et se mit à la caresser doucement, sensuellement. Les paupières closes, Olivia s'abandonna aux sensations délicieuses qu'il faisait naître sous ses doigts experts, et à l'orgasme qui, contre toute attente, ne tarda pas à venir. Lorsque l'onde de choc qui la parcourut des pieds à la tête reflua, Troy la prit dans ses bras. Blottie contre lui, la tête nichée au creux de son épaule, elle reprit calmement ses esprits. Puis il l'aida à sortir de la baignoire et à se sécher. Elle voulut renfiler son déshabillé, mais il l'en empêcha.

— Tu n'en as pas besoin, dit-il. Je me charge de te tenir chaud.

— Mes cheveux sont mouillés, constata-t-elle en touchant les mèches qui s'étaient échappées de sa queue-de-cheval.

— Ils vont sécher.

Dans la chambre, il la posa sur le lit. Quand ils étaient arrivés, tout à l'heure, elle avait prévu de le prier de dormir sur le canapé convertible mais, maintenant, cela n'avait plus de sens. Encore toute vibrante du plaisir qu'il lui avait donné, elle se glissa voluptueusement sous les draps. Il la rejoignit aussitôt et se blottit contre elle, sa main posée sur son ventre.

Elle songea soudain qu'elle avait été la seule bénéficiaire de leurs ébats. C'était injuste. Troy avait droit à la même chose qu'elle. Mais une douce torpeur la submergea, et elle s'endormit avant d'avoir pu tenter quoi que ce soit.

6

Le lendemain matin, Troy fut réveillé par un baiser, accompagné d'une caresse sans équivoque. Sans ouvrir les yeux, il passa sa main sur le ventre rebondi d'Olivia. Sa peau était douce et soyeuse.

— Ne bouge pas, ordonna-t-elle tout bas. Je veux que tu démarres la journée de manière très spéciale.

— Mais tu sais bien que je ne suis pas du genre à traîner au lit.

— Même quand je suis là pour m'occuper de toi ? demanda-t-elle en enfonçant ses ongles dans la toison qui couvrait son torse.

Elle lui fit la petite bête qui descend, descend, descend…

— Continue, murmura-t-il, le souffle court.

Ce fut, sans l'ombre d'un doute, le réveil le plus fabuleux qu'il eût jamais connu. Les paupières closes, il savourait en silence le souvenir que lui avaient laissé chaque baiser, chaque caresse, chaque coup de langue. Ainsi que l'odeur d'Olivia et le goût de ses lèvres.

Il n'avait pas manqué de lui rendre la pareille, de sorte qu'ils s'étaient retrouvés tous deux à haleter à qui mieux mieux, mais heureux et détendus. Sur le plan sexuel, leur couple fonctionnait merveilleusement bien. Et, ça, c'était fondamental dans une relation.

Tournant la tête vers elle, il ouvrit les yeux pour la regarder. Son nez, bien que petit, ne manquait pas de caractère. Elle avait une jolie bouche, des lèvres charnues qui souriaient facilement. Ce visage ne lui était pas encore totalement familier. Il était loin d'en connaître toutes les expressions.

— Il est plus de 8 heures, fit remarquer Olivia. J'ai dit à ma sœur que nous serions à Denver avant midi.

De Keystone, il fallait un peu plus de deux heures pour arriver à Denver, mais Troy n'était pas pressé de se mettre en route. Compte tenu des tensions qui existaient entre Olivia et ses parents, la perspective de ce repas de famille n'avait rien d'enthousiasmant. En outre, Troy était un peu gêné d'avoir mis Olivia enceinte avant de sortir officiellement avec elle.

Espérant trouver sur place une alliée, il demanda :

— Et ta sœur, elle est comment ?

— Bianca est la fille parfaite qui fait toujours tout bien comme il faut. Diplômée de Yale, majeure de sa promotion, elle est depuis trois ans associée junior dans un des plus prestigieux cabinets d'avocats de Denver. L'an dernier, elle a acheté une très chouette maison que mes parents l'ont bien entendu aidée à financer. Bianca a toujours été leur chouchoute.

— Tu as évoqué son petit ami, à un moment.

— Il ne fait plus partie du tableau, expliqua Olivia en haussant les épaules. Les sœurs Laughton ne semblent pas faites pour la vie de couple.

Couché sur le côté, il posa sa tête sur son poing.

— Comment expliques-tu cela ?

— Bianca dirait que mon problème, c'est que je suis une espèce d'ermite qui se réfugie dans son antre, dans la montagne, dès qu'un prétendant se présente. Et je dirais que son problème à elle est que, étant avocate, elle a tendance à toujours chercher la petite bête à tout le monde.

Il ne considérait pas Olivia comme un ermite. C'était elle qui était venue à lui le soir où ils avaient conçu le bébé. Depuis, c'est vrai, elle l'avait soigneusement évité, elle avait refusé ses demandes en mariage et clamé haut et fort qu'elle était indépendante et comptait bien le rester.

Il ne le comprenait toujours pas mais il préférait en rester là pour l'instant. Tout se passait bien entre eux ; il ne tenait pas à tout gâcher maintenant.

— Qu'est-ce qui te fait penser que ta sœur est la chouchoute ?

— Nos parents avaient de grandes ambitions pour nous. Ils étaient persuadés que leurs filles réussiraient. Ils me voyaient médecin et n'ont pas compris pourquoi j'avais choisi de devenir sage-femme.

Elle tourna la tête vers lui et planta ses yeux bleus dans les siens.

— Et toi, tu en penses quoi ? demanda-t-elle tout à trac.

— Euh, de quoi ? bredouilla-t-il, conscient d'être sur un terrain miné.

— Tu comprends pourquoi j'ai voulu être sage-femme ?

Il prit le temps de la réflexion car il savait que, s'il répondait de travers, elle le reléguerait aussitôt au rang des abrutis.

— Chez toi, c'est sans aucun doute une vocation. Tu aimes aider les gens. C'est pour ça que tu travailles bénévolement au dispensaire, comme mon frère.

Elle acquiesça.

— Oui. Quoi d'autre ?

— Mettre au monde des enfants doit être extrêmement gratifiant. Le plus souvent, ça se passe bien, et tu te retrouves avec une maman aux anges et un nouveau-né plein de vie. Moi, je trouve que c'est un très beau métier.

Elle le décocha un sourire.

— Tu es décidément plus intelligent que tu n'en as l'air.

— Comment cela ?

— Un type aussi mignon que toi n'est généralement…

Il poussa un grognement.

— Par pitié, ne dis pas de moi que je suis mignon !

— OK, tu n'es pas mignon, mais tu n'as pas le profil d'un

intello, déclara-t-elle avant de se pencher pour l'embrasser sur le front. Et si on appelait le service d'étage ? Je meurs de faim.

Ils prirent tout leur temps pour passer leur commande, et c'est en papotant qu'ils savourèrent leur petit déjeuner. Ils avaient beaucoup de marge et n'auraient donc pas dû se sentir pressés par le temps mais, lorsqu'il fallut s'habiller, Olivia commença à faire un tas d'histoires. Elle n'arrivait pas à trouver la tenue adéquate et dut se changer une demi-douzaine de fois.

Il était finalement plus de 10 heures lorsqu'ils rendirent la chambre. Une fois dehors, Troy s'empressa d'aller ouvrir le coffre de son nouveau SUV de location pour que le portier puisse y mettre leurs bagages. Puis il fit le tour du véhicule pour aller ouvrir la portière côté passager.

— Mais qu'est-ce que tu fais ? demanda Olivia, déconcertée. Ce n'est pas notre voiture.

— Si. J'ai changé pour un Range Rover. C'est plutôt pas mal, non ?

Il se glissa derrière le volant et sortit du parking. Comme Olivia ne disait rien, il lui jeta un regard et s'aperçut qu'elle le fixait d'un air dur, désapprobateur. Lorsque, enfin, elle ouvrit la bouche, son ton était froid.

— Vas-tu, oui ou non, me dire pourquoi nous avons changé de voiture ?

— Simple précaution, répondit-il. Personne ne nous a suivis, hier soir, mais cela ne signifie pas pour autant que tout danger soit écarté. Les cambrioleurs ont pu repérer notre SUV, dans le parking de l'hôtel, et le trafiquer en cachant un mouchard sous le châssis. J'ai donc contacté l'agence de location et demandé un changement de véhicule. Ce Range Rover est intact.

— Cela frise la paranoïa, marmonna-t-elle.

— C'est juste de la stratégie. Cela consiste à avoir une longueur d'avance sur l'adversaire.

Il adorait la stratégie. Lorsqu'il serait à la retraite, il participerait sans doute à des reconstitutions de la guerre de Sécession, ou bien il se mettrait au modélisme pour construire des maquettes de la défaite de Napoléon à Waterloo. Mais là, en l'occurrence, sa marge de manœuvre était étroite, hélas. Il ne pouvait pas faire n'importe quoi.

Il travaillait d'habitude avec des militaires bien entraînés. Protéger une femme enceinte était une autre affaire. Il devait à tout prix éviter une confrontation directe avec les malfaiteurs qui ferait courir trop de risques à Olivia.

— Dorénavant, dit-elle, j'aimerais être informée de tous tes agissements. Avant de décider quoi que ce soit, je te saurais gré de me consulter.

— Tu seras informée, mais sache que ces décisions ne sont pas discutables.

— Et pourquoi, s'il te plaît ? N'ai-je pas mon mot à dire ?

— Ce n'est pas comme ça que fonctionne une chaîne de commandement.

Dès qu'il eut prononcé ces mots, il sut qu'il aurait mieux fait de se taire.

— Une chaîne de commandement ? Mais pour qui te prends-tu, bon sang ? Tu crois pouvoir jouer au petit chef avec moi, c'est ça ?

— J'essaie de te protéger.

— J'ai l'impression d'entendre mon père, qui veut toujours tout régenter dans ma vie sous prétexte que c'est pour mon bien !

A quoi bon la contredire ? Têtue comme elle l'était, Troy n'aurait de toute façon pas réussi à lui faire entendre raison. Il préféra changer de sujet.

— On passe par où pour aller à Denver ?

— Le tunnel Eisenhower va nous faire gagner du temps, répondit sèchement Olivia. Il faut retourner à Dillon pour prendre l'autoroute.

Troy renâcla intérieurement. Retourner à Dillon ne lui

disait rien qui vaille. Les malfaiteurs qui s'étaient introduits chez elle la veille étaient peut-être encore dans le coin. Embusqués à un carrefour, attendant leur passage.

— Nous sommes plus près du col de Loveland.

— Et la route est plus pittoresque, admit-elle.

Certes, mais cette ancienne route, qui grimpait à travers la montagne, était l'endroit rêvé pour une embuscade — peu empruntée et pleine de virages en épingles à cheveux. Au stop, il s'immobilisa. Alors ? A gauche ou à droite ? Dillon ou le col ? Un soleil radieux brillait au-dessus des forêts et faisait étinceler les pare-brise des autres véhicules. Par une aussi belle journée d'été, il ne pouvait rien leur arriver de fâcheux.

— Si tu n'as pas l'habitude des routes de montagne, dit-elle d'un ton un peu narquois, je suis prête à prendre le volant.

Il aurait pu lui parler des dizaines d'heures de cours de conduite préventive qu'il avait prises, ou de sa fuite à bord d'une jeep dans le désert afghan, ou de la fois où il avait conduit une Ferrari à deux cents kilomètres/heure sur une autoroute allemande. Mais il n'avait aucune raison de se vanter.

— Je peux passer ce col sans problème, dit-il simplement.

Ils avaient bien fait de choisir la route panoramique car les paysages somptueux semblaient avoir sur Olivia un effet lénifiant. Une fois le sommet atteint, Troy chercha à regagner ses faveurs.

— J'aime bien ce que tu portes aujourd'hui.

— C'est une tenue décontractée.

Percevant dans sa voix un soupçon d'agacement, il décida d'y aller doucement.

— Tu as fait le bon choix. Il va faire chaud à Denver. En short, tu seras à l'aise.

— A l'aise ? releva-t-elle d'un ton sarcastique. Tu parles d'un compliment !

— Les couleurs sont vives. J'aime bien ce haut rayé noir et jaune. Tu me fais penser à un bourdon.

— Tu le fais exprès, ma parole ! Un bourdon n'a vraiment rien de très glamour.

— Le tombé est parfait, je trouve, déclara-t-il encore.

— Le tombé ? Tu as vu mon ventre ? On dirait une pastèque !

— Oh ! Et puis zut, à la fin ! Tu n'es jamais contente. Que veux-tu que je te dise ?

— Je n'ai que faire de tes flatteries. Je suis enceinte jusqu'aux yeux et à peu près aussi gracieuse qu'un pachyderme, alors dis les choses telles qu'elles sont ou tais-toi.

— Mais je le pense vraiment, protesta-t-il. Tu es sexy en diable. Ton short met en valeur tes jambes bronzées, très agréables à regarder, et ton haut a un décolleté extrêmement flatteur. Tu as une magnifique poitrine, qu'il serait bien dommage de cacher. Quant à ton ventre, eh bien figure-toi qu'il m'excite.

A ces mots, il la vit changer de tête. Sa lèvre inférieure se mit à trembler et elle étouffa un sanglot.

— Merci, bredouilla-t-elle.

— Tu pleures ?

— Non.

Mais elle pleurait bel et bien. Il avait raté son coup. En beauté.

— Ecoute, je retire tout ce que j'ai dit. Je suis désolé.

— Tu n'y es pour rien, dit-elle en se passant les doigts dans les cheveux. C'est la faute des hormones.

Inquiet, il tourna la tête dans sa direction.

— Ah bon ? Ça t'arrive souvent, ces crises de larmes ?

S'arrêtant de sangloter, elle se mit sans transition à pouffer. Comment était-il possible de pleurer et de rire en même temps ? Elle n'en finissait pas de l'étonner.

— Oui, en ce moment, je passe facilement du rire aux larmes et inversement. Et ne me demande pas si ça va s'arranger ou empirer parce que je serais bien en peine de te répondre. Je n'ai jamais été enceinte avant.

— C'est peut-être le stress, non ?

— C'est possible. J'appréhende toujours de voir mes parents.

— Je parlais de la tentative de kidnapping.

Elle sourit.

— Ah, oui. Ça aussi.

La voir sourire ne le rassurait guère. Elle n'avait pas l'air de s'en faire outre mesure. Or le danger était bien réel. Olivia avait décidément des réactions bizarres, qu'il renonçait à comprendre.

Sur la I-70, non loin de Denver, Troy jeta un coup d'œil dans son rétroviseur. Pour la troisième fois en l'espace de deux minutes. Juste après la sortie pour Evergreen, il avait remarqué deux véhicules qui collaient d'un peu trop près leur Range Rover. Il s'agissait d'un SUV noir et d'une berline dont les vitres étaient teintées.

— Quelque chose ne va pas ? demanda Olivia.

— Sur l'autoroute, c'est difficile à dire. Je vais ralentir. On en aura le cœur net.

Il leva le pied de l'accélérateur. Leur vitesse tomba à soixante-dix kilomètres/heure. Le SUV les dépassa sur la gauche, si vite que Troy n'eut pas le temps de voir le conducteur. La berline les suivait toujours.

Olivia se retourna pour regarder par la vitre arrière.

— Cette voiture avec des vitres teintées n'a pas l'air de vouloir nous dépasser. Tu penses qu'elle nous suit ?

— C'est la question que je me pose depuis un moment. Je soupçonnais également le SUV noir qui vient de nous doubler. Mais j'avais probablement tort.

Il avait parlé trop vite car, cinq kilomètres plus loin, il vit le SUV garé sur le bas-côté. Le véhicule les laissa passer puis se remit aussitôt en route.

— Le revoilà ! s'exclama Olivia, qui l'avait vu aussi. Tu avais raison, en fait.

L'utilisation de deux véhicules laissait penser qu'à un moment ou à un autre leur Range Rover allait se retrouver pris en tenaille. L'un des deux véhicules passerait devant, tandis que l'autre leur filerait le train. Le premier véhicule ralentirait, obligeant Troy à s'arrêter. Soit ! Le problème, c'était que, sur une autoroute à quatre voies avec beaucoup de circulation, ce genre de manœuvre pouvait se révéler extrêmement dangereuse. Ces deux véhicules allaient peut-être se contenter de les escorter.

— Si ça se trouve, c'est un pur hasard, dit-il. Ces voitures vont peut-être à Denver, comme nous. Tout simplement.

— Oui, mais peut-être pas.

Il n'y avait qu'un moyen de le savoir.

— Je vais prendre la prochaine sortie. Nous verrons bien.

Roulant à la vitesse réglementaire, Troy donna un coup de volant, quitta sa voie sans mettre son clignotant et se dirigea vers la sortie. La berline fit de même.

— Elle est toujours là, fit remarquer Olivia.

— Et le SUV ? Tu le vois ?

— Non, pas pour l'instant.

Ils se retrouvèrent dans la banlieue de Denver — au moins, ils n'étaient pas dans un endroit désert. L'inconvénient, c'était que la berline avait peut-être une bonne raison de prendre ce chemin. Au premier carrefour, Troy s'engagea dans une zone pavillonnaire pleine de maisons neuves, de pelouses bien entretenues et d'arbres récemment plantés.

Troy eut beau tourner deux ou trois fois et faire quelques demi-tours, la berline était toujours derrière eux.

— Je vois le SUV, prévint soudain Olivia.

Ils étaient bel et bien suivis. Le doute n'était plus permis.

— Cramponne-toi, dit-il.

— Qu'est-ce que tu fais ?

— Je vais les semer.

Il sortit du lotissement. Le SUV toujours derrière lui, il enfonça la pédale de l'accélérateur et prit la route à deux voies qui passait entre les contreforts des montagnes. Il y avait juste assez de circulation pour compliquer la tâche de ceux qui les suivaient. Il doubla un camion et un 4x4. Il roulait à plus de cent dix kilomètres/heure lorsqu'ils arrivèrent à une intersection. Le feu tricolore passa à l'orange.

Il ne pouvait pas accélérer. Il y avait trop de voitures qui attendaient de pouvoir démarrer, ils risquaient de se faire percuter latéralement.

Le feu était au rouge. Troy pila et, dans le même temps, tourna à fond son volant à droite, opérant un demi-tour qui faillit leur valoir un accident.

Dans son rétroviseur, il vit que leurs poursuivants étaient bloqués au feu. C'était le moment ou jamais de les semer. Ou du moins de les distancer. Le Range Rover avait du répondant. Si Troy arrivait à maintenir sa vitesse jusqu'au prochain croisement, ils seraient sauvés.

— Olivia, ça va ?

— Ça va, répondit-elle d'une voix étranglée.

— Je te promets de ne pas recommencer.

— Tant mieux.

Une sirène de police se fit entendre. Des lumières bleues et rouges clignotantes apparurent derrière eux. Troy dut s'arrêter sur le bas-côté. Pas moyen de faire autrement.

— On leur raconte tout ? demanda Olivia.

Expliquer à la police qu'ils étaient suivis et qu'Olivia avait failli être kidnappée risquait d'être un peu compliqué. Troy n'étant pas officiellement en mission, il n'avait pas vraiment d'excuse pour conduire comme un fou.

— Non, j'aime mieux pas, répondit-il.

— Pas de problème, dit-elle. Laisse-moi faire.

Quand le policier arriva à leur hauteur, Olivia poussa un cri terrible.

— Mon Dieu, hurla-t-elle. Le bébé va sortir.

Masquant sa surprise, Troy regarda le flic qui affichait une mine abasourdie.

— Ma femme est sur le point d'accoucher.

— C'est imminent, gémit Olivia en se cambrant exagérément pour rendre son ventre encore plus proéminent.

— Nous allons à St Luke, expliqua Troy.

Le visage rouge, Olivia agrippa son bras tout en levant vers le policier un regard de biche aux abois.

— Faites quelque chose, je vous en prie.

Le flic se pencha vers eux.

— Ne vous en faites pas, madame. Je peux m'occuper de l'accouchement.

— Non, il n'en est pas question, déclara Troy. Il faut l'emmener à l'hôpital.

— Sauf votre respect, je suis capable de mettre un enfant au monde, rétorqua le policier, visiblement vexé.

— Il n'y en a pas un mais trois ! s'écria Olivia. Je vais accoucher de triplés.

Décontenancé, le flic eut un mouvement de recul. Il blêmit et en resta coi quelques instants.

— Trois ? glapit-il.

— Nous n'avons pas une minute à perdre, dit Troy. L'hôpital n'est pas juste à côté.

— On y va, décréta enfin le policier. Suivez-moi.

Olivia continua de gémir jusqu'à ce que la voiture de police, gyrophare allumé, passe devant la leur pour leur ouvrir la voie.

Très contente d'elle, Olivia décocha un grand sourire à Troy.

— Je t'ai flanqué la peur de ta vie, je parie ?

— Pourquoi dis-tu ça ?

— Et si ça n'avait pas été un bobard ? Je pourrais très bien être sur le point d'accoucher, figure-toi !

Quel crétin ! songea Troy. Cette éventualité ne lui avait même pas effleuré l'esprit.

— Je pense, continua-t-elle, que nous nous serions conformés à ce qui est prévu depuis le départ. En respectant la chaîne de commandement et tout le toutim.

— Toi et moi savons très bien qui commande.

Dans son esprit, c'était lui, évidemment. Il n'y avait pas d'autre chef que lui. Mais il était à peu près sûr qu'Olivia pensait la même chose d'elle-même.

7

Olivia avait quelques scrupules à s'être servie de sa grossesse pour berner un policier et l'obliger à les escorter. Mentir n'était pas dans ses habitudes, surtout à un brave homme qui était prêt à relever ses manches pour l'aider à accoucher au bord de la route. N'empêche que le résultat valait bien un petit bobard : ils avaient réussi à semer leurs poursuivants.

Pendant le trajet, Troy avait appelé en catastrophe son frère, qui travaillait aux urgences de St Luke, quand il n'était pas au dispensaire. A leur arrivée, Alex les attendait à l'entrée de l'hôpital avec un fauteuil roulant. Il s'était fait passer pour le médecin traitant d'Olivia et l'avait aussitôt prise en charge. Le policier n'avait eu d'autre choix que de s'en aller. Ils étaient entrés tous les trois dans l'hôpital pour en ressortir aussitôt par la porte de service. Après s'être assurés que la voiture de police n'était plus là, ils avaient regagné le parking, où était garé le Range Rover.

— On peut dire que vous avez le chic pour vous mettre dans des situations invraisemblables, tous les deux ! grommela Alex en secouant la tête.

— Comment ça « invraisemblables » ? rétorqua Troy. Ton neveu est pourtant bel et bien sur le point de voir le jour.

— N'essaie pas de noyer le poisson et raconte-moi plutôt ce qui se passe.

Nul besoin d'être fin limier pour remarquer que les deux

hommes étaient frères. Grands et minces, tous deux étaient bruns aux yeux marron. Troy avait le teint plus mat et des traits plus marqués que son frère. Alex avait les cheveux plus longs, et son visage était plus mince. Avec son air toujours un peu soucieux et compatissant, il avait bien une tête de médecin. Troy, lui, irradiait la force tranquille et la confiance en soi.

— Pour faire court, dit Troy, Olivia est en danger, et je m'efforce de la protéger.

— De quoi ?

— On n'en sait trop rien pour l'instant.

Alex s'esclaffa.

— Arrête ton baratin. C'est toujours ce que tu réponds quand on t'interroge sur la nature de tes missions.

— Et si je te disais qu'elle est peut-être la cible d'une cellule terroriste rwandaise au service d'un super-espion ?

— Mais oui, bien sûr, lança Alex, incrédule, avant de se tourner vers Olivia. Comment te sens-tu quand tu ne fais pas semblant d'être à deux doigts d'accoucher ?

— Je suis en pleine forme, prête à repartir. Jusqu'à mon accouchement, j'ai bien l'intention de rester active. Je pourrais d'ailleurs profiter du fait que nous sommes de passage en ville pour aller faire un tour au dispensaire.

— C'est une excellente idée. Plusieurs patientes ont demandé de tes nouvelles. Et il y a quelqu'un qui aimerait bien te parler.

— Ah ! Et qui donc ?

— Carol Rainer.

Olivia se recroquevilla intérieurement. Carol Rainer était une ancienne patiente. Elle n'avait aucune envie de la revoir mais, après ce qui s'était passé, elle pouvait difficilement lui tourner le dos.

— Où l'as-tu rencontrée ? demanda-t-elle.

— Comme nous, Carol travaille au dispensaire. Elle est réceptionniste.

Olivia n'aurait jamais imaginé qu'une femme aussi riche que Mme Rainer puisse s'investir auprès des plus démunis.

— Comment se fait-il qu'elle se soit fait embaucher au dispensaire ?

— C'est grâce à toi. Elle savait que tu y travaillais bénévolement. Un jour, elle est venue se renseigner. Au départ, elle voulait juste faire un don, mais nous étions débordés. Elle nous a donné un coup de main et s'est aperçue que ça lui plaisait. Depuis, elle vient régulièrement.

Carol avait, plus que personne, des raisons de détester Olivia. Elles avaient traversé ensemble une terrible épreuve.

— Elle va bien ? demanda Olivia.

— Oui, très bien.

— Et son mari ?

— Ils se sont séparés, répondit Alex avant de se tourner vers son frère. Tu dors chez moi ?

— Non, je ne pense pas. Les parents d'Olivia sont là. J'espère que sa sœur acceptera de m'héberger.

— Viens donc dîner avec nous, Alex, suggéra Olivia. J'aurai enfin l'occasion de te présenter Bianca. Elle est célibataire et travaille dans un cabinet d'avocats.

Elle avait parlé trop vite et regretta aussitôt de l'avoir invité. Elle n'allait pas se risquer à jouer les entremetteuses. Surtout avec sa sœur. Comme elle, Bianca ne supportait pas d'être manipulée.

— Il faut qu'on s'en aille, déclara Troy.

— Une minute, dit son frère en exhalant un long soupir démonstratif. Promets-moi de m'appeler en cas de besoin. Vous êtes aussi cinglés l'un que l'autre, mais je tiens à ce que vous sachiez que vous pouvez compter sur moi. Quant au bébé, quelque chose me dit qu'en grandissant il aura bien besoin d'un tonton tout ce qu'il y a de plus normal.

Troy se fendit d'un sourire.

— Tous les enfants ont besoin d'un oncle gaga et pot-de-colle.

— Vous avez choisi le prénom ? demanda Alex.

La question troubla Olivia. Le choix du prénom était une des nombreuses choses qu'elle avait remises à plus tard. Il lui avait fallu une semaine pour choisir la peinture des murs de la chambre du bébé. Elle voulait du bleu, mais pas n'importe quel bleu. Le choix s'était révélé cornélien, et elle n'était même pas sûre de ne pas le regretter. Le bleu pour un garçon était si commun…

— Je n'en ai trouvé aucun pour l'instant qui me satisfasse totalement. Je suppose que je me déciderai lorsque je verrai sa frimousse.

— Essaie quand même de ne pas t'inspirer de la première chose que tu verras en regardant par la fenêtre. Je n'aimerais pas que mon neveu s'appelle Cumulus ou Peuplier.

— Je te promets… de ne pas regarder par la fenêtre !

Après avoir fait la bise à Alex, Olivia monta dans la voiture, et ils partirent chez sa sœur, qui vivait dans le sud de Denver. Ce que lui avait appris Alex au sujet de Carol Rainer l'avait plongée dans la plus grande perplexité. Carol, qui habitait à Dillon, dans une somptueuse villa, vivait maintenant à Denver ? Et travaillait au dispensaire ? Qu'elle ait quitté son mari, homme d'affaires arrogant, fort en gueule et violent, n'était en revanche pas très étonnant. Carol était beaucoup trop bien pour lui.

Olivia se passa une main sur le ventre. Elle allait avoir du mal à revoir Carol après ce qui s'était passé huit mois et demi plus tôt. Le moment était mal choisi pour renouer avec elle. Carol avait perdu son enfant à la naissance.

Elle s'aperçut que ni Troy ni elle n'avaient prononcé la moindre parole depuis un bon moment. Elle lui lança un regard en coin.

— Tu es étrangement silencieux, fit-elle remarquer.

— Je réfléchis, dit-il. Quelque chose me turlupine ; je n'arrive pas à comprendre comment ils ont fait pour nous localiser. Nous ne nous sommes pas arrêtés pour prendre de l'essence, et personne ne nous suivait quand nous avons franchi le col. Ils n'ont pas pu placer un mouchard sur le Range Rover.

— On était près d'Evergreen quand tu les as repérés. Peut-être qu'ils nous attendaient, suggéra Olivia.

— J'ai changé de voiture. Ils ne le savaient pas et ne pouvaient donc pas nous surveiller. C'est vrai que sur l'autoroute il y a partout des radars, mais je ne vois pas comment ils auraient pu nous repérer au milieu du flot de circulation.

— Est-ce si important que cela ?

Il s'arrêta à un feu rouge et se tourna vers elle.

— Ils ont forcément utilisé un mouchard. S'il n'est pas sur la voiture, c'est que tu le transportes avec toi, d'une manière ou d'une autre.

Avant qu'ils partent de chez elle, Troy avait vérifié qu'aucun GPS n'avait été glissé dans ses affaires.

— C'est impossible. Tu as fouillé toutes mes affaires et tu as même pris soin de désactiver le GPS sur mon téléphone portable.

— Il faut croire que je ne l'ai pas vu.

A son ton, elle devina qu'il était en colère. Pas contre elle, mais contre lui-même. Elle s'efforça de le rassurer.

— Ne t'en fais pas, dit-elle. Nous le trouverons.

— Ce que je ne supporte pas c'est qu'ils sont probablement en train de nous suivre à nouveau.

Olivia réprima un frisson. Elle détestait se sentir traquée.

— Si c'est le cas, nous les emmenons tout droit chez ma sœur.

— L'adresse de ta sœur, ils l'ont déjà, tu peux en être sûre. Ils n'ont eu aucun mal à la trouver. En revanche, pour voir à quoi ressemblent tes parents et ta sœur, ils ont été obligés de voler la photo qui se trouvait sur ton réfrigérateur. Cette information-là, ils ne pouvaient la trouver que chez toi.

— Tu crois qu'ils vont nous surveiller ?

— Evidemment.

Un nouveau frisson parcourut Olivia. Elle n'avait pas peur à proprement parler, mais elle appréhendait la suite des événements. Un peu comme quand elle se baladait dans un pâturage et qu'elle craignait à tout moment de mettre le pied dans une bouse. Sauf que le danger cette fois était autrement plus grand.

Ils filaient toujours vers le sud et venaient de passer devant le clocher doré du Ritchie Center de l'université de Denver. Olivia se souvint qu'elle avait éprouvé ce genre d'appréhension après avoir été kidnappée avec sa mère. Elle était constamment sur ses gardes et se méfiait de tout le monde. Quand elle marchait dans la rue, elle s'attendait constamment à ce qu'on lui saute dessus par surprise.

— Je n'aime pas ça, dit-elle.

— Moi non plus. Je suis sur le point de rencontrer un couple d'agents secrets légendaires, et la première chose que je vais devoir leur dire, c'est que je n'ai pas été fichu de trouver ce maudit dispositif de géolocalisation.

— Quoi ?

— Ton père va le trouver tout de suite. En bon espion, je parie qu'il ne se déplace jamais sans un détecteur.

— Et c'est pour ça que tu te fais du souci ?

— Oui. Je tiens à faire bonne impression à tes parents et, là, c'est plutôt mal parti.

— En tant qu'agent secret, tu veux dire ?

Le danger, le fait qu'elle ait peur, le devenir de leur relation semblaient beaucoup moins le préoccuper, hélas.

— Tu veux passer aux yeux de mon père pour un agent secret aussi bon que lui ? demanda-t-elle.

— S'il pouvait ne pas me considérer comme un parfait abruti, ce serait déjà pas mal, répliqua Troy.

Olivia sentit la colère lui monter au nez.

— Et à moi, tu y penses ? Et au bébé ? Est-ce que lui et moi comptons pour des prunes ?

Troy eut le culot de paraître surpris.

— Pourquoi le prends-tu comme ça ? Tu sais bien que tu es ma priorité absolue. Que tu passes avant tout le reste.

— Vraiment ?

— Vous êtes au centre de mon univers, le bébé et toi. Je m'en veux terriblement d'avoir été aussi négligent et de vous avoir mis en danger.

— Et mon père ?

— Son opinion m'importe peu, en réalité. Seule la tienne compte pour moi. Il n'y a que toi, Olivia. Toi seule, tu comprends ?

Elle se calma presque instantanément.

— Tu as intérêt à t'en souvenir.

Il posa une main sur son bras et demanda :

— Ça va ? Tu es rouge comme une écrevisse.

— La faute aux hormones, grommela-t-elle, même si elle savait pertinemment que sa grossesse n'était pour rien dans le fait qu'elle soit en colère.

Si elle était à cran, c'était parce qu'elle n'avait pas prévu tous ces désagréments, et parce qu'elle n'avait jamais eu l'intention — du moins à ce stade de leur relation — de présenter Troy à ses parents.

— Alex doit avoir raison, dit-elle avec un soupir. Quand on est ensemble, c'est de la folie.

— De la folie, peut-être, mais de la folie créatrice ! Regarde le petit miracle que nous avons créé, toi et moi.

— C'est vrai, admit-elle en caressant rêveusement son ventre.

Après ça, comment aurait-elle pu en vouloir encore à Troy ?

Sa sœur ouvrit la porte avant que le carillon ait fini de jouer les premières mesures de Camelot. Olivia se sentait nerveuse. Elle entra la première en balayant l'air d'un moulinet du bras.

— Troy, je te présente Bianca, et voici son humble demeure. Mis à part le hall d'entrée en marbre, le lustre en cristal et l'escalier monumental, elle n'est pas trop tape-à-l'œil. Il n'y a que quatre chambres et un bureau, mais le voisinage est irréprochable.

Bianca lui serra la main.

— Je suis ravie de faire enfin la connaissance de l'homme qui a décidé mon ermite de sœur à sortir de sa grotte. Dites-moi, l'avez-vous attirée avec un morceau de viande crue, ou l'avez-vous assommée d'un bon coup de gourdin sur la tête avant de la traîner par les cheveux ?

Bien que droit comme un *i*, presque au garde-à-vous, Troy se fendit d'un grand sourire.

— A vrai dire, c'est Olivia qui m'a assommé et traîné par les cheveux.

— Je n'aurais jamais pensé que ma sœur puisse avoir aussi bon goût, déclara Bianca avant de se pencher sur le ventre d'Olivia. Comment va mon neveu ? En un mois, c'est fou comme ton ventre s'est arrondi. Il profite bien, ce petit.

— Et il n'arrête pas de gigoter. Tiens, viens là ; tu vas voir.

Bianca posa ses deux mains sur son ventre. Lorsqu'elle perçut une secousse, elle ouvrit de grands yeux émerveillés.

— Ça, alors ! Je n'en reviens toujours pas que tu attendes un enfant. Mais je suis si contente ! s'exclama-t-elle en lui passant les bras autour du cou et en l'embrassant sur les deux joues.

Olivia sentit des larmes de joie lui monter aux yeux. Quel bonheur d'avoir une sœur aussi compréhensive ! Une sœur qui ne la juge pas et se réjouisse avec elle de l'arrivée prochaine du bébé. En grandissant, Bianca et elle s'étaient un peu éloignées l'une de l'autre mais elles restaient très complices malgré tout.

L'irruption de ses parents lui coupa toute envie de s'épancher plus longtemps. Grand et mince, son père arborait un blazer bleu marine à boutons dorés. Ses cheveux blancs étaient coiffés en arrière, ce qui rendait son front encore plus grand. Sa mère portait un ensemble pantalon de jersey beige, agrémenté d'une ceinture dorée. Ils semblaient tout droit sortis du tableau d'un portraitiste attaché à la cour d'une ancienne monarchie.

Le visage de sa mère s'anima lorsqu'elle se précipita dans ses bras.

— Je me suis fait un sang d'encre, ma chérie. Tu vas bien ?

— Oui, très bien.

— Je n'en reviens pas qu'une chose pareille puisse t'arriver.

— Puisse m'arriver encore une fois, précisa Olivia.

Sa mère se dégagea brusquement et darda sur elle ses yeux bleus — du même bleu lagon que ceux de ses deux filles. Ce kidnapping était un sujet tabou que personne n'abordait jamais. Les non-dits liés à cet épisode avaient façonné leurs relations et instauré, à son grand regret, distance et froideur entre sa mère et elle.

Sa mère eut un sourire pincé.

— Eh bien, Olivia, tu ne me présentes pas le jeune homme qui t'accompagne ?

Troy et son père avaient déjà échangé une poignée de main et décliné leurs noms et prénoms. Ils s'observaient d'un air suspicieux comme pour s'évaluer l'un l'autre. Olivia avait la nette impression que sous leur apparente cordialité se cachait une certaine rivalité.

— Troy, je te présente ma mère.

— Appelez-moi Sharon, dit-elle en serrant la main de Troy. Puis-je vous offrir du café ? Nous allons bientôt passer à table. Le déjeuner est presque prêt.

— Je suis enchanté de faire votre connaissance, dit Troy. Avant toute chose, il faut que nous parlions de cette tentative de kidnapping. Olivia et moi avons été suivis durant tout le trajet. Nous devons prendre les mesures de protection qui s'imposent.

— Vous croyez ? demanda Bianca, qui ouvrait de grands yeux.

— La menace est sérieuse, déclara Troy.

Les parents d'Olivia échangèrent un regard gêné. Elle bénit Troy d'avoir osé aborder de front ce sujet qu'ils avaient toujours si soigneusement évité.

— Bianca, êtes-vous bien équipée en matière de sécurité ? demanda Troy.

— Nous avons ce qui se fait de mieux : un système de détection des intrusions par capteurs. Si quelqu'un casse une vitre ou tripote la poignée de la porte, nous sommes immédiatement alertés.

— Serrure de sûreté avec pêne dormant, dit Troy en jetant un coup d'œil en direction de la porte. Vous avez du triple vitrage ?

— Oui, toutes les fenêtres en sont équipées. Il est censé améliorer l'isolation mais, accessoirement, il est blindé.

— Et le portail ? demanda Troy.

— Celui de derrière est muni de capteurs que je n'active jamais parce qu'ils déclenchent l'alarme pour un oui ou un non. Il suffit que le chien du voisin lève la patte contre le portail ou qu'une branche malmenée par le vent vienne le heurter.

— Dorénavant, il va falloir les activer, dit Troy. Je suppose que vous êtes armés ? demanda-t-il aux parents d'Olivia.

— Oui, répondit son père d'un ton sec.

Olivia remarqua que sa mère acquiesçait d'un bref hochement de tête.

— Maman ? Tu caches un revolver sur toi ?

— Certainement pas, dit Bianca.

Un petit sourire pincé aux lèvres, Sharon Laughton souleva la jambe de son pantalon de jersey beige pour montrer le holster fixé à sa cheville.

— Votre père et moi devons parler de tout ça avec Troy,

dit-elle. Pendant ce temps, je suggère que vous alliez toutes les deux à la cuisine pour finir de préparer le repas.

— Tu ne peux pas nous écarter de la discussion, protesta Olivia. Le cambrioleur qui s'est introduit chez moi a volé une photo sur laquelle nous figurons tous. Que tu le veuilles ou non, Bianca et moi sommes concernées, maman.

— Ma chérie, intervint son père d'un ton calme, ta mère a raison. Cette discussion ne vous regarde pas.

— Absolument pas, renchérit sa mère.

Elle avait prononcé ces mots d'un ton ferme, coupant court à toute nouvelle objection, mais elle ne s'était pas départie de son sourire.

— Je pense que tu comprendras, Olivia, ajouta-t-elle.

— Pas très bien, non. Cette tentative de kidnapping a peut-être été commanditée par un espion que vous avez connu autrefois. Bianca et moi avons le droit de savoir.

— Cela dépend, dit Bianca. Il est possible que nous ne soyons pas autorisées à entendre ce qu'ils ont à se dire. Il s'agit peut-être d'informations sensibles qui relèvent du secret défense.

— Il s'agit surtout de confiance, rétorqua Olivia, qui refusait d'être mise sur la touche. Toute la famille est menacée. Votre petit-fils y compris.

— Je suis d'accord, déclara Troy d'une voix posée. Pour sa sécurité, Olivia doit savoir ce dont elle doit se méfier. Je propose que nous commencions par les bagages. Je n'ai pas de détecteur, et ne peux pas donc pas être sûr à 100 % qu'un mouchard n'ait pas été caché dedans.

Richard haussa un sourcil. Il avait les yeux bleus, très clairs, et le regard vif, extrêmement perçant.

Olivia se demandait comment son père allait réagir. Rares étaient les personnes qui se risquaient à le contredire, mais Troy semblait bien décidé à lui tenir tête. Soit les deux hommes allaient tomber d'accord, soit ils allaient se sauter à la gorge.

— J'ai tout ce qu'il faut en haut, dit Richard. Troy et moi allons passer les bagages au détecteur puis nous vous rejoindrons dans la salle à manger. Nous ferons le point tous ensemble à ce moment-là. Cela convient-il à tout le monde ?

Il s'adressait plus spécialement à Olivia, qui acquiesça d'un hochement de tête.

— Cela me convient tout à fait.

Olivia regarda les deux hommes monter l'un derrière l'autre l'escalier qui desservait les chambres, situées au premier étage. Elle était contente que Troy l'ait soutenue. L'avoir à ses côtés modifiait la dynamique familiale. Désormais, elle n'était plus seule.

8

Olivia ne fut pas surprise de découvrir cinq magnifiques quiches alignées sur le plan de travail de marbre noir qui séparait la cuisine de la salle de séjour. La quiche était la spécialité de sa sœur — une des rares recettes que cette avocate débordée savait confectionner.

Bianca se retourna vers elle et s'exclama :

— Waouh !

— Pardon ?

— Je disais waouh. Il a un frère, ton Apollon ?

— Eh bien, oui, figure-toi.

Un sourire apparut sur les lèvres de Bianca. Elle était un peu plus petite qu'Olivia et mince comme un fil. Ses cheveux blonds, discrètement méchés, étaient coupés aux épaules en un carré flou.

— Un frère qui est lui aussi grand, brun et beau comme un dieu ?

— Absolument. Et médecin, par-dessus le marché !

— Parfait, décréta Bianca avant de se tourner vers leur mère, qui était en train de sortir du réfrigérateur les éléments nécessaires à la fabrication d'une salade composée. Qu'en penses-tu, maman ? Cela te conviendrait que je cherche à faire la connaissance de ce charmant médecin ?

— Depuis quand mon avis t'importe-t-il ? Vous n'avez jamais eu besoin de moi pour choisir vos petits copains, ta sœur et toi.

— C'est vrai, mais cela ne veut pas dire que ton avis ne compte pas, répliqua Bianca. Pour ma part, je trouve Troy merveilleux. Pas toi ?

Oliva retint son souffle, curieuse de savoir ce que sa mère allait répondre. Elle ne l'avait jamais entendue s'extasier sur quelqu'un ou sur quelque chose. Sa mère était plutôt du genre à se focaliser sur les défauts de gens, aussi petits soient-ils. Impassible, elle étala les légumes sur le plan de travail, près de l'évier, et s'empara d'un couteau à trancher.

Sans se retourner, elle déclara :

— Troy a l'air d'être un homme qui sait ce qu'il veut.

Les yeux rivés sur le dos de sa mère, Olivia se demanda ce qu'elle entendait par là.

— C'est peut-être parce qu'il a été marine, dit-elle.

— Il t'a demandée en mariage, n'est-ce pas ?

— Oui.

Sharon Laughton coupa un avocat en deux et en retira le noyau avec précaution.

— Pourquoi as-tu refusé ?

— Parce que je le connaissais à peine.

Troy lui plaisait, et les événements de la veille les avaient un peu rapprochés car ils leur avaient donné l'occasion de faire plus ample connaissance, mais Olivia n'était pas sûre d'avoir envie de passer le restant de ses jours avec lui. Se hissant sur un tabouret de bar en fer forgé, elle s'assit de l'autre côté du comptoir.

— Ce n'est pas parce que je suis enceinte de Troy que lui et moi devons passer notre vie ensemble.

Bianca, qui ne faisait même pas semblant d'aider à la préparation de la salade composée, posa ses coudes sur le comptoir et se pencha vers elle.

— Comment est-ce arrivé ?

— Tu n'es pas un peu grande pour que je t'explique comment on plante la petite graine ?

— Je suis sérieuse, protesta Bianca en tapant d'un

ongle rageur sur le marbre poli. Tu es quelqu'un de sensé, d'intelligent, d'organisé. J'aimerais bien que tu m'expliques comment tu as pu avoir un rapport non protégé.

— Je n'y suis pour rien, en fait. Le préservatif s'est déchiré.

— Eh bien voyons ! dit Bianca du ton de celle à qui on ne la fait pas. Et tu crois que je vais me contenter de ça ? Tu as dit toi-même que tu ne connaissais pas très bien Troy. Mais cela ne t'a pas empêchée de coucher avec lui. Plutôt étrange, non, comme comportement ?

Olivia avait l'impression de subir un contre-interrogatoire.

— Pourquoi toutes ces questions ? demanda-t-elle.

— Tu es ma sœur, il est normal que je me soucie de toi. Et de mon neveu, accessoirement. Si tu t'es jetée au cou de Troy, il y a une raison. Je veux savoir laquelle.

— Moi aussi, dit leur mère en se tournant vers elle.

Deux paires d'yeux bleus interrogateurs se braquèrent sur elle. Olivia n'avait aucune envie de revenir sur les heures qui avaient précédé la nuit où elle était allée trouver Troy. Il était le seul à qui elle avait raconté la tragédie qui l'avait poussée à aller frapper à sa porte, en quête d'un peu de chaleur et de réconfort.

— Cela ne vous regarde pas.

— A-t-il été violent avec toi ? demanda sa mère.

— Non.

Sa mère fit le tour du comptoir, se hissa sur le tabouret voisin du sien et prit ses deux mains dans les siennes.

— Il y a bien trop de secrets dans cette famille. Je crois qu'il est temps qu'on se dise tout.

Olivia serra les mains de sa mère. Elles étaient froides et mouillées. Un quart d'heure plus tôt, Olivia avait exigé de participer à la discussion top secrète que ses parents voulaient avoir avec Troy. Et voilà que c'était maintenant son tour d'être sous le feu des questions. Il fallait qu'elle soit logique avec elle-même. Si elle voulait abolir les non-dits, elle devait accepter de raconter à sa sœur et à sa mère le drame qu'elle avait vécu ce jour-là.

— C'était en novembre, commença-t-elle d'un ton un peu contraint. Il avait neigé et il faisait très froid en altitude. Je suivais la grossesse de Carol Rainer depuis plusieurs mois et j'avais souvent rencontré son mari, Jarvis. Carol était presque à terme.

Et dire que, maintenant, Carol travaillait au dispensaire avec le frère de Troy ! Elle n'en revenait toujours pas.

— Contrairement à la plupart de mes patients, Jarvis et Carol sont des gens riches, bien installés dans la vie. Leur maison, à la périphérie de Dillon, ressemblait à un château, et ils avaient un magnifique yacht amarré sur le lac. Carol aurait pu se payer une aile entière de l'hôpital si elle avait souhaité une surveillance accrue pendant sa grossesse ou si elle avait fait le choix d'accoucher en milieu hospitalier.

— C'est parce qu'elles n'ont pas les moyens d'aller à l'hôpital que tes patientes font appel à toi ? demanda Bianca.

— Oui, cela arrive. Accoucher chez soi revient moins cher, c'est certain, mais la plupart des femmes que je suis pendant leur grossesse cherchent avant tout à accoucher de manière naturelle. C'était le cas de Carol Rainer. Elle s'investissait à fond dans la préparation à l'accouchement et veillait à ne pas prendre trop de poids. Son mari suivait tout cela de loin. C'est un homme d'affaires pétri d'ambition qui ne s'intéresse qu'à ce qu'il peut contrôler.

— Je vois le genre, dit Bianca. Là où je travaille, je suis entourée de types comme lui.

— Bref, il était convenu avec Carol et Jarvis que, le moment venu, je les retrouverais à l'hôpital, à Summit County. Il faut dire que St Agnes, l'hôpital en question, jouit d'une excellente réputation, ce qui explique sans doute que Jarvis n'ait pas cherché à faire suivre sa femme par le meilleur obstétricien de la ville. La maternité de l'hôpital a été entièrement rénovée il y a deux ans. Les chambres sont spacieuses et offrent toutes une vue sur la montagne. Il y a des bains à remous et les repas sont dignes d'un restaurant gastronomique.

Elle jeta un coup d'œil vers la porte. Elle allait devoir entrer dans le vif du sujet et espérait secrètement le retour de Troy et de son père, ce qui l'obligerait à s'interrompre.

— Et ensuite ? demanda Bianca.

— Il faisait nuit lorsque Jarvis m'a appelée pour me dire que Carol avait des contractions. Il avait l'air furieux et paniqué. J'ai essayé de le rassurer, de lui expliquer que le travail venait sans doute de commencer, que Carol n'accoucherait pas avant plusieurs heures, mais il n'arrêtait pas de répéter qu'il n'y avait pas une minute à perdre. Quoi qu'il en soit, je lui ai déconseillé de prendre le volant et lui ai proposé de leur envoyer une ambulance. Jarvis a refusé. Il ne voulait pas attendre.

Olivia n'avait rien oublié. Chaque instant de cette horrible soirée était gravé à jamais dans son esprit. Elle se revit sortir de chez elle à toute vitesse, jeter dans le coffre de son SUV la sacoche qui contenait tout son attirail de sage-femme, et se glisser derrière le volant. Il faisait froid. De la buée se formait dans l'air à chacune de ses expirations. Lorsqu'elle sortit du garage, ses phares capturèrent dans leur faisceau un tourbillon de flocons de neige glacée.

Elle reprit le fil de son récit.

— Conduire dans des conditions météorologiques aussi difficiles était loin d'être évident. Il ne neigeait pas, il grêlait. La route était verglacée.

Ses pneus patinaient sur le verglas. Il faisait nuit noire et la visibilité était très mauvaise. Peu à peu, la panique l'avait gagnée.

— J'ai réussi tant bien que mal à rejoindre la grande route. Je pensais qu'elle serait dégagée mais la déneigeuse n'était pas passée. Et, soudain, j'ai vu les phares du Hummer des Rainer. Sur le bas-côté.

Dans sa tête, Olivia s'entendit crier. Un hurlement interminable et terrible qui lui avait déchiré les poumons et percé les tympans. Quelques heures plus tard, lorsqu'elle avait raconté l'accident à Troy, il l'avait prise dans ses bras et serrée contre son torse, lui insufflant sa force et sa chaleur.

Sans son soutien, elle aurait peut-être sombré dans une profonde dépression. Troy avait compris la gravité du traumatisme qu'elle venait de subir. Il avait fait la guerre ; lui aussi revenait de loin. De sa voix grave, posée, il lui avait parlé des hommes qui mouraient au combat. Il l'avait écoutée et réconfortée.

— Je me suis garée au bord de la route, tétanisée par la peur. Je me demandais si je n'allais pas m'évanouir.

Ses réflexes d'infirmière et de sage-femme avaient repris le dessus dès qu'elle avait sauté à bas de son véhicule. Sa sacoche sous le bras, elle avait crapahuté dans la neige jusqu'au véhicule qui était passé à travers une clôture de fil de fer barbelé et s'était encastré dans un sapin.

— Jarvis s'est précipité vers moi. Il avait son téléphone à la main et me criait quelque chose. Il était question d'une évacuation par hélicoptère.

— Mais vous n'étiez pas loin de l'hôpital, dit Bianca. Pourquoi avoir attendu l'hélico ?

— Carol était gravement blessée. Jarvis lui-même en avait bien conscience. Il voulait que sa femme et le bébé soient pris en charge dans les meilleures conditions possibles.

— Ton avis, il s'en fichait, si je comprends bien, dit Bianca. Encore une chance que l'hélico du SAMU ait pu décoller avec une aussi mauvaise météo !

— En fait, l'hélicoptère appartenait à l'entreprise de Rainer. Il s'en servait parfois pour ses déplacements personnels. La Rainer Corporation a reçu l'autorisation de voler sans trop de difficulté. Il faut dire qu'à Denver la météo était plus clémente.

— Et ensuite ? demanda sa mère en se penchant en avant. Que s'est-il passé ?

Olivia s'était dit que, à ce stade de son récit, elle éclaterait en sanglots. Mais, contre toute attente, ses yeux étaient secs. Elle avait pris du recul par rapport à cette horrible tragédie et, au final, elle en parlait comme si tout cela était arrivé à quelqu'un d'autre.

— Le choc avait dû être violent parce que l'avant du Hummer était plié. Ces véhicules sont très résistants ; il en faut beaucoup pour les endommager. Sans doute Jarvis avait-il essayé de le dégager car les roues s'étaient enlisées dans la terre détrempée par la neige. J'ai ouvert la portière du côté passager et j'ai vu Carol. Elle n'avait probablement pas mis sa ceinture de sécurité. Sa cheville droite était cassée, et elle s'était ouvert le front. Du sang dégoulinait sur son visage. Le travail était déjà très avancé ; on apercevait la tête du bébé.

Olivia avait craint que la mère et l'enfant aient des blessures internes. Elle n'avait pas d'autre choix que de procéder à l'accouchement. Elle avait essayé de donner des directives à Carol, mais celle-ci n'était pas en état de les suivre. L'expulsion ne s'était pas fait attendre. Olivia avait recueilli entre ses mains le minuscule bébé.

— Il n'a pas crié. Il ne respirait pas.

Dans ces cas-là, il fallait agir vite. Tant que le nouveau-né était relié au placenta, il recevait du sang oxygéné via le cordon ombilical. A l'aide de son index, Olivia avait désobstrué la bouche du bébé. Puis elle l'avait posé sur le ventre de sa mère et l'avait massé vigoureusement pour stimuler la respiration.

— Carol avait perdu connaissance. Elle faisait une hémorragie.

— Et le bébé ? demanda Bianca.

— Il ne respirait toujours pas. Dans un état second, j'ai

extirpé de mon sac la bombonne d'oxygène et le masque. Je l'ai mis sous oxygène. Cela aurait dû le tirer d'affaire.

Mais tous ses efforts avaient été vains. Deux fois dans sa carrière, elle avait été confrontée à ce genre de problème mais, quand cela arrivait à l'hôpital, toute une équipe prenait en charge le nouveau-né. La première fois, ils avaient réussi à ranimer le bébé. La deuxième, ils avaient échoué.

Elle avait tenté une réanimation cardio-pulmonaire et pratiqué un bouche-à-bouche. Elle avait appuyé sur le petit thorax du bébé pour encourager ses poumons.

— Il bleuissait à vue d'œil.

Sa raison lui soufflait que l'enfant avait sans doute été mortellement blessé in utero dans l'accident de voiture, mais son cœur l'empêchait d'abandonner tout espoir. Longtemps, elle s'était acharnée sur le petit corps inanimé.

Dans un bain de sang, Carol avait expulsé le placenta.

— Jarvis et ses hommes nous ont fait monter dans l'hélicoptère, Carol, l'enfant et moi. Le bruit était infernal, et le froid, terrible.

Elle avait glissé sous sa parka, contre sa poitrine, le corps sans vie du nouveau-né. A chaque minute qui passait, ses chances de survie diminuaient.

— J'ai fait tout ce que j'ai pu. Mais cela n'a pas suffi. Quand l'hélico est arrivé à l'hôpital, on m'a arraché le bébé.

Sa mère se leva brusquement et la prit dans ses bras.

— Je suis désolée que tu aies vécu une chose pareille.

— Jarvis me criait après, il disait que c'était ma faute.

— Alors que tu n'y étais pour rien, déclara Bianca.

— Comment peux-tu en être aussi sûre ?

— Un type comme Jarvis, qui a le bras long, aurait exigé qu'une enquête soit ouverte. S'il avait pu te poursuivre pour faute professionnelle, crois-moi, il l'aurait fait.

Par la suite, Olivia avait appris que, gravement blessé dans l'accident, le bébé était mort in utero.

Carol avait passé plusieurs jours entre la vie et la mort,

mais elle avait fini par s'en sortir. A présent, c'était une tout autre femme — bénévole au dispensaire et séparée de Jarvis.

— J'ai terriblement culpabilisé, expliqua Olivia. Je crois que je ne cesserai jamais de m'en vouloir. Mais j'ai appris à vivre avec cet échec et je me réjouis chaque fois que tout se passe bien.

Sa mère lui caressa la joue.

— Je suis contente que tu nous aies tout raconté.

Olivia l'était aussi. Elle se sentait entourée et soutenue. Jusque-là, jamais elle n'avait parlé de ses problèmes à sa mère ou à sa sœur. Jamais elle ne s'était confiée à elles.

— Et comment Troy a-t-il été mêlé à tout ça ? demanda Bianca.

— Lorsque je suis sortie de l'hôpital, je me suis mise à déambuler dans les rues, sans but. A un moment, j'ai levé les yeux et j'ai vu que j'étais juste devant chez le frère de Troy.

— Chez son frère ? Tu veux dire que tu sortais avec son frère ?

— Non, pas du tout. Nous étions juste copains. Je te rappelle que je descends en ville de temps en temps pour aller donner un coup de main au dispensaire.

— Oui, je sais, dit Bianca avec un hochement de tête. Tu dors chez moi, la plupart du temps.

— Il se trouve que le frère de Troy, Alex, travaille lui aussi au dispensaire.

— Ce garçon me plaît de plus en plus, déclara Bianca, une lueur malicieuse au fond des yeux. Qu'as-tu fait, quand tu t'es rendu compte que tu étais devant chez Alex ?

— Je savais que, si je lui racontais ce qui venait de se passer, il saurait trouver les mots pour me réconforter. Mais ce n'était pas ce que je voulais. J'avais envie de voir Troy.

— Il vit chez son frère ?

— La plupart du temps, il est à l'étranger ou à Camp Lejeune. Mais, lorsqu'il est à Denver, il habite chez son frère. C'est Alex qui nous a fait nous rencontrer. Nous étions allés boire un verre ensemble, deux fois, mais nous ne sortions pas vraiment ensemble.

— C'est pourtant lui que tu cherchais, lui que tu avais envie de voir, fit remarquer Bianca. Pourquoi ?

Bonne question. Olivia se l'était maintes fois posée. Etait-ce le destin qui l'avait poussée vers Troy ? Inconsciemment, l'avait-elle choisi pour être le père de son enfant ? Impossible à dire.

— Après l'accident, j'étais complètement déboussolée. Je ne savais plus ce que je faisais. Je n'avais qu'une idée en tête : faire l'amour. Je sentais que seuls les bras d'un homme pourraient me réchauffer et m'aider à oublier cette horrible tragédie. Troy était le candidat idéal. Je voulais coucher avec lui, me défouler, me donner du bon temps. Je savais que je ne le reverrais probablement pas.

Olivia guetta du coin de l'œil la réaction de sa mère. C'était la première fois qu'elles parlaient de sexe ensemble. Aujourd'hui, tous les tabous étaient levés, tous les secrets mis à plat.

— Je comprends, dit sa mère.

Bianca ouvrit de grands yeux éberlués.

— Ah bon ?

— Comme vous vous en doutez depuis longtemps, votre père et moi travaillons dans un domaine où le danger est omniprésent. J'ai vu moi aussi des choses terribles. Je sais ce que c'est que de perdre un ami ou un collègue. Faire l'amour est un moyen comme un autre de se remonter le moral.

Avec son allure aristocratique, si guindée dans son tailleur-pantalon beige, sa mère n'était certainement pas le genre de femme à s'envoyer en l'air. Mais les apparences étaient parfois trompeuses. Qui aurait pu croire qu'elle portait un holster de cheville ?

Bianca les regarda tour à tour, incrédule.

— Je n'ai qu'un mot à dire : waouh !

9

Le mouchard caché dans les affaires d'Olivia leur donna du fil à retordre. Même avec un détecteur, ils n'arrivaient pas à mettre la main dessus. L'amour-propre de Troy était sauf. Si le père d'Olivia l'avait trouvé au bout de deux minutes, Troy serait passé pour un vrai crétin.

Ils avaient vidé le coffre du Range Rover et monté les bagages à l'étage, dans la seconde chambre d'amis. Les lits jumeaux et les rideaux à fleurs firent regretter à Troy la luxueuse suite qu'ils avaient occupée la veille. Il observait Richard, qui passait pour la troisième fois son détecteur sur l'énorme valise d'Olivia.

— Vous êtes sûr qu'il y a un GPS ? grommela-t-il.

— Sans GPS, ils n'auraient jamais pu nous repérer et nous suivre sur l'autoroute.

— Ils vous ont peut-être localisés grâce à son téléphone portable, tout simplement.

— Non, c'est impossible. J'avais désactivé le GPS sur son téléphone. Quant au mien, il est crypté et sécurisé. S'il n'y a rien dans la valise, il faut regarder dans son sac à main et dans la sacoche qui contient son matériel et son ordinateur.

— Le moins qu'on puisse dire est que ma fille ne voyage pas léger ! s'exclama Richard.

Lorsqu'il souleva la vieille sacoche pleine à craquer, ils entendirent un bruit de ferraille.

— Qu'est-ce qu'il y a, là-dedans ?

— Un stéthoscope, un moniteur pour la surveillance du rythme cardiaque du fœtus, et divers autres instruments, répondit Troy, qui avait déjà fouillé la sacoche. Il y a aussi des draps, des gants en latex, une blouse et deux ou trois ours en peluche.

Richard examina méticuleusement les coutures.

— Quand vous m'avez dit qu'Olivia avait failli être enlevée, je ne vous ai pas cru, au début.

— J'ai eu la même réaction. Jusqu'à ce que deux véhicules nous prennent en chasse sur l'autoroute.

— Comment avez-vous réussi à vous sortir de là ?

— Nous nous sommes fait escorter par la police.

Troy raconta comment Olivia avait fait croire aux policiers qu'elle était sur le point d'accoucher, et qu'elle attendait des triplés, et Richard l'écouta en fronçant les sourcils, avant de sourire.

— Elle a vraiment fait ça ? Ma petite Olivia a raconté des bobards à un flic ?

— Absolument.

Richard se passa la main dans les cheveux.

— Je suis fière d'elle et je loue sa vivacité d'esprit. Mais en même temps je suis mort de trouille.

— Je vous comprends.

— Quand je regarde Olivia, je vois toujours la petite fille qu'elle a été, avec ses couettes, ses taches de rousseur et ses genoux écorchés. Elle ne tenait pas en place et n'avait peur de rien.

Troy songea que c'était cette énergie débordante, cette fougue, qui lui avaient valu d'être kidnappée, autrefois. D'après ce qu'elle lui avait elle-même raconté, elle s'était volontairement jetée dans les griffes de ses ravisseurs.

— La protéger ne va pas être facile, c'est sûr.

— J'aimerais pouvoir l'enfermer dans une chambre forte. Etre son père est la mission le plus difficile et la plus dangereuse que j'ai jamais eue.

— Dangereuse ?

— Je suis sûr que vous voyez ce que je veux dire, dit Richard en fixant sur lui un regard acéré.

En dépit de son blazer à boutons dorés et de ses mocassins bien cirés, c'était indéniablement un homme d'action.

— La menace qui pèse sur un proche est cent fois plus terrifiante qu'une balle qui vous arrive droit dessus.

Troy acquiesça d'un hochement de tête.

— Vous pouvez être fier de l'éducation que vous avez donnée à vos filles. Elles sont toutes deux indépendantes et fortes.

— Un peu trop, j'en ai bien peur.

Dans un coin de la sacoche de l'ordinateur d'Olivia, Richard trouva le GPS.

— C'est un modèle standard, dit-il en examinant le mouchard. Le genre de truc que n'importe qui peut se procurer.

— Raison de plus pour s'inquiéter.

Troy s'assit sur le bord d'un des lits jumeaux.

— Avant de redescendre, dit-il, nous devrions peut-être convenir d'un plan d'action.

— Tout à fait d'accord.

Richard s'assit en face de lui, sur l'autre lit. Il croisa les jambes et rectifia le pli de son pantalon.

— Quand vous avez prôné la transparence, tout à l'heure, j'ai cru que vous vouliez tout mettre à plat.

— J'ai promis à Olivia de la tenir informée et de prendre en compte son avis. Mais, dès lors que sa sécurité est en jeu, c'est moi qui décide. Vous et moi sommes des professionnels. Nous savons ce qu'il convient de faire.

— Vous, moi, et ma femme, rectifia Richard. Pour tout vous dire, je pense que Rachel est meilleure que moi, comme agent secret. Elle parle sept langues et elle a une mémoire phénoménale. Elle a commencé à la CIA, où elle travaillait en tant qu'analyste de l'information. Mais elle n'est pas du genre à se contenter d'un travail de bureau.

— Exactement comme ses filles.

Ces trois-là allaient être difficiles à protéger ; elles risquaient de ne pas supporter d'avoir des gardes du corps collés à leurs basques vingt-quatre heures sur vingt-quatre.

— J'ai analysé la nature de la menace. Il en ressort que l'objectif des agresseurs n'est pas de s'en prendre physiquement à Olivia.

— Comment en êtes-vous arrivé à cette conclusion ? demanda Richard.

— Olivia a dit que, depuis quelques jours, elle avait l'impression d'être traquée. Si on avait voulu la tuer, elle ne serait déjà plus de ce monde. Même lorsqu'ils nous ont pris en chasse sur l'autoroute, nos poursuivants n'ont pas vraiment cherché à nous rattraper. Ils n'avaient pas l'intention de nous tuer.

— Voilà qui est rassurant.

— C'est pourquoi j'ai peine à croire que le groupe Hatari soit impliqué là-dedans. Ce sont des terroristes ultra-violents. Ils ont survécu à des massacres sanglants dans leur pays et peuvent sans sourciller décimer un village entier au Rwanda. Ils ne sont pas très futés et ne font pas dans la dentelle.

— D'un autre côté, Kruger a la réputation de pratiquer l'art de l'esquive, fit remarquer Richard. Mais je ne vois vraiment pas pourquoi il se focaliserait sur moi. Il n'est pas mon ennemi juré. Cela fait des années que je n'ai pas entendu parler de lui.

— Peut-être que si. Mais sous un autre nom. Il a pu en changer plusieurs fois.

— Nous avons besoin de plus de renseignements.

— Il y a un problème de juridiction, lui rappela Troy. Mes hommes n'ont pas le pouvoir d'intervenir à l'intérieur des Etats-Unis. Nos renseignements viennent des enquêteurs criminels de la marine et du ministère de l'Intérieur.

— Même chose à la CIA, dit Richard en se levant. Je suggère que vous contactiez votre correspondant pour faire le point. Après quoi, nous descendrons retrouver les dames pour le déjeuner et nous leur annoncerons qu'elles sont, toutes les trois, assignées à résidence chez Bianca.

— Pour leur sécurité, ajouta Troy.

— Elles comprendront, j'en suis sûr.

— Je vous trouve bien optimiste.

— C'est hors de question ! décréta Bianca d'un ton sans appel en repoussant sa chaise pour se lever de table. Je ne peux pas rester ici. J'ai un travail.

— Prends quelques jours de congé, suggéra leur père. Ton cabinet d'avocats peut bien se passer de toi.

— Ce n'est pas le problème, répliqua Bianca. Il se trouve simplement que je suis en passe de me hisser au rang d'associée. Je ne peux donc pas me permettre de rester à la maison. Ce soir, je dois me rendre à une réception importante. A laquelle nous sommes d'ailleurs tous censés aller, je te le rappelle, papa.

— Oui, bien sûr. C'était prévu.

En voyant la tête de son père, Olivia devinait qu'il avait complètement zappé cette réception, qui semblait si cruciale pour la carrière de sa sœur. Après la conversation à cœur ouvert qu'elle avait eue avec sa mère et sœur, Olivia avait l'impression que la retenue qui régentait les relations au sein de la famille avait volé en éclats. Le besoin irrépressible de tout déballer semblait à présent plus important que tout. D'autant plus que le chardonnay coulait à flots.

Elle ne buvait pas et Troy avait quitté la table pour aller passer un coup de téléphone, mais sa sœur et ses parents avaient déjà vidé une bouteille de vin avec leurs quiches. Debout à une extrémité de la table, son père en débouchait une seconde. Tout en remplissant généreusement le verre de sa femme, il déclara :

— Comprends-moi, Bianca. J'essaie juste de te protéger.

— Je resterai à la maison cet après-midi mais, ce soir, j'irai à cette réception.

— Elle est donc si importante que ça ? demanda Olivia.

— C'est une soirée organisée en l'honneur d'un prince saoudien et de son entourage. L'un de nos plus gros clients, CRG Energy Group, essaie de consolider un accord avec lui. J'ai déjà vu le prince en question à une autre occasion et il a beaucoup insisté pour que je sois présente à cette soirée.

— Il souhaite peut-être faire de toi sa troisième épouse, dit Olivia, d'un ton ironique.

— Très drôle. Il n'est pas marié.

— C'est pourtant un très bel homme, ajouta leur mère. Amir est diplômé d'Oxford. Et il joue du violon. Votre père et moi l'avons rencontré à un récital donné par Yo-Yo Ma.

— Yo-Yo Ma ? dit Olivia, impressionnée. Vraiment ?

— C'est ma couverture. J'ai été attachée culturelle dans plusieurs ambassades. Votre père et moi avons eu une vie passionnante, dit-elle avec un sourire plein de tendresse à l'attention de son mari.

— Amir se souvient très bien d'eux, dit Bianca. C'est pourquoi il a tenu à ce qu'ils soient invités ce soir.

— Penses-tu que nous pouvons faire en sorte qu'Olivia et Troy viennent aussi ? demanda sa mère.

Olivia n'avait aucune envie de se joindre à eux. Elle aurait préféré rester en tête à tête avec Troy.

— Nous passons notre tour.

— Il ne s'agit pas simplement d'une réception mondaine, expliqua sa mère en sirotant son chardonnay. D'après nos sources, Kruger est impliqué dans l'industrie pétrolière. Cette réception pourrait nous aider dans notre enquête.

— Quelle enquête ? releva leur père en se rasseyant. Nous n'enquêtons pas, que je sache.

— Eh bien, nous devrions ! répliqua leur mère du tac au tac. Le meilleur moyen d'éliminer une menace est de découvrir d'où elle vient.

Olivia se demanda si toutes les réceptions que donnaient ses parents étaient des prétextes pour collecter des renseignements et faire progresser leurs enquêtes. En tant qu'agents secrets, ils étaient constamment sur le qui-vive. Le fait que sa sœur et elle aient pu, si souvent, sortir en douce le soir pour se rendre à des fêtes était quelque peu surprenant.

— J'ai une idée, dit Bianca. Pourquoi n'appelons-nous pas la police ?

— La police ? reprit leur mère d'un ton méprisant. Cela ne relève pas de ses compétences. La CIA et plusieurs agences de renseignement dépendant du ministère de l'Intérieur sont impliquées. Je suppose que Troy a aussi été en contact avec le service de renseignement militaire et avec NCIS.

— Pourquoi ?

— L'homme dont il s'agit est un agent sous couverture, un certain Kruger, que votre père et moi avons peut-être connu.

Elle leva son verre en direction de son mari pour trinquer avec lui.

— Je dois dire, continua-t-elle, que j'aime beaucoup cette nouvelle règle du « on se dit tout. » Nous aurions dû l'instaurer bien avant.

Bianca fixa Olivia par-dessus la table.

— Il faut que ça cesse.

— Trop tard, marmonna Olivia.

De toute évidence, leurs parents s'amusaient comme des fous. Ils avaient énormément de choses en commun. Ils faisaient le même métier, avaient les mêmes centres d'intérêt, adoraient voyager, étaient tous deux minces et élégants. Ils étaient manifestement faits l'un pour l'autre.

En voyant Troy traverser le couloir pour revenir à table, Olivia songea que le couple qu'ils formaient, elle et lui, était loin d'être aussi bien assorti. Troy était avant tout un marine, formé pour agir vite et frapper fort. Ils avaient grandi dans des milieux très différents, et leurs parcours les éloignaient l'un de l'autre plus qu'ils ne les rapprochaient.

Troy redressa les épaules avant d'entrer dans la pièce, relevant le menton, affichant un air déterminé. A sa posture, elle devina qu'il s'apprêtait à livrer bataille. Les Laughton ayant tous une forte personnalité, il fallait un sacré courage pour les affronter. Troy ne manquait pas de cran ; c'était le moins qu'on puisse dire.

Olivia admirait également son opiniâtreté. Troy n'abandonnait jamais. Combien de fois l'avait-il demandée en mariage ? Vingt fois, peut-être. Un autre à sa place aurait renoncé et serait allé tenter sa chance ailleurs. Pas Troy. Quand il s'était fixé un objectif, il n'avait de cesse de l'atteindre.

Elle posa une main sur son ventre. Jusqu'à la veille au soir, elle pensait que le bébé, et les responsabilités qui lui incombaient en tant que père, étaient tout ce qui l'intéressait. Mais la tendresse qu'il lui avait prodiguée laissait à penser qu'elle s'était trompée. Il se souciait aussi d'elle, apparemment. Il tenait à elle.

Cette certitude la remplissait d'aise. L'avoir auprès d'elle était une source de satisfaction. Son cœur battait la chamade chaque fois qu'elle admirait son corps magnifique et son beau visage. Physiquement, il représentait pour elle l'homme idéal. S'il la laissait tomber, il y avait de grandes chances pour qu'elle se mette à son tour à lui courir après.

Contrairement à ses parents, Troy et elle ne faisaient pas la paire. Ils formaient un couple surprenant, mais il fallait reconnaître que plus ils passaient de temps ensemble, plus leur relation gagnait en solidité.

Dès qu'il reprit sa place à côté d'elle, l'ambiance autour de la table changea. Il affichait un visage sérieux mais s'exprimait d'un ton calme, naturel.

— Je viens de m'entretenir avec le sergent Nelson. Il est mon fer de lance dans la lutte contre le groupe terroriste

Hatari, et coordonne le partenariat avec plusieurs autres agences.

— La nôtre aussi ? demanda la mère d'Olivia.

— Affirmatif. La CIA est au premier plan. C'est elle qui en sait le plus sur Kruger, qu'elle soupçonne d'être mêlé à un important trafic d'armes en Afrique.

— Récemment ?

— Oui.

— Voilà comment il est probablement entré en contact avec Hatari, dit son père. Kruger a-t-il été identifié ?

— Non, impossible. Il est toujours sous couverture.

Tout en répondant, Troy prit son téléphone et, après quelques manipulations, fit apparaître une photo sur l'écran.

— La CIA a réussi à se procurer trois photos qui datent d'il y a vingt-deux ans, lorsque Kruger a débarqué aux Etats-Unis.

— Trois photos de trois hommes différents ? demanda Olivia.

— Je vais vous expliquer, dit son père. Kruger était censé rencontrer un agent du Mossad qui était sous surveillance. L'agent en question est entré en contact avec trois hommes différents. Ces photos ont été prises au téléobjectif, en plein centre-ville. Elles sont terriblement floues. Aucun des hommes n'a pu être identifié.

— Une seconde, intervint Bianca. Le Mossad est l'agence de renseignement israélienne. En toute logique, ils sont de notre côté, non ?

— Ce n'est pas très clair, répondit Troy. L'agent du Mossad a été tué avant d'avoir pu faire son compte rendu.

— Un beau fiasco, commenta son père. Kruger a continué tranquillement de s'enfoncer dans la clandestinité. Il est probable qu'il ait changé d'apparence. Ses empreintes ne figurent nulle part.

Olivia avait du mal à en croire ses oreilles. La conversation lui paraissait surréaliste. Entendre ses parents parler du Mossad, d'espionnage, de missions ratées, la stupéfiait. Qui étaient tous ces gens ? Et quel rapport avaient-ils avec ses parents si réservés ?

Troy tendit le téléphone à son père.

— Je vous saurai gré de bien vouloir jeter un coup d'œil à ces photos.

— Cela ne sert à rien, répondit-il, défaitiste. Je les ai déjà vues.

— Permettez-moi d'insister, dit Troy. En vingt-deux ans, la technologie a beaucoup progressé. Ces photos ont été numérisées et retouchées.

— Moi, en revanche, je ne les ai jamais vues, déclara sa mère en tendant la main vers le téléphone. Richard, comment se fait-il que je ne sois pas au courant ?

— Il y a vingt-deux ans, ma chérie, tu n'étais pas encore agent secret.

Vingt-deux ans, se répéta Olivia *in petto.* C'était juste après que sa mère et elle avaient été kidnappées. Toute la famille avait déménagé à Washington, D.C., et y était restée jusqu'à ce que sa sœur et elle aient terminé leurs études secondaires. Kruger et la tentative d'enlèvement de la veille étaient-ils liés à ce qui s'était passé vingt-deux ans plus tôt ?

Olivia observait sa mère, qui était en train de scruter les photos. Quand elle était petite, elle pouvait lire en elle à livre ouvert. Sa mère ne pouvait rien lui cacher. En grandissant, Olivia s'était peu à peu éloignée d'elle.

Lorsque sa mère leva les yeux et croisa son regard, Olivia vit distinctement qu'elle était en colère.

— Qu'est-ce qui t'arrive, maman ?

— Je connais cet homme.

10

Troy prit aussitôt la main d'Olivia dans la sienne. En entendant sa mère dire qu'elle connaissait Kruger, elle avait étouffé un cri de surprise. Instinctivement, il avait cherché à protéger la femme qui portait son enfant. De quoi ? De sa propre mère ? Troy sentait confusément que le vrai danger, dans l'immédiat, était que ses parents l'inquiètent avec toutes leurs histoires.

Il jeta un coup d'œil dans sa direction. Elle semblait aussi tourmentée que sa mère. Tout cela était très mauvais pour elle. Une femme enceinte avait besoin de calme et de tranquillité. Une femme enceinte était censée se reposer et se faire choyer. Or Olivia n'avait rien de tout ça.

Ses parents n'étaient pas les seuls fautifs. Il avait lui aussi sa part de responsabilité. Sous prétexte qu'elle était en forme, il était parti du principe qu'elle n'avait pas besoin de lui. Il allait devoir changer d'attitude.

Se tournant vers Sharon Laughton, il demanda :

— Etes-vous bien sûre de ce que vous affirmez ?

— Puisque je vous dis que je le connais !

— Votre rencontre avec Kruger doit remonter à longtemps, j'imagine ?

— Non, pas si longtemps que ça.

Troy n'était pas sûr de bien la suivre.

— Vous voulez dire que vous l'avez vu récemment ?

Elle opina du chef.

— Par rapport à la photo, il a un peu changé. A cause de l'âge, d'une part, qui fait qu'il est aujourd'hui dégarni. Mais il est évident qu'à un moment ou à un autre il a eu recours à la chirurgie esthétique pour se faire refaire le nez et le menton. Il reste malgré tout très reconnaissable. Ses oreilles le trahissent. La forme des oreilles ne change pas. Elle est propre à chaque individu et constitue par conséquent un excellent moyen d'identification.

Son mari se leva de sa chaise, fit le tour de la table et alla se poster derrière elle. Lorsque à son tour, il regarda la photo, ses sourcils se relevèrent.

— Elle a raison.

— Un peu, que j'ai raison !

Sous son allure de bourgeoise snob et coincée, la mère d'Olivia cachait un tempérament de tigresse. Le rouge lui monta aux joues. Retroussant les lèvres sur une dentition étincelante de blancheur, elle persifla :

— Les services secrets emploient une belle bande d'incapables ! Comment Kruger a-t-il pu passer à travers les mailles du filet pendant toutes ces années ? Je ne comprends pas une telle inefficacité. Surtout quand il y va de la vie de mes enfants.

— Là encore, elle a raison, déclara Richard. Il faut arrêter Kruger immédiatement.

Troy n'y comprenait plus rien. Il avait dû rater quelque chose.

— Soyons clairs, dit-il. Vous connaissez tous les deux cet homme ?

— Oui, répondirent-ils en chœur.

— Et vous pouvez me donner son nom ? demanda-t-il, la mâchoire si contractée qu'il arrivait tout juste à parler.

Mme Laughton passa le téléphone à sa fille Bianca.

— A toi l'honneur, ma chérie. Dis-lui.

Bianca scruta l'écran d'un regard vide.

— Aucune idée.

— Les oreilles, dit sa mère. Regarde ses oreilles.

— Je ne vois toujours pas.

— Tu n'es pas très physionomiste. Imagine cet homme avec vingt ans de plus, des cheveux gris, le front ridé, et des plis très marqués de part et d'autre de la bouche.

— Désolée, maman, répliqua sèchement Bianca. Je n'ai pas ta maîtrise. Je n'ai pas passé ma vie à scruter les gens et à imaginer Dieu sait quoi. Seuls les faits me parlent. Pas les sous-entendus.

— Je ne te fais aucun reproche. Je suis fière de toi, ma chérie. Je suis fière de mes deux filles.

Troy entendit Olivia renifler discrètement. Elle était à nouveau au bord des larmes. Il n'avait pas envie de la voir éclater en sanglots.

— Les devinettes, ça suffit, décréta-t-il. Il me faut un nom.

— Matthew Clark, dit Richard. C'est l'un des dirigeants de CRG Energy. Le cabinet d'avocats dans lequel travaille Bianca les a comme clients.

Bianca se pencha à nouveau sur la photo, cligna des yeux et releva brusquement la tête.

— En effet, c'est bien lui.

D'après certaines sources, Kruger était supposé travailler dans l'industrie pétrolière.

— Tout à l'heure, quand j'ai parlé au sergent Nelson, il m'a dit que le bruit courait que Kruger était à Denver. Jamais je n'avais imaginé qu'il pouvait être si près.

— Et il se passe quoi maintenant ? demanda Olivia.

Ils se mirent à parler tous en même temps, chacun y allant de sa suggestion. Bianca voulait que ce salaud soit arrêté et exposé à la vindicte publique. Richard tenait absolument à informer la CIA, tandis que Sharon ironisait à son sujet parce qu'elle n'avait pas été fichue de retrouver Kruger et suggérait qu'ils s'occupent eux-mêmes de lui.

— Stop ! dit Troy en se levant. Je vous rappelle qu'il s'agit de ma mission. L'arrestation de Kruger n'est pas une priorité absolue. Nous savons de source sûre qu'une cellule terroriste projette de faire sauter un gratte-ciel à Manhattan. Cet attentat doit à tout prix être déjoué.

— Oui, bien sûr, dit Sharon en sirotant son chardonnay. Voyez cela avec vos hommes, Troy. Pendant ce temps, nous devons nous préparer pour ce soir. Bianca, s'il te plaît, fais en sorte qu'Olivia et Troy soient invités. Olivia, tu as une tenue appropriée ?

— Oui, pas de problème.

— Parfait. A la réception, Troy et toi ferez semblant d'être fiancés. Cela simplifiera les choses. Personne ne trouvera rien à redire si nous présentons Troy comme étant ton fiancé.

Olivia voulut protester.

— Je ne vais pas…

Mais sa mère l'interrompit.

— Il faut que tu fasses la sieste, dit-elle d'un ton sans réplique en se levant de table. La journée a été longue et, ce soir, nous risquons de rentrer très tard.

Troy comprit qu'il n'avait pas son mot à dire. Sharon Laughton avait manifestement pris la direction des opérations. Force lui était de reconnaître que, l'air de rien, cette femme en imposait.

Dans la chambre d'amis, allongée sur le lit qui se trouvait près de la fenêtre, Olivia fixait sans les voir les rideaux à fleurs. Le fait que ses parents se mettent à agir comme les agents secrets qu'ils étaient ne l'avait pas vraiment surprise. Dans une certaine mesure, Bianca et elle avaient toujours su qu'ils étaient plus que de simples diplomates parcourant le monde.

N'empêche que leur comportement était bizarre. Sa mère portait un holster à la cheville comme s'il s'agissait d'un accessoire de mode. Et elle reconnaissait les gens à la forme de leurs oreilles.

Pensive, Olivia se caressa le ventre. Comment présenterait-elle la chose à son fils ? Elle ne se voyait pas dire : « Papy et Mamie arriveront en retard à ton match de foot parce qu'ils sont en mission d'espionnage en Ouzbékistan. » Expliquer en quoi consistait le métier de Troy était plus facile. Un marine, comme n'importe quel soldat, allait là où le danger l'appelait. Mais Papy et Mamie ? Un enfant ne pouvait pas comprendre.

Une partie de la vie de ses parents serait forcément occultée. Comme cela avait été le cas avec elle quand elle était enfant. Ce secret de famille nuirait-il à la relation qu'ils auraient avec leur petit-fils ? Du moment qu'ils l'aimaient, c'était tout ce qui comptait. Olivia n'avait jamais souffert d'un manque d'amour. Tout n'avait pas été tout rose, bien sûr. Craignant de ne pas réussir aussi bien que ses parents l'espéraient, elle s'était donné beaucoup de mal pour ne pas les décevoir. Mais s'il y avait une chose dont elle était sûre, c'est que son père et sa mère l'aimaient.

Entendant la porte de la chambre s'ouvrir, elle tourna la tête et vit Troy enter sur la pointe des pieds.

— Tu ne me déranges pas, assura-t-elle. Je ne dormais pas.

Il fit le tour du lit et s'agenouilla pour être à sa hauteur.

— J'aimerais bien m'allonger à côté de toi, mais on ne va jamais tenir à deux.

— Je déteste les lits jumeaux ! grommela-t-elle. Alors ? Quoi de neuf ?

— D'après la CIA et d'après mes supérieurs, il y a 80 % de chances pour que Matthew Clark soit effectivement Kruger, comme l'affirme ta mère. Ils vont éplucher ses comptes et s'intéresser à lui d'un peu plus près pour s'assurer qu'elle a vu juste. Mais c'est fort probable.

— Maman doit être aux anges.

— Elle est assez étonnante, dit-il. Quand elle est en rogne contre quelqu'un, elle serait capable de l'écharper mais, quand elle parle à ses supérieurs, elle est douce comme un agneau. Une main de fer dans un gant de velours.

C'était exactement cela.

— Tu imagines ce qu'a pu être mon enfance.

— Bianca et toi ne deviez pas faire ce que vous vouliez.

— Curieusement, nous étions assez libres. Papa et maman nous faisaient confiance et nous laissaient vivre nos expériences. En revanche, quand on se faisait prendre, ça chauffait. Maman n'élevait jamais la voix mais, d'un simple regard, elle nous clouait sur place.

— Les instructions que j'ai reçues sont très claires : nous devons faire comme si de rien n'était, comme si nous n'avions pas identifié Kruger. Autrement dit, continua Troy avec un haussement d'épaules, nous allons à cette réception, comme prévu.

— Quelle barbe ! grommela Olivia.

— Cela ne m'enchante pas non plus. Je sens qu'il y a quelque chose qui cloche. Je ne sais pas quoi. Mais je le sens.

— Encore une chance que j'aie une tenue adaptée. C'est une robe caftan qui fait assez habillé. Bianca pourra sans doute me prêter un ou deux bijoux.

— J'ai ce qu'il te faut, dit-il en fouillant dans sa poche. Il y a déjà quelque temps que je la trimballe avec moi.

Dans le creux de sa main, il y avait une petite boîte de velours noir. Le cœur battant, Olivia se rendit compte qu'il était à genoux devant elle. Elle s'assit sur le bord du lit.

— Je crois savoir ce que c'est. Mais je te rappelle que nous ne sommes pas fiancés. Pas pour de bon, je veux dire.

— Prends-la. Ta mère a raison. Il nous sera plus facile de justifier ma présence si nous prétendons être fiancés.

Il souleva le couvercle de la boîte et fit apparaître un solitaire étincelant monté sur un anneau de platine. C'était une bague splendide. Olivia en eut le souffle coupé.

— Elle… est magnifique, bredouilla-t-elle.

— Je me réjouis de te voir la porter. Même pour un seul soir.

Lorsqu'il la lui passa au doigt, elle leva la main pour admirer l'éclat de la pierre. Un court instant, elle s'autorisa à rêver mariage, et à s'imaginer dans une longue robe blanche avec un voile de dentelle dans les cheveux et un bouquet d'orchidées blanches dans les mains. Elle se vit avancer vers l'autel au bras de son père, plus élégant que jamais. Troy serait en smoking — ou plutôt en uniforme — et ressemblerait à un héros, son héros. Elle entendait même l'orgue entamant la marche nuptiale.

Lorsqu'elle plongea son regard dans celui de Troy, elle avait envie d'accepter la bague pour ce qu'elle était : une bague de fiançailles.

Toujours à genoux, il déclara :

— Elle rend très bien sur toi.

— Elle me serre un peu, confia-t-elle. Mes doigts sont enflés.

— A cause de ce petit bougre.

Troy posa ses mains sur son ventre, se pencha en avant et déposa un baiser sur son nombril. Puis il se releva et l'embrassa sur le front.

Encore une fois, et même s'il n'en avait pas eu conscience, Troy avait fait passer l'enfant avant elle.

Si elle n'avait pas été enceinte, Troy ne l'aurait pas demandée en mariage. Entre eux, il n'y avait que le bébé. Il ne lui avait jamais dit qu'il l'aimait. Se marier n'avait aucun sens. Leur union serait une catastrophe.

— Je dois te parler, dit-il brusquement. Tu veux qu'on discute maintenant ou tu préfères te reposer ?

— Je vais m'allonger, répondit-elle, se sentant soudain très déprimée.

— Je viens à côté de toi.

— Le lit est minuscule.

— Ne t'inquiète pas.

En deux temps, trois mouvements, Troy avait reconfiguré l'espace en poussant les lits jumeaux l'un contre l'autre. Puis il retira ses chaussures et s'allongea sur le deuxième lit. Il lui suffisait de tendre le bras pour la toucher. La caresser.

La douce chaleur qui envahissait Olivia, chaque fois qu'ils étaient proches l'un de l'autre, lui remonta le moral. Troy ne l'aimait pas, mais il la trouvait désirable ; c'était déjà ça. Sexuellement, ils étaient parfaitement compatibles. Pourtant, aussi extraordinaire fût-elle, cette entente ne justifiait pas qu'ils se marient.

Passant une jambe au-dessus de sa cuisse, Troy l'attira tout contre lui. Elle aimait sentir son corps collé au sien. Ils s'épousaient si bien…

— De quoi voulais-tu me parler ? demanda-t-elle.

— Quand on y réfléchit, toute cette histoire n'a aucun sens, dit-il. Admettons que le dénommé Matthew Clark soit effectivement Kruger, le fameux agent secret que tout le monde traque depuis des années. Pourquoi chercherait-il à te kidnapper ?

— Pour nuire à mes parents, suggéra-t-elle.

— Pourquoi toi ? Il serait plus logique qu'il s'en prenne à Bianca, qu'il connaît déjà.

Tandis qu'il parlait, elle ne pouvait détacher les yeux de sa bouche. Sa lèvre inférieure était plus charnue que sa lèvre supérieure, et les coins étaient relevés. Leur fils lui ressemblerait-il ?

— Olivia, tu m'écoutes ?

— Oui, bien sûr. Je ne sais pas trop quoi en penser. Que disent tes sources au sujet de cette tentative de kidnapping ?

— C'est du Kruger tout craché, apparemment. Mais rien n'indique qu'il connaissait tes parents. Ils ne se sont vus qu'une fois. C'était l'hiver dernier, à la soirée donnée par CRG Energy à l'occasion de Noël.

Du bout de l'index, elle suivit le contour de sa bouche.

— Quand Bianca ou moi présentons nos parents, nous

restons généralement assez vagues, disant simplement qu'ils travaillent au ministère des Affaires étrangères. Il est possible que Kruger, intrigué, se soit renseigné sur eux et ait découvert qu'ils étaient à la CIA.

— Ce ne sont pas des renseignements qu'on obtient facilement. J'ai dû faire jouer mes relations et utiliser mon habilitation au secret défense pour accéder à ces informations.

Olivia s'intéressait plus à la forme de sa bouche et de son menton qu'à ce qu'il lui racontait.

— Tout cela est peut-être lié non pas à mes parents, mais à toi. Et si le kidnapping faisait partie du projet Hatari ?

— C'est possible.

Elle se souvenait qu'il avait décrit les membres de la cellule terroriste comme étant des tueurs sans scrupule.

— De quoi pourrait-il s'agir, sinon ?

— Et si c'était quelqu'un qui t'en voulait personnellement ? dit-il en entremêlant ses doigts aux siens. Quelqu'un qui aurait une dent contre toi.

— Contre moi ?

— Un ex-petit ami jaloux. Ou un admirateur éconduit. Ou quelqu'un que tu aurais offensé d'une manière ou d'une autre.

— Oh ! je t'en prie ! Je suis une modeste sage-femme sans histoire. Je n'ai pas d'ennemis embusqués à tous les coins de rue.

— Tout le monde a des ennemis, Olivia. Même toi.

— Non, pas moi. Je suis parfaite.

Elle se pencha sur lui pour l'embrasser mais il se déroba.

— Personne n'est parfait. Prenons mon frère, par exemple. Il n'y a pas plus gentil que lui. Pourtant, il a des ennemis. Un de ses patients, au dispensaire, l'a poursuivi avec un pistolet.

— Oui, j'ai entendu parler de cette histoire.

— Cela m'ennuie de mettre ça sur le tapis mais, ce

matin, lorsque nous avons croisé Alex, il a fait référence à Carol Rainer.

S'écartant de lui, Olivia se coucha sur le dos. Il lui était encore très pénible de penser aux Rainer et à ce qui s'était passé ce soir glacial de novembre. Carol la tenait peut-être pour responsable de la mort de son bébé.

— Je crois que tu as raison : j'ai des ennemis, moi aussi, admit-elle avec un gros soupir.

— Nous devrions parler à Carol.

Même si Carol Rainer la haïssait et avait juré de se venger, Olivia ne la voyait vraiment pas se lancer à ses trousses dans une course-poursuite à deux voitures sur une route de montagne.

— Si c'est tout ce que tu as à proposer en matière de préliminaires, tu ferais bien de revoir ta technique, se moqua-t-elle.

Comblant l'écart entre les deux lits, Troy l'obligea à se tourner face à lui, et l'embrassa avec fougue.

Elle oublia tout le reste.

11

La réception organisée par le cabinet d'avocats de Bianca en l'honneur du prince saoudien et des dirigeants de CRG Energy Group avait lieu dans une grande villa, au cœur d'un quartier résidentiel aux rues étroites et sinueuses. Ce n'était pas le genre de maison qui faisait rêver Olivia. Elle aimait les choses simples, or cet endroit était incroyablement ostentatoire. Sur trois niveaux, ne comportant pas moins de cinq cheminées, la villa était gigantesque et située dans la partie la plus huppée de Denver.

Il ne faisait pas encore nuit mais la cour était déjà tout illuminée. Tandis qu'au volant de leur Range Rover Troy s'engageait derrière une longue file de voitures dans l'allée entourant la villa, Olivia regardait par la fenêtre, bouche bée.

— Combien de jardiniers peuvent-ils avoir pour entretenir un tel jardin ? Les fleurs sont magnifiques et la pelouse impeccable.

— C'est joli, dit Troy.

— « Joli » est un faible mot, répliqua-t-elle en désignant un bosquet de pommiers nains couverts de fruits. C'est le jardin d'Eden, tu veux dire.

— En ce cas, nous sommes Adam et Eve, non ?

— Et Kruger est le serpent maléfique.

— Quand tu le verras…

— Oui, je sais, le coupa Olivia. Je ne moufte pas. Maman m'a recommandé de sourire et de prendre un air innocent.

— Ce n'est pas pour toi que je m'inquiète.

— Pour qui, alors ? Pas pour mes parents, j'imagine ?

— Bianca l'a mauvaise de s'être laissé berner par Matthew Clark. Elle se sent trahie. Il faut vraiment qu'elle fasse attention.

Troy était à cran depuis sa dernière conversation avec le sergent Nelson. Pendant le trajet jusqu'à chez son frère, à qui il avait emprunté un costume, c'était à peine s'il avait desserré les dents.

Olivia posa une main sur son avant-bras et demanda :

— Qu'est-ce qui ne va pas ?

— Cela ne se passe pas comme je l'aurais voulu. Il y a beaucoup trop de monde sur le coup, beaucoup trop d'agences. Quelqu'un va se planter, c'est sûr.

— Avec un peu de chance, Kruger ne sera peut-être pas là.

— Il vaudrait mieux qu'il vienne. La police scientifique va profiter de son absence pour aller fouiller son appartement.

— C'est légal ? Normalement, la police a besoin d'un mandat de perquisition, non ?

— Il ne s'agit pas de la police mais de la CIA et de la Sécurité intérieure.

Elle crut deviner ce qui le contrariait.

— Ce qui te chiffonne, c'est que tu ne sois pas à la tête des opérations, c'est ça ?

— Ce n'est pas le problème. J'aimerais juste savoir qui donne les ordres.

Il tendit le cou pour essayer de voir ce qui se passait car, devant eux, les voitures avançaient au pas.

— Je ne veux pas des services du voiturier. Nous aurons peut-être besoin de filer à toute vitesse.

Il donna un coup de volant et sortit de la file. Mais, devant l'entrée de la villa, un jeune homme les arrêta.

Troy baissa sa vitre.

— Je préfère me garer seul.

— Je suis désolé, monsieur, mais nous sommes censés prendre en charge tous les véhicules.

— Je dois pouvoir bénéficier d'une dispense, déclara Troy en montrant Olivia du pouce. Ma fiancée est enceinte de neuf mois. Nous risquons de devoir partir en catastrophe.

Le jeune homme en livrée rouge considéra un instant le ventre d'Olivia.

— Entendu, finit-il par articuler. Garez-vous là-bas, à côté des camionnettes de livraison.

— Je garde mes clés de voiture, déclara Troy avant de se tourner vers Olivia. Je te laisse ici, ça ira ?

— Oui, c'est parfait, répondit-elle, moins handicapée par son état que par les talons hauts que sa sœur avait tenu à lui faire porter. On se retrouve à l'intérieur.

D'un pas mal assuré, elle se dirigea vers la villa, dont la porte à double battant était grande ouverte. La vue de tous ces invités élégants lui rappela les réceptions et les galas auxquels elle avait assisté enfant, en tant que fille de diplomates. Les nombreuses relations de sa mère leur valaient d'être invités à toutes sortes d'événements culturels. Ses parents connaissaient et charmaient tout le monde, aussi leur présence était-elle très appréciée.

Olivia entra dans une vaste pièce au parquet marqueté. Il y avait au moins deux cents personnes, mais la maison était si grande qu'on aurait pu en faire entrer encore autant. Les portes-fenêtres s'ouvraient sur un patio extérieur dans lequel s'étaient formés quelques petits groupes. Olivia compta trois buffets et plusieurs bars, autour desquels s'agitaient une brigade de serveurs en chemises blanches et nœuds papillons. Une musique d'ambiance provenait de la bibliothèque voisine, dans laquelle trônait un piano à queue.

Elle repéra ses parents. Au milieu de cette foule mondaine, ils étaient dans leur élément, aussi à l'aise que des poissons dans l'eau. Avec ses cheveux blancs, son père en imposait, et sa mère était l'élégance même dans une robe fourreau de soie abricot. Olivia se demanda où elle avait caché son arme. Ils étaient en train de bavarder avec l'un des principaux avocats du cabinet de Bianca. Olivia était certaine d'avoir déjà vu cet homme mais elle n'arrivait pas à se rappeler son nom. Un tel trou de mémoire aurait été inadmissible chez un agent secret. Elle n'avait visiblement pas hérité du don de ses parents pour l'espionnage.

Debout à côté d'eux, Bianca n'arrêtait pas de danser d'un pied sur l'autre. Troy avait sans doute raison de penser qu'elle était l'élément incontrôlable. Bianca semblait rire un peu trop fort et boire plus que de raison. Allait-elle tout faire capoter ?

Olivia se retourna et se retrouva nez à nez avec un très beau saoudien aux pommettes hautes et aux yeux de jais. Il se présenta à elle comme étant le prince Amir.

— Enchantée, dit-elle en inclinant la tête. Je m'appelle Olivia. Je suis la sœur de Bianca Laughton.

— Vous vous ressemblez. Vous êtes toutes deux ravissantes.

— Merci.

Le long caftan couleur lavande au décolleté profond drapait joliment le ventre rond d'Olivia. Elle se sentait belle dans cette robe fluide. Sexy, même. Une longue fente sur le côté droit dévoilait ses jambes et ses escarpins vertigineux.

— J'ai eu le plaisir de rencontrer vos parents, dit Amir. Votre mère a aidé à organiser une exposition d'art moderne dans mon pays.

Pourquoi Amir l'avait-il remarquée ? En termes de statut, sans doute était-elle la personne la moins importante parmi toutes celles qui étaient présentes ici. Avait-il une autre raison de l'aborder ? Olivia n'avait pas la perspicacité de ses parents. Pour le savoir, elle n'avait d'autre choix que de lui demander carrément.

Elle s'apprêtait à le bombarder de questions, quitte à mettre les pieds dans le plat, lorsqu'elle vit Troy arriver dans sa direction. Dès qu'elle posa les yeux sur lui, elle fut totalement subjuguée. Le costume gris anthracite que lui avait prêté son frère mettait en valeur sa large carrure. Il ne portait pas de nœud papillon, et c'était mieux ainsi car le col de sa chemise bleu ciel faisait ressortir son teint hâlé. Il avançait vers elle d'une démarche souple et assurée. Etonnant mélange de virilité et de sophistication, il semblait parfaitement à l'aise à cette réception.

Fièrement, elle déclara :

— J'aimerais vous présenter mon fiancé.

Le mot lui vint aux lèvres naturellement. *Fiancé. L'homme que j'épouserai un jour.* Elle ne s'attendait pas à ce que cette déclaration lui procure autant de plaisir.

Le plus naturellement du monde, Troy salua Amir dans sa langue maternelle. Ils échangèrent quelques banalités et plaisantèrent ensemble. En les voyant s'esclaffer, comme de vieux amis, Olivia se détendit. Elle n'était pas agent secret et n'avait pas à se comporter comme tel. Si Amir préparait un mauvais coup, elle laisserait à Troy le soin de déjouer ses plans.

Ses parents et sa sœur les rejoignirent, Troy, le prince et elle. Sa mère s'adressa à Amir en arabe, langue qu'elle parlait elle aussi couramment. Son père en profita pour se pencher vers Olivia et lui glisser à l'oreille :

— Comment se fait-il que tu sois arrivée seule ? Où était Troy ?

— Il garait la voiture afin que nous puissions partir en vitesse si jamais cela tournait mal.

— Ce garçon a de la jugeote. Il a très bien fait de ne pas remettre ses clés au voiturier.

Olivia remarqua que son père ne quittait pas des yeux Bianca, qui restait en retrait de la conversation en arabe entre Troy, sa mère et le prince. Elle semblait indécise, comme quelqu'un qui serait au bord d'une piscine et hésiterait à sauter.

— Nous sommes impolis, dit le prince en se tournant

vers Bianca. Nous devrions parler anglais afin que ces charmantes demoiselles puissent elles aussi donner leur avis.

En voyant sa sœur rendre au prince son sourire, Olivia songea que Bianca était sous le charme et que, de son côté, Amir avait l'air de la trouver très attirante. Mais, entre eux, c'était presque impossible. Leurs relations professionnelles les empêchaient de sortir ensemble, même s'ils en avaient l'un et l'autre très envie. Pas étonnant, dans ces conditions, que Bianca fût aussi nerveuse.

Olivia eut soudain l'impression d'être observée. Elle regarda autour d'elle, scruta les visages des autres invités, mais aucun regard n'accrocha le sien. En d'autres circonstances, elle aurait laissé tomber, mais après ce qui s'était passé à Dillon, devant l'hôpital, quand elle avait senti que quelqu'un l'observait, épiait chacun de ses gestes, Olivia savait qu'elle ne rêvait pas.

Elle aurait dû prêter attention aux propos que ses parents et Troy avaient tenus au sujet de Kruger. Elle avait vu sa photo — floue et très ancienne, mais elle ne savait pas à quoi ressemblait Matthew Clark maintenant.

Un homme aux cheveux gris en broussaille, vêtu d'un costume beige et portant un nœud papillon jaune, attira son attention. Etait-ce lui ? Elle lui adressa un sourire poli et un discret hochement de tête. L'homme se détourna. Etait-il celui que tout le monde recherchait ? Se doutait-il que la police était en train de fouiller son appartement ? Sentait-il le danger ?

Une pichenette sur son épaule mit brutalement fin à ses spéculations.

— Arrête de le fixer comme ça, lui ordonna son père.

Elle brûlait de lui demander s'il s'agissait bien de Matthew Clark mais, l'espionnage n'étant vraiment pas sa tasse de thé, elle préféra s'abstenir. *A chacun son métier.* Nouant son bras autour de celui de Troy, elle déclara :

— Je sais que, pour une femme enceinte, ce n'est pas

très original, mais je meurs de faim. Et si nous nous rapprochions du buffet ?

— Je n'attendais que ça.

Comme ils traversaient la pièce, elle murmura :

— Le type avec le nœud papillon jaune n'arrête pas de me regarder.

— C'est Clark.

A ces mots, Olivia sentit la peur lui nouer les entrailles.

— Oh là là, ça craint !

— Ne t'inquiète pas, je suis là. Reste à côté de moi. Tu ne risques strictement rien.

Elle ne demandait qu'à le croire.

Troy n'était pas fait pour ce genre de mission. Il ne se sentait pas à l'aise dans les réceptions mondaines où le moindre commentaire pouvait avoir un double sens et où les gens retournaient leur veste à tout bout de champ. On ne pouvait se fier à personne. Lui, ce qu'il aimait, c'était savoir où il allait et quel objectif il était censé atteindre, quitte à se servir de son arme s'il le fallait.

Le rôle qui lui avait été assigné ce soir était relativement simple. Lorsque Matthew Clark partirait, Troy devait prévenir par texto l'équipe qui fouillait son appartement. A son signal, les hommes quitteraient immédiatement les lieux.

Il n'y avait là rien de bien compliqué, mais Troy craignait que tout ne se passe pas comme prévu. Clark semblait nerveux, sur ses gardes, comme s'il savait qu'il avait été identifié.

En arrivant tout à l'heure, lorsqu'il avait garé son Range Rover près de l'entrée de service, Troy avait remarqué une camionnette de livraison qui se démarquait des autres. Le logo de pâtissier figurant sur le côté du véhicule semblait avoir été dessiné à la hâte. S'agissait-il d'une vraie camionnette de livraison ? Rien n'était moins sûr.

On entrait dans la maison comme dans un moulin. Mis

à part l'entourage du prince — qui comptait trois gardes du corps armés, il n'y avait pas de vigiles. Personne ne contrôlait à l'entrée que les gens qui se présentaient étaient bien invités. Des dizaines de serveurs, de serveuses et de barmans allaient et venaient à leur guise. Se mêler à eux était un jeu d'enfant. Il suffisait de porter comme eux une chemise blanche et un nœud papillon.

Troy sentait que Kruger, alias Matthew Clark, était en danger. En vingt-deux ans d'activité en sous-marin, Kruger avait dû fomenter d'innombrables complots, tous plus infâmes les uns que les autres. Sans doute détenait-il de terribles secrets que beaucoup rêvaient de lui arracher. Pas étonnant qu'il soit aussi nerveux…

Troy avait fait part de ses dernières observations à Nelson mais, bizarrement, celui-ci ne l'avait pas rappelé. Son appréhension s'accrut lorsque son regard tomba sur les parents d'Olivia et sur sa sœur, qui semblait au bout du rouleau.

A côté de lui, Olivia s'empiffrait.

— Ces petits-fours sont délicieux, dit-elle entre deux bouchées. Tu as goûté les feuilletés au crabe ?

— J'aurais bien aimé, mais tu ne m'en as pas laissé un seul.

— Le serveur a dit qu'il allait en rapporter.

Se détournant du buffet, elle scruta la foule.

— Clark est là-bas, près de la cheminée, dit-elle. Tu crois qu'il m'évite ?

La regardant, Troy ne put s'empêcher de sourire. Dans sa robe mauve, avec ses longs cheveux blonds cascadant librement sur ses épaules, elle avait l'air d'un ange. Le diamant qu'il lui avait offert étincelait de tous ses feux à son doigt.

Il avait tort de dramatiser les choses. Ils avaient la situation bien en main. Tout allait bien se passer. Comme l'avait justement fait remarquer Olivia, s'il était aussi anxieux, c'était sans doute parce qu'il ne dirigeait pas lui-même les opérations.

— Et si nous partions à la recherche du serveur qui a les feuilletés au crabe ? suggéra-t-il.

— Allons-y avant qu'il ne se soit fait dévaliser.

Ils fendirent la foule, bille en tête, mais n'allèrent pas bien loin car Matthew Clark se dressa soudain sur leur chemin. Pour un homme qui avait eu amplement recours à la chirurgie plastique, il paraissait naturel. Il n'avait pas cédé à la tentation de se faire faire un visage de sex-symbol. Il ressemblait à Monsieur Tout-le-monde. Ses cheveux en bataille, en grande partie gris, couvraient ses oreilles. Troy se demanda comment la mère d'Olivia avait fait pour les voir, puisque c'était grâce à ses oreilles qu'elle l'avait identifié.

Clark se présenta à Olivia.

— Je vous regarde depuis un moment, dit-il avec franchise. Vous êtes la sœur de Bianca, n'est-ce pas ?

— Oui, en effet, répondit-elle en agitant son assiette. Je vous aurais bien serré la main, mais comme vous le voyez, je suis un peu encombrée.

— Nous sommes-nous déjà rencontrés ? demanda-t-il.

— Non, je ne crois pas.

Elle lui présenta Troy, qui lui serra la main et comprit tout de suite que Clark, curieusement, ne lui prêtait aucune attention. Même si Clark ne voyait pas le rapport avec Hatari, il devait bien savoir que c'était Troy qui conduisait la voiture que ses hommes avaient prise en chasse.

Clark se tourna à nouveau vers Olivia.

— Il me semble me souvenir que j'ai déjà vu vos parents à une autre réception.

— Je ne saurais vous dire. Comment ça se passe avec ma sœur ? Vous aimez travailler avec elle ?

— Bianca est une jeune avocate prometteuse. Je trouve ses positions sur les problèmes écologiques très courageuses, même si je ne les partage pas toujours.

— Je vis à Dillon, alors je m'inquiète de la prospection

pétrolière dans les montagnes. La fracturation hydraulique ne semble pas être une bonne chose.

Clark se renfrogna.

— Je ne sais pas pourquoi il y a un tel tollé contre la fracturation hydraulique, qui est une technique d'extraction efficace et rentable.

— Efficace pour détruire l'environnement et polluer les nappes phréatiques, rétorqua Olivia du tac au tac. Sans parler des risques accrus de tremblements de terre.

Clark se lança dans un discours qui sonnait juste dans la bouche d'un cadre un peu condescendant d'une compagnie pétrolière. Il était très convaincant. Après des années de clandestinité, il était totalement entré dans la peau de son personnage. Troy se demandait depuis combien de temps Clark, alias Kruger, s'était investi dans une mission plus périlleuse que le simple transfert de fonds.

— Je ne voulais pas vous offenser, assura Olivia. Ma sœur ne représenterait pas CRG Energy s'il ne s'agissait pas d'une compagnie responsable. Vous faites partie des gens bien.

— Bien sûr, dit-il. Et vos parents, qu'en pensent-ils ? Les avez-vous déjà entendus parler de moi ou de CRG ?

— Il me semble que non.

— Je pense que vous en savez beaucoup plus que vous ne voulez bien le dire.

Troy se figea, tous ses sens en alerte. La remarque de Clark sonnait distinctement comme une menace. Il avait très envie de le coller en garde à vue sur-le-champ et au diable les conséquences.

— Cependant, continua Clark, je suis sûr que votre état monopolise quasiment toute votre attention.

— Mon état ?

Il posa un regard appuyé sur son ventre proéminent que son caftan, bien qu'ample, ne parvenait pas à dissimuler.

— Toutes mes félicitations, à propos.

— Je vous assure que ma grossesse n'a aucune incidence sur le fonctionnement de mon cerveau.

— Evidemment non. Ravi d'avoir fait votre connaissance, dit Clark en prenant congé d'un hochement de tête. Passez une excellente soirée.

Troy le suivit des yeux tandis qu'il se mêlait à la foule des invités. Si Clark s'en allait, il fallait qu'il envoie ce texto.

— J'ai l'impression qu'il s'en va.

— Bon débarras ! marmonna Olivia. Allons voir où se trouvent ces feuilletés au crabe.

Son père surgit à côté d'eux.

— Clark se dirige vers la sortie. Il faut que je le suive. Passez-moi vos clés de voiture.

Il était exclu que Troy laisse le père d'Olivia se lancer seul à la poursuite d'un individu aussi dangereux que Clark. Mais il ne pouvait pas davantage abandonner Olivia au milieu de tous ces inconnus et de ces serveurs qui étaient peut-être des malfaiteurs. Le seul moyen d'assurer sa sécurité était d'être en permanence à ses côtés.

Fort de cette certitude, il la prit par le bras.

— Allons-y, c'est moi qui conduis.

— Attends ! protesta-t-elle.

— Pour les feuilletés au crabe, ne t'inquiète pas. Je t'en trouverai un peu plus tard. Promis, juré !

— Ce n'est pas ça, dit-elle en enlevant prestement ses talons hauts. Tu veux bien les prendre, s'il te plaît ?

Les escarpins d'Olivia à la main, il fonça vers la porte.

12

Heureux de pouvoir s'éclipser, Troy entraîna Olivia et son père vers l'entrée de service, devant laquelle il avait garé le Range Rover. La camionnette de livraison avec le logo bidon avait disparu. Deux hommes en tenue de chefs cuisiniers étaient en train de fumer une cigarette à côté des rosiers. L'un d'eux parlait au téléphone. Etait-il là pour monter la garde ? Troy aurait aimé les interroger mais il n'en avait pas le temps.

Sans ses escarpins, Olivia marchait plus vite, mais il ne fallait pas trop lui en demander. Elle était hors d'haleine lorsqu'il lui ouvrit la portière du véhicule pour la faire monter à l'arrière.

— Je préfère m'asseoir devant, dit-elle.

— C'est moins risqué à l'arrière.

Son père s'était installé d'autorité sur le siège passager.

— Monte vite, ma chérie, dit Troy. Nous n'avons pas une minute à perdre.

Elle attacha sa ceinture en ronchonnant.

— Je me trompe ou tu t'étais engagé à me tenir informée ?

Se penchant en avant pour l'embrasser vite fait sur la joue, il murmura :

— Fais-moi confiance.

Tout en contournant le véhicule pour gagner la place du conducteur, il sortit son téléphone et envoya le SMS à l'équipe de techniciens qui fouillaient l'appartement de

Clark. Il fallait qu'ils décampent. Troy espérait qu'ils avaient trouvé ce qu'ils cherchaient.

Dès qu'il fut au volant, il démarra.

— Alors, Richard, que se passe-t-il ?

— C'est top secret.

— Top secret ? s'exclama Olivia depuis le siège arrière. C'est un peu tard pour ça, tu ne crois pas, papa ?

— Comme je m'en veux ! se lamenta Richard. J'ai juré il y a très longtemps de ne jamais mettre mes enfants en danger. Et voilà que tu es là, Olivia.

Au moment où Troy sortait de l'allée cochère, ils virent une limousine tourner au coin de la rue.

— Est-ce la voiture de Clark ? demanda-t-il.

— Oui, répondit Richard. Son chauffeur l'attendait devant la maison.

— Il se tenait prêt à partir. Clark sait que nous le traquons.

— Probablement.

— Qui d'autre est au courant ?

Le père d'Olivia ne répondit pas. Troy put constater son professionnalisme. Richard n'était pas censé divulguer ses renseignements, ni en parler avec qui que ce soit d'autre que sa femme. Les circonstances étaient cependant particulières, et Troy n'avait pas envie de jouer aux devinettes.

— Ecoutez, Richard, sur ce coup-là, vous ne pouvez pas faire cavalier seul. Je suis votre coéquipier.

— Et Olivia ?

— Nous veillons à sa sécurité. Sa protection est notre priorité absolue. D'accord ?

Richard poussa un long soupir.

— Peu après que j'ai révélé à la CIA que Clark était Kruger, l'info a fuité. Il pouvait dire adieu à sa couverture. Ce soir, à la réception, il y avait plusieurs personnes qui connaissaient sa véritable identité.

Troy songea qu'une fois plus son instinct ne l'avait pas trompé.

— Des personnes qui surveillaient Clark ou qui nous surveillaient nous ? demanda-t-il.

— Les deux. On m'a ordonné de suivre Clark et de m'assurer que rien de fâcheux ne lui arrive avant que nous le placions en garde à vue.

Troy avait reçu les mêmes consignes, ce qui leur facilitait grandement les choses.

— J'étais censé surveiller Clark à distance, dit-il. Nous voulons découvrir ce qu'il sait au sujet de la cellule terroriste Hatari et de leur cible potentielle.

— Je ne vois plus les feux arrière de la limousine, déclara Olivia. Tu l'as perdue ?

— J'essaie de ne pas nous faire repérer, répondit Troy. Il ne faut pas l'effrayer. On dirait qu'il rentre chez lui.

— Il habite où ?

— Pas loin de Broadway. Au dernier étage d'un immeuble neuf. Dans un grand appartement avec terrasse.

Ils y étaient presque. Accélérant, Troy s'engagea dans une rue parallèle. A une intersection, ils aperçurent la voiture de Clark.

— Un appartement avec terrasse ? Ce n'est pas rien, dit Olivia. Mais, avec tout l'argent qu'il a gagné dans le pétrole, il pourrait se payer un hôtel particulier.

— Il en a un, précisa son père. A Midland, au Texas. Il a également une maison dans les gisements canadiens. Cela fait partie de sa couverture. Ses nombreux voyages d'affaires lui permettent de brouiller les pistes en rendant difficile le contrôle de ses déplacements.

— Il a aussi une propriété dans les Rocheuses, dit-elle.

— Comment le sais-tu ?

Troy brûla un feu rouge afin d'avoir une longueur d'avance sur le chauffeur de Clark.

— C'est lui qui me l'a dit quand il essayait de justifier le fait qu'on saccage le paysage pour extraire le pétrole. Tu n'écoutais pas ?

— Je me tenais prêt à jouer les arbitres. Entre Clark et toi, ça commençait à tourner au vinaigre.

— Il m'a énervée. Ce type est horriblement prétentieux. Il fallait l'entendre parler de son chalet à Aspen…

Un chalet qu'il n'était pas près de revoir, songea Troy. C'était en prison que Clark allait vraisemblablement passer le reste de sa vie. Dans une cellule sans la moindre vue.

Les ruses de Troy pour arriver chez Clark avant lui se révélèrent efficaces. Le quartier était arboré et composé presque exclusivement de maisons individuelles assez anciennes. Avec ses vingt étages, la résidence de Clark était le seul immeuble du coin. Non loin de là se trouvaient deux blocs de brique rouge de deux étages comportant chacun une vingtaine d'appartements et autant de places de parking. Troy se gara sur l'une d'elles, face à la rue, ce qui leur permettait de surveiller l'accès au parking souterrain de la résidence de Clark.

Il éteignit les phares et se tourna vers Richard.

— A quel moment vos gars vont-ils intervenir ?

— J'ai prévenu quand j'ai vu Clark quitter la réception. Je suppose qu'ils sont dans les parages, prêts à prendre en charge le colis.

Le père d'Olivia scruta la rue sur toute sa longueur.

— Je ne les vois pas mais cela ne signifie pas pour autant qu'ils ne sont pas là.

— Appelez-les.

Si la CIA se chargeait de l'arrestation, Troy se retirerait bien volontiers. Il n'avait pas la possibilité de contacter les experts qui avaient fouillé l'appartement de Clark. Le seul moyen qu'il avait de communiquer avec eux était de leur envoyer un SMS.

Richard raccrocha et déclara :

— Ils arrivent dans moins de cinq minutes.

Ils auraient dû être là, prêts à intercepter le suspect. Si Troy avait dirigé les opérations, il l'aurait arrêté dès que son identité n'aurait plus fait aucun doute. Laisser un suspect en liberté, c'était chercher les ennuis.

— Qu'est-ce qu'ils attendent ?

Richard haussa les épaules.

— Je ne connais pas leur stratégie.

Impatient d'agir, Troy ne tenait plus en place. Mais Olivia était là. Il devait veiller sur elle. Pour ce faire, mieux valait avoir ce qu'il fallait, songea-t-il en sortant deux armes automatiques de la boîte à gants.

— Je veux que vous restiez tous les deux dans la voiture, dit-il. En cas de danger, je tiens à avoir les coudées franches.

— Bon plan, dit Richard. Je vais me mettre au volant.

— Je peux conduire, suggéra Olivia.

Les deux hommes répondirent d'une seule voix :

— Non.

En la voyant pincer les lèvres, Troy l'imagina enfant, lorsqu'elle avait tenu tête aux ravisseurs de sa mère, les obligeant à l'emmener. Elle était toujours aussi têtue, toujours aussi courageuse. Une femme pareille ne se rencontrait pas tous les jours.

— Je suis fier de toi, dit-il.

— Sois prudent, Troy. Fais en sorte qu'il ne t'arrive rien.

— Ne t'inquiète pas ; je vais juste voir ce qui se passe. Dès que les gars de la CIA sont là, je rapplique et nous rentrons à la maison. Il n'y a aucun danger.

Sur ces mots, il sortit de la voiture et s'enfonça furtivement dans la nuit. Il portait un holster à sa ceinture et avait un Glock à la main. Se baissant pour ne pas être vu, il tendit l'oreille. Les arbres bruissaient sous l'effet de la brise et, en bruit de fond, on entendait la circulation, mais il n'y avait pas âme qui vive dans la rue.

Il appréciait de se retrouver sur le terrain, prêt à en découdre. Ses sens étaient en alerte maximum et l'adrénaline courait dans ses veines. Troy n'était ni assez patient ni assez habile pour faire ce que faisaient les parents d'Olivia. Il lui fallait une mission claire, nette et précise. *Protège Clark. Veille à ce qu'il ne tombe pas entre des mains ennemies.* C'était aussi simple que cela.

La limousine apparut au coin de la rue et se dirigea vers la rampe descendant au parking souterrain. Troy supposa que le chauffeur déclencherait l'ouverture automatique de la porte, que la voiture entrerait et que tout irait bien.

Mais la porte resta close, et le chauffeur s'arrêta au milieu de la rue.

Troy était trop loin pour voir ce qu'il fabriquait, mais il y avait manifestement un problème. Un imprévu.

Le plus judicieux aurait été pour le chauffeur d'enfoncer la pédale d'accélérateur et de filer sans demander son reste. Dans sa barbe, Troy marmonna :

— Allez, vas-y, fiche le camp !

Clark/Kruger n'avait pas été opérationnel depuis longtemps. Il était devenu plus timoré. Un homme apeuré pouvait faire des erreurs stupides.

Troy regarda la limousine avancer jusqu'au stop et s'apprêter à tourner à gauche. Grosse erreur. Il pouvait y avoir une embuscade devant l'entrée de l'immeuble. Après avoir fait signe à Richard de ne pas bouger, il courut voir ce qu'il en était, scrutant les buissons alentour. Il repéra un homme armé tout en noir avec une casquette vissée sur le crâne et une demi-douzaine de tatouages sur l'avant-bras. Bon sang ! Cet accoutrement n'avait rien à voir avec la tenue habituelle des agents de la CIA. Clark s'était fait repérer. Ses ennemis étaient prêts à lui tomber dessus.

Troy se retourna vers le Range Rover. Ils l'avaient échappé belle. S'il s'était garé de ce côté de l'immeuble, la voiture aurait été en première ligne.

La limousine était maintenant stationnée devant l'entrée de l'immeuble. Il n'avait aucune idée du nombre de forces en présence, mais il était certain que seul, avec deux malheureux petits calibres, il ne faisait pas le poids. S'il ouvrait le feu le premier, c'en était fini de lui. Mais personne ne l'avait vu ; il devait tirer parti de cet avantage. A grandes enjambées, il s'approcha du type en noir et lui sauta dessus par surprise, utilisant pour le mettre K.-O. une prise qu'il maîtrisait parfaitement. Inconscient, l'homme s'effondra sans bruit sur le sol. Troy écarta d'un coup de pied ses armes de poing et s'empara de son AK-47. Par terre, à ses pieds, il y avait quatre grenades. Tout cet arsenal pour Clark ? Cette embuscade ne visait manifestement pas à le prendre vivant.

Troy scrutait les alentours à travers les branches de l'épicéa. La CIA allait débarquer d'une minute à l'autre. *Avec un train de retard.*

Le chauffeur sortit de la limousine et ouvrit la portière arrière pour permettre à Clark de descendre. Deux coups de feu retentirent dans la rue déserte. Le chauffeur s'écroula.

Clark referma vivement la portière mais il se retrouvait coincé à l'arrière de la limousine. Les balles ricochaient sur le côté du véhicule. Le verre sécurit des fenêtres ne tiendrait pas longtemps. Clark était fait comme un rat.

A en juger par le crépitement des AK-47, il y avait deux autres tireurs, qui se trouvaient en face de l'entrée de l'immeuble.

Les tirs cessèrent d'un coup. Une grenade voltigea dans les airs. Comme une balle de softball, elle rebondit sur le capot de la limousine. L'explosion arracha la calandre et le pare-chocs à l'avant du véhicule, côté passager.

Sûr que l'attaque ne durerait que quelques minutes, Troy jugea inutile de se replier. Il envoya les quatre grenades en direction des tireurs. Malgré le vacarme d'enfer, il entendit distinctement des hurlements.

Les deux hommes allaient répliquer par des tirs et des jets de grenades. Il mitrailla tous azimuts avec son AK-47 puis se retrancha derrière le mur de brique de l'immeuble. Comme il se demandait s'il devait ou non faire face à ses adversaires, le hurlement des sirènes de police retentit dans la nuit. Les renforts arrivaient. Ce n'était pas trop tôt.

La CIA arriva la première. Une demi-douzaine d'hommes vêtus de gilets pare-balles se lança dans la bagarre. Les deux tireurs ripostaient toujours mais Troy considéra qu'il avait fait sa part du boulot. Il devait s'assurer que personne ne s'enfuyait en direction du Range Rover et qu'Olivia ne risquait rien.

Tandis qu'il traversait la rue en courant, elle sortit du véhicule comme une folle et se précipita vers lui, pieds nus. Qu'est-ce qu'elle fabriquait ? Avait-elle perdu la tête ou était-elle totalement inconsciente ?

Il la prit dans ses bras.

— Retourne vite dans la voiture, ordonna-t-il.

— Tu n'as rien ? Dis-moi que tu n'as rien, supplia-t-elle, éperdue.

— Monte d'abord dans la voiture.

Il la poussa sur le siège arrière, grimpa à côté d'elle et claqua la portière.

Elle prit son visage dans ses mains.

— Tu m'as fait une de ces peurs.

— Il va falloir que je fasse nettoyer le costume de mon frère mais, à part ça, tout va bien.

Elle posa ses lèvres sur les siennes, tout doucement. Il avait le souffle court et son cœur battait encore à tout rompre. Sous l'effet du stress, il était tendu comme un arc. Mais ce baiser lui fit un bien fou et lui rappela ses vraies priorités.

Assis à l'avant, Richard se racla la gorge.

— Pourriez-vous nous dire ce qui s'est passé ?

— Vos copains ont fini par arriver, lança Troy sans quitter Olivia des yeux. Jamais je n'ai été aussi content de voir débarquer des agents de la CIA.

— Et Clark ? Est-il vivant ?

— Je n'en sais rien.

Troy s'affala sur la banquette et attira Olivia contre lui.

Il avait hâte de rentrer pour passer la nuit dans ses bras, mais cela n'allait pas être possible, hélas. Il avait tout vu. La CIA ne le laisserait pas partir avant de l'avoir longuement interrogé.

Tout cela était bien joli, mais lui aussi avait des choses à faire. Sortant son téléphone, il rédigea un texto :

Embuscade devant chez Clark. Besoin de renfort.

Si Clark était vivant, il fallait absolument qu'ils le fassent parler et recueillent le plus de renseignements possible sur la cellule terroriste Hatari.

13

La présence d'une femme enceinte en robe du soir couleur lavande sur une scène de crime était quelque peu incongrue. Olivia sentait que tout le monde la regardait : les agents de la CIA, les flics, les médecins urgentistes, les pompiers et ces enquêteurs mystérieux qui ne s'adressaient qu'à Troy. Tous n'attendaient qu'une chose : qu'elle veuille bien les laisser entre hommes. Mais elle n'avait pas l'intention de s'en aller.

Pas avant d'avoir pu parler à Matthew Clark. Elle voulait lui demander, les yeux dans les yeux, s'il était à l'origine de la tentative de kidnapping qui avait mis sa vie sens dessus dessous. Une simple question. C'était tout ce qu'elle voulait.

Pieds nus dans l'herbe humide, elle était plantée devant l'immeuble de vingt étages. Pour éteindre les flammes consécutives aux explosions, les pompiers avaient utilisé leurs lances d'incendie. L'eau ruisselait dans le caniveau et luisait sur la chaussée. Les gyrophares des voitures de police éclairaient la scène de crime, délimitée par un ruban jaune, derrière lequel se pressaient des badauds.

Plusieurs voitures garées le long de la rue avaient brûlé ou été endommagées. La limousine de Clark était la plus touchée. Le réservoir d'essence avait pris feu et explosé. Du véhicule, il ne restait qu'une carcasse métallique affreusement tordue qui faisait penser à une sculpture apocalyptique. Clark avait malgré tout réussi à s'en tirer sans une égratignure. La vie était vraiment injuste.

En revanche, son chauffeur était mort, ainsi qu'un autre homme. Une ambulance était partie toute sirène hurlante en emportant deux blessés. L'un des camions de pompiers était parti aussi. L'autre était resté parce que les flammes avaient léché la façade de l'immeuble jusqu'au premier étage et pulvérisé les vitres de plusieurs fenêtres.

Troy vint vers Olivia. Son visage et ses vêtements étaient maculés de suie, mais cela ne l'empêchait pas de s'agiter dans tous les sens, débordant de vitalité. Il était manifestement dans son élément ; dans une zone de combat, il se sentait comme un poisson dans l'eau.

— J'aimerais vraiment te ramener à la maison, dit-il en lui passant un bras autour des épaules.

— Je veux voir Clark.

— Je ne sais pas ce que tu espères. Il a passé la majeure partie de sa vie à mentir. Qu'est-ce qui te fait croire qu'il va te dire la vérité ?

Elle regarda le fourgon tôlé dans lequel la CIA avait enfermé Clark.

— Il me semble que, s'il ment, je m'en rendrai compte.

Il lui pressa l'épaule.

— Ton père se démène pour t'obtenir cinq minutes en tête à tête avec lui. Il fait jouer ses relations et fait valoir les services qu'il a lui-même rendus.

— Eh bien, moi, je trouve que la CIA me doit bien ça.

— Comment cela ?

— Réfléchis deux secondes. C'est parce que Clark s'en est pris à moi que mes parents et toi vous êtes mis à travailler ensemble. Maman a identifié Clark grâce à la photo que tu nous as montrée. Sans moi, vous ne vous seriez jamais rencontrés. J'estime que la CIA me doit une fière chandelle.

— Oui, je comprends. Mais il faut savoir que la CIA fait parfois n'importe quoi. S'ils négocient avec Clark et se le mettent dans la poche, il sera un atout précieux.

— Je veux lui parler, pas le tuer.

— Ça ne risque pas. Ce type semble indestructible. Il paraît qu'il est sorti de la limousine juste avant qu'elle n'explose.

Mais son chauffeur était mort. La vie était injuste, songea-t-elle à nouveau.

— Savent-ils qui a préparé l'embuscade ?

— S'ils le savent, ils ne le disent pas. Ce qui est sûr, en tout cas, c'est que la CIA a un traître dans ses rangs. Quelqu'un a révélé très, très vite que Kruger était Clark.

Il jeta un coup d'œil en direction du fourgon.

— Si la CIA n'a pas filé avec son précieux atout, c'est parce que l'équipe médico-légale avait laquelle je travaillais l'en a empêchée. Eux aussi veulent Clark.

— Qui ça, eux ?

— Difficile à dire. Dans le renseignement, il y a tellement d'agences et de départements soi-disant d'élite qu'on a bien du mal à s'y retrouver. Regarde un peu ce bazar. Un vrai cirque.

Elle devait en convenir. Il y avait des policiers en uniforme, des agents de la CIA en coupe-vent en nylon, des techniciens de scène de crime brandissant des lampes torches, des inspecteurs de police en civil et d'autres personnes portant des badges dont elle ignorait la fonction.

— Tu n'aimes pas le cirque ? demanda-t-elle.

— Non, sauf si c'est pour voir une jolie trapéziste en collant se livrer à un numéro de voltige.

Il désigna un banc sous un abri de bus.

— Et si nous allions nous asseoir ?

— Je préfère rester debout.

Bien en vue, même si personne ne faisait plus attention à elle. Au moins, ils savaient qu'elle était là.

— L'arrestation de Clark porte-t-elle un coup fatal à ta cellule terroriste ?

— Oui, dans le meilleur des cas. Mais encore faut-il que Clark accepte de nous dévoiler les plans de Hatari.

— Et s'il refuse ?

Il secoua la tête.

— Ils commettront les attentats prévus.

— As-tu parlé au Sergent Nelson ?

— Nelson est à New York, avec le reste de ma brigade. En raison du lien établi avec Hatari, nous nous tenons prêts à intervenir.

Elle perçut une pointe de dépit dans sa voix.

— Tu préférerais être avec eux ?

— Ce sont mes hommes. Je dois les soutenir mais c'est ici, auprès de toi, qu'est ma place, déclara-t-il avec un sourire un peu forcé. Il n'est pas question que je te laisse toute seule.

Elle posa sa tête sur son épaule.

— Si je pouvais parler à Clark, je saurais si c'est lui qui a tenté de me kidnapper. Je saurais si je suis encore en danger.

— Et à quoi cela t'avancerait-il ?

— Si je ne risque pas de me faire enlever, tu n'as aucune raison de rester pour me protéger.

— Tu te trompes, dit-il en tendant le bras vers son ventre, qu'il tapota doucement. La raison, elle est là.

Son père venait vers eux. Alors que tout le monde était sale et dépenaillé, il était toujours aussi impeccable dans son smoking. A sa tête, elle comprit que les nouvelles n'étaient pas bonnes.

— La CIA emmène Clark, dit-il. Ils ne peuvent pas te laisser lui parler maintenant, mais ils proposent de remettre cet entretien à demain.

Elle regarda le fourgon s'éloigner.

— A-t-il dit quelque chose ? A-t-il avoué qu'il était Kruger ?

— Non, il n'a rien dit.

— Mais il est en état d'arrestation, n'est-ce pas ?

— En fait, il a été appréhendé pour son implication dans un éventuel attentat terroriste.

Olivia n'était pas sûre de bien comprendre.

— Quelle est la différence ?

— Dans ce cas précis, les droits Miranda ne s'appliquent pas. Il n'est pas autorisé à parler à un avocat.

— C'est sans doute une bonne chose.

Le cabinet de sa sœur représentait CRG Energy et pouvait être appelé à s'occuper de l'affaire.

— Je suis convaincue à 100 % que Bianca refuserait de défendre ce type.

— Le problème ne se posera pas. Riche comme il l'est, Matthew Clark peut se payer les meilleurs avocats du pays si c'est la carte qu'il décide de jouer.

Son père poussa un soupir de découragement. Olivia n'était pas la seule à avoir trouvé la journée éprouvante. Après leur avoir révélé, à Bianca et à elle, qu'il travaillait pour la CIA, il savait que sa vie ne serait plus jamais comme avant, et que désormais il ne pourrait plus se cacher derrière le voile du secret.

Olivia prit son père par le bras et déclara :

— Viens, papa. On rentre.

De retour chez sa sœur, Olivia et Troy essayèrent de dormir, blottis l'un contre l'autre. Mais dans des lits jumeaux, même rapprochés, et quelle que soit la position adoptée, c'était impossible car il y en avait toujours un des deux qui finissait par se retrouver dans le trou.

— Si je n'étais pas enceinte, maugréa-t-elle, ça marcherait. Et si on essayait dans l'autre sens ?

— Pour que nos fesses se coincent entre les deux lits ?

Olivia enviait à sa sœur son magnifique lit *king size* mais, décemment, elle ne pouvait pas la chasser de sa chambre pour prendre sa place.

— Pauvre Bianca, elle est complètement effondrée.

— On le serait à moins, dit Troy qui tenta de se rapprocher, ce qui eut pour effet d'éloigner les deux lits. Son cabinet d'avocats ne peut que déplorer l'arrestation de Matthew Clark.

Et le pire pour Bianca, c'est qu'elle était tenue au secret. Si elle confiait à ses patrons que ses parents étaient des agents de la CIA en exercice, leur couverture était grillée — ce qui serait très grave et mettrait en danger leurs nombreux contacts de par le monde. Bianca était obligée de mentir pour expliquer ce que faisaient son père, Olivia et Troy devant chez Clark lorsqu'il avait été arrêté. Il fallait raconter qu'ils l'avaient suivi jusqu'à chez lui pour aller boire un verre et qu'ils s'étaient retrouvés pris dans l'embuscade, et avaient été interrogés par la police en qualité de témoins.

Ce mensonge ne serait sûrement pas le dernier auquel Bianca serait contrainte. Olivia le pressentait.

— Papa et maman avaient raison. C'était plus facile quand nous ignorions qu'ils étaient agents secrets.

— Ta sœur et toi vous doutiez bien de quelque chose.

— Oui, mais ce n'est pas pareil. Maintenant, nous savons.

— Si cela peut te consoler, dit Troy, je crois que ton père est proche de la retraite. Si Clark/Kruger se révèle être un précieux atout, son arrestation prend des airs de chant du cygne pour les époux Laughton.

— Je croise les doigts, dit-elle.

Renonçant à se blottir contre Troy, elle le renvoya dans son lit sans ménagement.

— Pousse-toi un peu. Il faut que je te parle.

Il obéit puis alluma sa lampe de chevet et consulta la messagerie de son téléphone. Depuis que ses hommes étaient à New York, il était soucieux. Il avait reçu deux autres appels du sergent Nelson qui l'informait de la manière dont se déroulait la traque des terroristes de Hatari.

Lorsqu'il se tourna vers elle, le drap vert pâle parsemé de petites fleurs glissa jusqu'à ses hanches. Cet imprimé naïf un peu ridicule le faisait paraître encore plus viril. La lumière rougeoyante de la lampe de chevet sculptait ses épaules musclées et donnait à son torse nu une patine de bronze antique. S'appuyant sur un coude, il posa sa joue sur son poing.

— Ne t'inquiète pas pour ta sœur, Olivia. Elle va gérer.

— Comment le sais-tu ?

— Elle a de la ressource, comme toi et, étant avocate, elle a l'habitude de réfléchir avant de parler.

— Pas comme moi, qui ai tendance à dire n'importe quoi.

— Toi, tu laisses parler ton cœur, tu te fies à ton instinct.

C'était exactement cela. Elle n'était pas du genre à se faire des nœuds au cerveau avec la moindre chose. Elle agissait au feeling.

— Si seulement je pouvais faire quelque chose pour Bianca et le prince… Il est évident qu'ils se plaisent.

— Tu ferais peut-être mieux de rester en dehors de tout ça.

— Pas sûr. Je pourrais aussi lui prendre un billet d'avion pour l'Arabie Saoudite et l'expédier chez le prince comme un paquet cadeau, avec un gros nœud rouge et rien d'autre sur elle, lui rétorqua-t-elle en souriant. Après tout, ça a marché pour moi quand j'ai débarqué chez ton frère et me suis pendue à ton cou.

— Oui, d'ailleurs il faut que je te remercie pour ça.

Il ne plaisantait pas, ne souriait même pas. Il la fixait le plus sérieusement du monde, ce qui ne manqua pas de la déconcerter.

— Que veux-tu dire ? demanda-t-elle. Ne prends pas cet air solennel, ça me stresse.

— Faire l'amour avec toi, ce soir-là, est sans doute la meilleure chose qui me soit arrivée, dit-il. Je suis content de savoir que c'est aussi comme ça que tu le perçois.

Une vague de chaleur envahit Olivia. Elle se sentait fondre. En deux jours, Troy et elle avaient appris à se connaître. Elle ne l'aurait jamais cru aussi compréhensif. C'était un dur à cuire qui savait se montrer protecteur au besoin. En plus de cela, il était gentil.

Comme elle tendait la main vers lui, le solitaire qu'il lui avait offert étincela à son doigt. La comédie des fiançailles était terminée ; cette bague, elle devait la lui rendre. Mais cela pouvait attendre… jusqu'à demain.

Il prit sa main, la porta à ses lèvres et déposa un baiser léger sur ses doigts. Son regard était ensorcelant.

D'un même mouvement, ils se rapprochèrent l'un de l'autre. Au-dessus de l'espace entre leurs deux lits, leurs lèvres se rejoignirent le temps d'un baiser délicieux qui la fit frissonner. Elle toucha son épaule, son avant-bras. Lorsque du bout des doigts, elle se mit à caresser ses pectoraux, il tressaillit.

La distance qui les séparait ne dépassait pas cinquante centimètres, mais elle avait l'impression d'être à des kilomètres de Troy et brûlait de le sentir plus près d'elle.

Il posa doucement ses mains sur ses seins, gonflés comme des fruits mûrs. Elle ferma les yeux et s'abandonna. Ses caresses suscitaient en elle le désir mais, en même temps, elles la réconfortaient.

Son téléphone se mit à vibrer. Il se figea. Lorsqu'elle rouvrit les yeux, elle vit qu'il était inquiet.

— Il faut que je réponde, dit-il.

— Oui, naturellement.

Elle le laissa prendre son coup de téléphone et alla écarter le rideau fleuri pour jeter un coup d'œil dans la rue. La maison étant climatisée, la fenêtre était fermée, au grand dam d'Olivia qui, chez elle, dans les Rocheuses, avait l'habitude de laisser entrer l'air frais de la nuit. Les bruits de la nature lui manquaient. Sa maison et son train-train quotidien lui manquaient.

A l'autre bout de la chambre, Troy tournait en rond, comme un fauve en cage. Il parlait à Nelson d'un ton calme mais il avait les poings serrés, les épaules crispées et le dos raide. Dans son boxer noir, il avait fière allure. Si entre eux, il y avait eu plus qu'une simple attirance sexuelle, elle n'aurait pas hésité à s'investir à fond dans la relation.

Mais c'était beaucoup plus compliqué que cela. Ils allaient avoir un enfant, et elle n'était pas sûre qu'un homme tel que lui puisse assumer son rôle au sein de la structure familiale. Son travail comptait tellement. Il était marine avant tout. Tout à l'heure, quand elle le regardait aller et venir sur la scène de crime, elle avait vu un guerrier, fort et plein d'assurance.

Elle fit tourner autour de son doigt la bague de fiançailles. Pourrait-elle vivre avec un guerrier ? Un homme qui s'exposerait constamment en première ligne ? Il avait bien dit qu'il cesserait de travailler sur le terrain et demanderait une mutation, mais elle craignait que cela ne marche pas. Les hommes comme lui n'étaient pas du genre à se sédentariser. Ils avaient besoin de bouger. Elle savait que cela lui coûtait terriblement d'être là, avec elle, pendant que son équipe s'apprêtait à donner l'assaut.

Il raccrocha et s'avança vers elle.

— Hatari ne se manifeste plus. Ils doivent savoir que Matthew Clark a été mis en garde à vue.

— Et ça change quoi ?

— Cela pourrait être une bonne chose.

La ride qui barrait son front démentait ce bel optimisme.

— Ils vont peut-être renoncer à leur projet. Ou alors changer le lieu et la date de l'attentat. Impossible de le savoir.

— Tu devrais aller à New York. Ton équipe t'attend.

Posant une main sur son épaule, il demanda :

— Tu essaies de te débarrasser de moi ?

— Je ne veux pas t'empêcher de faire ton travail.

Jamais elle n'avait joué le rôle de la demoiselle en détresse, et ce n'était pas aujourd'hui qu'elle allait commencer.

— Il est inutile que tu restes pour me protéger. Je ferai attention, je te le promets.

— C'est trop dangereux. Tu l'as vu tout à l'heure. Les morts, les blessés, l'explosion, la voiture calcinée.

— Ce n'est pas après moi qu'ils en ont. Et puis, j'en ai assez d'être surveillée, claquemurée ici sans pouvoir sortir quand j'en ai envie, sans même pouvoir ouvrir une fenêtre.

— Je reconnais que ce n'est pas très marrant.

— Ne va pas penser que je suis ingrate. Je suis reconnaissante à ma sœur de m'accueillir chez elle. Et à mes parents de s'inquiéter pour moi. Et à toi, bien sûr, dit-elle en sondant ses yeux sombres. Surtout à toi. Ces quelques jours en ta compagnie ont été très agréables. Vraiment.

— Mais tu aspires à autre chose, si je comprends bien ?

— Depuis le début, j'ai prévu d'accoucher chez moi et pris des dispositions en ce sens. Une copine sage-femme viendra m'assister. Je veux rentrer. Pour être chez moi le jour J.

— Je comprends. Je veux être là, moi aussi, le jour où notre fils naîtra.

La présence de Troy à son accouchement n'était pas prévue au programme mais, maintenant qu'elle le connaissait mieux, Olivia se réjouissait de l'avoir auprès d'elle à ce moment-là.

— Quand partons-nous ? demanda-t-elle.

— Bientôt. Très bientôt.

14

A 11 heures le lendemain matin, Olivia crut qu'elle allait devenir folle. Même si la maison de sa sœur était spacieuse, elle avait l'impression d'étouffer et ne pouvait faire un pas sans tomber sur l'un des membres de sa famille. Ils avaient levé le voile sur les secrets mais ne semblaient décidément pas doués pour se parler franchement. Au lieu de reconnaître qu'ils étaient morts de peur, ils souriaient poliment et détournaient vite les yeux.

Assis confortablement sur le canapé du salon, Troy lisait un magazine de sport en sirotant son café. Olivia prit place à côté de lui.

— J'ai l'impression que mes parents et ma sœur sont sur des charbons ardents.

— Comment cela ?

— Bianca est censée travailler à la maison, mais elle est incapable de rester assise à son bureau plus de dix minutes d'affilée. Mon père passe son temps pendu au téléphone à faire les cent pas d'une pièce à l'autre et à parler dans sa barbe.

— Il a du pain sur la planche, fit remarquer Troy, prompt à défendre son collègue. Il se démène pour nous obtenir une entrevue avec Clark, il cherche à identifier les auteurs des méfaits d'hier soir et, surtout, il veille à ce que leur couverture, à ta mère et à lui, ne soit pas grillée.

— Quant à ma mère, continua Olivia, elle est partie

pour nettoyer la maison du sol au plafond. Le ménage n'a pourtant jamais été son fort, tu peux me croire.

— Et toi, tu fais quoi ?

— Oh ! moi, ce n'est pas mieux, admit-elle avec un soupir. Je n'arrive ni à lire ni même à regarder la télé, et je n'arrête pas de grignoter. C'est à se demander si nous ne sommes pas tous devenus dingos…

— Tous ces secrets brutalement révélés au grand jour ne sont pas faciles à digérer. Mais j'ai peut-être une idée.

— J'en étais sûre, déclara Olivia.

Contrairement à ses parents et à sa sœur, Troy était calme. Du moins en apparence, car il semblait obsédé par son téléphone, qu'il gardait à portée de la main.

— Je t'écoute, dit-elle. A quoi as-tu pensé ?

— Etant donné que j'ai sali le costume que m'avait prêté Alex, je voulais passer lui demander l'adresse de son teinturier. Tu m'accompagnes au dispensaire ?

— On y va maintenant ?

Lorsqu'il sortit ses clés de voiture de sa poche et les fit tintinnabuler, Olivia faillit sauter de joie. A peine prit-elle le temps de prévenir sa mère qu'ils s'absentaient.

Il n'y avait pas un nuage dans le ciel et il faisait chaud mais, loin de s'en plaindre, Olivia appréciait de sentir la caresse du soleil sur ses bras et ses jambes nus. Une belle lumière dorée inondait les pelouses et les massifs d'asters et de dahlias. Dès qu'elle fut installée sur le siège passager du Range Rover, elle descendit la vitre pour sentir l'air frais sur son visage.

— J'étouffais littéralement dans cette maison, confia-t-elle. Il y a pourtant pire comme prison.

— La faute aux hormones, dit Troy, pince-sans-rire.

— Oui, ça doit être ça.

Leur excursion au dispensaire ne s'annonçait pas comme une partie de plaisir. Carol Rainer était maintenant à l'accueil, et Olivia se demandait comment elle réagirait en la revoyant.

Leur dernière rencontre remontait à plusieurs mois. Olivia était passée la voir à l'hôpital, peu après l'accident. Elles n'avaient échangé que quelques mots. Sous antalgiques, Carol semblait délirer et Olivia, anéantie par ce qui s'était passé, n'avait pu que se confondre en excuses.

En presque neuf mois, la vie d'Olivia avait bien changé. Celle de Carol aussi, apparemment, puisqu'elle travaillait à présent au dispensaire.

Installé dans un ancien entrepôt de brique sombre, le dispensaire se trouvait à moins de deux kilomètres de LoDo, quartier branché de Denver. Mais, bien que les carreaux des fenêtres fussent propres et le trottoir juste devant balayé, ce centre de soins n'avait rien de reluisant. On n'y traitait pas les urgences et on n'y délivrait pas de médicaments. Les dealers qui sévissaient dans le coin n'étaient pas tentés ainsi de venir s'y approvisionner.

Le dispensaire était habilité à diagnostiquer et soigner les maux courants, à vacciner gratuitement contre la grippe et à trouver aux patients les plus impécunieux des solutions pour se faire soigner à moindres frais. Lorsque Olivia venait y assurer une permanence deux fois par mois, elle faisait du suivi de grossesse et donnait des cours de préparation à l'accouchement. Une fois, elle avait dû pratiquer un accouchement en urgence.

Troy se gara devant un dépôt d'articles de plomberie, un block plus bas. Avant d'ouvrir la portière, il jeta un coup d'œil dans les rétroviseurs.

— Nous n'avons pas été suivis.

Elle avait presque oublié le danger.

— Tu en es sûr ?

— Absolument. Je m'en serais aperçu. Tu crois que ça va aller ? demanda-t-il en prenant sa main dans la sienne. Tu vas supporter de revoir Carol ?

Ce qu'il ne supportait pas, lui, tout dur à cuire qu'il était, c'était de la voir pleurer.

— Je ne te garantis pas que je ne vais pas verser quelques larmes.

— J'en prends bonne note.

— Pour le reste, on verra bien.

La tragédie l'avait tellement marquée qu'elle n'était pas certaine de pouvoir un jour tourner la page. A vrai dire, elle n'avait aucune envie de voir Carol Rainer mais, décemment, elle ne pouvait pas lui tourner le dos alors que c'était elle qui avait cherché à renouer le contact. Résolue à surmonter son appréhension, Olivia descendit de voiture et se dirigea vers le dispensaire.

Il n'y avait personne à la réception. Du moins à première vue car Carol était en fait accroupie derrière le bureau, en train de jouer avec deux jeunes enfants qui portaient encore des couches. Elle leva la tête en entendant la porte s'ouvrir et fixa Olivia. Elle mit quelques secondes à la reconnaître.

Se redressant d'un seul coup, elle se précipita vers elle et la prit dans ses bras.

— J'ai si souvent pensé à vous, Olivia.

— Moi aussi.

Olivia sentit les larmes couler sur ses joues. L'étreinte de Carol fit resurgir en elle des images douloureuses : l'accident, le sang, l'enfant mort-né. Mais, à côté de ces souvenirs horribles, il y en avait d'autres, plus anciens. Elle revoyait Carol riant aux éclats, avec sa queue-de-cheval auburn et son ventre de femme enceinte. Dans la cuisine de Carol, une fois, elles avaient échangé des recettes de biscuits à la cannelle.

— Il faut que vous me racontiez, dit Olivia après avoir séché ses larmes d'un revers de main. Comment en êtes-vous venue à travailler ici ?

— C'est à cause de vous, figurez-vous.

— Ah bon ?

Carol souriait mais il y avait de la souffrance au fond de ses yeux verts.

— J'avais envie de vous revoir, mais il était hors de question que je remette les pieds à Dillon. Je me suis alors rappelée que vous parliez souvent du dispensaire de Denver. Voilà comment j'ai atterri ici.

— Cela explique comment vous êtes venue. Mais pourquoi êtes-vous restée ?

— Quand j'ai poussé la porte, c'était un peu la panique. Il y avait une douzaine de personnes qui attendaient leur tour, et la réceptionniste devait partir. Je lui ai proposé de la remplacer, ce qu'elle s'est empressée d'accepter. J'étais contente de me rendre utile et, quand Alex est sorti du cabinet comme un diable de sa boîte et qu'il m'a vue, il m'a décoché un de ses sourires ravageurs et il m'a demandé si je cherchais du travail.

— Je suis son frère, dit Troy en lui serrant la main. Je m'appelle Troy Weathers.

— J'aurais dû m'en douter. Vous lui ressemblez beaucoup.

Le regard de Carol se porta sur la main gauche d'Olivia.

— C'est votre fiancé ? lui demanda-t-elle.

Olivia, qui n'avait pas envie de se lancer dans de longues explications, se contenta de sourire.

— Oui, en quelque sorte.

— Félicitations. Vous allez vous marier, avoir des enfants. Je suis contente pour vous.

Olivia aurait aimé pouvoir lui rendre la pareille. Mais Carol avait perdu son enfant, et son mariage, apparemment, avait du plomb dans l'aile. Prenant Carol par la main, elle la guida jusqu'à la réception tandis que Troy s'occupait des deux bambins.

— Que s'est-il passé après l'accident ? demanda Olivia.

Il aurait été bien plus confortable de faire l'impasse sur la tragédie et de jouer aux vieilles amies qui se retrouvent, mais Olivia refusait de céder à la facilité.

— J'étais dans un sale état, aussi bien physiquement que psychologiquement. Je n'avais plus goût à la vie. Dès que j'ai pu me déplacer dans un fauteuil roulant, nous avons organisé la sépulture du bébé, que nous avons appelé Arthur James Rainer. Il a été enterré dans un petit cercueil blanc.

Ses épaules s'affaissèrent tandis qu'elle parlait, mais ses yeux étaient secs. Cette femme avait su trouver en elle la force de surmonter la perte de son enfant.

— J'aimerai toujours Arthur James, continua-t-elle. Sa mort est accidentelle. Jarvis n'y est pour rien, moi non plus, et jamais, Olivia, je ne vous ai mis en cause. Je tenais à vous le dire en face. Ce n'est pas votre faute.

— Je compatis, Carol, et je vous remercie pour votre grandeur d'âme.

Fixant le ventre d'Olivia, Carol déclara :

— Votre propre grossesse est aussi quelque chose qui nous rapproche. Je veux que vous me considériez comme une amie.

— Que s'est-il passé avec votre mari ?

— Je ne l'ai pas revu depuis l'enterrement. Notre couple fonctionnait bien jusqu'à ce que je tombe enceinte. L'accident nous a définitivement éloignés l'un de l'autre. Et, aujourd'hui, Jarvis menace de me poursuivre en justice au motif que je ne portais pas ma ceinture de sécurité au moment de l'accident.

— Je suis vraiment désolée.

Comme si cette pauvre Carol avait besoin de ça !

— Ne vous en faites pas pour moi. Je vais enfin voir le bout du tunnel. Mon avocat est en passe de soutirer à Jarvis une coquette somme d'argent. Il se pourrait que je fasse bientôt un don très généreux au dispensaire.

— Tant mieux pour vous.

A l'autre bout de la pièce, Troy répondait au téléphone. Il fit signe à Olivia.

— Il faut y aller, dit-il. La personne que nous voulions voir hier soir va nous recevoir.

Matthew Clark. Olivia prit la main de Carol dans la sienne.

— Je reviendrai vous voir. Et si vous n'êtes pas là quand je repasserai, je vous appellerai. On reste en contact.

Ce n'était pas une promesse en l'air. Fréquenter Carol était essentiel pour Olivia. Elle tirait de leur amitié une belle leçon, un enseignement qu'elle ne voulait surtout pas oublier.

Troy savait que le père d'Olivia avait fait des pieds et des mains pour leur obtenir une entrevue avec Kruger, alias Matthew Clark, détenu dans une cellule à l'épreuve des bombes et gardée vingt-quatre heures sur vingt-quatre par une escouade de policiers armés jusqu'aux dents. Les forces de l'ordre, représentées par diverses agences, faisaient le maximum pour s'assurer que personne ne tenterait à nouveau de supprimer le suspect.

Avec ses cheveux blonds lâchés sur ses épaules, son short kaki et son joli chemisier bleu, Olivia détonnait dans cet environnement terne et hostile.

Deux gardiens les escortèrent dans la cellule de l'espion. Seules une table et quelques chaises de cuisine composaient le mobilier de la cellule, mais Kruger ne semblait pas être mal traité. Il n'était pas menotté et portait ses propres vêtements.

Assis à la table, il se leva lorsqu'ils entrèrent, les salua de la tête et se fendit d'un sourire.

— On m'a dit que cette charmante personne était à l'origine de mon arrestation.

— C'est exact, déclara Olivia.

Son ton était glacial, son regard dur et déterminé. Troy retrouva en elle le caractère inflexible de sa mère, pourtant si charmante en apparence. Ce mélange de fermeté et de douceur ne cesserait jamais de l'étonner.

— Mais, contrairement à vos parents, vous ne faites pas dans l'espionnage, il me semble ?

Se rasseyant, Kruger croisa les jambes.

— Quand votre sœur m'a présenté vos parents en les

faisant passer pour des diplomates, j'aurais tout de suite dû deviner qu'ils étaient agents secrets.

— Ce n'est pas la seule chose que vous auriez dû deviner, Kruger, dit Troy.

— Appelez-moi donc Clark. J'ai pris l'habitude de ce nom et de cette vie d'emprunt, depuis le temps. Mon chalet à Aspen va me manquer. Olivia, ma chère, vous qui vivez à la montagne, vous devez comprendre. En automne, là-haut, le paysage est magnifique.

— Nous ne sommes pas venus pour faire la causette, dit Troy.

— Je sais très bien ce que vous voulez, capitaine Weathers. Vous aimeriez savoir ce que trament mes amis de Hatari. Ils sont redoutables, je vous le concède. Mais j'ai le regret de vous dire que je ne connais pas leur cible.

Troy savait qu'il avait déjà été interrogé et qu'il avait soutenu mordicus qu'il ignorait les mobiles et les projets de la cellule terroriste.

— Vous maintenez vos déclarations ?

— Je ne peux rien vous dire de plus. C'est la stricte vérité.

Clark mentait comme il respirait. Pendant plus de vingt ans, il avait caché son identité. Troy regrettait de ne pas pouvoir se livrer à un interrogatoire plus poussé, mais on ne leur avait accordé que cinq minutes, et Olivia était prioritaire. Il tira une chaise de sous la table et l'invita à s'asseoir.

— Pose tes questions.

Elle s'assit bien droite, les mains posées à plat sur ses cuisses.

— Vous prétendez ne pas avoir su que mes parents travaillaient pour la CIA. Est-ce un mensonge ?

— C'est reposant de parler avec vous. Vous allez droit au but. Sans détour.

— Saviez-vous que mes parents étaient agents secrets ?

— Non.

Son sourire sournois était ambigu. A la réception, hier

soir, Clark leur avait semblé inquiet, sur le qui-vive. Il n'avait pas montré cette arrogance insupportable d'homme qui se croit plus malin que tout le monde.

— De toute évidence, dit Olivia, vous connaissez le capitaine Weathers. Mais saviez-vous que lui et moi avions une relation ?

— Qu'en ai-je à faire, franchement ? C'est à Hatari que s'intéressaient les marines. Ils ne savaient rien à mon sujet.

Faux. Troy et son équipe ne savaient pas que Kruger était Clark, mais ils avaient eu vent, via Internet, que Kruger sponsorisait la cellule terroriste. Clark cherchait-il à le provoquer ? A le faire sortir de ses gonds ?

Un bon enquêteur savait comment faire parler un suspect. Et pouvait même se révéler plus efficace qu'une injection de sérum de vérité. Troy ne prétendait pas avoir ce pouvoir mais il ne se débrouillait pas mal, et la seule chose qu'il voulait faire dire à Clark, c'était où Hatari s'apprêtait à frapper.

— Comment savez-vous que je vis à la montagne ? demanda Olivia.

— Vous l'avez dit au cours de la conversation que nous avons eue à la réception.

— Ah, d'accord.

Troy voyait qu'elle commençait à se troubler. Il en profita pour intervenir. Le seul moyen d'amadouer Clark était de le convaincre qu'il n'avait rien à craindre d'eux.

— Tu ne t'en sors pas mal du tout, dit-il à Olivia.

— Comme c'est charmant, ironisa Clark avec un sourire suffisant. Quel joli petit couple ! Et le bébé, c'est pour bientôt, apparemment ?

Olivia serra les mâchoires. La condescendance était une chose qui l'horripilait.

— Vous m'avez fait surveiller, déclara-t-elle. Vos hommes m'ont même suivie jusqu'à Denver.

— C'est pour me parler de ça que vous êtes venus ?

— Aviez-vous l'intention de me kidnapper ?

— Absolument pas, ma chère.

Clark avait un ton désinvolte. Persuadé de mener la danse, il avait baissé sa garde. Troy sentit que c'était le moment ou jamais de jouer son va-tout.

Son équipe s'était concertée avec d'autres instances du renseignement. Trois cibles potentielles avaient été identifiées mais, pour Troy, un quatrième site était susceptible de faire l'objet d'une attaque terroriste. Il s'agissait d'un immeuble de Manhattan qui abritait le siège social d'un des principaux concurrents de CRG Energy.

Il fixa Clark droit dans les yeux.

— Hazelwood Oil, Ritter Plaza, New York.

— Pardon ?

Il faisait l'imbécile mais Troy n'était pas dupe : il avait remarqué le léger tressaillement au coin de l'œil de Clark et le tremblement presque imperceptible de ses lèvres. Le site ne lui était pas inconnu.

La porte derrière eux s'ouvrit, et un gardien apparut.

— C'est terminé ! annonça-t-il.

Troy se leva.

— J'ai eu ce que je voulais, dit-il en tournant ostensiblement le dos à Clark pour bien lui montrer son mépris.

Dès qu'il sortirait de la cellule, il appellerait Nelson et lui demanderait d'étendre le périmètre de leurs recherches.

— Encore une chose, dit Clark au moment où Olivia et Troy allaient sortir.

Ils se retournèrent d'un bloc.

Clark affichait un air dégoûté.

— Olivia, ma chère, je n'ai jamais eu l'intention de vous faire du mal, mais je connais quelqu'un qui veut votre peau.

— Qui est-ce ? demanda-t-elle aussitôt.

— A vous de deviner.

Troy se demanda si Clark n'essayait pas tout simplement de reprendre le dessus. Coup de bluff ou non, sa déclaration ne pouvait pas être prise à la légère.

15

Après avoir appelé le sergent artilleur Nelson, Troy avait prévu de reconduire Olivia chez sa sœur, où ils passeraient tranquillement le reste de la journée. S'il se montrait persuasif, il arriverait peut-être même à la convaincre que la chambre était l'endroit le plus sûr de la maison, et qu'au lit, dans les bras l'un de l'autre, ils ne risquaient strictement rien.

Mais Olivia avait une autre idée en tête.

— On va manger ? suggéra-t-elle lorsqu'ils s'engagèrent dans Colfax Avenue. Je meurs de faim.

— Il y a tout ce qu'il faut chez ta sœur.

— Bianca n'achète que du bio, marmonna-t-elle. J'ai envie d'un hot-dog avec des frites. Des frites bien grasses.

Elle qui d'habitude faisait tellement attention à manger de manière équilibrée… Le soir où ils avaient fait appel au service de chambre, elle avait commandé du poisson avec du riz.

— Des frites bien grasses ? Alors là, je n'en reviens pas !

— Eh bien, moi non plus, figure-toi. Le fautif, c'est ton fils. Encore une chance que cette rue regorge de restaurants en tout genre !

Elle était trop enjouée pour quelqu'un qui avait failli être kidnappé, et cela intriguait Troy. Elle était sujette aux brusques changements d'humeur, soit, mais il se demandait si elle feignait cet enthousiasme pour masquer sa peur ou si elle avait vraiment faim.

Dans tous les cas, il était là pour la protéger.

— A ton avis, Clark a-t-il…

— Dit la vérité ? le coupa-t-elle d'un ton exaspéré. Cela fait au moins vingt fois que je te réponds que oui. Clark n'a aucune mauvaise intention à mon égard, et n'en a jamais eu.

— C'est ce qu'il dit, mais qu'est-ce qui te pousse à le croire ?

— Je ne sais pas ; une sorte d'intuition. Quelque chose me dit qu'il ne ment pas.

C'était bien de positiver, mais de là à flotter sur un petit nuage…

— Il a déclaré aussi qu'il connaissait quelqu'un qui te voulait du mal. Et ça, c'est vrai, d'après toi ?

— Je crois qu'il bluffait. Tu l'as énervé quand tu as parlé de cette compagnie pétrolière new-yorkaise, alors il a dit ça pour se venger.

Elle désigna du doigt un marchand de hot-dogs.

— Deli Dogs. Miam, miam ! Voilà exactement ce qu'il nous faut.

Il aurait préféré la ramener chez sa sœur, dont la maison était ultra-sécurisée.

— Nous ne sommes pas loin de chez Bianca.

— Arrête-toi, ordonna-t-elle d'une voix autoritaire.

Il obtempéra, de peur que la faim ne la pousse à lui prendre le volant des mains ou à ronger le tissu de son siège. Avec un peu de chance, une fois qu'elle aurait l'estomac plein, elle se montrerait plus docile.

Deli Dogs était une petite cafétéria pimpante avec une terrasse sur l'avant. Mieux valait cependant qu'ils s'installent à l'intérieur.

Au comptoir, ils commandèrent des hot-dogs et des frites. Olivia insista pour avoir aussi des cornichons.

— Pour une femme enceinte, une envie de cornichons fait un peu cliché, non ? demanda-t-elle, confuse.

— Tant que tu ne les trempes pas dans de la glace à la vanille.

Elle fit mine de réfléchir et déclara :

— Non, pas cette fois.

Ils s'assirent à une table pour deux et attendirent leurs hot-dogs. Troy ouvrait l'œil, surveillant discrètement la porte, afin d'évaluer la dangerosité potentielle des nouveaux arrivants. Mais c'était surtout Olivia qui l'inquiétait. Sa soudaine pêche d'enfer était quelque peu préoccupante et lui rendait la tâche plus difficile.

Il prit sa main dans la sienne. Du pouce, il caressa la bague qu'il lui avait offerte.

— Il faut que nous parlions de notre entretien avec Clark.

— Encore ?

— C'est important, Olivia. Nous avons si peu d'indices.

Elle se débrouillait toujours pour faire bonne figure mais il la sentait tendue. Son sourire s'évanouit, et elle le fixa.

— Eh bien, vas-y, je t'écoute.

Il décida de prendre pour argent comptant l'intuition qu'elle prétendait avoir au sujet de Clark.

— Admettons que ce ne soit pas Clark qui t'ait fait surveiller et admettons qu'il n'ait jamais eu l'intention de t'enlever.

Elle acquiesça d'un hochement de tête.

— Il n'empêche que quelqu'un s'est introduit chez toi et nous a ensuite pris en chasse sur l'autoroute.

— En effet.

— De deux choses l'une : soit Clark a eu vent d'un complot entre d'autres agents secrets, soit il existe entre lui et toi un autre type de connexion.

— Comment cela ?

— Il dit connaître quelqu'un qui te veut du mal. Avez-vous des connaissances en commun, lui et toi ?

— A part ma sœur, non, aucune.

— Bianca t'a-t-elle présentée à ses collègues ? Ou à des employés de CRG Energy ?

— Je connais certains de ses collègues. Une fois, elle a essayé de m'organiser un rendez-vous avec l'un d'eux, mais nous n'étions jamais disponibles au même moment.

— Et sinon, cela ne pourrait pas être un ex-petit ami ?

— Nous en avons déjà parlé. Je ne vois vraiment pas qui pourrait m'en vouloir. J'ai quelques ex, bien sûr, comme tout le monde. Mais aucun n'est dérangé au point de chercher à m'enlever. Ni n'a les moyens de commanditer une poursuite à deux voitures.

Ce dernier argument ne tenait pas vraiment la route. Avec des voitures de location, ce type de poursuite était presque à la portée de tout le monde.

— Aucune rupture douloureuse ?

— Un moniteur de ski avec lequel j'ai vécu trois mois a très mal pris le fait que je le mette dehors, mais c'était surtout parce qu'il allait devoir se chercher un autre toit. Il n'était pas fou de moi.

— Un moniteur de ski, dis-tu ? Clark et lui auraient pu se rencontrer à Aspen.

— Je n'y avais pas pensé, mais ce serait possible, en effet. Ce serait une illustration de la théorie selon laquelle nous serions tous reliés les uns aux autres. Je pourrais connaître quelqu'un qui connaît quelqu'un qui connaît Clark.

Recenser ce type de connexions était presque impossible, mais ils devaient au moins essayer.

— Quand nous serons chez ta sœur, tu dresseras la liste de toutes les personnes que tu connais. Nous croiserons les résultats avec ce que nous savons de Clark.

Leur commande arriva enfin. Les saucisses des hot-dogs étaient orange vif et les frites tout sauf « faites maison », mais cela n'empêcha pas Olivia de se jeter sur son assiette comme si elle n'avait pas mangé depuis trois jours. En dévorant son hot-dog à belles dents, elle poussait des grognements de plaisir et roulait des yeux. Il l'avait rarement vue aussi heureuse.

Il était content de la savoir enfin détendue. Quand elle baissait sa garde, elle était fragile et fantasque. Plus il la connaissait et plus il appréciait sa compagnie.

— C'est fou comme je…

Il s'interrompit juste à temps. Il ne voulait surtout pas l'effaroucher.

— Comme j'aime te regarder manger.

Elle lui sourit entre deux bouchées.

Chez sa sœur, Oliva se sentait en sécurité — un peu claustrophobe mais en sécurité. Assise à table avec son père et Troy, elle essayait de dresser la liste de toutes les personnes parmi ses relations qui seraient susceptibles de connaître Clark. Contre toute attente, il y en avait énormément. Dans son travail, elle était en contact avec des médecins et des agents hospitaliers qui fréquentaient des gens huppés. Ses clients étaient issus de toutes les couches de la société, et ses amis étaient généralement des personnes qui, comme elle, pratiquaient des activités au grand air ou exerçaient le même métier qu'elle.

— Je ne vois vraiment pas, dit-elle, sa liste finie. Aucune de ces personnes n'a de raison de m'en vouloir.

— Bon travail ! dit son père. Si j'avais une liste plus complète des connaissances de Clark, peut-être découvririons-nous un dénominateur commun.

Le téléphone de Troy sonna. Il se leva et sortit pour prendre l'appel du sergent Nelson.

— Un agent secret est-il souvent amené à dresser des listes et à plancher dessus ? demanda-t-elle à son père.

— En général, ta mère et moi confions le traitement des renseignements à des analystes, qui utilisent des ordinateurs pour croiser les résultats. Mais 90 % de notre travail n'a rien de très excitant.

— Et les 10 % restants ?

— Sur le terrain, il arrive que ça chauffe, comme hier soir. Je dois t'avouer que, devant un tel déchaînement de violence, je me suis senti un peu dépassé. Je manque d'entraînement. Il y a des lustres que je ne suis pas allé au stand de tir.

Il avait les yeux rouges et cernés. Son père était en forme, mais il avait la soixantaine et commençait à sentir le poids des années quand il s'agissait de jouer de la gâchette.

— Tu devrais peut-être songer à prendre ta retraite.

— A la CIA, la retraite, on ne connaît pas. L'agence finit par faire partie de soi. Mais ta mère et moi allons sans doute lever le pied et refuser toute nouvelle mission.

— Comment envisagez-vous l'avenir ?

— Il est possible que nous allions vivre à Paris. Ta mère a toujours aimé la France.

— J'adore les musées parisiens, dit sa mère en entrant dans la pièce. Mais, en France, nous serions trop loin de notre petit-fils. Je pense plutôt à Santa Fe, au Nouveau-Mexique. Ou à Carmel, en Californie.

— Ou à Aspen, suggéra son père.

— Ou à tous les endroits que vous venez de citer, dit Olivia qui ne voyait pas ses globe-trotters de parents s'enterrer quelque part. Quoi qu'il en soit, vous serez des grands-parents formidables.

Sa mère lui fit une bise sur la joue.

— Je n'aime pas te savoir menacée mais je suis ravie que nous ayons pu tous nous retrouver ici. Ton père et moi, nous nous réjouissons d'avance d'assister à la naissance du bébé.

— Une seconde, dit Olivia. Il est hors de question que j'accouche à l'hôpital.

— Comme tu voudras, ma chérie. Nous ferons ça à la

maison puisque c'est ton souhait. Ta sœur et moi allons tout organiser.

Comme si l'accouchement était une réception mondaine ! Ce n'était pas comme ça qu'Olivia envisageait les choses. Elle n'avait pas envie que sa mère et sa sœur s'en mêlent. Elle voulait accoucher chez elle, sous la supervision d'une sage-femme qu'elle connaissait et en qui elle avait toute confiance.

Troy reparut et l'interpella :

— Je peux te parler une minute ?

Elle s'extirpa péniblement de sa chaise et le rejoignit. La prenant par la main, il la guida en haut, dans leur chambre, où il savait que personne ne viendrait les déranger. Ce qu'il avait à lui dire devait être de la plus haute importance.

Lorsqu'il referma la porte derrière elle, elle était impatiente de savoir de quoi il s'agissait mais, en voyant les lits jumeaux, elle ne put s'empêcher de repenser à ce que sa mère venait de lui dire.

— Ce n'est pas dans cette chambre, dans ces maudits lits qui n'arrêtent pas de s'écarter, que je veux accoucher, déclara-t-elle. Et il est exclu que j'aille à l'hôpital.

— Comme tu voudras, dit Troy en allant jeter un coup d'œil par la fenêtre.

— Je veux accoucher chez moi. Je sais que n'est pas facile d'élever un enfant, et je veux que toute la famille soit impliquée. Mais l'accouchement, c'est mon affaire. J'ai besoin de tranquillité. Tu me soutiendras, n'est-ce pas ?

— Si je peux, répondit-il sans se retourner.

— Que veux-tu dire ? J'ai l'impression que tu m'écoutes à peine. Que se passe-t-il, Troy ?

— Je viens d'avoir Nelson au téléphone. Mon équipe est maintenant totalement engagée dans la traque de la cellule terroriste.

— C'est ce que tu voulais, non ? Tes hommes parlent

swahili et ont observé pendant des mois Hatari au Rwanda. Il est normal qu'ils prennent la direction des opérations.

Il fit volte-face et s'avança vers elle. Les rides au coin de ses yeux s'accentuèrent lorsqu'il se mit à la dévisager.

— Je veux être avec eux.

Et pas avec moi. Elle se plaignait de l'avoir en permanence sur le dos, de ne plus pouvoir faire un pas toute seule, mais elle n'avait aucune envie qu'il s'en aille.

— Dis-m'en un peu plus.

— Quand je t'ai parlé de mon travail, j'ai mentionné l'exploit dont j'étais le plus fier. Tu devines de quoi il s'agissait ?

— De n'avoir jamais perdu un seul homme.

— J'ai confiance en mes hommes. Ils sont compétents et débrouillards. Mais ils ont besoin d'un chef. Je ne peux pas rester là à me la couler douce pendant qu'ils risquent leur vie.

Voilà précisément ce qu'elle redoutait. Un marine n'était pas un fonctionnaire. Troy exerçait un métier dangereux. S'il partait, elle n'était pas sûre de le revoir un jour. Bon sang, elle s'était pourtant juré de ne pas s'attacher ! Elle savait qu'elle en souffrirait.

— Aux dernières nouvelles, reprit-il, il semblerait qu'un attentat soit prévu pour demain. Il faut que j'aille à New York.

— Qui va me protéger ? Tu n'arrêtes pas de me répéter que je suis en danger.

— Et toi, tu n'arrêtes pas de me dire que tu ne risques rien. Que personne ne t'en veut et que Clark dit la vérité.

— Ce n'est pas parce que ce n'est pas écrit sur mon front que je n'ai pas peur, répliqua-t-elle, dévastée.

Elle se détourna pour qu'il ne voie pas ses larmes. Avant d'être enceinte, elle ne pleurait jamais. Et voilà que, maintenant, elle était une vraie fontaine ! D'un revers de main rageur, elle sécha ses larmes. Sa vulnérabilité était difficile à admettre. Elle détestait avoir à demander de l'aide.

— Tu as raison, dit-il en posant ses mains sur ses épaules. Je vais rester. C'est toi qui comptes. Il faut que je sois là, auprès de toi.

— Pas question ! dit-elle en le repoussant. Je suis assez grande pour prendre soin de moi. J'ai toujours été indépendante, et ce n'est pas près de changer.

— Je reste.

Elle se retourna vers lui.

— Va rejoindre tes hommes. Ton devoir t'appelle. Ce métier, tu l'as choisi, tu l'aimes et tu ne vis que pour lui.

— Rien ne compte plus pour moi que toi et notre fils.

— Je ne veux pas être un boulet. Je ne veux pas t'entendre me reprocher de t'avoir empêché de partir, si par malheur ça tournait mal à New York. Tu n'as aucune obligation envers moi. Je peux très bien me débrouiller seule.

Il recula d'un pas.

— Depuis le début, tu essaies de me tenir à l'écart.

— Je n'ai pas besoin de toi. Je n'ai besoin de personne.

Elle vit dans son regard qu'elle l'avait blessé. Elle s'en voulait de lui faire du mal mais c'était plus fort qu'elle, il fallait qu'elle aille jusqu'au bout. A son annulaire, la bague de fiançailles était comme un anneau de fer chauffé à blanc. Elle la retira brutalement.

— Je te rends ta bague, dit-elle en lui tendant le solitaire. Je l'ai acceptée pour faire semblant d'être ta fiancée, mais à quoi bon maintenant ? Tiens, reprends-la.

Il tourna les talons et se dirigea vers la porte. Sur le seuil, il s'arrêta.

— Tu as tort de penser que tu n'as besoin de personne. Tu es sur le point d'avoir un enfant, Olivia. Tu ne seras plus jamais seule désormais.

Il la laissa plantée là, au milieu de la chambre, la bague dans la main.

16

Olivia pensait être une personne posée qui avait les pieds sur terre. Une sage-femme dont les patientes appréciaient les conseils. Mais ce n'était plus le cas. Mais alors, plus du tout. La main qui ne tremblait pas, la voix rassurante : tout cela s'était bel et bien envolé. Elle ne contrôlait plus rien.

Mais qu'est-ce qui lui avait pris de faire la comédie pour avoir un hot-dog et des cornichons ? Elle était ridicule avec sa larme à l'œil quasi permanente. Sans parler de ses élans inopportuns de sensualité. Ses hormones avaient manifestement pris le dessus. Et elles n'étaient pas très futées. Olivia ne savait pas ce qu'elle voulait : que Troy s'en aille, qu'il reste, ou qu'il l'emmène.

La seule chose qui était claire dans son esprit, c'était qu'elle regrettait les paroles blessantes qu'elle avait prononcées juste avant son départ. Elle était furieuse, bien sûr. Furieuse qu'il veuille aller rejoindre ses hommes. Elle se moquait pas mal de ne plus l'avoir comme garde du corps. Dans la maison ultra-sécurisée de sa sœur, avec ses parents qui montaient la garde, elle ne risquait pas grand-chose. Si elle tenait à ce qu'il reste, c'était parce qu'elle allait accoucher d'un moment à l'autre, et que de New York il ne pourrait jamais revenir à temps.

Se postant à la fenêtre, elle jeta un coup d'œil dans le jardin. Troy attendait sur le perron que son frère vienne le chercher pour le conduire à l'aéroport. Il aurait pu y aller avec le Range Rover et en profiter pour le rendre à l'agence de location, mais il préférait le lui laisser. Comme si elle allait prendre le volant et partir faire un tour ! Jamais ses parents ne la laisseraient sortir sans eux.

Si Troy restait, il pourrait les convaincre de la laisser rentrer chez elle avec lui. Ils avaient toute confiance en lui. Mais il semblait bien décidé à partir, hélas…

Ouvrant son poing serré, elle regarda la bague de fiançailles. Emue, elle songea qu'il la lui avait offerte le soir de la réception mais qu'il l'avait depuis longtemps, apparemment. Dès qu'il avait su qu'elle attendait un enfant de lui, il l'avait demandée en mariage. Bien qu'elle ait toujours refusé, il ne s'était pas découragé. Sauf que, maintenant qu'elle voulait qu'il reste, il s'en allait.

La voiture du frère de Troy s'arrêta devant la maison.

— Non ! s'écria-t-elle, éperdue, en sortant de la chambre aussi vite que son gros ventre le lui permettait.

Cahin-caha, elle descendit l'escalier, traversa le hall d'entrée et, sans se préoccuper des alarmes, ouvrit la porte en grand. Troy était en train de monter dans la voiture.

— Attends ! cria-t-elle en se précipitant vers lui.

Elle le prit par le cou et l'embrassa fougueusement sur la bouche.

— Promets-moi que tu vas revenir.

— C'était mon intention.

— Je sais que je dois te paraître contrariante, dit-elle, bouleversée à la seule pensée de ne jamais plus le revoir. Mais j'ai peur, Troy.

— De quoi ?

J'ai peur de te perdre. Elle le pensa très fort mais se tut. Elle ne pouvait pas le lui dire. En lui avouant qu'elle l'aimait, elle aurait admis qu'elle avait besoin de lui, or elle ne voulait pas en être réduite à une telle extrémité.

Il écarta doucement une mèche qui lui tombait sur le front.

— Garde ton téléphone à portée de main. Je t'appellerai

régulièrement pour te tenir au courant de l'évolution de la situation. Tu ne t'apercevras même pas que je suis parti.

Assis au volant, Alex commençait à s'impatienter.

— Désolé de vous interrompre, dit-il, mais il faut y aller. Sinon, Troy n'aura jamais son avion.

Elle le lâcha et lui tendit la bague de fiançailles.

— Prends-la et, à ton retour, demande-moi à nouveau en mariage.

— Et que répondras-tu ?

— Cette prochaine fois sera la bonne, je te le promets.

Il glissa la bague dans sa poche puis se pencha en avant pour dire deux mots à son ventre.

— Eh, petit ! Ne sors pas avant mon retour, d'accord ?

Après un dernier geste d'adieu, il monta dans la voiture. Faute de pouvoir l'empêcher d'être un héros, Olivia regarda la voiture s'éloigner.

Son père, qui était sorti à son tour, passa un bras autour de ses épaules.

— Troy est un type bien. Il n'est pas du genre à prendre des risques inconsidérés.

Pourtant Olivia ne pouvait s'empêcher d'être inquiète. Il n'allait pas à New York pour se balader dans Central Park. Sa brigade et lui allaient affronter de dangereux terroristes.

Posant la tête sur l'épaule de son père, elle murmura :

— Tu as raison. Troy est un type bien.

— Tu devrais rentrer, dit-il avant de l'embrasser sur la joue. Et t'allonger un moment avec les pieds surélevés.

— Ce que je voudrais, c'est un double whisky sec.

Qui l'assommerait jusqu'au retour de Troy. Mais, dans son état, il n'était pas question qu'elle boive une goutte d'alcool.

— Que dirais-tu d'une tasse de thé ? demanda son père.

— Il va bien falloir que je m'en contente. J'ai déclenché l'alarme, tout à l'heure, quand je suis sortie en coup de vent ?

— Je l'ai coupée juste à temps. Je m'apprêtais à sortir. Il

faut que tu me passes les clés du Range Rover. Il m'empêche de sortir.

— Elles sont dans mon sac, en haut.

Tout comme son téléphone qu'elle avait promis de garder à portée de main.

— Je vais les chercher.

Elle monta dans la chambre et, assise sur son lit, fouilla dans son sac, qui contenait des milliers de choses. Ce fourre-tout n'était cependant pas idéal quand on avait besoin de quelque chose rapidement. Elle glissa son téléphone dans la poche de son short de grossesse, à ceinture élastique, et redescendit avec les clés du Range Rover.

Son père l'attendait au pied de l'escalier.

— Où vas-tu ? demanda-t-elle en lui tendant les clés.

— Je sors pour mon travail.

S'il espérait s'en tirer avec une réponse aussi évasive, il se trompait. Elle lui décocha un sourire.

— Je croyais qu'il n'y avait plus de secrets entre nous ?

Son père se racla la gorge.

— Il semblerait que Matthew Clark soit prêt à négocier. Il veut me voir.

Olivia ne fit ni une ni deux. Il fallait à tout prix qu'elle soutire à Clark le nom de l'homme qui était à ses trousses. Tout danger écarté, elle pourrait rentrer accoucher chez elle.

— Je viens avec toi !

— Non, ma chérie, ce n'est pas la peine.

Mais Olivia tenait absolument à l'accompagner.

Sortant de la cuisine, sa mère les rejoignit dans l'entrée. A son air inquiet, Olivia comprit qu'elle avait tout entendu. *Espion un jour, espion toujours.*

— Ce n'est pas prudent, dit sa mère. Souviens-toi de ce qui s'est passé hier soir quand tu as suivi Clark. Tu as failli te faire tuer.

— Cela n'a rien à voir, maman. La prison dans laquelle

est détenu Clark est l'endroit le mieux gardé du Colorado. Il n'y a aucun danger, je t'assure.

Sceptique, sa mère regarda son père.

— C'est vrai ? demanda-t-elle.

Olivia sortit sans attendre sa réponse. Agitant ses clés de voiture, elle déclara :

— C'est moi qui conduis.

Visiblement contrarié, son père monta dans la voiture, côté passager, et referma la portière sans un mot. Elle descendit les vitres pour avoir un peu d'air.

— Prêt, papa ?

— Tu es comme ta mère, marmonna-t-il. Aussi têtue qu'elle.

— C'est justement ce qui te plaît en nous, non ? Notre détermination.

— C'est ce que j'appelle de l'obstination. Ta mère, ta sœur et toi, vous êtes têtues comme des mules.

Olivia sortit la voiture et avança jusqu'au coin de la rue. Elle profita du stop pour admirer les montagnes, à l'ouest, dont les sommets étincelaient au soleil tandis que les contreforts disparaissaient déjà dans l'ombre. D'habitude, cette vue magnifique la mettait en joie mais, aujourd'hui, elle se sentait trop préoccupée.

Au carrefour, une camionnette traversa devant le Range Rover et pila brusquement. Le conducteur se retourna, braquant sur eux un pistolet automatique.

D'instinct, Olivia s'enfonça dans son siège. Son père fit de même.

Pendant que son père sortait son arme de son holster de cheville, un homme encagoulé apparut à la fenêtre du côté passager. Il passa le bras à l'intérieur et le neutralisa d'une décharge de Taser.

Olivia se mit à hurler. Elle passa la marche arrière, mais il y avait une voiture derrière elle, une berline noire avec des vitres teintées. Elle ne pouvait pas reculer. Ils étaient coincés. Faits comme des rats.

Son père était inconscient. Il avait reçu dans le corps une décharge électrique de plusieurs milliers de volts.

Posant deux doigts tremblants sur sa gorge, elle vérifia que son cœur battait encore. Ouf, il était vivant ! A son âge, un choc d'une telle intensité pouvait provoquer une crise cardiaque.

Sa portière à elle fut brusquement ouverte. Elle se retourna immédiatement et leva les mains en l'air.

— Pas le Taser, je vous en prie ! Je suis enceinte.

— Descendez !

— Oui, tout de suite.

Elle avait envie de s'enfuir mais c'était trop risqué. Elle devait penser au bébé.

L'homme à la cagoule la poussa vers la camionnette, qui bloquait le Range Rover. Olivia ne pouvait rien faire. Elle n'était pas armée. Sur elle, elle n'avait que son téléphone.

Ils la firent monter à l'arrière du véhicule. Elle entendit des coups de feu. Au moment où la porte de la camionnette se refermait, elle aperçut sa mère, un genou à terre, son pistolet tendu devant elle, qui tirait en continu.

Olivia tressauta lorsque la camionnette quitta le carrefour sur les chapeaux de roue.

Troy consulta sa montre tandis que son frère fonçait sur l'autoroute en direction de l'aéroport international de Denver.

— Nous ne sommes pas en avance, fit remarquer Alex.

— Je sais.

Troy n'était pas spécialement stressé. S'il ratait son avion, il n'en ferait pas un drame. Il n'était pas si sûr que cela d'avoir envie de partir. S'il l'avait voulu, il aurait pu faire jouer ses relations et obtenir qu'on mette à sa disposition un jet privé.

Qu'est-ce que je fais là ? se demandait-il en regardant

dans le rétroviseur les files ininterrompues de voitures qui roulaient vers leurs destinées. Il avait choisi de rejoindre son équipe. Son sens du devoir l'avait poussé à prendre cette décision. Ses hommes avaient besoin de lui, en particulier pour négocier avec les autres agences de renseignement. Son expérience dans la lutte contre le terrorisme les aiderait. Mais ce n'était pas pour cela qu'il était parti. C'était pour être avec eux. Par loyauté. Ils étaient comme des frères. Troy ne pouvait les laisser affronter seuls le danger.

Et Olivia dans tout ça ? Elle avait besoin de lui, elle aussi. Même si elle s'en défendait.

— Tu peux encore changer d'avis, dit Alex, comme s'il avait lu dans ses pensées. Je peux prendre la prochaine sortie et te ramener chez Bianca.

— Tu penses que c'est ce que je devrais faire ?

— Ça dépend. Tu es un soldat ou un papa ?

— Les deux à la fois. Ce n'est pas incompatible, il me semble.

— Quelle est ta priorité ? En tant que médecin, je peux te dire qu'Olivia est sur le point d'accoucher. Ce serait dommage que tu ne sois pas là à ce moment-là.

— Assister à l'accouchement ne me fait pas vraiment rêver. Olivia risque d'avoir mal, n'est-ce pas ? Je n'ai pas envie de l'entendre hurler, jurer et me traiter de tous les noms.

— Olivia sait à quoi s'attendre. Elle a mis au monde des centaines d'enfants. Elle connaît la musique. Je suis sûr que tout va bien se passer. Dans le calme et la sérénité.

— Et dans un bain de sang !

— Pour un gars qui a fait la guerre, tu es une sacrée mauviette.

— Merci pour le compliment.

— Ça t'apprendra à me demander mon avis, dit Alex. Tu dois quand même bien savoir si tu préfères être avec tes hommes ou avec Olivia. Va à l'essentiel, que diable !

Faisant abstraction de ses sentiments, Troy pesa le pour

et le contre. Ses hommes étaient entraînés, bien équipés et pouvaient compter les uns sur les autres. Olivia était seule. Et n'aspirait qu'à une chose : rentrer chez elle pour accoucher tranquillement à domicile, comme elle l'avait toujours souhaité.

— Fais demi-tour.

— Bravo ! s'exclama Alex en lui donnant une tape amicale sur l'épaule. Et si on annonçait la nouvelle à papa et à maman ?

Troy fit la grimace. Retraités, ses parents vivaient dans l'Oregon. Cela faisait des années qu'il réclamait un petit-fils ou une petite-fille.

— Pas si vite. Je peux encore changer d'avis.

Son téléphone sonna. C'était Olivia. Tout content, il demanda :

— Je te manque déjà ?

— J'ai une question, dit-elle d'une voix qui paraissait lointaine. Où m'emmenez-vous ?

Une voix grave, mal aimable, claqua comme un coup de fouet.

— La ferme !

Abasourdi, tout d'abord, Troy se redressa brusquement sur son siège. Un afflux d'adrénaline le submergea, irriguant son cerveau. Olivia avait été enlevée !

Olivia prit à nouveau la parole.

— En tout cas, merci de ne pas m'avoir maltraitée. Pourriez-vous me dire où nous allons ? Vers l'est, apparemment, non ?

Le même homme bourru parla à nouveau.

— Assomme-la, qu'on ne l'entende plus !

— Je me tais, dit-elle aussitôt.

En bruit de fond, il y avait une sorte de bourdonnement. Mais, soudain, un klaxon se fit entendre. Ils étaient en voiture.

— Que se passe-t-il ? demanda Alex.

— C'est Olivia. Elle a été kidnappée, expliqua-t-il après avoir coupé le micro de son téléphone.

Dieu merci, elle était indemne ! Elle s'était débrouillée pour le lui faire savoir. Par chance, elle avait encore son téléphone sur elle. Si elle ne raccrochait pas, il réussirait peut-être à découvrir où ils l'emmenaient. Dommage qu'il ait désactivé le GPS…

Gardant son téléphone collé à l'oreille, il claqua des doigts en direction de son frère.

— Passe-moi ton téléphone.

Alex le lui tendit, et Troy composa le numéro du père d'Olivia.

C'est sa mère qui répondit. Sa voix était toute tremblante.

— Quatre hommes cagoulés. Des hommes de main, apparemment. Au coin de la rue de Bianca, ils ont obligé la voiture à s'arrêter. Richard a reçu une décharge de Taser. Ils l'ont kidnappée, Troy. Ils ont enlevé ma fille.

— Comment va Richard ?

— Aussi bien que possible.

Troy l'entendit réprimer un sanglot. Elle faisait tout ce qu'elle pouvait pour ne pas craquer.

— Une enquête est en cours, je suppose ?

— Le FBI est sur place.

— Quelles sont les premières constatations ?

— La camionnette a été abandonnée sur un terrain boisé, non loin d'ici. Ils ont dû changer de véhicule.

Au fur et à mesure qu'elle parlait, sa voix gagnait en fermeté.

— Ce sont de toute évidence des professionnels. Ils évitent les radars et les postes de contrôle.

Entendant la voix d'Olivia, Troy mit brutalement fin à la conversation avec sa mère.

— Nous sommes déjà arrivés ? demanda-t-elle. Ça a été rapide.

— Tu vas la fermer, oui ou non ?

Il y eut des bruits de pas. Puis une portière s'ouvrit.

L'homme à la voix grave s'exclama :

— Nom d'une pipe ! Cette garce a un téléphone dans sa poche !

— Qu'est-ce que tu attends pour le lui prendre ? dit quelqu'un d'autre.

Puis Troy n'entendit plus rien. Ils venaient d'être coupés.

17

Olivia fixait les débris de son téléphone. D'un coup de talon rageur, son ravisseur venait de le réduire en miettes, pulvérisant du même coup tous ses espoirs d'évasion.

Mais elle savait que sa mère avait mémorisé la plaque d'immatriculation de la camionnette. Elle comptait sur une intervention rapide de la police.

Sauf que ses ravisseurs avaient pris soin de changer de véhicule. Ils l'avaient fait monter dans une espèce de fourgon semblable à une bétaillère fixé à l'arrière d'un camion. Qui irait imaginer qu'on la retenait prisonnière là-dedans ?

Deux des hommes étaient avec elle dans le fourgon. Ils n'avaient pas la place de se tenir debout et devaient se courber. Le plus jeune était un grand Noir tout freluquet. L'autre, un barbu costaud aux yeux bleus et à la voix de stentor, semblait nettement plus méchant. Il la poussa sur le siège qui se trouvait au fond du fourgon et lui brandit sous le nez les débris de son téléphone.

— Tu n'aurais jamais dû faire ça, dit-il d'un ton menaçant. Tu as d'autres appareils sur toi ?

— Non, je n'ai rien. Allez-y, fouillez-moi, si vous ne me croyez pas !

Le plus jeune ricana.

— Elle cache peut-être un ballon de foot sous son T-shirt, dit-il, goguenard.

— Tu trouves ça drôle ? fit l'autre, furieux. On risque

gros si on rate notre coup. Je te rappelle que le kidnapping est un crime fédéral.

— OK, chef, j'ai compris.

— Alors montre-le !

— Oui, chef.

En les entendant parler, Olivia pensa qu'ils devaient appartenir à une sorte de milice. Anciens militaires, ils étaient à présent de simples mercenaires. Avec un frisson, elle repensa à ce que Troy lui avait raconté au sujet des abominables exactions commises par Hatari. Ces hommes étaient peut-être des terroristes. Oh ! mon Dieu, que pouvaient-ils bien lui vouloir ?

Le barbu se tourna vers elle.

— Si tu coopères gentiment, nous ne te ferons aucun mal. Ni à toi ni à ton bébé. C'est compris ?

Terrorisée, elle se contenta d'acquiescer d'un hochement de tête.

— Et pas d'entourloupe, hein ? Ne recommence pas le coup que tu nous as fait tout à l'heure.

Elle opina de nouveau de la tête.

— Je veux te l'entendre dire, grommela l'homme.

— Je vais coopérer.

Sans crier gare, il lui balança sa main dans la figure. Elle se cogna la tête contre la paroi du fourgon et vit trente-six chandelles. Elle était sonnée mais lutta pour ne pas perdre connaissance.

Il approcha son visage du sien et lui dit d'un ton menaçant :

— C'est un avertissement. Fais ce que je te dis.

— D'accord.

Avec précaution, elle toucha sa joue meurtrie. Elle avait commencé à enfler. La douleur lui fit monter les larmes aux yeux.

La porte du fourgon s'ouvrit brusquement. Aucun des hommes ne portait sa cagoule, ce qui était très mauvais signe. S'ils se moquaient qu'elle puisse les identifier, c'était vraisemblablement parce qu'ils avaient l'intention de la tuer.

Son seul espoir, c'était Troy. Il saurait comment faire pour lui venir en aide. Et il était motivé. Aucun doute qu'il tenterait l'impossible pour la sauver. Ou, du moins, sauver leur enfant.

— Allons-y, dit le freluquet en lui prenant le bras. Viens avec moi et tiens-toi tranquille.

Olivia obtempéra. Toute velléité de fuite ou de rébellion l'avait quittée. Au moindre écart, elle savait qu'ils la frapperaient ou, pire encore, lui administreraient des sédatifs. Elle ne pouvait pas prendre un tel risque avec le bébé.

Lorsqu'elle se leva, elle sentit l'enfant bouger, comme s'il se rappelait à son bon souvenir pour lui donner du courage. Coûte que coûte, elle devait les tirer de là.

En sortant du fourgon, elle constata qu'ils se trouvaient dans un hangar à avions. Des yeux, elle chercha autour d'elle quelqu'un qui pourrait la secourir. Mais il n'y avait pas âme qui vive, en dehors de ses ravisseurs. Les quatre hommes l'escortèrent jusqu'à un hélicoptère noir avec une large bande bleue sur le côté. Où l'emmenaient-ils ? Sans doute très loin. Peut-être même à l'étranger. Comment Troy s'y prendrait-il pour la retrouver ? Elle n'en avait pas la moindre idée. Tout ce qu'elle savait, c'était que, sans lui, elle n'avait aucune chance de s'en sortir.

A la prison où était détenu Clark, Troy accompagna le père d'Olivia dans la cellule de l'agent secret. Richard était censé interroger Clark sur une mission d'espionnage ratée en 1998. Si Clark avait des choses intéressantes à dire, la CIA était prête à lui proposer un marché.

Mais ce n'était pas pour assister aux négociations que Troy était là. Clark avait laissé entendre qu'il savait qui cherchait à nuire à Olivia. Troy n'ayant d'autre piste que celle-là, il lui fallait ce nom de toute urgence.

L'enquête sur le kidnapping n'avait rien donné jusque-là. La berline noire qui avait été abandonnée au carrefour était un véhicule de location, pris sous un faux nom. Dans la camionnette retrouvée un peu plus loin, on avait pu identifier les empreintes d'un voleur récidiviste qui avait purgé deux peines de prison. On ignorait où il se trouvait.

Jusque-là, les ravisseurs avaient eu de la chance. S'ils n'avaient pas pris soin de changer de véhicule, ils n'auraient pas pu aller bien loin, car la mère d'Olivia avait tiré dans les deux pneus arrière de la camionnette. Le FBI avait minutieusement contrôlé tous les radars, sans succès. Les ravisseurs s'étaient littéralement volatilisés.

Les indices les plus utiles, c'était Olivia elle-même qui les lui avait fournis en appelant Troy en douce avec son téléphone. Elle lui avait fait comprendre qu'ils étaient arrivés et que le trajet avait été court. Autrement dit, qu'ils se trouvaient toujours dans les environs de Denver.

Lorsque Troy pensait à ce qu'elle devait endurer, il était hors de lui. Il fallait vraiment être tordu, lâche et profondément abject pour s'en prendre à une femme enceinte. Le coupable méritait mille morts.

Troy s'efforça de recouvrer son sang-froid. Olivia avait besoin de lui. Il devait les sauver, elle et le bébé.

En entrant dans la cellule de Clark, il remarqua quelques changements notables. La chaise de cuisine avait fait place à un fauteuil rembourré. Clark s'était changé et, une tasse émaillée à la main, il sirotait une boisson chaude.

Richard s'assit en face de lui. Troy songea que les deux hommes se ressemblaient. Ils étaient à peu près du même âge et portaient tous deux des costumes faits sur mesure. En outre, ils étaient visiblement aussi nerveux l'un que l'autre. Même après des années de service, le père d'Olivia n'arrivait toujours pas à empêcher la veine de son front de pulser.

Clark leva les yeux vers Troy.

— Vous ne vous asseyez pas ?

— Je préfère rester debout.

— Vous n'êtes pas un marine pour rien.

— Le marine en question vous a sauvé la vie, hier soir.

— C'est ce qu'on m'a dit. Vous êtes arrivé le premier devant mon immeuble, si j'ai bien compris. Et vous avez descendu quatre types armés de grenades et d'AK-47.

Troy s'abstint de confirmer ou infirmer les déclarations de Clark. Celui-ci savait en quoi consistait l'entraînement des membres des forces spéciales. Il n'ignorait pas que Troy disposait de vingt-trois manières différentes de le tuer à mains nues en une poignée de secondes.

— Le nom, dit simplement Troy. Je veux le nom de la personne qui s'en prend à Olivia.

— J'ai dû mal me faire comprendre. Cette personne n'est pas un agent secret, et je ne suis pas sûr que ce soit votre homme.

Troy bouillait intérieurement. Ce fumier voulait jouer aux devinettes alors qu'Olivia vivait sans doute un enfer. Il serra les poings et dut se retenir pour ne pas sauter à la gorge de Clark.

— Un petit conseil, dit Richard d'une voix posée. Dites-lui ce que vous savez sans plus attendre.

Clark fixa Troy au fond des yeux. Ce qu'il y lut dut l'effrayer parce que sa main tremblait lorsqu'il prit sa tasse et la porta à ses lèvres.

— L'homme en question est une vague connaissance à moi, quelqu'un avec qui j'ai eu l'occasion de travailler. Il dirige une compagnie pétrolière avec laquelle CRG travaille de temps en temps. Je l'ai vu il y a quelques mois, et il m'a paru mal en point. Il était en instance de divorce.

— Venez-en au fait, dit Richard.

— Je pensais pouvoir tirer parti de sa déprime pour lui faire signer de juteuses concessions pétrolières. Les hommes d'affaires, comme les agents secrets, sont experts dans l'art de la manipulation.

Il décocha un petit sourire tremblant et un clin d'œil à Richard.

— Vous savez ce que c'est. Les gens comme vous et moi savent comment obtenir des autres ce qui les intéresse.

— Le nom, dit Richard.

— Quand il a commencé à me raconter ses misères, il n'y a plus eu moyen de l'arrêter. La digue était rompue et sa haine et sa colère se sont brusquement déversées en un flot continu. Il avait perdu son enfant à la naissance et en rejetait la faute sur la sage-femme. Il n'arrêtait pas de répéter son nom : Olivia Laughton. C'est pour ça que je m'en souviens.

— Jarvis Rainer, dit Troy.

— Exactement.

Troy tourna les talons et sortit. Le débriefing avec Richard attendrait. Sa priorité, c'était d'aller rendre visite à la gentille femme qui travaillait comme réceptionniste au dispensaire : l'ex-femme de Jarvis, Carol.

Olivia était assise à l'arrière de l'hélicoptère, les deux mains croisées sur son ventre. Elle portait un casque qui amortissait le bruit des rotors. Ses quatre ravisseurs et le pilote papotaient et riaient, mais elle n'écoutait pas leur conversation.

Elle avait un gros bleu sur le bras et la joue en feu et, pour couronner le tout, une envie pressante de faire pipi. Le barbu qui l'avait frappée semblait être le chef, pas le genre d'individu qui compatissait avec une femme enceinte dont le ventre appuyait sur la vessie.

Son comparse était bien plus gentil. Voyant qu'elle grelottait, en short et en chemisier, il lui avait passé un coupe-vent. Le seul qui soit susceptible de l'aider, c'était lui.

A travers le pare-brise de l'hélico, elle constata qu'ils

mettaient cap vers l'ouest, en direction des montagnes. Elle fronça les sourcils Une vague sensation de déjà-vu essayait de se frayer un chemin jusqu'à sa conscience. Il fallait que ça lui revienne ; elle sentait que c'était important. Fermant les yeux, elle s'efforça de se concentrer.

A sept ans, quand elle avait été kidnappée, elle se rappelait avoir ressenti de la colère et du désarroi, mais de la peur, pratiquement pas. Sa mère était avec elle. A l'époque, Olivia croyait que sa mère était un être tout-puissant capable de la protéger en toutes circonstances.

Aujourd'hui, elle était lucide et savait que sa vie ne pesait pas lourd entre les mains de ses ravisseurs. Des tueurs à gages n'avaient pas d'état d'âme. Olivia se demandait quel sort ils lui réservaient.

Une grosse secousse de l'hélicoptère la fit sursauter, ravivant brusquement le souvenir qu'elle cherchait désespérément à faire resurgir.

Elle rouvrit les yeux. Elle était déjà montée dans un hélicoptère. Celui-là, précisément, avec sa bande bleue sur la carlingue et cette petite fissure au bord du hublot. Cette odeur métallique, qui lui agressait les narines, elle la reconnaissait aussi.

Sauf que, la fois précédente, à cette odeur désagréable s'ajoutait celle du sang.

La vision de Carol allongée par terre, évanouie, la cheville droite cassée, passa devant ses yeux. Olivia tenait le corps sans vie du nouveau-né. Elle lui avait frotté le dos, elle lui avait fait un massage cardiaque et elle avait pratiqué le bouche-à-bouche. Sans résultat. Sur le point d'abandonner, elle avait cru voir sa main bouger et avait redoublé d'efforts pour le ranimer. Mais il n'y avait pas eu moyen.

Elle revoyait aussi le visage rouge et grimaçant du père de l'enfant. Il avait de la bave au coin des lèvres, et les yeux lui sortaient de la tête tandis qu'il l'invectivait.

— Vous l'avez tué ! Vous avez tué mon fils !

Elle ne s'était pas défendue. A quoi bon lui présenter des excuses ? Le bébé était mort et aucun d'eux n'en sortirait indemne.

Une larme glissa sur sa joue. Elle avait compris. Son kidnapping n'avait rien à voir avec la cellule terroriste de Troy ou avec le fait que ses parents travaillaient pour la CIA. Elle avait été traquée et enlevée par Jarvis Rainer. Qui n'avait qu'une idée en tête : se venger.

18

Au crépuscule, le ciel au-dessus des montages s'embrasa. Cette brutale explosion de rouge, de jaune et d'or reflétait bien l'humeur de Troy. Il s'en voulait terriblement d'avoir laissé Olivia à la merci d'un cinglé.

Sa seule consolation, mais elle était bien maigre, était que Jarvis ne lui avait pas fait de mal. Ou, en tout cas, pas encore. Que lui voulait-il, au juste ?

Son frère s'arrêta devant chez Carol Rainer, dans le quartier de Cherry Creek. La maison blanche était petite mais élégante avec son porche recouvert de tomettes. La fenêtre du séjour était éclairée.

— Jolie maison, dit Alex, visiblement impressionné. Je ne savais pas que Carol vivait dans un quartier aussi chic.

Troy soupira. Son frère était brillant mais il n'était pas perspicace pour deux sous.

— Tu sais qu'elle a le béguin pour toi, j'espère ?

— Tu crois vraiment ?

— Il n'y avait pas deux minutes que j'étais avec elle qu'elle s'extasiait sur ton sourire.

— Chouette, dit Alex. Laisse-moi faire, alors.

— Pas question. Tant que nous ne sommes pas sûrs de pouvoir lui faire confiance, Carol Rainer est considérée comme suspecte.

— C'est la raison pour laquelle il vaudrait mieux que

ce soit moi qui l'interroge. Au dispensaire, elle fait du bon boulot. Je l'aime bien ; je ne voudrais pas que tu l'effraies.

— Comment cela ? demanda Troy.

— Tu ne t'es pas vu, dit Alex en arquant les sourcils. On dirait que tu as des envies de meurtre.

— C'est le cas, figure-toi.

Si Carol était mêlée, de près ou de loin, à l'enlèvement, Troy n'hésiterait pas à employer les grands moyens pour la faire parler. Quatre heures s'étaient écoulées depuis la disparition d'Olivia, et chaque minute qui filait lui faisait l'effet d'un coup de poignard en plein cœur.

Carol ouvrit la porte avant même qu'ils sonnent. Elle ne lui fit pas la même impression que lorsqu'il l'avait vue au dispensaire. Avec ses taches de rousseur et son allure décontractée, elle lui avait paru sympa, chaleureuse. Chez elle, elle n'était plus la même femme. On voyait tout de suite qu'elle avait été mariée à un homme riche. Ses longs cheveux auburn étaient lisses et brillants. Elle portait un short et un haut assorti en soie sauvage. Elle avait autour du poignet un magnifique bracelet en diamant et tenait dans sa main droite un verre de vin.

— Alex ? Troy ? Qu'est-ce que vous faites là ?

Elle avait l'air sincèrement surprise de les voir.

— Pouvons-nous entrer ? demanda Alex.

Elle ouvrit la porte en grand et les fit entrer. Le style mexicain de l'intérieur s'accordait bien avec la façade blanche de la maison. Le mobilier était haut de gamme mais la décoration restait sobre, sans la moindre ostentation. Des poteries amérindiennes de différentes formes et de différentes tailles étaient exposées partout dans le salon.

Reportant son attention sur Carol, Troy remarqua les cicatrices qu'elle avait sur les jambes, suite aux opérations subies après l'accident. Bizarrement, elle ne portait pas de chaussures, mais des claquettes en caoutchouc rigolotes, avec une grenouille sur le dessus du pied. Bon sang ! S'il commençait à la trouver sympathique, jamais il ne pourrait se montrer brutal avec elle et lui faire cracher le morceau.

Elle leva vers eux un visage inquiet.

— Il y a un problème au dispensaire ?

Alex lui prit son verre des mains et le posa sur la table basse.

— C'est Olivia. Elle a été kidnappée.

Troy réprima un grognement. Si c'était comme ça qu'Alex s'y prenait avec ses patients, il avait de gros progrès à faire.

Carol se laissa tomber sur le canapé.

— Kidnappée ? Mais pourquoi ?

Alex s'assit à côté d'elle.

— Elle avait quelqu'un à ses trousses depuis plusieurs jours. Troy était là pour la protéger. Il pensait que la personne qui la suivait faisait peut-être partie d'une cellule terroriste qui…

— Stop ! le coupa Troy. Tu n'as pas besoin d'entrer dans les détails. Pour faire court, Carol, nous avons de bonnes raisons de croire que c'est votre mari qui l'a fait enlever.

— Jarvis ? s'exclama-t-elle en se tordant nerveusement les mains. Il en voulait tellement à Olivia. A l'entendre, c'est sa faute si notre fils est mort. Et la mienne aussi, accessoirement.

— Vous ne semblez pas surprise, fit remarquer Troy.

Elle prit son verre sur la table et le vida d'un trait.

— Je ne pensais pas qu'il irait jusque-là. Mais, non, je ne suis pas surprise, dit-elle en se levant. Que diriez-vous d'un verre de vin ? Je vais ouvrir une autre bouteille.

— Nous avons besoin de votre aide, déclara Alex. Pour retrouver Olivia, il faut qu'on sache où Jarvis est susceptible de l'avoir emmenée.

— Comment pourrais-je le savoir ?

Comme elle se dirigeait vers la cuisine, Troy se planta devant elle.

— Il faut que vous gardiez l'esprit clair, Carol. Vous

êtes notre dernière chance de retrouver Olivia avant que Jarvis ne lui fasse du mal.

Elle frissonna et secoua la tête.

— Pauvre Olivia. Comment pourrait-il faire une chose pareille ?

— Justement, vous allez nous le dire, répliqua Troy en la ramenant au canapé. Elle a été emmenée par quatre hommes qui semblent être des tueurs à gages. Ils conduisaient une camionnette mais, très vite, ils ont changé de véhicule. L'opération était parfaitement planifiée, très professionnelle. Votre mari emploie-t-il des hommes de main ?

— Pas aux Etats-Unis, répondit-elle en reprenant sa place sur le canapé, à côté d'Alex. Quand nous étions au Moyen-Orient, nous avions des gardes du corps et des chauffeurs. Ils avaient des têtes de repris de justice.

Jarvis savait donc où recruter ce genre de personnel. Et il avait de quoi payer.

— Mais il n'avait pas de garde du corps attitré ? demanda Alex.

— Vous devriez interroger son vice-président en charge des opérations chez Rainer Oil. Il a sûrement la liste de tous les salariés de l'entreprise.

Troy avait déjà décidé de ne pas procéder de cette façon. Il savait ce qui se passait quand le FBI et le groupe d'intervention du SWAT intervenaient pour faire libérer un otage. Olivia risquait de se retrouver dans un véritable bain de sang.

— Nous ne voulons pas que Jarvis soit prévenu. Il vaut mieux qu'il ne sache pas que nous sommes sur ses traces.

— Je ne sais pas quoi penser, dit Carol en soupirant.

Alex prit sa main.

— Je suis désolé, Carol. Vous n'aviez pas besoin de ça.

— Jarvis a toujours été immature. Au début, ses caprices d'enfant gâté m'attendrissaient. Mais, quand ça n'allait pas comme il voulait, il piquait une colère et faisait la tête.

Elle regarda Alex droit dans les yeux.

— Vous devez penser que je suis folle d'avoir supporté un homme comme lui.

— Je pense que vous avez beaucoup de courage, répondit Alex avec douceur. Vous n'avez pas eu une vie facile.

— Jarvis ne m'a jamais frappée, mais il était violent. Au dispensaire, quand je vois des femmes battues, je sais ce qu'elles endurent.

Troy les observait. L'attirance grandissante qu'ils ressentaient l'un pour l'autre sautait aux yeux. Il s'en réjouissait pour son frère, mais Alex devrait attendre un peu pour conter fleurette à Carol.

— Carol, intervint Troy d'un ton sec. Réfléchissez.

Elle sursauta, comme prise en faute.

— Que voulez-vous savoir ?

— Nous pensons qu'il détient Olivia quelque part dans Denver. Vous avez une idée de l'endroit où il aurait pu l'emmener ?

— La maison que nous avions est en vente. Dès que j'ai demandé le divorce, Jarvis a commencé à tout liquider. Sa société possède un loft luxueux mais, comme planque, ce n'est pas idéal.

Troy tira de sa poche un plan de la ville qu'il étala sur la table basse. Un point au milieu représentait la maison de Bianca, dans le sud de la ville. Un large cercle entourait le point.

— Entre le moment où Olivia a été enlevée et celui où elle a tenté de me faire passer un message, ils ont pu parcourir cette distance dans n'importe quelle direction.

Carol jeta un coup d'œil et réagit immédiatement.

— Là ! s'écria-t-elle en montrant un endroit sur le plan. C'est l'aérodrome où Jarvis loue un hangar pour son jet et son hélicoptère.

Un avion et un hélico ? Troy se sentit blêmir. Comment allait-il la retrouver ? Ses ravisseurs pouvaient l'avoir emmenée n'importe où.

A l'aérodrome McGuire, au sud de Denver, Troy apprit que le jet de Jarvis Rainer était toujours là, mais que l'hélicoptère avait décollé l'après-midi même, à peu près à l'heure à laquelle Olivia l'avait appelé.

Le pilote de l'hélico n'ayant pas déposé de plan de vol, il ne se dirigeait probablement pas vers un aéroport mais vers le hangar de Rainer, près de Dillon.

A l'extérieur du centre de vol, des lumières éclairaient le tarmac. En quelques enjambées, Troy rejoignit Alex et Carol, qui avait troqué sa tenue de petite bourgeoise contre un jean et un T-shirt bien plus décontractés. Tous deux se tenaient sous un réverbère et bavardaient, alternant longs silences gênés et soudaines tirades, comme si, en dépit de la gravité de la situation, ils ne pouvaient lutter contre l'attirance qu'ils ressentaient l'un pour l'autre. Alex travaillait depuis des semaines avec Carol mais, apparemment, il ne lui avait jamais prêté attention. Et voilà qu'il semblait n'avoir d'yeux que pour elle. C'était du Alex tout craché.

Troy s'adressa à Carol.

— Avez-vous un moyen de savoir si l'hélico a atterri à l'endroit habituel, à Dillon ?

Aussitôt, elle sortit son téléphone.

— Je sais à qui je vais poser la question.

Pendant qu'elle téléphonait, Troy prit Alex à part.

— Je vais décoller, dès que l'info sera confirmée. Mais la mission doit rester secrète, expliqua-t-il.

En temps normal, il n'aurait jamais fait courir le moindre risque à son frère. Un médecin n'avait pas l'entraînement d'un marine. A part dans des jeux vidéo, Alex n'avait aucune expérience de ce genre d'opérations.

— Je vais aller là-bas, continua Troy. Je vais libérer Olivia et repartir sans que Jarvis et ses hommes ne se rendent compte de rien.

Alex acquiesça.

— D'accord, dit-il sans se douter le moins du monde qu'il allait faire partie du convoi.

— Mais j'ai besoin de ton aide.

— Moi ? Tu veux que je t'accompagne ? Mais ça fait au moins dix ans que je n'ai pas tiré avec une arme à feu.

— Du moment que tu sais te servir d'un téléphone, c'est tout ce que je te demande. Je pense que nous devrions aussi emmener ta petite amie.

— Carol ? demanda Alex avec un sourire idiot. Pour quoi faire ?

Bien que Carol semblât très remontée contre son ex-mari, Troy n'était pas sûr à 100 % de pouvoir compter sur elle. Elle avait aimé Jarvis et risquait de chercher à le protéger. Il devait la garder à l'œil.

Troy préféra cependant ne pas faire part de ses craintes à son frère. D'autant plus qu'il avait une autre raison de vouloir que Carol vienne avec eux.

— Elle connaît son mari mieux que personne. Elle seule peut nous dire où il se cache.

Carol revint vers eux.

— L'hélico est bien là-bas. Le hangar n'étant pas gardé, personne ne l'a vu atterrir. Mon contact n'a pas pu me dire si Olivia faisait ou non partie de l'équipage.

— Autre chose, dit Troy dès qu'elle se fut tue. Pouvez-vous vérifier si votre mari est dans votre maison de Dillon ?

— Sans problème, répondit-elle avec un sourire malicieux. La vieille dame qui habite en bas de la rue déteste Jarvis. Elle sera ravie de me renseigner, surtout si elle pense que ça va le mettre en rogne.

— Votre ex-mari n'a pas beaucoup d'amis, on dirait, dit Alex.

Elle haussa les épaules.

— On récolte ce que l'on sème. C'est un sale type.

— Il ne méritait pas une femme comme vous.

En la voyant piquer un fard, Alex, tout attendri, lui prit

la de nouveau la main. *Nous voilà maintenant en train de nager en pleine romance !* songea Troy, affligé par ce spectacle. Sa relation avec Olivia était bien plus saine : il y avait des hauts et des bas mais, au moins, elle ne manquait pas de piquant.

Il fila louer un hélico pour aller à Dillon. Pendant que le pilote débitait sa carte de crédit et relevait son identité, il passa un coup de fil au père d'Olivia.

Richard décrocha à la première sonnerie.

— Où êtes-vous ?

— Je tiens une piste. Je vais la suivre. Et de votre côté, ça donne quoi ?

— Rien du tout. J'ai suivi vos conseils. Je n'ai pas parlé de Jarvis Rainer au FBI.

Troy pensait qu'il aurait plus de chances de coincer Jarvis s'il lui tombait dessus sans crier gare.

— Connaissez-vous quelqu'un de fiable qui puisse monter une équipe d'assaut ? Quelqu'un qui exécuterait les ordres aveuglément, sans poser de questions ?

— Oui, répondit Richard sans la moindre hésitation.

— Quand j'aurai libéré Olivia, j'aurai besoin de renforts pour neutraliser Jarvis et ses hommes. Je ne sais pas encore exactement où va avoir lieu l'opération, mais c'est quelque part dans les Rocheuses, à proximité de Dillon.

— Je réunis les hommes, dit Richard. A combien d'adversaires avons-nous affaire ?

— Il y a les quatre hommes qui vous ont attaqués, le pilote de l'hélico, et Jarvis. Mais attention : à mon avis, ce ne sont pas des amateurs.

— Mes gars non plus, répliqua Richard. Comment saurons-nous à quel moment intervenir ?

— Mon frère vous appellera.

— Vous pouvez compter sur moi. Tout ce que je vous demande, Troy, c'est de ramener ma fille saine et sauve.

— C'est comme si c'était fait.

Dans le hangar, il s'assit en attendant que le pilote en ait terminé avec les formalités. D'habitude, quand il était en mission, c'était Nelson qui s'occupait de la logistique pendant que lui établissait un plan d'action. Son équipe lui manquait.

L'ironie du sort voulait qu'Olivia ait été kidnappée au moment où il s'apprêtait à aller prêter main-forte à ses hommes. Il avait cru que son équipe avait besoin de lui pour mener à bien sa mission à New York. Mais il se trompait : ses hommes réussiraient, même sans leur chef.

De son côté, il accomplirait la mission qu'il s'était fixée. Ce serait la dernière, la plus importante. Il se faisait fort de l'honorer.

19

Enfermée dans une chambre d'angle, à l'étage d'un vieux pavillon de chasse, Olivia faisait les cent pas entre son lit et la salle de bains. Elle arrivait à situer assez précisément l'endroit où se trouvait ce pavillon. Avant que le soleil se couche, elle avait réussi à voir Cathedral Rocks, à l'ouest de Dillon, lieu de prédilection des amateurs d'escalade.

Si elle arrivait à sortir de cette chambre, elle saurait retrouver son chemin. Mais la porte était fermée à double tour, et les fenêtres, barricadées. De toute façon, elle n'aurait pas pris le risque de sauter du premier étage. En outre, ses ravisseurs faisaient le guet. Ils étaient maintenant ses geôliers.

Tout à l'heure, le freluquet lui avait apporté son repas sur un plateau qu'il avait posé sur un guéridon. Elle avait bien essayé d'engager la conversation, mais sans succès. Il était resté muré dans son silence. Elle s'attendait à ce qu'on lui serve un rata infâme et avait été surprise de trouver sur le plateau un repas équilibré, composé de poulet, de riz et de brocoli. Elle avait tout mangé.

Elle s'étonnait d'être aussi bien traitée. A quoi rimait tout cela ? Il était clair que Jarvis la détestait. Il s'était donné beaucoup de mal pour organiser son kidnapping. Maintenant qu'il l'avait kidnappée, qu'allait-il faire d'elle ? Quand le couperet tomberait-il ?

A un moment ou à un autre, il finirait bien par venir la voir. De quels moyens de pression disposait-elle ? Qu'avait-elle à lui proposer en échange de sa liberté ? Le menacer ne servirait à rien. Bien qu'elle fût certaine que Troy et ses parents remuaient ciel et terre pour la retrouver, jamais elle ne réussirait à raisonner Jarvis. Ce type était trop atteint pour renoncer à sa vengeance.

Et si le plus atteint des deux, c'était elle ? Elle savait Jarvis assez riche pour commanditer son enlèvement mais elle avait du mal à croire qu'il puisse à ce point la détester. Il lui était plus facile d'imaginer qu'elle avait été kidnappée par des espions internationaux ou par des terroristes moyen-orientaux.

S'étendant sur le lit, elle se coucha sur le côté. Que pouvait-elle proposer à Jarvis ? Une rançon ? Il était riche comme Crésus. Qu'avait-elle d'autre à offrir ?

Lorsqu'elle entendit la clé tourner dans la serrure, elle se redressa. Jarvis Rainer entra dans la pièce d'un pas décidé. En neuf mois, il semblait avoir pris dix ans. Lui, qui arborait un hâle de golfeur et se tenait toujours bien droit, le torse bombé, tel un coq de basse-cour, avait maintenant les épaules tombantes et une petite brioche. Il perdait ses cheveux, et il avait une mine de papier mâché. Son regard était si haineux qu'elle avait du mal à le soutenir.

— Bonjour, Olivia, dit-il d'une voix rauque. Cela faisait longtemps, n'est-ce pas ?

Dans son métier, Olivia avait appris à communiquer avec des personnes en situation de stress. Dans le cas de Jarvis, elle comprit tout de suite qu'il fallait éviter de le mettre en colère.

— Je tiens à vous remercier pour le dîner, que j'ai beaucoup apprécié.

— Tant mieux. Je tiens à bien prendre soin de vous. Si vous avez besoin de quoi que ce soit, frappez à la porte. Quelqu'un viendra immédiatement.

Pourquoi ?

— Une promenade me ferait du bien. Puis-je aller prendre l'air un petit moment ?

— Il y a un tapis de course dans la salle de sport, au sous-sol. L'un de mes hommes vous y accompagnera.

Explorer le pavillon pourrait être utile pour la suite. Elle ne pouvait pas refuser une proposition pareille. Le plus dur allait être de ne pas se montrer trop enthousiaste.

— Cette maison est magnifique. Je serais ravie de la visiter.

— On ne contrarie jamais une sage-femme, déclara-t-il en se dirigeant vers la porte. Venez avec moi.

Dans le couloir, deux hommes montaient la garde. Elle les salua d'un signe de tête, comme s'ils étaient de simples voisins de palier. Elle suivit Jarvis et, escortée de ses deux gardiens, marcha jusqu'à l'escalier.

— Ce pavillon a été agrandi en 1948, peu après la Seconde Guerre mondiale, expliqua Jarvis, qui faisait le guide. Le tourisme et le ski commençant à se développer au Colorado, le pavillon était destiné aux amateurs de chasse et de pêche. Le bâtiment d'origine était très rudimentaire. Un puits assurait l'alimentation en eau. La maison existe toujours, à deux pas d'ici, de l'autre côté de la crête. Le propriétaire envisage de la restaurer pour en faire une sorte de refuge.

— Elle ne vous appartient pas ?

— Je ne suis pas stupide, Olivia. Je ne vous séquestrerais pas chez moi. Le pavillon appartient à un ami qui me le prête quand il part en voyage.

Zut et zut ! Troy n'était pas près de la retrouver…

— Combien de pièces y a-t-il ?

Jarvis fit une pause en haut de l'escalier et lui jeta un regard noir.

— Vous allez me rendre chèvre avec toutes vos questions !

— Je m'intéresse à la maison, c'est pour ça.

— Vous êtes dans l'aile sud, qui comporte quatre grandes

chambres. Il y en a six de l'autre côté. C'est là que mes hommes se sont installés.

— Et il y a un grenier, aussi ?

Pour se cacher, cela pourrait être utile.

— Non, juste des combles qui peuvent servir comme espace de rangement.

Ils descendirent au rez-de-chaussée, où se trouvait une vaste salle de séjour avec une immense cheminée et des têtes d'animaux empaillées aux murs. Il y avait plusieurs tables rondes qui ressemblaient à des tables de jeu.

Le mobilier était rustique, y compris la longue table de chêne ciré dans la salle à manger. La cuisine, en revanche, était ultramoderne. Intarissable, Jarvis avait entrepris de faire à Olivia l'historique des lieux et de lui citer toutes les célébrités qui y avaient résidé. Il s'était pris au jeu, oubliant presque qu'elle n'était pas venue de son plein gré.

— Et la salle de sport ? demanda-t-elle.

Il ouvrit une porte sous l'escalier et appuya sur un interrupteur.

— Elle est en bas.

Le sous-sol était moins sophistiqué que les deux autres niveaux. Au pied de l'escalier, se trouvait une salle de télévision. Plus loin, il y avait plusieurs portes fermées. Jarvis ouvrit la première sur sa droite. C'était la salle de sport, bien équipée et éclairée par des soupiraux. Olivia songea que si on la laissait descendre seule, elle pourrait peut-être s'enfuir en se faufilant par là.

— Quand vous aurez envie de vous dégourdir les jambes, dit Jarvis, n'hésitez pas à descendre. Il faut que vous restiez en forme.

— Pourquoi ? ne put-elle s'empêcher de demander.

Il pinça les lèvres. Cette question, cela faisait un moment qu'il semblait attendre qu'elle la pose.

— Ce n'est pas très difficile à deviner.

Elle détestait jouer aux devinettes, et sa patience avait atteint ses limites.

— Pourquoi m'avez-vous kidnappée ? demanda-t-elle tout de go.

— A cause de vous, j'ai perdu mon fils. Quand j'ai appris que vous étiez enceinte, j'ai eu une idée.

A ces mots, Olivia sentit son sang se glacer et les poils de sa nuque se hérisser. C'était son enfant que convoitait Jaris. Le bébé qu'elle était sur le point de mettre au monde.

Troy ne s'était pas trompé : Carol savait où trouver son ex-mari. Au hangar, à Dillon, ils repérèrent immédiatement l'hélicoptère de Jarvis. Ils n'avaient pas la certitude qu'Olivia s'était trouvée à bord, mais ils avaient de sérieuses raisons de le penser.

Carol leur indiqua le chemin. Au volant d'un SUV de location, ils se rendirent d'abord au domicile de la maîtresse de Jarvis. Il n'y avait pas de lumière et aucune voiture en vue. Troy fit quand même le tour de la propriété et jeta un coup d'œil par les fenêtres.

Lorsqu'il regagna le SUV, Alex et Carol étaient en train de s'embrasser.

— Pardon, marmonna Alex, gêné.

— Ne vous gênez pas pour moi, dit Troy. Je suis content de vous voir ensemble.

Tout en remettant ses cheveux en place, Carol déclara :

— En y réfléchissant, je me dis que Jarvis a dû chercher une maison vide.

— Absolument. Une maison assez grande pour y loger tout le monde.

— Il va parfois dans un pavillon de chasse qui appartient à l'un de ses amis. Une fois, je l'ai retrouvé là, tout seul, assis sur le perron, avec son fusil posé sur les genoux.

Elle leur fit prendre des routes sinueuses perdues dans

la montagne. De nuit, elle eut un peu de mal à retrouver le pavillon. La seule fois où elle y était allée, c'était en pleine journée.

Dès que le pavillon fut en vue, Troy sut qu'il y avait quelqu'un à l'intérieur. Les fenêtres du rez-de-chaussée et le porche étaient éclairés. Utilisant les jumelles que lui avait prêtées le pilote de l'hélicoptère, il repéra des types armés qui montaient la garde.

Il sentit l'espoir renaître. Olivia était vraisemblablement là, tout près. Sans un mot, il serra Carol dans ses bras.

— Merci. Vous avez été formidable.

— Pour nuire à Jarvis, je ferais n'importe quoi.

Elle s'éclaircit la voix et se reprit :

— En réalité, c'est pour Olivia que je l'ai fait. J'ai honte que mon ex-mari soit à l'origine de son enlèvement.

Alex passa un bras autour de ses épaules.

— Allons, Carol, vous êtes quelqu'un de bien.

Avant qu'ils recommencent à échanger des baisers, Troy intervint.

— Viens, Alex, on va s'approcher. Vous, Carol, vous restez sagement dans la voiture.

Se déplacer sans se faire repérer sur un terrain accidenté était un jeu d'enfant pour Troy. Mais pas pour Alex, qui n'arrêtait pas de trébucher et qui soufflait comme un phoque.

— Regarde où tu mets les pieds, conseilla Troy. Et méfie-toi des branches que tu pourrais prendre dans la figure.

— Facile à dire !

— A chacun sa spécialité, mon vieux. Moi, je ne sais pas faire les piqûres.

Ils exerçaient des métiers très différents mais tous deux œuvraient pour un monde meilleur et plus sûr.

Troy jeta un coup d'œil à sa montre. Il était un peu plus de 2 heures du matin. Le meilleur moment pour donner l'assaut était généralement juste avant l'aube. Ils avaient presque trois heures devant eux pour mettre au point leur stratégie.

Le plus compliqué, dans cette mission, c'était de s'introduire dans le pavillon et d'en faire sortir Olivia au nez et à la barbe de ses ravisseurs. Troy devait s'approcher le plus près possible pour observer le manège des gardes et essayer de repérer la chambre d'Olivia.

A ce stade, la présence de son frère n'était pas indispensable mais, à deux, Troy pensait qu'ils seraient plus efficaces.

Remarquant un bouquet d'arbres, à une cinquantaine de mètres du pavillon, Troy décida qu'ils se cacheraient là. Couché par terre, derrière un rocher couvert de mousse, il sortit ses jumelles.

Deux hommes étaient assis sur le perron. De temps en temps, ils se levaient pour faire le tour du pavillon ou les cent pas devant la façade.

— Alors ? Qu'est-ce que tu vois ? demanda Alex, allongé à côté de lui.

— Il y a une porte sur l'avant, et une autre sur le côté, près du garage.

— Comment allons-nous nous y prendre ?

Ce n'était pas encore très net dans l'esprit de Troy, mais il avait un plan d'ensemble.

— A partir de maintenant, c'est toi qui vas assurer la liaison avec le père d'Olivia, qui dirige l'équipe d'assaut.

— Une équipe d'assaut ? Qui fait irruption avec des fusils et des armes de précision ?

— Oui, c'est ça. Mais ne t'inquiète pas : Carol et toi serez partis avant que les tirs commencent.

— Me voilà rassuré. On fait comment, alors ? Tu libères Olivia, tu m'envoies un texto quand vous êtes sortis, et je contacte le père d'Olivia ?

— C'est ça. En espérant que tout se passe bien. Si, une fois que je suis rentré, tu entends des coups de feu, préviens le père d'Olivia et fais-lui un état des lieux.

— Un état des lieux ? Si tu es mort, tu veux dire ?

— Ou blessé.

Troy remarqua que quelque chose venait de bouger dans la maison. Une lumière s'était allumée au premier étage, dans la chambre d'angle. Une sensation étrange l'envahit. Un frisson le parcourut et sa gorge se serra tandis qu'une sorte d'exaltation s'emparait de lui.

Soudain, il vit Olivia derrière la fenêtre. Elle portait un T-shirt d'homme. Beaucoup trop grandes, les manches faisaient comme des ailes de chaque côté de son buste. Elle agrippa les montants de la fenêtre et parut se concentrer.

— Qu'est-ce qu'elle fabrique, d'après toi ?

Il passa les jumelles à son frère. Alex observa la scène quelques instants.

— Il ne manquait plus que ça.

— Quoi ? dit Troy qui ne tenait plus en place.

— Autant que je puisse en juger, les contractions ont commencé.

— Les contractions ?

— Elle va accoucher, mon vieux.

20

Lorsque Olivia s'était levée pour aller aux toilettes, la poche des eaux s'était rompue. Il n'y avait pas de quoi s'affoler. Nombreuses étaient les femmes qui perdaient les eaux bien avant d'accoucher. Un jour avant. Parfois deux.

Mais le moment était vraiment mal choisi. Le lieu aussi. Exit ses rêves d'accouchement sans violence ! Mais ce n'était pas le plus grave. Ce qui l'inquiétait le plus, c'était que Jarvis voulait lui voler son bébé.

Il ne fallait pas qu'il sache qu'elle avait perdu les eaux. Il ne s'attendait pas à ce qu'elle accouche avant plusieurs jours. A l'aide d'une serviette-éponge, elle épongea le liquide sur le sol. Lorsqu'elle se releva, la première contraction se fit sentir.

Elle avait suivi des centaines de femmes enceintes et elle leur avait toujours dit qu'il n'y avait aucune règle absolue. Chaque accouchement était unique.

N'empêche qu'elle ne s'attendait pas à être pliée en deux de douleur à la première contraction. Lâchant la serviette, elle se dirigea vers la fenêtre, posa ses mains de part et d'autre du chambranle, et serra les dents. Il ne fallait pas qu'elle crie. Jarvis ne devait pas savoir.

La douleur commença à refluer. Elle put souffler et finir de nettoyer le sol.

Lorsque le travail avait commencé, beaucoup de femmes étaient pressées d'en finir. Olivia connaissait tout un tas de combines pour accélérer les choses. Mais quand il s'agissait de les ralentir, c'était une autre histoire. A part se relaxer, elle n'avait pas de solution. Elle s'allongea sur le lit, sur le côté, et se concentra sur sa respiration. *Inspirer, souffler. Bien à fond, tout doucement.*

Il n'y avait pas de pendule dans la chambre, et elle n'avait pas de chronomètre. Au jugé, elle essaya de mesurer la fréquence des contractions. Elles étaient espacées d'au moins dix minutes. Et la douleur était plus supportable que lors de la première contraction. Elle se détendit. Pas de panique. Tout allait bien se passer. Elle contrôlait la situation, et Troy n'allait sans doute pas tarder à arriver.

Forte de cet espoir, elle ferma les yeux et continua de respirer lentement, régulièrement. *Inspirer, souffler.*

Soudain, alors qu'elle s'efforçait de gérer la douleur d'une nouvelle contraction, elle vit la poignée de la porte tourner. Si Jarvis faisait irruption dans la pièce, elle n'était pas sûre de pouvoir donner le change.

La porte s'entrouvrit et se referma vite. Elle entendit la voix de Troy.

— N'aie pas peur, c'est moi, murmura-t-il.

Il se glissa dans le lit, à côté d'elle, et elle se blottit contre lui, rassurée de le savoir près d'elle. *Enfin.* ! Il allait la tirer de là. Les sauver, elle et le bébé.

— Jarvis veut prendre notre enfant. Pour compenser la perte du sien, dit-elle tout bas.

— Il devra d'abord me passer sur le corps.

— Comment as-tu fait pour entrer ?

— Allons à la salle de bains. Nous pourrons parler sans risque.

— Je n'ose pas me lever. Le travail a commencé.

— Je sais.

Elle se demandait comment il pouvait bien le savoir, mais elle s'abstint de tout commentaire.

— Je l'ai senti, expliqua-t-il. Dans mon corps, dans mon

cœur et dans mon esprit. Je me suis senti pousser des ailes. Pour voler jusqu'à toi.

Elle pressa son visage contre sa poitrine. Les larmes lui virent aux yeux.

— Si ça peut te soulager, vas-y, pleure, dit-il.

— Comment allons-nous sortir de là ?

— Pas comme je suis entré ; ça, c'est sûr. J'ai escaladé un mur, à l'arrière de la maison, et cassé un carreau. Puis j'ai attendu que le type posté devant ta porte fasse une pause pipi. J'ai forcé la serrure et me voilà.

Dans son état, il était hors de question pour Olivia d'escalader quoi que ce soit ou de sauter du premier étage. Mais il y avait peut-être une autre solution…

— Il faudrait que nous puissions descendre au sous-sol. Il y aura bien une porte ou un soupirail par lequel nous pourrons nous faufiler.

Lorsqu'il acquiesça, elle sentit sa barbe frotter contre sa peau et en conçut un grand sentiment de réconfort. Troy allait prendre les choses en main et, dans moins d'une heure, ils seraient loin.

— Je vais à la porte. Je te fais signe quand le garde sera parti.

Elle se rhabilla tant bien que mal. Son short et ses ballerines n'étaient pas vraiment adaptés à la situation mais c'était tout ce qu'elle avait. Dans le noir, elle distinguait vaguement la silhouette de Troy, qui semblait avoir l'oreille collée à la porte.

Les minutes s'écoulaient avec une lenteur désespérante. Une nouvelle contraction l'obligea à reprendre ses exercices de respiration et de relaxation. Elles n'étaient pas régulières et, ça, c'était plutôt bon signe. L'expulsion n'était heureusement pas pour tout de suite.

— On y va ! murmura Troy d'un ton pressant.

Elle le rejoignit sur la pointe des pieds. Le couloir était désert. Troy la prit par la main et l'entraîna du côté opposé au grand escalier. La porte du fond donnait sur un escalier de secours. Ils s'y engouffrèrent. Au moment où Troy referma la porte, elle entendit des voix derrière eux. Deux des gardes discutaient pour savoir qui allait faire le guet et qui allait se coucher. Blottie contre Troy, Olivia se figea. Une nouvelle contraction se forma au creux de ses reins. Elle agrippa son bras et le serra très fort.

— Respire, murmura-t-il. Respire à fond.

La douleur culmina puis décrut sans qu'un son ne sorte de son gosier. Lorsque les voix se furent tues, dans le couloir, ils descendirent tout doucement l'escalier. Troy utilisait son téléphone pour les éclairer et leur éviter une chute.

L'escalier allait jusqu'au sous-sol. Une fois en bas, Troy poussa la porte, et ils se retrouvèrent dans une espèce de réserve.

— On fait quoi, maintenant ? demanda Olivia.

— Quand on sera sortis, j'enverrai un SMS à Alex qui est chargé de prévenir ton père et…

— Alex est là ?

— Carol aussi. Sans elle, nous n'aurions jamais trouvé le pavillon. Ton père a monté une équipe d'assaut. Il est à Dillon et attend le signal pour intervenir.

— Et à New York, ça se passe comment ? demanda-t-elle.

Le dos appuyé contre le mur, Troy fixa l'écran de son téléphone. Il était sans nouvelle du sergent Nelson mais il n'avait pas cherché non plus à en avoir. C'était bien le signe que ses priorités avaient changé.

— Je n'en sais rien, répondit-il. Mes hommes savent ce qu'ils ont à faire ; je ne m'inquiète pas pour eux. L'essentiel, c'est que je sois là, pour toi et le bébé.

— Tu le penses vraiment ?

— Bien sûr. Tu comptes plus que tout pour moi.

Elle se jeta dans ses bras et le serra contre elle avec

emportement. En la sentant se raidir et s'agripper à lui, il comprit qu'elle avait une nouvelle contraction. Il attendit qu'elle passe et dit :

— J'ai l'impression qu'elles sont de plus en plus rapprochées.

— Je ne me rends pas bien compte. Je vais bientôt accoucher mais te dire quand, j'en suis bien incapable.

— C'est le comble pour une sage-femme !

Elle pouffa discrètement.

— Il y a encore une heure, je n'en menais pas large, et me voilà maintenant en train de glousser.

Ils n'étaient pas encore tirés d'affaire mais, ça, Troy se garda bien de le lui dire. Ils ne pourraient pas rester indéfiniment dans cette réserve. Lorsque Jarvis s'apercevrait de la disparition d'Olivia, il fouillerait la maison de fond en comble. Quant à sortir, il ne fallait pas y penser : elle était incapable de courir.

— J'ai une idée, murmura-t-elle.

— Tant mieux, parce que, moi, je sèche lamentablement.

— La construction d'origine se trouve à une centaine de mètres d'ici, de l'autre côté de la crête d'après ce que j'ai compris. Elle est délabrée mais il y a un puits et donc de l'eau courante.

— On y va. Je contacterai Alex de là-bas.

Braquant devant eux la lampe torche de son téléphone, il la guida dans le sous-sol, qui était un vrai labyrinthe. Ils auraient pu passer par les soupiraux si Olivia n'avait pas été enceinte. Mais, avec son ventre, c'était impossible.

A l'autre extrémité du pavillon, ils tombèrent sur une réserve à bois dotée d'une double porte qui donnait sur l'extérieur.

Olivia avait de plus en plus de contractions. Il allait falloir faire vite. Sans plus réfléchir, Troy poussa les portes et ils se retrouvèrent dehors. Libres.

La tenant par la taille, il l'aida à grimper à travers bois

jusqu'en haut de la crête. Elle haletait. A bout de souffle, elle s'appuya contre le tronc d'un sapin.

— Je n'en peux plus.

Sans hésiter, il la souleva dans ses bras. Enceinte, elle n'était pas légère mais, plutôt que la traîner, il préférait encore la porter. Dans le noir, il n'y voyait pas grand-chose. S'il passait devant la maison sans la voir, il n'avait pas fini de tourner en rond dans les bois.

Soudain, il aperçut un chemin, qu'il s'empressa de suivre. Le bâtiment était au bout. Il fut tenté de défoncer la porte d'un coup de pied mais, par crainte d'alerter Jarvis et ses hommes, il se résigna finalement à poser Olivia par terre pour forcer la serrure.

Une saleté indescriptible régnait à l'intérieur. Toutes les surfaces planes étaient recouvertes d'une épaisse couche de poussière, des déjections de divers animaux jonchaient le sol et il y avait des toiles d'araignée dans tous les coins. A côté du cabinet de toilette, il trouva un placard qui contenait des draps et des serviettes qui n'avaient sans doute pas servi depuis longtemps mais qui paraissaient à peu près propres.

Il étendit un drap sur le matelas, dans la chambre.

— Couche-toi, dit-il à Olivia.

Avec un gémissement, elle se laissa tomber sur le lit.

— On va rester là longtemps ?

— Non, ne t'inquiète pas.

Il envoya un texto à Alex.

Nous sommes OK.

Le jour allait se lever. L'assaut serait donc donné juste avant l'aube, comme prévu. La réponse ne se fit pas attendre.

Assaut dans vingt minutes

S'asseyant sur le lit, Troy montra le texto à Olivia.

— Vingt minutes, dit-il.

La lumière blafarde de l'aube filtrait à travers les vitres sales et éclairait son beau visage. Elle secoua lentement la tête.

— On ne va pas pouvoir attendre. Le bébé arrive.

21

En entendant Olivia lui annoncer qu'elle était sur le point d'accoucher, Troy eut la peur de sa vie. *Le bébé arrive*. Et ils étaient là tous les deux, seuls.

— Que dois-je faire ?

— Il y a un puits quelque part. Essaie de récupérer de l'eau. Et apporte-moi tous les draps que tu trouves.

Il courut jusqu'au placard, dans l'entrée, prit toute la pile de linge et la lui apporta. Debout, elle était en train de préparer le lit, se fabriquant une espèce de nid.

— Tu ferais peut-être mieux de te coucher, non ?

Pour toute réponse, elle lui attrapa la main et se mit à la lui broyer. Blanche comme un linge, elle serrait les dents et faisait tout ce qu'elle pouvait pour ne pas crier.

Petit à petit, elle se détendit.

— Va chercher de l'eau. Vite !

Dans la cuisine, il trouva deux ou trois saladiers qu'il posa dans l'évier, sous le robinet de la citerne. Il fallait pomper pour faire monter l'eau mais le système semblait un peu rouillé et grinçait horriblement. Lorsque l'eau coula enfin, elle était marronnasse. Il continua de pomper jusqu'à ce qu'elle coule claire.

Il rapporta un saladier plein d'eau dans la chambre. Allongée sur le lit, au milieu des draps et des serviettes, Olivia semblait souffrir le martyre. Une fine pellicule de sueur recouvrait son front, ses cheveux blonds étaient collés à ses joues, et elle haletait, telle une carpe au bord de l'asphyxie. La voir ainsi lui déchira le cœur. Elle qui voulait tant accoucher dans le calme et la sérénité…

— J'aurais aimé que ça se passe autrement, murmura-t-il.

— Il faut faire avec les moyens du bord, dit-elle, philosophe, en l'attrapant par sa chemise pour l'obliger à se coucher à côté d'elle. La vie est une bataille de chaque instant, Troy. Notre fils a besoin de s'aguerrir.

— C'est une façon de voir les choses.

— On n'a pas le choix, de toute manière.

— Et ça, c'en est une autre.

— Tu vas être mon assistant, décréta Olivia d'un ton sans réplique. Prends un de ces gants de toilette, mouille-le et passe-le-moi sur le front. Il faut aussi que tu me tiennes la main et que tu me rappelles comment je dois respirer.

Combien y avait-il de manières de respirer ? D'après son expérience, le seul moyen de juguler la douleur était de serrer les dents.

— Inspirer et souffler ? Plus ou moins vite, c'est ça ?

— Il y a une méthode. Je vais t'expliquer.

Il écouta attentivement ses instructions et les appliqua à la lettre. Les contractions se succédaient presque sans relâche mais, grâce à lui, Olivia les supportait mieux. Le travail progressait. *La naissance est imminente.*

Le jour se levait, à temps pour accueillir le bébé. L'assaut avait été donné. Troy entendait des coups de feu. Ils n'avaient plus rien à craindre de Jarvis.

— Tu vas pouvoir crier, annonça-t-il gaiement à Olivia. A tue-tête si ça te chante !

— Tu n'imagines pas à quel point j'en ai envie.

A la contraction suivante, elle poussa un cri aigu qui lui vrilla les tympans. Il se sentit quand même obligé de l'encourager.

— Oui, c'est bien.

— C'est super, tu veux dire.

— Alors vas-y, crie autant que tu voudras.

Olivia faisait preuve d'un courage admirable. Elle souffrait comme une damnée mais continuait de papoter avec lui et de plaisanter, comme si de rien n'était.

Après une contraction particulièrement violente, elle retomba sur les oreillers, pantelante. Il lui essuya le front.

— C'est pour bientôt ? demanda-t-il d'une voix blanche.

— C'est pour tout de suite. Il faut que je pousse maintenant. Vérifie que l'expulsion progresse normalement.

— Je fais comment ?

— J'imagine que tu sais par où naissent les enfants.

Le moment qu'il redoutait tant était arrivé. Il se sentait dépassé et craignait de ne pas se montrer à la hauteur. Et s'il tournait de l'œil ?

Olivia avait besoin de lui. C'était le moment ou jamais de lui montrer qu'elle pouvait compter sur lui.

Il se posta au pied du lit et, repoussant les draps, lui écarta les jambes.

— Je vois sa tête.

Comme ragaillardie par ces mots, elle se ramassa sur elle-même et poussa de toutes ses forces. Troy ne se posa pas de questions. N'écoutant que son instinct, il trouva les bons gestes et fit en sorte que les épaules passent sans problème.

— Encore une fois, dit-il. Allez, Olivia, pousse !

Héroïquement, elle fournit l'effort demandé. Et le bébé finit de sortir. Son minuscule visage était mouillé et visqueux mais il était adorable. Il fronça son petit nez et émit un drôle de bruit — qui tenait à la fois de l'éternuement et du miaulement.

Troy était fier et ému. Il avait un fils. Sa vie serait désormais, et pour toujours, liée à celle de cet enfant.

C'était le plus beau jour de sa vie.

Olivia tendit les bras, et il posa le bébé sur sa poitrine. Elle avait les cheveux trempés de sueur, les joues écarlates et ses yeux étaient injectés de sang. Mais jamais elle ne lui avait paru aussi belle.

S'asseyant au bord du lit, il passa un bras autour de la mère et de l'enfant.

— Tu as fait du bon travail, dit-il en effleurant d'un baiser les lèvres d'Olivia. Il est magnifique.

— Il ne pouvait en être autrement avec le père qu'il a ! Mais ce n'est pas fini, figure-toi. Il y a encore la délivrance.

— Quelle délivrance ?

— Le placenta, si tu préfères. C'est peu gore, je te préviens. Tu vas avoir du ménage à faire, et il faut aussi débarbouiller ce petit bonhomme.

Il s'occupa de tout. Quand il eut terminé, Olivia s'assit dans le lit, le nouveau-né dans ses bras. Ses cheveux étaient châtain foncé, très fournis, mais il avait les yeux de sa mère. Il fixait la fenêtre.

— Tu crois qu'il sait ce qu'il regarde ?

— Oui, j'en suis convaincue. Les bébés naissent avec toute la sagesse du monde. Une sagesse omnisciente.

Elle lui sourit, visiblement détendue et heureuse de savourer ce moment de félicité.

Troy prit son téléphone et appela Nelson.

— Quoi de nouveau ?

— Nous les tenons. La cellule Hatari est encerclée et pas un seul coup de feu n'a été tiré.

— Bravo, dit Troy. A votre tour de me féliciter : je viens d'être papa.

Nelson poussa un cri de joie et annonça la nouvelle à la cantonade. Les félicitations fusèrent de toutes parts. Troy approcha le téléphone d'Olivia pour qu'elle puisse entendre.

Puis il prit congé de Nelson et reposa le téléphone sur la table de chevet, à côté de son pistolet.

— J'ai encore besoin de toi, dit Olivia. Il faut que tu trouves un élastique ou un bout de ficelle pour clamper le cordon ombilical, qu'il faudra ensuite couper. Tu as un couteau bien aiguisé, j'espère ?

Il sortit de sa poche un couteau à cran d'arrêt qui faisait partie de la panoplie de tout marine qui se respecte.

— Tu crois que ça ira ?

— C'est exactement ce qu'il nous faut.

Il coupa une longue bande dans l'un des draps du lit et la noua autour du cordon.

— Nous n'avons pas trouvé de nom à ce petit bonhomme, fit-il remarquer.

— Que dirais-tu de Sam ? Moi, j'aime beaucoup. Il a bien une tête à s'appeler Sam, tu ne trouves pas ?

— Si, dit Troy, qui aurait oui à tout, car il était le plus heureux des hommes.

Les coups de feu commençaient à s'espacer. Ils allaient bientôt pouvoir sortir de là, mais Troy n'était pas pressé d'appeler le père d'Olivia et de lui dire où ils étaient. D'autant plus qu'il lui restait une petite formalité à accomplir.

Fouillant à nouveau dans sa poche, il en sortit son portefeuille. Il y avait soigneusement rangé la bague de fiançailles, qu'il lui tendit cérémonieusement.

— Tu voulais que je te redemande en mariage.

— Oui, dit-elle, des étoiles plein les yeux. Je veux t'épouser et passer le reste de ma vie avec toi.

Ce n'était pas si compliqué que ça, finalement. Si elle avait dit oui tout de suite, cela aurait été aussi bien.

— Tu ne peux plus te rétracter, dit-il. Sam est témoin.

— Je t'aime, Troy.

Il l'embrassa sur la bouche et lui passa la bague au doigt.

— Je t'aime aussi.

Sam poussa un petit vagissement, comme s'il leur donnait sa bénédiction.

— Quand je vais couper le cordon, il ne sentira rien, n'est-ce pas ? demanda Troy en prenant son couteau.

— Non, rien du tout.

Il trancha net le cordon. Juste à ce moment-là, un grand boum provenant de l'avant de la maison le fit bondir sur ses pieds. En sortant de la chambre, il se trouva nez à nez avec Jarvis.

Le regard fou, celui-ci se jeta sur Troy en poussant un cri de bête. Troy lui donna un coup de couteau. La lame s'enfonça jusqu'à la garde dans la poitrine de Jarvis, qui s'écroula sur le plancher.

Impassible, Troy retira son couteau, ramassa le pistolet de Jarvis et regagna la chambre.

Olivia ouvrait de grands yeux.

— Qu'est-ce que c'était ?

— Rien, ma chérie. Ne t'inquiète pas.

Sa famille serait toujours en sécurité. Troy y veillerait personnellement.

Épilogue

Le jour de la Saint-Valentin, six mois plus tard, Olivia patientait dans la sacristie d'une église de Denver. Dehors, il faisait un froid de loup et un épais manteau blanc recouvrait le sol, mais un soleil resplendissant brillait dans le ciel. On ne pouvait pas rêver mieux pour un mariage.

Sam gigotait dans les bras de sa mère. Avec ses petits doigts potelés, il n'arrêtait pas de tirer sur le corsage en dentelle de sa robe. Olivia savait ce qu'il voulait. Bien qu'elle eût commencé à le sevrer, ce petit monstre persistait à demander le sein.

— Oui, tu as faim, je sais, dit-elle en sortant un biberon de lait du sac à langer qu'elle trimbalait partout.

Lorsqu'elle approcha la tétine de la bouche de Sam, il pinça les lèvres, tourna la tête et entreprit de se servir directement à la source. Cet enfant était aussi têtu que son père.

Carol Rainer entra dans la pièce et s'approcha.

— Je peux le prendre ?

— Bien volontiers, dit Olivia qui ne voulait pas risquer de se retrouver la poitrine à l'air. Il a faim mais il refuse obstinément le biberon. Si c'est toi qui le lui donnes il le boira peut-être.

Dès que Carol se fut assise dans le fauteuil près de la fenêtre et eut tendu le biberon à Sam, il se jeta dessus voracement. De toute évidence, il semblait ravi de faire passer sa maman pour une affabulatrice.

— Tu es très belle, dit Carol en l'examinant de la tête aux pieds.

Olivia tournoya devant elle, faisant virevolter le bas de sa robe bleu ciel. Cette teinte pastel ne l'emballait pas mais c'était ce que la mariée souhaitait pour ses demoiselles d'honneur.

— Il est presque l'heure, dit-elle. Il y a du monde ?

— L'église est pleine à craquer.

— Et Alex ? Il est là, déjà ?

— Il vient d'arriver, répondit Carol avec un grand sourire attendri. Et, pour une fois, il n'est pas en blouse blanche.

— La blouse, ce n'est pas sa faute. Tous les médecins en portent une. C'est comme un uniforme.

— A propos d'uniforme, ces quatre marines tout en bleu sont vraiment magnifiques.

Olivia acquiesça. Les marines en question — le sergent Nelson en tête — étaient les anciens subalternes de Troy. Ils avaient suivi Troy, qu'ils aidaient dans sa nouvelle mission, laquelle consistait à créer dans les Rocheuses, non loin de Dillon, une base d'entraînement militaire pour former des troupes d'élite aux techniques de survie en milieu hostile.

La création de cette base allait éviter à Troy de partir à Camp Lejeune, ce dont Olivia se réjouissait. Elle était prête à le suivre, bien sûr, mais elle se plaisait dans ses montagnes et n'avait aucune envie d'aller vivre ailleurs.

Sa sœur déboula dans la pièce, dans un grand déploiement de voilage bleu ciel.

— Je crois que je suis amoureuse, déclara Bianca avec un grand soupir.

Olivia commençait à avoir l'habitude.

— Ton prince arabe est revenu ?

— Il ne s'agit pas de lui, dit Bianca en balayant sa suggestion d'un revers de main. Je parle de Blaine.

— Le sergent Nelson ?

— Blond comme les blés. Tout bronzé. Une carrure d'athlète. Pourquoi ne m'as-tu pas dit que c'était un adonis ?

— Crois-le si tu veux mais je ne l'avais pas remarqué.

— Ça ne m'étonne pas vraiment. En dehors de Sam et de Troy, plus rien n'existe autour de toi.

— Tu exagères ! J'ai repris le travail.

— Oui, et je me disais justement que tu pourrais te faire aider. Je serais ravie de passer un peu plus de temps avec mon neveu.

— Et avec le sergent Blaine Nelson ?

— Egalement.

La porte s'ouvrit à nouveau. C'était Troy, cette fois. Délaissant l'uniforme, il avait opté pour un costume gris fait sur mesure. Olivia était très fière de son homme, qu'elle trouvait de plus en plus beau.

— Les mariés sont arrivés, dit-il. La cérémonie va pouvoir commencer.

Olivia jeta un regard inquiet à Carol.

— Tu crois que Sam va se tenir tranquille ?

— Ne t'inquiète pas, je m'occupe de lui, dit Carol en se levant, le bébé dans ses bras. Pour le mariage de ses grands-parents, je suis sûre que ce petit bonhomme va être sage comme une image.

— Ce n'est pas un mariage, rectifia Bianca d'un ton docte. C'est un renouvellement de vœux.

Cette cérémonie marquait le tournant que prenaient dans leurs vies Richard et Sharon Laughton, qui avaient quitté la CIA et pouvaient maintenant vivre au grand jour.

Lorsqu'elle passa son bras sous celui de Troy pour marcher vers l'autel, Olivia se sentit très émue. Se penchant vers elle, il l'embrassa sur la bouche.

— Tu vas m'enlever mon rouge à lèvres.

— Ce n'est pas la seule chose que j'ai envie de t'enlever.

— Tiens-toi tranquille, murmura-t-elle.

— N'y compte pas trop.

Troy n'était pas du genre à se laisser dicter sa conduite. Mais c'était ce qu'elle aimait en lui.

JUSTINE DAVIS

Protection clandestine

Traduction française de
CATHY RIQUEUR

BLACK ROSE

HARLEQUIN

Titre original :
OPERATION MIDNIGHT

Ce roman a déjà été publié en 2016.

1

— Cutter !

Hayley appela une nouvelle fois, puis elle décida d'économiser son souffle pour courir. Ce n'était pas que le chien l'ignorait. Simplement, parfois, il devenait tellement obnubilé par quelque chose que le reste du monde cessait d'exister.

Ça t'apprendra à le gâter autant, se morigéna Hayley. A le traiter comme un humain parce qu'il agissait comme tel la plupart du temps.

Il s'était présenté sur le pas de sa porte quand elle avait eu le plus besoin de lui et s'était rapidement montré si intelligent que, désormais, elle ne pouvait imaginer vivre sans Cutter. Mais tout cela ne l'aidait guère alors qu'elle progressait péniblement, à la nuit tombée, dans la forêt.

Si elle n'avait pas connu ces bois depuis l'enfance, elle aurait pu être nerveuse. Toutefois ce n'était pas la période des ours et, en dehors d'eux, peu de choses l'effrayaient. Néanmoins, un chien intrépide pouvait s'attirer des ennuis ; la nuit précédente, Hayley avait entendu des coyotes. En outre, un raton laveur acculé pouvait se montrer hargneux. En se bagarrant avec, Cutter risquerait de se blesser, même si à la fin, il aurait certainement le dessus, songea Hayley.

Un peu plus tôt, le passage d'un hélicoptère au-dessus de la maison avait plongé Cutter dans un état frénétique. C'était pourtant monnaie courante dans la région, le Nord-Ouest Pacifique, avec les allées et venues de la marine et des garde-côtes. Habituellement, ils ne dérangeaient pas le chien mais cet hélicoptère, plus petit, avait effrayé Cutter en descendant très bas et le chien était parti comme une flèche.

Voilà pourquoi Hayley était en cet instant à sa recherche et criait son nom.

Elle contourna le gros cèdre au nord de la piste, déjà à peine visible en plein jour. De plus, il y avait de la neige dans l'air. Hayley aurait dû emporter son épaisse parka à capuche avec la torche dans la poche. Cependant, il faisait seulement frais, pas froid. Par ailleurs, elle n'avait pas prévu qu'il s'agirait d'une longue expédition.

A force de marcher, elle arriva sur la propriété de son voisin. L'homme, assez âgé et qui vivait en reclus, n'apprécierait certainement pas son intrusion, ou celle de Cutter. Aussi Hayley pressa-t-elle le pas.

— Comme le personnage stupide d'un mauvais film d'horreur, marmonna-t-elle entre ses dents.

Pestant contre Cutter, elle reconsidéra sa décision de partager avec lui les restes de son pot-au-feu. Cutter serait privé de carottes, qu'il adorait, pour prix de son escapade.

Esquivant un large érable, Hayley faillit alors trébucher sur Cutter. L'animal s'était arrêté net.

— Waouw ! s'exclama Hayley en reprenant son équilibre. Qu'est-ce que…

Le chien remua la queue sans toutefois relâcher son attention. Il regardait fixement quelque chose à travers les arbres, remarqua Hayley. Un peu méfiante — il était trop tôt pour les ours, non ? —, elle s'avança à la hauteur de Cutter. Pendant un moment, elle ne put en croire ses yeux, cela paraissait tellement improbable.

On le distinguait à peine dans l'obscurité et il aurait été invisible sans la faible lumière provenant de la maison voisine. Cette lumière glissait sur la surface noire lustrée, dessinant une série de reflets à peine perceptibles de lignes courbes et droites.

Mais Hayley sut instantanément ce que c'était.

L'hélicoptère qui avait fait trembler ses vitres quinze minutes plus tôt était posé dans le jardin de son voisin l'ermite.

Cependant, quelque chose dans la présence de l'appareil posé là, luisant discrètement dans la pénombre, troubla Hayley. Et le fait qu'il ne porte pas de sigle la perturba plus encore. N'était-il pas censé, à l'instar d'un avion, porter un numéro d'identification ?

Il s'agissait peut-être d'un prototype qui n'était pas encore enregistré, se dit Hayley. L'industrie aéronautique était très présente dans le Nord-Ouest Pacifique. Peut-être le voisin de Hayley était-il ingénieur ou quelque chose de ce genre. Ni elle ni aucun des autres membres de la petite communauté semi-rurale n'avaient la moindre idée de ce qu'il faisait vraiment. Etant plutôt bienveillants, ils ne le taxaient pas d'asocial, pas encore, du moins. La rumeur allait de l'entasseur compulsif au veuf accablé de chagrin. Hayley, qui elle-même prisait sa tranquillité ainsi que la quiétude de cet environnement boisé, préférait simplement le laisser en paix si c'était ce qu'il avait choisi.

Etant sa voisine directe, elle l'avait vu plus souvent que quiconque, deux fois exactement. Et les deux fois, il s'était immédiatement retranché à l'intérieur de sa maison comme s'il craignait que Hayley puisse l'approcher.

Peut-être aurait-elle mieux fait de se montrer un peu plus curieuse. La présence de cet hélicoptère avait de quoi intriguer. Son voisin était-il un savant fou ? Un terroriste ? s'alarma Hayley. A la seule idée de ce genre de chose dans la paisible bourgade de Redwood Cove, sa mère aurait éclaté de rire. Cependant, sa mère avait ignoré nombre des côtés obscurs de ce monde au cours des dernières années de sa vie. Pas par choix mais parce qu'elle était restée concentrée sur son combat pour rallonger son existence autant que possible. Un combat que Hayley avait mené à ses côtés durant trois ans jusqu'à ce qu'il soit perdu, huit mois plus tôt.

Une porte coulissante s'ouvrit et, l'instant d'après, une lumière vive jaillit sur le côté de la maison, remarqua Hayley. D'instinct, elle fit un bond en arrière, même si elle se tenait à distance respectable. En outre, le périmètre du détecteur de mouvements ne s'étendait apparemment pas aussi loin. Cutter, quant à lui, fit un demi-pas en avant tandis que deux hommes sortaient sur la terrasse. La truffe de Cutter se leva et palpita alors qu'il reniflait les odeurs que la brise légère charriait dans sa direction.

Hayley, elle, fixait la terrasse désormais éclairée. Son voisin affichait une barbe blanche et impeccablement taillée, mais il semblait avoir du mal à marcher et le second homme, nettement plus jeune, l'aidait manifestement à marcher. Ce second homme portait une veste de cuir et son crâne était rasé. Surtout, nota Hayley avec un certain effroi, il avait une arme de poing, dans un étui à sa hanche.

Hayley attrapa le collier de Cutter. Toutes ses élucubrations à propos d'hommes en noir et de leurs hélicoptères semblaient soudain nettement moins fantasques. Ces individus étaient-ils du côté des bons, s'il en existait encore, et procédaient-ils à l'arrestation du voisin ermite ? La raison de son choix de vivre en reclus était-elle pire que ce que Hayley avait imaginé ?

Elle frissonna, regrettant plus que jamais sa parka. Puis une autre pensée succéda rapidement à celle-ci. Et si le voisin était une victime ? Si jamais les hommes de l'hélicoptère étaient des criminels et qu'ils l'enlevaient ?

Il pouvait également s'agir d'une combinaison tordue de ces deux options, songea Hayley. Il était devenu tellement difficile de distinguer les bons des méchants…

Les deux hommes montèrent dans l'hélicoptère, le plus jeune aidant de nouveau son aîné avec une sollicitude manifeste. Quelques instants plus tard, l'hélicoptère revint à la vie, le moteur vrombissant, les feux de navigation clignotant.

L'esprit de Hayley fonctionnait à toute allure.

Deux hommes, dont un armé, montent à bord d'un hélicoptère et celui-ci décolle...

Le voisin ermite ne pouvant apparemment pas être le pilote, ce rôle incombait à l'autre homme. Ce qui devait impliquer que le voisin partait de son plein gré, non ? Dans le cas contraire, le voisin ne s'enfuirait-il pas pendant que l'autre homme était occupé à... eh bien, à ce que l'on fait pour amener à décoller un hélicoptère ? A moins que le voisin ne le puisse pas. Peut-être ne se sentait-il pas assez bien ? Ou était-il simplement trop effrayé pour tenter de s'échapper ?

Ou alors... se pouvait-il qu'il y ait eu, pendant tout ce temps, un troisième homme attendant à bord de l'appareil ?

Les questions se bousculaient dans la tête de Hayley. Cutter émit alors un étrange gémissement, attirant l'attention de sa maîtresse sur la terrasse. Un troisième homme sortait de la maison ! Grand, mince, des cheveux aussi foncés que le ciel, il portait à l'épaule gauche un grand sac de toile. Il commença à descendre les marches de la terrasse et deux choses se produisirent alors simultanément. Le bruit du moteur s'amplifia. Et Cutter laissa brusquement échapper un bref aboiement.

Avant que Hayley puisse réagir, le chien s'était dégagé de son étreinte. Et, au grand désarroi de Hayley, Cutter fonça droit sur le troisième homme. La queue dressée, tête baissée, il quitta le couvert des arbres. Cutter n'était pas méchant mais l'homme qu'il chargeait l'ignorait. Hayley s'élança donc à sa suite.

Adieu, la retraite silencieuse, songea-t-elle alors que l'homme, qui avait manifestement entendu l'aboiement du chien, laissait tomber le sac par terre.

— Cutter ! cria Hayley.

Le chien l'ignora, clairement concentré sur sa cible. Toutefois, il courait joyeusement comme il le faisait pour accueillir Hayley quand elle rentrait à la maison. Cutter connaissait-il cet homme ? Hayley, elle, ne l'avait jamais vu. Elle s'en serait souvenue : l'homme avait un physique très séduisant.

L'apparition mystérieuse de Cutter dans sa vie, au moment où elle avait eu le plus besoin de cette distraction, était-elle sur le point d'être élucidée ?

L'homme se tourna pour affronter l'assaut du chien.

Il sortit une arme. La pointa sur Cutter.

— Non !

La panique transforma le cri de Hayley en un hurlement.

L'individu ne tira pas. Cela aurait dû rassurer Hayley. Excepté qu'il tourna aussitôt son attention — et son arme — vers elle. Elle continua d'avancer. L'homme n'avait pas fait feu sur Cutter, or celui-ci devait paraître beaucoup plus menaçant qu'elle.

Ou peut-être pas, se reprit-elle à penser, ralentissant le pas alors que le chien atteignait son but.

Au plus grand étonnement de Hayley, Cutter s'assit poliment aux pieds de l'homme et la regarda par-dessus son épaule avec une expression de joie sans mélange. Il avait la langue qui pendait, les oreilles dressées, et il arborait le même air que lorsqu'il venait de trouver exactement le jouet qu'il cherchait. Il semblait dire : « Regarde, je l'ai trouvé ! »

L'homme baissa son arme mais ne la rengaina pas, nota Hayley.

Elle agrippa le collier de Cutter, fermement cette fois.

— Je suis désolée. Il m'a échappé. Mais il est inoffensif, vraiment. Il ne fait pas ça, habituellement… Je veux dire, il lui faut un certain temps avant de se montrer démonstratif envers les inconnus. En général, il ne fonce pas sur les gens…

Elle se répétait, réalisa-t-elle.

— Je suis désolée, fit-elle à nouveau. Nous n'avions pas l'intention de nous introduire sur cette propriété.

Elle lança un regard à l'hélicoptère qui attendait et

adressa un sourire embarrassé à son voisin, mais il ne la voyait probablement pas.

— Bon Dieu ! maugréa le troisième homme.

Aussitôt, Hayley reporta son attention sur lui. La lumière soulignait à contre-jour les contours de sa silhouette élancée et le faisait paraître encore plus grand. Il dominait Hayley de toute sa taille.

Plus vite, elle sortirait de là, mieux ce serait, décida-t-elle. Elle tira sur le collier de Cutter mais le chien était réticent et résista de façon inhabituelle.

D'ailleurs, tout ce que Cutter avait fait depuis l'apparition de l'hélicoptère était inhabituel, pensa Hayley, empoignant de nouveau la laisse.

La portière de l'hélicoptère s'ouvrit. L'homme plutôt jeune se pencha au-dehors.

— Il est temps, Quinn ! s'écria-t-il afin de couvrir le bruit du moteur et le souffle croissant du rotor principal.

— Je sais, répondit le troisième homme.

Hayley voulut en profiter pour s'éloigner. Elle tourna les talons, tout en entraînant Cutter à sa suite.

Mais le dénommé Quinn fut plus rapide qu'elle et la devança pour lui bloquer le passage.

Hayley sursauta. La situation, jusque-là déconcertante, devenait soudain menaçante. Manifestement, cet homme n'avait nulle intention de la laisser partir.

— Je suis désolé.

Il empoigna Hayley tellement rapidement qu'elle n'eut pas le temps de réagir. L'individu fit courir ses mains sur elle, la fouillant sans scrupule.

Elle lui donna un coup de coude.

— Que faites-vous ?

L'homme ne prit pas la peine de répondre.

De nouveau, Hayley tenta de s'éloigner mais l'homme la maintint facilement sur place, d'une poigne effrayante.

Puis il la souleva de terre.

Elle se débattit, griffa, donna des coups de pied, dont un, au moins, qu'elle réussit à asséner fermement. Elle eut à peine le temps de crier avant d'être balancée à bord de l'hélicoptère.

Elle se tortilla, s'efforçant de sortir avant que ce Quinn ne monte à bord. Cutter, au pied de l'appareil, ne la défendait même pas. Il ne faisait rien d'autre que geindre.

Elle fut poussée sur un siège. Elle s'évertua alors à se relever mais Quinn attrapa Cutter et jeta le chien de vingt-cinq kilos sur les genoux de Hayley comme s'il ne pesait pas davantage que le sac de toile qui lui succéda. Ensuite, Quinn se hissa dans l'hélicoptère et la portière claqua derrière lui avec un bruit sinistre. Leur sort était scellé, réalisa Hayley.

Elle se renfonça sur son siège, le cœur battant la chamade, les mains tremblantes tandis qu'elle s'accrochait à Cutter, luttant pour assimiler un simple fait.

Ils se faisaient kidnapper.

2

— Tu ne m'as été d'aucune aide, marmonna Hayley au chien qui débordait de toutes parts sur ses genoux.

Pourtant, la peur la faisait s'accrocher à la boule de poils. Tout comme il n'avait émis aucune protestation quand le parfait inconnu l'avait attrapé, sans même parler de Hayley, le chien ne semblait pas du tout gêné par ce qui leur arrivait.

Hayley, au contraire, était terrifiée. Si elle n'avait pas eu le chien à qui se raccrocher, sur qui se concentrer, elle aurait certainement été en train de hurler.

Soudain, les rotors se mirent à tourner et Hayley laissa, en effet, échapper un petit cri.

— Merci pour ton aide, Teague ! lança Quinn à l'autre homme armé.

Il dut pratiquement hurler pour se faire entendre, cependant le sarcasme fut très perceptible.

L'autre homme se mit à rire. Et il afficha un sourire en coin juvénile qu'en d'autres circonstances Hayley aurait trouvé charmant. A cet instant, il ne fit qu'ajouter à ses craintes.

— Le jour où vous ne serez plus capable de maîtriser une femme et un chien, je quitterai ce travail, cria en retour le dénommé Teague.

— Je te laisse piloter, alors sors-nous d'ici, maugréa Quinn.

Teague sourit à nouveau mais se concentra ensuite totalement sur sa tâche, reportant son attention sur des commandes qui, nota Hayley, semblaient mobiliser non seulement ses mains et ses yeux, mais aussi ses pieds. Piloter un hélicoptère était apparemment une affaire complexe.

— Attachez votre ceinture, ordonna Quinn à Hayley.

Elle ne réagit pas, observant toujours le pilote tout en essayant d'analyser la joute verbale, amicale et spontanée, des deux hommes. Etait-ce de bon augure ou le contraire ? Elle l'ignorait et…

— Lâchez ce satané chien et bouclez votre ceinture ! intima Quinn.

Le chien débordait trop sur Hayley pour qu'elle puisse simplement le libérer et poser les mains sur les deux parties de la ceinture de chaque côté d'elle.

Lorsque l'homme le remarqua, il attrapa Cutter et le souleva aussi facilement que s'il ne faisait que la moitié de son poids. Cutter ne grogna même pas en réaction à cette manipulation, d'ordinaire indésirable de la part d'un étranger. Hayley en fut irritée.

Cependant, elle garda le silence. Elle ne voulait pas provoquer l'homme pendant qu'il tenait le chien dans ses bras.

Il sembla s'en rendre compte.

— Si vous voulez le récupérer, obtempérez.

Hayley prit les deux extrémités de la ceinture puis lança un regard au traître à quatre pattes. Il était en train de passer une langue rose sur la mâchoire déterminée de leur ravisseur.

— Ne te gêne pas, fraternise avec l'ennemi, grommela Hayley en attachant la ceinture aux allures de harnais.

Elle estimait pouvoir s'exprimer tout haut, tant l'environnement était bruyant. Sa seule compensation fut l'air stupéfait de Quinn. Il ne devait pas souvent afficher cette expression, se dit Hayley sans savoir pourquoi.

Quinn lui laissa retomber le chien sur les genoux.

— Etes-vous obligés ?

La question, à peine audible, émana de l'obscurité, derrière Hayley. De son voisin, comprit-elle avec un temps de retard.

C'était la première fois qu'elle l'entendait parler. Sa voix était un peu rauque, probablement par manque d'usage, songea-t-elle ironiquement. Un léger accent semblait également y poindre, mais trois mots ne suffisaient pas pour savoir lequel.

— Désolé, Vicente, s'excusa Quinn, renouvelant l'agacement de Hayley.

Si quelqu'un devait recevoir des excuses, ne serait-ce pas plutôt elle ?

Teague cria quelque chose qu'elle ne put saisir mais que Quinn dut comprendre car il tourna la tête pour répondre. Puis il se pencha pour prendre un objet sur le siège libre à l'avant. Si Hayley avait eu du cran, ç'aurait été une occasion, pendant que Quinn était tourné de l'autre côté, de bondir vers la portière, sortir. Mais parviendrait-elle à détacher sa ceinture, tenir Cutter et ouvrir la portière assez rapidement ? Elle…

Quinn se retourna et l'occasion fut perdue.

A la grande surprise de Hayley, Quinn se casa par terre à ses pieds, alors que l'espace était vraiment exigu pour un homme de sa taille.

En fait, devina-t-elle la seconde d'après, Quinn restait pour garder un œil sur eux plutôt que de s'attacher sur le siège vacant près du pilote. Cela avait certainement été le sujet de l'échange qu'elle n'avait pas entendu. Et ce dont Quinn s'était saisi était une sorte de casque audio lui permettant de converser avec le pilote.

Simultanément, l'appareil s'éleva dans le ciel nocturne et il fut trop tard pour essayer de faire autre chose qu'éviter de trembler de peur. Pourquoi diable les avoir enlevés ? Hayley n'avait rien fait. Elle n'aurait pas demandé mieux que de disparaître dans les bois et de laisser partir ces hommes. Elle avait seulement voulu récupérer son chien…

A cette idée, elle s'accrocha à Cutter, sa fourrure épaisse et douce lui réchauffant les mains. Si l'hélicoptère disposait d'un éclairage intérieur, il n'était pas allumé mais Hayley n'en avait pas besoin pour visualiser les teintes saisissantes de Cutter. La tête et les épaules presque noires cédant ensuite la place à un brun roux intense. Le vétérinaire disait qu'il semblait être un berger belge de pure race mais étant donné que Cutter s'était présenté sans papiers, Hayley n'en avait pas la certitude.

Et, aussi réconfortante que fût la présence du chien — même s'il paraissait singulièrement apprécier leur kidnappeur —, Hayley regretta de ne pas en savoir plus.

Cutter était en effet intelligent, à un degré semblant parfois surnaturel. Plus d'une fois, depuis le jour où il était apparu et avait entrepris de combler le vide de sa vie, Hayley s'était demandé s'il n'était vraiment qu'un chien. Il paraissait sentir, comprendre et « savoir » des choses qui échappaient totalement à un chien ordinaire. Et, pour cette raison, il serait plus en sécurité sur la terre ferme où il pourrait survivre seul. Du moins, pendant un moment, estima Hayley.

Mais peut-être devrait-il le faire plus longtemps. Beaucoup plus longtemps, et même toujours, si ces hommes avaient l'intention de tuer Hayley.

Elle étreignit le chien tellement fort qu'il se tortilla un peu. Dans quel pétrin sa boule d'énergie et de fourrure les avait-elle précipités ?

Le chien, lui, ne semblait pas du tout perturbé par le fait de voler dans les airs. Il semblait considérer cela comme une version simplement plus excitante des balades en voiture dont il raffolait tant.

Hayley baissa la tête, appuyant sa joue contre la fourrure de Cutter. Ce faisant, elle glissa un regard oblique au siège où était assis son voisin. Elle ne distingua toujours pas grand-chose de lui, seulement sa barbe grise parsemée d'argent et le léger reflet de ses yeux. En dehors de sa discrète requête, il n'avait rien dit d'autre et, après celle-ci, il avait semblé se tasser contre le côté de l'appareil, comme s'il souhaitait disparaître. Il avait fait de même lorsque Hayley était tombée sur lui à l'extérieur de sa maison. Que pouvait-il penser de son intrusion, même fortuite, dans ses affaires ? s'interrogea Hayley.

Au moins avait-il émis une protestation symbolique. Cela comptait, supposa-t-elle.

Vicente.

Jusque-là, Hayley ignorait comment il s'appelait. Et à la façon dont il avait posé la question, avec hésitation, il ne dirigeait pas l'opération.

Etait-il riche ? Etait-ce la raison de tout ceci ? Un kidnapping pour une rançon ?

Cependant, dans ce cas, pourquoi se montrerait-il si coopératif ? Non que les armes n'engendrent pas la coopération mais il paraissait particulièrement disposé à collaborer.

Par ailleurs, comment quelqu'un qui pouvait s'offrir un appareil tel que celui-ci pourrait-il avoir besoin d'argent au point de commettre un crime tel que le kidnapping ? A moins, bien entendu, que ce soit par ce biais que ces hommes se l'étaient procuré.

Peut-être étaient-ils des trafiquants de drogue, songea Hayley, résistant difficilement à l'envie de jeter un regard vers le petit espace derrière elle. Des stupéfiants y étaient-ils entassés ? Les hélicoptères disposaient-ils de compartiments à marchandises séparés ? Hayley n'en avait aucune idée. Elle chassa de son esprit l'image des pains de cocaïne, inspirée par les médias.

Bien sûr, il y avait d'autres possibilités. Des terroristes, par exemple. Ils n'en avaient pas l'air mais qu'en savait-elle ? Peut-être Vicente était-il un expert de la fabrication de bombes ? Peut-être…

L'hélicoptère s'inclina fortement, coupant court au tumulte de ses pensées.

C'est tout aussi bien, se dit-elle, *tu devenais idiote.*

Du moins l'espéra-t-elle. Quelle explication simple y

aurait-il au fait d'être emmenée par des hommes étranges, en compagnie de son voisin peut-être plus étrange encore ?

Elle leva la tête. Quinn la dévisageait depuis son poste sur le plancher. Elle n'avait aucune idée de ce qu'il pouvait entendre dans ce casque, toutefois il n'y avait aucun doute sur ce qu'il fixait.

Puisque parler et poser la myriade de questions qui taraudait Hayley était impossible, son esprit était libre d'envisager toutes les possibilités. Ce n'était pas nécessairement une bonne chose. Elle ne s'était jamais considérée comme particulièrement imaginative, pourtant les choses qui se bousculaient dans son esprit confirmaient cette tendance.

Quinn semblait focalisé sur elle comme s'il ne s'inquiétait pas du tout de Vicente. Donc, conclut Hayley, son voisin était impliqué d'une manière ou d'une autre. Elle frissonna à nouveau en pensant à ce que l'homme vivant à quelques centaines de mètres de chez elle avait pu comploter. Il avait sans doute une très bonne raison de rester caché.

Cutter, lui, gardait les yeux sur l'homme assis par terre, tendant occasionnellement la truffe dans sa direction, apparemment toujours aussi séduit qu'au premier abord. C'était vraiment bizarre, la façon dont le chien avait réagi à cet homme, jugea Hayley. En d'autres circonstances, elle aurait eu tendance à se fier à son jugement ; à plus d'une reprise, Cutter s'était montré méfiant vis-à-vis d'une personne dont Hayley avait ensuite appris qu'elle le méritait. Et si Cutter aimait quelqu'un… Eh bien, pour l'instant, le jury continuait de délibérer.

Pourquoi ce Quinn avait-il emmené Cutter ? Il n'avait semblé hésiter qu'une fraction de seconde. Cela lui avait-il suffi pour comprendre que Hayley ferait ce qu'il faudrait pour protéger l'animal ? Y compris coopérer avec ces sinistres individus ?

Plus Hayley y réfléchissait, plus cela l'effrayait. A l'évidence, Quinn utiliserait tous les moyens de pression qui se présenteraient.

Elle lui retourna son regard, son esprit lui fournissant l'image de ce qu'elle ne pouvait voir dans l'obscurité. La mâchoire carrée, la bouche austère, les sourcils foncés à l'arc légèrement satanique…

Tous détails qu'elle avait remarqués sur la terrasse.

OK, ça suffit ! s'ordonna-t-elle, détournant les yeux.

Au moins pourrait-elle dire à quoi ce Quinn ressemblait.

Mais à qui ? A la police ?

Sa gorge se noua tandis que l'évidence s'imposait à elle, à retardement. Elle les avait vus. Elle les avait tous vus. Pourquoi, dans ce cas, ne l'avaient-ils pas simplement tuée sur place ? Avaient-ils été trop pressés de décoller ? Ou alors n'avaient-ils pas encore décidé de son sort ?

Il était plus probable, songea-t-elle avec amertume, qu'ils disposaient d'un endroit où se débarrasser d'un corps, auquel cas il leur serait plus simple d'attendre d'y être arrivés.

A cette perspective, Hayley déglutit avec plus de peine encore.

Le vol se poursuivait interminablement, dans une obscurité oppressante. Une obscurité dont Hayley ne sortirait peut-être jamais…

3

— Nous arriverons à l'aéroport dans environ dix minutes.

La voix de Teague Johnson résonna haut et clair dans le casque audio sans aucun des grésillements ou sifflements fréquents chez les anciens appareils. Son prix était justifié, songea Quinn.

Il souleva le cache de sa montre qui empêchait que l'on puisse voir la lueur du cadran.

3 h 15.

Pas mal. Ils étaient largement dans les temps, en dépit des… complications.

— Le carburant ? s'enquit-il.

Normalement, ce ne devait pas être un problème, ils avaient tout organisé minutieusement. Cependant, ils transportaient une personne supplémentaire. Plus une demi-portion.

Quinn grimaça.

Ce chien…

— Ça fait une différence, lui répondit Teague. Ce sera juste mais nous y arriverons.

— Bien reçu, fit Quinn.

Il revint à son examen de leur passagère imprévue tandis que le chien continuait, de son côté, à l'étudier. L'animal ne détachait pas son regard de lui et Quinn n'avait pas besoin de voir dans l'obscurité pour en être sûr.

Il connaissait peu de chose quant au fonctionnement du cerveau canin. Pourquoi donc le chien était-il tellement subjugué par lui ? Ç'aurait pu être amusant si ce n'avait pas été aussi déconcertant.

Sa propriétaire, en revanche, n'était pas du tout subjuguée par lui, nota ironiquement Quinn. Dommage. Elle était plutôt séduisante. Du moins, d'après ce qu'il avait vu. Et senti, durant sa palpation rapide et quand il avait posé la main sur une fesse ferme et galbée pour la pousser à bord. Cela l'avait surpris, cet intérêt soudain ; il n'avait jamais eu beaucoup de temps pour les femmes.

Et en cet instant, il n'en avait pas plus à leur consacrer, se rappela-t-il. Ils allaient atterrir sous peu et ils seraient alors vulnérables durant les quelques minutes qu'il leur faudrait pour se ravitailler en carburant. D'ailleurs, il y avait intérêt à ce que cela ne prenne que quelques minutes ; ils avaient payé assez cher pour s'en assurer. Ils auraient pu éviter cet inconvénient en utilisant un avion, à l'autonomie supérieure. Toutefois, dans cette zone semi-rurale, cela aurait impliqué d'emmener Vicente par la route jusqu'à une piste d'envol puis de la piste d'atterrissage jusqu'à leur destination. Ce qui les aurait rendus encore plus vulnérables.

L'intrusion inattendue de la femme et du chien ne les avait pas beaucoup retardés, étant donné que Quinn n'avait pas perdu de temps à tergiverser. Mais cela leur coûtait du carburant. Même si la femme semblait peser cinquante-cinq kilos tout au plus, le chien en rajoutait vingt à vingt-cinq et, ensemble, ils équivalaient à un autre passager de la taille de Vicente. Sur un appareil aussi petit, cela comptait. Pas tant en termes d'espace que de rendement énergétique, calcula Quinn. Cependant leur programme, et l'extraction de Vicente, avaient été le plus important.

Ainsi que la confidentialité. L'homme était un précieux atout et ils ne pouvaient prendre le risque de laisser un témoin derrière eux.

L'hélicoptère changea nettement d'angle, nota Quinn. Ils

approchaient donc du petit aérodrome où ils se ravitailleraient en carburant.

Un instant plus tard, la femme releva la tête. Apparemment, elle avait également remarqué le changement de cap. Elle dirigea son regard vers le hublot, quoique manifestement incapable de voir autre chose que le ciel nocturne, et elle se pencha en avant comme si elle tentait de déceler un indice sur le tableau des commandes.

Le pouvait-elle ? se demanda Quinn. S'y connaissait-elle en hélicoptères ou en instruments de bord ? Elle ne semblait pas affectée par le vol : aucun signe de nausée ni de vertige. A la différence de Vicente à qui il avait fallu administrer une bonne dose de médicaments contre le mal des transports. Quinn avait apprécié de les lui donner ; la somnolence était l'un des effets secondaires et cela lui convenait parfaitement.

Il avait pensé à en faire prendre également à la femme, sous prétexte qu'elle ne vomisse pas dans son hélicoptère. Mais il n'en avait pas eu le temps et le lui faire avaler aurait été trop compliqué. Par ailleurs, il voulait avoir l'occasion de la jauger pendant qu'elle était sous contrôle. Et où le serait-elle davantage qu'attachée au siège d'un hélicoptère à dix mille pieds et cent trente-cinq nœuds d'altitude ?

Jusque-là, elle n'avait pas causé de problèmes. Toutefois, Quinn ne prendrait pas le risque de tourner le dos à une femme qui s'était ruée sur un homme armé. Et, même si son visage restait caché tandis qu'elle s'accrochait à ce satané chien, Quinn en était presque certain : elle ne cessait de se creuser la tête, ce qui ne présageait rien de bon s'il voulait que les choses se déroulent simplement.

Alors qu'ils descendaient en altitude, la femme se montra plus alerte.

Quinn étouffa un soupir.

Elle cherchait assurément un moyen de s'évader.

Aussi, il descendit le store du hublot par lequel elle

regardait au-dehors ; plus il la garderait dans l'ignorance de leur environnement, mieux ce serait.

Quinn jeta ensuite un œil à Vicente, qui semblait profondément endormi dans son coin. Vicente était un dur à cuire, Quinn devait le reconnaître. L'homme avait à peine sourcillé quand ils étaient venus l'emmener. Mais, étant donné son passé, ce n'était pas surprenant.

A l'inverse, Quinn ne savait rien de la jeune femme méfiante et vigilante. Donc mieux valait s'attendre au pire.

— A toi de jouer quand nous toucherons le sol, dit-il dans le casque audio.

— Un problème ? s'enquit Teague.

— Le vieil homme est endormi. Notre hôte indésirable complote.

— Qu'a-t-elle dit ?

— Rien. Et comment sais-tu que je ne parlais pas du chien ? lança Quinn.

Teague eut un rire bref.

— Le chien pense visiblement que vous êtes une sorte de dieu chien. La femme, pas autant.

— Tu m'en diras tant, marmonna Quinn.

Un nouveau rire de Teague et, comme pour le ponctuer, ils descendirent assez brusquement.

— J'ai eu le feu vert, précisa Teague.

Quelques instants plus tard, il posa l'appareil avec une extrême délicatesse, presque aussi doucement que Quinn lui-même y serait parvenu. Il devrait laisser Teague piloter plus souvent, conclut-il.

Le bruit diminua tandis que les rotors ralentissaient. Le camion-citerne de carburant les attendait déjà, comme prévu, ce qui était bon signe, estima Quinn. Il aurait préféré laisser le moteur en marche mais le personnel sur place n'était pas formé au ravitaillement à chaud. Ils durent donc le couper. Ils ne souhaitaient pas attirer l'attention sur eux en transgressant le règlement local. Ils avaient décidé que l'anonymat du petit aérodrome valait la peine de prendre ce risque.

Teague attendit que les rotors soient arrêtés puis il ouvrit sa portière et descendit sur le tarmac.

Un projecteur sur le côté du hangar le plus proche éclaira l'intérieur de l'hélicoptère. Quinn lança un nouveau regard à Vicente. L'homme semblait profondément endormi. Il ronflait même légèrement. Probablement était-il très sensible à ces médicaments, se dit Quinn.

Le silence était assourdissant, entrecoupé seulement par le bref échange entre Teague et l'employé chargé de l'opération de ravitaillement ainsi que les sons générés par celle-ci, troublant le calme de la nuit.

Dans les hôpitaux, avait un jour lu Quinn, les patients mouraient davantage à 3 heures du matin qu'à tout autre moment. Cela semblait être l'heure à laquelle les gens cessaient de lutter.

Repoussant ces pensées inutiles, Quinn décida de garder ses écouteurs. Cela dissuaderait peut-être la femme de lui parler et de mettre à exécution ce qu'elle avait certainement en tête.

Mais aussitôt que le silence lui permit d'être entendue, elle se lança.

— Il faut que j'aille aux toilettes !

Et voilà, pesta Quinn intérieurement. La première approche. Percutante, ancrée dans la réalité et difficile à rejeter. Il la rejetterait néanmoins ; ils ne pouvaient prendre ce risque.

— Retenez-vous ! lui répondit-il d'un ton brusque en ôtant ses écouteurs.

Il se releva bien qu'il doive rester voûté. Il avait besoin d'étirer ses jambes après ces heures passées confiné au sol.

— Je ne peux pas, protesta la femme.

Quinn fit un signe de tête en direction du chien.

— S'il le peut, vous aussi.

Elle battit légèrement en retraite, puis reprit la parole,

avec la voix d'une institutrice à bout de patience face à un élève récalcitrant.

— C'est un chien, pour le cas où vous ne l'auriez pas remarqué.

Elle avait décidément de la repartie, s'amusa Quinn.

A son tour, il répliqua :

— J'ai remarqué !

Le projecteur extérieur éclairant la femme, Quinn la détailla un peu plus. En particulier sa bouche. Aussitôt, un nouvel accès de désir, plus intense que le premier, le gagna. Mais il le réprima sévèrement, furieux contre lui-même. Il ne laissait jamais rien interférer avec une mission. C'était la raison pour laquelle on continuait de lui en confier.

La femme lui lança :

— Vous devez donc savoir qu'un chien est capable de se retenir plus longtemps. Sinon, comment pourraient-ils attendre toute une nuit, à l'intérieur d'une maison ?

— Je n'y ai jamais réfléchi, concéda Quinn.

Ce point attisait soudain sa curiosité.

— Pourquoi, d'ailleurs ?

La femme parut interloquée par sa question. Mais elle trouva une réponse sensée.

— Ils y étaient probablement obligés pour se cacher des prédateurs lorsqu'ils vivaient à l'état sauvage. A présent, est-ce que vous allez me trouver des toilettes ?

— Retenez-vous ! répéta Quinn.

— Je suis un humain, pas un animal sauvage, répliqua-t-elle.

— Vous pensez que les humains n'ont pas autrefois vécu à l'état sauvage ? contra Quinn.

— Manifestement, certains ont conservé cet état…

Quinn ignora la pique.

— Retenez-vous donc, ordonna-t-il une troisième fois à la femme.

Il ne pouvait prendre le risque que ce soit une ruse pour

pouvoir descendre de l'hélicoptère et s'enfuir. Son instinct lui intimait de se méfier d'elle.

D'ailleurs, elle reprit :

— Les humains n'ont plus eu besoin d'exercer ce talent depuis que nous avons atteint le sommet de la chaîne alimentaire.

Oh oui, de la repartie. Et l'esprit vif, constata Quinn. S'il n'était pas occupé par ailleurs, il aurait aimé découvrir à quoi d'autre s'affairait son esprit.

Il interrompit ses propres pensées avant qu'elles ne s'égarent de nouveau en direction de cette bouche.

— Le ravitaillement est terminé, annonça Teague au même moment.

Alors qu'il se réinstallait sur le siège du pilote, la femme orienta sa requête vers lui. Teague parut surpris, puis décontenancé.

Leur passagère était maline, songea Quinn : elle avait opté pour une cible plus jeune et vraisemblablement plus vulnérable.

— Des toilettes ? reprit Teague.

Il jeta un regard à Quinn.

— Elle peut attendre, tonna Quinn.

— Comment pourriez-vous le savoir ? lança la femme.

Le ton de sa voix avait très légèrement changé, nota Quinn. La sécheresse en était nuancée par une émotion que Quinn connaissait trop bien.

La peur.

Qu'elle ne se soit pas manifestée plus tôt était d'ailleurs étonnant, se dit Quinn. La femme ne semblait pas s'effrayer facilement, ou alors elle le cachait bien.

— Vous attendrez, asséna-t-il.

— Vous préférez que je salisse votre bel hélicoptère si je n'y parviens pas quand nous serons dans les airs ?

— Dans ce cas, je vous pousserai dehors, menaça Quinn.

Les yeux de la femme s'agrandirent et elle eut un mouvement de recul.

— Ou peut-être le chien, insista Quinn.

La femme parut plus horrifiée encore.

Quinn s'en félicita : il avait trouvé son moyen de pression. La réaction de leur passagère confirmait ce qu'il avait soupçonné depuis qu'il l'avait vue s'élancer à découvert derrière le chien. Elle risquerait sa vie mais pas celle du chien. Elle le protégerait coûte que coûte.

Quinn enfonça le clou.

— Votre chien ne nous fera pas économiser autant de carburant que vous, mais un peu tout de même.

La femme dévisagea Quinn, silencieuse, tentant visiblement de déterminer s'il parlait sérieusement.

— Allons-y, Teague ! lança Quinn.

Il remit ses écouteurs plus tôt que nécessaire et fit semblant de ne pas entendre l'injure que lui lança leur passagère. Son ex-épouse avait usé du même qualificatif à son égard la dernière fois qu'ils s'étaient vus. Excepté qu'elle l'avait prononcé avec tristesse alors qu'il n'y avait que venin dans la voix basse et rauque de cette femme.

Elle luttait toujours mais pas stupidement, conclut Quinn. Elle ne tentait rien qui soit voué à l'échec, comme le frapper, par exemple.

Quinn enregistra cette information dans un coin de sa tête tandis qu'il regagnait son poste, à l'étroit par terre, évitant d'appuyer sa jambe sur la zone où la femme lui avait asséné un coup. Elle s'était débattue comme une tigresse devant la maison de Vicente. Quinn avait eu de la chance qu'elle n'atteigne pas son genou… ou pire. Sinon, il aurait boité pendant deux ou trois jours. La douleur persisterait pendant au moins ce temps.

Et si un regard de femme pouvait tuer, il serait déjà mort.

4

Ce n'était pas la première fois que Hayley souhaitait avoir un meilleur sens de l'orientation. Sans la boussole intégrée au rétroviseur intérieur de sa voiture, elle ne savait jamais dans quelle direction elle allait, sauf si elle s'orientait vers le soleil levant ou couchant.

Il n'était d'ailleurs pas certain qu'une telle aptitude sur terre se traduise par la même dans les airs.

Et puis, la boussole de l'hélicoptère était hors de sa vue.

Elle ignorait donc totalement quelle direction ils avaient prise. Ils avaient changé de cap plusieurs fois et Hayley était désormais complètement perdue.

En revanche, elle savait évaluer le temps écoulé. Ce second vol avait déjà duré deux heures. Moins que la première étape qu'elle avait estimée à trois heures.

Ils étaient donc à environ cinq heures de vol du jardin de Vicente ainsi que de sa propre petite maison nichée dans les bois. C'était long lorsque l'on voyageait dans un espace exigu ; même Quinn avait changé de position afin de pouvoir étendre ses longues jambes sur le plancher de l'appareil.

J'espère qu'il a les fesses endolories, songea Hayley peu charitablement. *Même si ce sont de très belles fesses.*

Hayley étouffa cette pensée traîtresse. Tous les individus louches n'étaient évidemment pas des trolls. Bien sûr, le monde ne s'en porterait que mieux si tel était le cas, mais la vie ne se montrait jamais aussi simple. Si ces hommes dans l'hélicoptère étaient du bon côté de la loi, ils lui auraient déjà présenté un insigne…

Hayley tenta de deviner la distance qu'ils avaient parcourue, cependant elle ignorait totalement à quelle vitesse ils volaient. Sans ce facteur crucial de l'équation, ce qu'elle savait était inutile.

Une seule chose était certaine : son chien atteignait la limite de sa remarquable patience. Cutter avait commencé à remuer environ une demi-heure après le second décollage, manifestement désireux de descendre des genoux de Hayley. Elle avait alors cherché un espace où le poser. Mais avec Quinn assis par terre à ses pieds, il y en avait fort peu.

Peut-être devait-elle simplement déposer son Cutter en adoration devant Quinn sur les genoux de ce dernier. Elle aurait probablement dû faire cela pendant qu'ils étaient au sol, ce qui lui aurait donné une chance d'atteindre la portière tandis que Quinn se serait dépêtré de Cutter.

Cependant, elle ne l'avait jamais vraiment envisagé. Quinn avait toujours une arme et il avait déjà menacé de balancer le chien hors de l'hélicoptère. Hayley l'en croyait tout à fait capable.

De nouveau, Cutter se tortilla et son arrière-train glissa des genoux de Hayley sans qu'elle puisse le retenir. Puis il remua une dernière fois et elle dut le lâcher sous peine de lui faire mal. L'instant d'après, il se trouvait exactement là où elle avait songé à l'installer, sur les genoux de Quinn.

A cette vue, le cœur de Hayley fit un bond dans sa poitrine. Quinn ne tirerait vraisemblablement pas à l'intérieur de son propre hélicoptère. Cependant, Hayley était effrayée. Il s'agissait de son chien adoré et la logique n'était pas son point fort en cet instant.

— Je vous en prie, ce n'est qu'un chien, plaida-t-elle d'un ton pressant, en se penchant autant que le lui permettait la ceinture.

Quinn marmonna quelque chose mais à l'intention du pilote et si bas que Hayley ne put rien entendre.

Elle retint sa respiration. Quinn avait-il donné l'ordre d'ouvrir la portière pour jeter l'animal dans le vide ?

Ils continuèrent de voler.

Quinn souleva aisément le chien. Puis, à la grande surprise de Hayley, il fléchit les genoux et se tourna légèrement, adoptant une position sans doute beaucoup moins confortable, avant de poser le chien à côté de lui.

Il avait bougé pour faire de la place à Cutter !

Hayley ferma les yeux, tremblant presque de soulagement. Que devait-elle en conclure ? C'était un geste tellement simple mais qui pourtant en disait long.

Peut-être.

Peut-être Quinn ne voulait-il pas prendre le risque d'ouvrir la portière et de jeter le chien dehors. Ou préférait-il éviter de se salir en l'abattant.

Ce point de vue cynique était le plus probable. Hayley fit l'effort de s'y raccrocher dans l'intérêt de Cutter comme dans le sien.

Peu à peu, elle y voyait un peu mieux, réalisa-t-elle. Elle jeta des regards prudents autour d'elle. Quinn l'empêcherait-il même de faire cela ?

En fait, de là où elle était, elle pouvait seulement regarder devant elle, à cause du store que Quinn avait baissé. Le ciel semblait plus clair à l'horizon. Toutefois, sans point de comparaison, c'était difficile à affirmer.

Quinn, assis par terre près de Cutter, était toujours dans la pénombre. Mais le visage de Vicente se dessinait dans la faible lueur. Hayley avait vu juste. L'aube se levait.

Quinn remua la tête tout en mettant la main contre le casque audio, semblant écouter. Il devait discuter avec le pilote, supposa Hayley.

S'ils s'étaient dirigés vers l'est, il y aurait des problèmes de relief, comme celui de la chaîne des Cascades. Un hélicoptère pouvait-il s'élever assez haut pour les franchir ? Ou devait-il emprunter les mêmes itinéraires que ceux utilisés au sol ? Hayley n'en avait aucune idée.

Tu ne sais vraiment pas grand-chose d'utile, se reprocha-t-elle amèrement.

Mais comment aurait-elle pu imaginer se retrouver un jour kidnappée dans un hélicoptère noir ? La simple expression « hélicoptère noir » était tellement chargée de références à certains romans et films que cela l'empêchait presque de réfléchir clairement.

Vicente bougea légèrement, changeant de position.

Pendant un moment, Hayley regretta de ne pas avoir été capable de dormir aussi bien que Vicente semblait l'avoir fait ; sa fatigue rendait plus laborieuse encore toute pensée rationnelle. Cependant, dormir en de pareilles circonstances, en particulier avec un homme dangereux comme Quinn à moins d'un mètre d'elle, était inenvisageable. La décharge d'adrénaline induite par la peur influait toujours sur son organisme et la rendait nerveuse.

Vicente remua à nouveau puis il ouvrit les yeux dans la clarté croissante du jour. Il passa de la somnolence à la conscience puis à l'éveil complet et il se redressa brusquement, nota Hayley. Ensuite, alors qu'il regardait dans sa direction, les expressions se succédèrent sur son visage, d'abord la surprise, puis la prise de conscience quand la mémoire sembla lui revenir, et enfin, quelque peu contrit, le regret.

A ce même moment, l'appareil se mit à perdre de l'altitude, remarqua Hayley. Une autre escale de ravitaillement ? Eh bien, cette fois, demander à aller aux toilettes ne serait pas une ruse mais une nécessité. Et si Quinn refusait de la croire…

En pivotant brusquement, l'hélicoptère coupa court à ses pensées. C'était certain, ils atterrissaient. Hayley reconnut la sensation. Et alors qu'ils faisaient face à une autre direction, l'aube perça franchement à l'horizon.

Ils touchèrent le sol encore plus délicatement que la fois précédente, avec une étonnante légèreté. Puis Teague se mit à couper les interrupteurs et le bruit des rotors changea en ralentissant.

A la lueur blafarde de l'aurore, Hayley observa les lieux. Il ne s'agissait pas d'un aérodrome, pas même rural. Et il n'y avait pas le moindre signe de camion-citerne.

Ce qui se trouvait là, c'était une vieille grange délabrée située à quelques mètres, de l'autre côté d'une parcelle de terre parsemée de quelques rares buissons. Un peu plus loin se dressait un antique moulin à vent en ruines. Et, venant à leur rencontre depuis la grange, apparut un homme portant un pantalon de treillis ainsi que la chemise assortie qui le rendaient difficile à distinguer du paysage dans la lumière avare. Il semblait boiter légèrement. Hayley n'en était pas certaine. En tout cas, il tenait un fusil. Pas un fusil traditionnel, élégant, avec une crosse en bois poli, mais une chose toute noire, à l'allure agressive. L'arme semblait sortie d'un film mettant en scène une invasion extraterrestre.

Quinn enleva son casque audio et, au lieu de le poser sur le siège libre à l'avant, il le suspendit à un crochet en hauteur. Cela signifiait-il qu'ils étaient arrivés à destination ? se demanda Hayley. Etait-il possible que ce soit cet endroit ?

Quinn se mit debout, contournant Cutter, redevenu alerte et dressé sur ses pattes.

Quinn regarda ensuite Vicente, qui était désormais assis le dos droit, complètement réveillé.

— Nous vous emmènerons dans peu de temps à l'intérieur, monsieur.

Monsieur ?

Hayley s'étonna de cette marque de respect. Alors qu'elle ne semblait pas devoir espérer la moindre attention.

Aussi, elle prit la parole :

— J'ai vraiment besoin d'aller aux toilettes !

Quinn lui lança un regard. Il sembla l'étudier durant un moment. Et, cette fois, il parut la croire.

— Je n'en aurai que pour quelques minutes, assura Hayley.

Puis le regard de Quinn se reporta sur Cutter.

— Il peut sortir, maintenant, de toute façon.

Hayley ne savait comment prendre cela. Etait-ce de la prévenance envers le chien ou alors Quinn voulait-il avoir le contrôle sur lui pour la maîtriser, elle ?

Si c'est ce qu'il escompte, il risque d'être surpris, songea-t-elle. En tout cas en ce qui concernait Cutter ; personne n'avait sans doute jamais exercé le moindre contrôle sur l'animal.

Quinn descendit de l'hélicoptère et se pencha en avant, puis étira ses jambes comme si elles étaient engourdies. Elles devaient l'être, supposa Hayley : caser son mètre quatre-vingt au moins dans cet espace exigu au sol n'avait pas dû être chose aisée.

Pour autant, Hayley n'avait aucune envie de le plaindre. A cette réserve près que Quinn avait fait de la place pour Cutter. Et le chien ne semblait pas moins épris de lui qu'au moment où il avait rencontré ce sombre inconnu.

Toutefois, Cutter hésita à descendre quand Quinn lui tint la portière ouverte. Le chien regarda par-dessus son épaule, ses yeux foncés se rivant à ceux de Hayley dans l'attente silencieuse de sa permission. Elle eut égoïstement envie de la lui refuser, de le garder auprès d'elle. Cependant, le chien, parfois hyperactif, était probablement sur le point d'exploser après être resté confiné dans cet espace étroit pendant si longtemps. Sans parler du fait qu'il lui fallait sans doute aussi satisfaire un besoin naturel, chose beaucoup plus aisément réalisable pour Cutter que pour elle.

— Vas-y ! lui dit-elle.

Avec un léger aboiement de contentement, le chien sauta sur la terre ferme. Puis il leva les yeux vers Quinn comme s'il attendait quelque chose de lui. Quinn parut déconcerté et il embrassa d'un geste l'espace où ils se trouvaient comme pour indiquer au chien qu'il était tout à lui. Etrangement, Cutter semblait plus petit à côté de cet homme. Hayley le considérait comme un grand chien ; près de Quinn, il paraissait de taille moyenne.

Cutter se mit alors à renifler le nouveau venu. Cependant, en dépit de l'arme agressive et, contrairement à l'accueil qu'il avait réservé à Quinn, il sembla au bout d'un moment ne rien trouver d'intéressant et s'éloigna rapidement en trottant à la découverte de son nouvel environnement.

L'homme en treillis parlait à Quinn et Teague à la manière de quelqu'un qui fait un rapport. Teague écoutait attentivement, remarqua Hayley, mais il était clair que le propos était destiné à Quinn. Tous les sons ne parvenaient à Hayley qu'un peu étouffés. Elle devait avoir les oreilles qui bourdonnaient après ces heures de bruit incessant et elle attrapa seulement un mot de temps à autre. *Périmètre. Sécurité.*

— Je suis vraiment désolé.

A ces mots, Hayley tourna brusquement la tête. Vicente venait de s'exprimer. Il avait effectivement un léger accent, hispanique, estima-t-elle, et il la regardait avec la même expression que précédemment, teintée d'un profond regret.

Qu'elle se soit trouvée entraînée dans tout ceci ? se demanda Hayley.

Ou parce qu'elle n'en sortirait pas vivante ?

En cet instant, la seconde éventualité paraissait la plus probable. Et, lorsque Quinn se retourna pour lui faire signe de sortir, elle se sentit étrangement réticente. L'hélicoptère noir semblait soudain un lieu plus sûr que celui où elle était sur le point de s'aventurer.

5

— Nous sommes sur le pied de guerre, déclara Liam Burnett en se joignant au rapport du sniper Rafer Crawford.

Quinn hocha la tête, reconnaissant. Il n'en attendait pas moins de Liam. Son équipe était bien entraînée et autonome. Tous étaient opérationnels.

Soudain, Liam aperçut leur demi-passager supplémentaire qui traînait aux abords et son esprit analytique se mit en branle de façon manifeste, nota Quinn. Puis, Liam remarqua la femme toujours assise à bord et, là encore, Quinn put suivre les pensées de Liam : la logistique que représentaient une personne supplémentaire et un animal, le fait que c'était une femme, séduisante en plus. De tous les membres de l'équipe, Liam était celui qui avait toujours eu le plus de difficulté à demeurer impassible. Péché de jeunesse, sans doute, songea Quinn.

— Alors, lança Rafer avec un regard oblique à la femme dans l'hélicoptère, comment est-elle arrivée là ?

— Je n'ai pas pu l'éviter, répondit Quinn avec une grimace.

Il désigna ensuite le chien qui rôdait aux abords de la grange, inspectant le terrain avec une minutie qui forçait l'admiration. L'animal détecterait probablement le passage de toute créature, humaine ou non, l'ayant traversé au cours des six derniers mois.

— La faute du chien ? s'enquit Rafer, l'air encore plus perplexe.

— C'est une longue histoire…, soupira Quinn en se tournant vers l'hélicoptère.

Teague aidait Vicente à en descendre. Le vieil homme se déplaçait avec raideur et Rafer les rejoignit pour leur venir en aide.

— Nous avons des antalgiques en stock ? demanda Quinn à Liam. On dirait que le vieil homme souffre pas mal de son arthrite.

— Une trousse de secours standard plus la réserve d'ibuprofène de Rafer.

— Il se peut que l'on doive piocher dedans, commenta Quinn. J'espère que Rafer n'a pas une mauvaise semaine…

— Ça semble aller, observa Liam.

Etant donné que Liam travaillait avec Rafer, il devait être au courant, songea Quinn. Rafer dissimulait bien la douleur que lui causait une ancienne blessure. S'il n'y avait eu ce léger boitement, quelqu'un qui n'aurait pas vu l'impressionnante cicatrice n'aurait rien soupçonné. Et Rafer refusait de la laisser le freiner. Le processus avait été long et douloureux, toutefois Rafer avait fait tellement d'efforts et avait si bien appris à compenser qu'il était aussi efficace que les autres membres de l'équipe, excepté s'il s'agissait de courir sur une longue distance.

— C'est pour aujourd'hui ?

La question émanait de l'intérieur de l'hélicoptère. La femme semblait un peu excédée, songea Quinn en réprimant un sourire narquois.

— Si vous avez de la chance, rétorqua-t-il sans même la regarder.

— Quel est son nom ? demanda Liam, en baissant la voix.

— Aucune idée.

Liam dévisagea Quinn durant un moment puis il secoua la tête, l'air accablé.

— Vous avez passé tout ce temps avec une femme aussi sexy sans savoir comment elle s'appelle ?

— Si elle t'intéresse tellement, charge-toi de la surveiller, répliqua Quinn. Tu te rendras compte qu'elle cause plus de problèmes qu'elle ne le vaut.

— Je ne sais pas…, reprit Liam en jetant un regard de côté à la femme. Elle semble en valoir la peine.

Quinn ne releva pas.

— Je vais la conduire à l'intérieur pendant que tu ravitailles l'hélicoptère en carburant et que tu le mets en lieu sûr. Ensuite, elle sera tout à toi.

Quinn ouvrit la portière de l'hélicoptère.

— Garde-la sous contrôle.

A ces mots, la femme se raidit sur son siège, nota Quinn. Il était soulagé de déléguer sa surveillance au jeune et consciencieux Liam. Si elle était la fille honnête et sérieuse que suggérait sa loyauté envers le chien, ces deux-là s'entendraient à merveille.

— Et pour ce qui est du chien ? s'enquit Liam, gardant les yeux fixés sur la jeune femme qui émergeait de l'hélicoptère.

— Notre second hôte indésirable ? Je m'en charge, répondit Quinn. Il semble m'apprécier.

— Ce qui ne prouve pas qu'il ait bon goût, marmonna la femme.

Liam réprima un sourire.

— En effet…

La passagère descendit de l'appareil et Quinn put mieux la détailler dans la lumière du jour naissant. Elle était un peu plus grande qu'il ne l'avait d'abord pensé, un mètre soixante-dix peut-être. Sa silhouette était sensuelle sans excès. Et les cheveux qu'il avait vus simplement bruns étaient en fait agrémentés de reflets roux et dorés qui semblèrent réchauffer l'air vif du petit matin.

Quinn se morigéna intérieurement.

Toi, tu es resté trop longtemps confiné !

Il s'obligea à revenir à l'essentiel.

— Elle dit avoir besoin d'aller aux toilettes.

Les joues de la femme parurent rosir, nota Quinn. Cependant, elle ne protesta guère. Cela devait vraiment être une nécessité.

En avançant de quelques pas, elle jeta un regard aux environs. Aussitôt, la stupeur se lut sur son visage, remarqua Quinn. Et en effet, autour d'eux ne s'étendait qu'un terrain désert, presque plat et parsemé seulement d'herbes desséchées, de plantes rabougries et, à l'occasion, d'un arbre.

C'était très, très éloigné du paradis verdoyant qu'ils avaient quitté la veille au soir.

Ils étaient au milieu de nulle part et si la femme avait songé à s'évader, ce qui était presque certain, elle prit manifestement conscience en cet instant que c'était absolument impossible.

— Prends garde à ce que tu souhaites, murmura-t-elle d'un ton désespéré.

Il ne fallait pas être un génie pour comprendre le sens de ses paroles, se dit Quinn. Durant toutes ces heures, elle avait probablement souhaité que l'interminable vol en hélicoptère prenne fin et, là, elle désirait plus que tout remonter dans l'appareil. Parce que cela semblait le seul moyen de quitter cet endroit extrêmement isolé.

Bien, songea Quinn. Avec un peu de chance, elle ne tenterait rien de stupide.

Elle se tourna encore et observa la maison.

Elle avait vraiment un visage expressif, pensa Quinn. Jouer au poker avec elle reviendrait à dépouiller une enfant de son argent. En cela, elle surpassait même Liam. Quinn n'aurait pu la blâmer.

L'habitation semblait sur le point de s'écrouler. Les fenêtres, en dehors d'une ou deux stratégiquement situées, étaient barricadées et le toit qui s'affaissait donnait l'impression de fuir comme une passoire, si toutefois il arrivait qu'il pleuve en cet endroit. Le revêtement se disloquait çà et là. Le tout, malmené par les intempéries, avait une allure improbable.

Le seul élément apparemment solide était la cheminée de pierre. Le lieu semblait abandonné depuis des années.

Il avait exactement l'apparence qu'il était supposé avoir.

— Quinn ?

Il se tourna vers Liam.

— Pour le chien. Devons-nous aller à…

Le jeune Texan laissa sa phrase en suspens tandis que Quinn lançait un regard d'avertissement en direction de la femme. La petite ville la plus proche ne lui évoquerait sans doute rien. Toutefois, Quinn ne voulait pas lui donner des idées.

— Ne t'inquiète pas de nourrir ce satané chien.

La femme se figea.

— Il faut qu'il mange !

Quinn ne lui accorda même pas un regard.

— J'emmène tout le monde hors de vue, à l'intérieur, annonça-t-il à Liam. Tu vas aider Teague à s'occuper de l'hélicoptère.

Liam hocha la tête.

— Il faut qu'il mange ! répéta la femme.

Quinn se tourna alors vers elle.

— Vous ne vous demandez pas si nous allons *vous* nourrir ?

Elle n'hésita pas un instant.

— Il passe d'abord.

— C'est un chien, rappela Quinn.

— Je suis responsable de lui. Il me fait confiance pour prendre soin de lui. Ça fait partie du marché.

Elle devenait un peu ésotérique sur ce point, jugea Quinn, mais il admirait son sens des responsabilités. Et, par chance, Charlie avait tendance à gonfler les stocks quand il s'agissait d'un séjour d'une durée indéterminée.

— Il pourra manger ce que nous mangerons, pour l'instant, indiqua Quinn.

La femme sembla se détendre un peu et poussa un soupir

de soulagement. Elle ne lui demanda pas pour autant si ce *nous* la concernait.

Quinn observa alors le chien : il reniflait le pourtour de la grange. Soudain, comme s'il avait conscience du regard de Quinn, l'animal se retourna et leva la tête, regardant dans leur direction. Puis il s'avança spontanément vers eux en trottant. C'était vraiment un chien au physique peu ordinaire, se dit Quinn : avec ses oreilles dressées, sa tête et son cou foncés et sa fourrure épaisse qui s'éclaircissait progressivement en un brun roux sur le reste du corps. L'animal semblait vif, comme les chiens de berger que Quinn avait vus en Ecosse lors des nombreux pèlerinages qu'il y avait faits.

— Son nom est Cutter ? demanda-t-il presque distraitement alors que l'animal traversait l'espace séparant la grange délabrée de la maison encore plus délabrée.

— Oui, répondit la femme. Et le mien est Hayley, bien que vous n'ayez pas pris la peine de me le demander.

Non, il ne l'avait pas fait en effet. Il avait préféré ne pas le savoir. Il s'était senti beaucoup plus à l'aise quand elle était seulement *la femme*.

— Ce n'est pas à moi qu'il faut dire cela, reprit-il. Dites-le plutôt à Liam. Il pense que vous êtes un ajout bienvenu au décor.

Et pas toi ? commenta une petite voix traîtresse dans la tête de Quinn.

La femme ne sembla pas gênée par le sarcasme implicite. Au lieu de cela, elle contempla le paysage aride avant de déclarer avec une grimace :

— Perdue au milieu de nulle part, à me mordre les doigts d'avoir souhaité atterrir et, à présent, clouée au pilori. Ma vie est soudain pleine de clichés…

Quinn resta bouche bée durant un instant, alors que les premières paroles de la femme traduisaient exactement les pensées qui lui étaient venues plus tôt. N'importe quelle femme normale serait devenue hystérique. Ou, du moins, trop effrayée pour réfléchir rationnellement, encore plus répondre par un trait d'esprit.

Cette femme allait probablement être davantage qu'un élément perturbant, gourmand en carburant, estima Quinn.

Il ferait bien de prévenir Liam de la surveiller de très près.

6

Hayley s'arrêta net sur le seuil de la maison, étonnée. Non, plus qu'étonnée, elle était sidérée. Etant donné l'extérieur, elle s'était attendue à une épaisse couche de poussière, des trous dans les murs, du mobilier cassé, voire inexistant, et des signes de présence animale.

Au lieu de cela, l'intérieur était impeccable et étonnamment moderne. Le rez-de-chaussée était presque une seule vaste pièce ; l'étage, une mezzanine ouverte. Les meubles, apparemment neufs, étaient ravissants. Un canapé dans des tons vert tendre et fauve ainsi que quatre fauteuils d'un vert assorti semblaient faire écho aux couleurs de l'extérieur. Toutefois, ces teintes, ternes au-dehors, avaient à l'intérieur un caractère apaisant. Il y avait des coussins sur le canapé, ainsi qu'un jeté de canapé en tricot vert pour s'installer devant le feu de la grande cheminée de pierre. L'endroit était résolument — et contre toute attente — accueillant. Si l'on exceptait l'armoire métallique installée entre la porte et l'une des rares fenêtres non condamnées.

Il y avait même des tapis décoratifs sur le parquet parfaitement lustré qui semblait toutefois légèrement inégal et suffisamment patiné pour être le sol d'origine.

Tout était harmonieux, songea Hayley, stupéfaite.

La table basse, carrée et massive, achevait de créer un décor confortable et engageant.

— Je pensais que vous vouliez aller aux toilettes.

S'élevant juste derrière elle, la voix de Quinn semblait clairement impatiente.

— A en juger par l'extérieur, je ne m'attendais pas à cela, répliqua sèchement Hayley.

Les lèvres de Quinn s'incurvèrent comme s'il était sur le point de sourire. Si tel était le cas, il refréna efficacement et quasi instantanément cette envie, nota Hayley.

Elle fit un pas de côté, regardant encore plus attentivement autour d'elle. Il y avait une grande table avec huit chaises, du même style que la table basse, près de la cuisine s'étendant sur près d'un demi-mur. Celle-ci comportait une cuisinière compacte, un petit réfrigérateur et même un four à micro-ondes posé sur le comptoir.

Ils avaient donc manifestement l'électricité, conclut Hayley. Ce qui, en y réfléchissant, était tout aussi déconcertant puisqu'elle n'avait pas vu de lignes électriques. S'ils lui disaient qu'ils se trouvaient littéralement à des milliers de kilomètres de toute civilisation, elle le croirait. Un groupe électrogène alors ? Elle n'en avait pas remarqué. Ils étaient courants là où elle vivait. Elle en possédait d'ailleurs un, et elle n'en avait jamais rencontré qui soit parfaitement silencieux. Peut-être ces hommes étaient-ils des écologistes forcenés et avaient-ils dissimulé quelque part des panneaux solaires. Ou alors peut-être ce moulin à vent n'était-il pas vraiment hors d'usage et avait-il été converti à la production d'électricité plutôt qu'au pompage de l'eau. Cette pensée n'était pas réconfortante. Les fanatiques en tous genres rendaient Hayley nerveuse.

Elle faillit se mettre à rire d'elle-même. Nerveuse ? Pourquoi pas terrifiée plutôt ? Elle venait tout de même d'être enlevée, de nuit, par l'un de ces hélicoptères noirs qui étaient devenus un mythe culturel…

Tandis qu'elle étudiait l'espace dévolu à la cuisine, elle remarqua autre chose. Au lieu de placards, il y avait des étagères et elles étaient garnies d'une quantité impressionnante de nourriture se conservant facilement : des boîtes de conserve, des aliments lyophilisés. Face à une telle abondance de denrées, Hayley se sentit découragée. Combien de temps au juste prévoyaient-ils de les garder, elle et Cutter ?

— C'est là-bas, dit Quinn en lui désignant l'une des extrémités de la pièce d'où partait un étroit couloir menant sur la droite.

L'envie de Hayley se faisant pressante, elle emprunta le chemin indiqué. Mais Quinn la suivit et elle regimba intérieurement. Cependant, illustrant en cela l'un des incessants compromis de l'existence, sa dignité céda face à l'appel de la nature.

A son grand soulagement, Quinn la laissa fermer la porte. Probablement, songea-t-elle alors qu'elle actionnait l'interrupteur et regardait autour d'elle, parce qu'il n'y avait pas de fenêtre dans la petite salle de bains. Le lavabo, ainsi qu'un placard étroit se trouvaient dans le fond et les toilettes — heureusement — dans l'angle opposé. Il n'y avait pas de baignoire et la cabine de douche était exiguë. Hayley se représenta mal un homme de la taille de Quinn l'utiliser facilement.

Eh bien, voyons, se reprocha-t-elle, caustique, *ne te gêne pas pour imaginer cet homme sous la douche, nu et mouillé !*

Même s'il l'avait kidnappée et traînée en un lieu aussi reculé, Hayley ne pouvait le nier : Quinn était un homme séduisant.

— Les lois de l'univers devraient vraiment obliger les criminels à ressembler à des trolls, marmonna-t-elle en finissant d'utiliser les toilettes.

Elle ouvrit ensuite le robinet, se lava les mains et les essuya à la serviette pendue juste à côté. Ce premier problème résolu, elle but un peu d'eau, ce qui apaisa sa bouche et sa gorge sèches. Puis elle laissa couler l'eau tandis qu'elle inspectait le meuble ainsi que la petite armoire à pharmacie.

Elle n'y trouva rien d'autre que des serviettes supplémentaires, des savons, du dentifrice, des brosses à dents et des rasoirs de sûreté. Elle en mit un dans sa poche. Il ne pouvait certainement pas occasionner de gros dégâts, mais cela la rassurait néanmoins.

Puis, pour la première fois, elle jeta un œil à son propre reflet dans le miroir accroché au-dessus du lavabo. De petits yeux fatigués lui retournèrent son regard. Et, comme s'ils venaient de lancer un signal que son cerveau, jusque-là trop en effervescence, n'avait pu capter, une vague de lassitude la submergea.

Elle n'aurait pas dû être aussi fatiguée, se dit-elle. Elle était souvent restée éveillée toute la nuit pour sa mère au cours de ces tristes derniers mois. Elle avait appris à faire de petits sommes quand elle le pouvait, dormant juste assez pour tenir le coup. Par conséquent, une nuit de veille, même stressante, n'aurait pas dû avoir cet effet sur elle.

Peut-être que le fait d'être kidnappée génère un stress différent, songea-t-elle.

Elle faillit se mettre à rire d'elle-même, qui tentait de raisonner avec logique et bon sens alors que tout son univers avait sombré dans le chaos.

— Les réserves d'eau ne sont pas inépuisables !

La remarque acerbe lui parvint de l'extérieur et elle s'empressa de fermer le robinet.

Quand elle ouvrit la porte, Quinn se tenait contre le montant, le pouce gauche enfoncé dans la poche avant de son jean, la main droite pendant librement. Prête à dégainer son arme ? se demanda Hayley, les scènes d'une dizaine de films lui venant à l'esprit. Quinn pensait-il vraiment qu'elle allait l'attaquer ?

Elle se força à ne pas mettre la main dans sa poche pour s'assurer de la présence du rasoir qu'elle avait subtilisé.

— Vous avez trouvé quelque chose ? lança Quinn.

Au ton de sa question, il savait pertinemment qu'il n'y

avait rien à trouver. Il tenait simplement à lui faire remarquer qu'il savait qu'elle avait cherché.

Aussi, Hayley répliqua :

— Je suis sûre que vous connaissez déjà la réponse. Que croyez-vous que je vais faire : tailler et affûter une brosse à dents ?

— Non, bien que cela ait déjà été fait. Toutefois, vous pourriez vouloir en utiliser une.

Instinctivement, Hayley recula. Quinn insinuait-il que son haleine le justifiait ?

Il essaie seulement de te déstabiliser, se dit-elle. *Et il y parvient*, rectifia-t-elle, amère.

— Comme c'est aimable à vous de le proposer, répondit-elle, innocemment. Mais dois-je gaspiller l'eau ?

Quinn sembla à nouveau sur le point de sourire. Cependant, il haussa simplement les épaules.

— Contentez-vous de ne pas la dilapider. Grâce à vous, il nous faut compter avec une personne de plus. A moins que vous ne vouliez que le chien ait soif.

— Il va avoir besoin d'eau, protesta aussitôt Hayley. Au cas où vous ne l'auriez pas remarqué, il a une fourrure épaisse.

— Ce n'est pas mon problème, maugréa Quinn.

— Si, ça l'est ! Il n'a pas demandé à être traîné au milieu de ce désert.

— Dans ce cas, vous pourrez lui donner votre ration.

Elle le ferait, évidemment, s'il fallait en arriver là.

— Je n'ai pas demandé non plus à venir ici, rappela-t-elle à Quinn.

Pour la première fois, une expression de lassitude traversa le regard de Quinn. Il avait les yeux bleus. D'un bleu intense, constata Hayley dans la lumière de plus en plus vive du matin.

— Je sais, lui répondit-il, la même fatigue transparaissant dans sa voix. Mais nous n'avions pas le choix.

Se radoucissait-il, même légèrement ? se demanda Hayley. Elle eut envie d'exiger des réponses, mais il valait peut-être mieux ne pas les connaître.

— Je suis vraiment désolé, mademoiselle.

A ces mots, sur sa gauche, Hayley tourna vivement la tête. C'était son voisin l'ermite qui la regardait, l'air troublé.

— C'est ma faute, commença-t-il à expliquer d'un ton d'excuse, quoique solennel. Je…

— Ça suffit, Vicente ! l'interrompit brusquement Quinn. Ne lui adressez pas la parole.

Hayley en eut le souffle coupé, comme si Quinn l'avait giflée. Au temps pour le radoucissement, se dit-elle, furieuse.

Vicente poussa un soupir et battit en retraite dans le salon.

Puis Quinn se tourna vers Hayley.

— Montez à l'étage. Et restez-y. N'en descendez que pour la salle de bains.

Hayley dut lutter contre l'envie de déguerpir dans l'escalier comme un chat apeuré. Elle rassembla tout son courage pour affronter le regard de Quinn.

— Vicente tentait seulement de s'excuser.

— Et il l'a fait. Montez.

— Cutter…

— Nous vous l'enverrons plus tard, s'il ne s'est pas sauvé, tonna Quinn.

Ce fut au tour de Hayley d'esquisser un sourire à l'idée que son fidèle compagnon puisse l'abandonner. Même s'il était fasciné par leur ravisseur.

— Vous n'avez jamais eu de chien, n'est-ce pas ?

Le front de Quinn se plissa comme s'il trouvait qu'elle passait du coq à l'âne. Puis, lentement, un souvenir lointain sembla affleurer à son esprit.

— Pas depuis longtemps, dit-il sans même la regarder.

Hayley aurait bien aimé savoir à quoi ressemblait ce souvenir.

L'accalmie dura quelques instants.

Ensuite, le Quinn froid et autoritaire réapparut.

Hayley comprit : la patience de Quinn avait atteint ses limites.

— Vous montez ou je dois vous traîner de force là-haut ?

— J'y vais, grommela-t-elle.

Au moment où ils arrivèrent dans le salon, Liam apparut.

— Tout est prêt, annonça-t-il. Vous devez avoir faim.

— Elle a du poids à perdre, lâcha Quinn.

Cette fois, Hayley garda une expression neutre. Quinn l'avait déstabilisée avec sa remarque sur la brosse à dents, elle ne laisserait pas une telle chose se reproduire.

— Pas beaucoup, objecta Liam en la scrutant d'un regard appréciateur qui contrastait avec l'impatience de Quinn.

— Elle monte dans la mezzanine, maugréa Quinn. Et n'oublie pas le chien !

— Il pourrait nous être très utile, affirma Liam en reportant les yeux sur Quinn. Il a prévenu Rafer de la présence d'un crotale, là-dehors.

Des crotales ? Formidable ! ironisa Hayley en elle-même. Il n'y avait heureusement pas de serpents venimeux chez elle, ce serait donc une découverte.

— Vous n'aimez pas les serpents ? lui demanda Quinn.

Lui arrivait-il de laisser passer quelque chose ?

— Je vous parle bien, non ? répliqua-t-elle.

Liam s'esclaffa. Quinn lui jeta un regard peu amène.

— Elle est vraiment tout à toi, maugréa-t-il avant de s'éloigner.

7

Quinn n'était pas homme à croire aux présages ou aux prémonitions. Cependant, tandis qu'il se tenait debout à l'entrée de la maison, il commençait à avoir un mauvais pressentiment. Régulièrement, une ou deux petites choses, voire davantage, posaient problème lors d'une mission. Cela ne voulait rien dire. Et cette mission-ci s'était déroulée sans accroc… du moins jusqu'à ce qu'ils quittent le domicile de la cible.

Ensuite, dès l'instant où ce satané chien, sortant des bois, s'était précipité sur lui, les choses avaient dégénéré.

Le chien. Au fait, où était-il ? se demanda Quinn.

Comme en écho à sa pensée, l'animal contourna au petit trot l'arrière de la grange où l'hélicoptère serait stationné si de nouveaux retards survenaient et que le séjour se prolongeait.

Depuis longtemps rompu à la discipline de ce métier, Quinn s'efforça de ne pas penser aux conséquences d'un long séjour en compagnie d'une femme récalcitrante à la langue bien pendue.

La tête et la queue du chien se redressèrent. Puis Cutter s'élança vers Quinn au galop.

Déconcerté, Quinn secoua la tête. Pourquoi un chien qu'il ne connaissait même pas agissait-il ainsi ? Il n'avait même jamais vu de chien tel que Cutter, avec une robe d'une teinte aussi particulière. C'était un animal mince et musclé qui se déplaçait avec une grâce aérienne que Quinn appréciait.

Teague avait apparemment suivi le chien et, alors qu'il contournait la grange, il adressa à Quinn le signal de la main signifiant d'attendre. Quinn avait ordonné qu'ils communiquent par signes jusqu'à ce qu'ils soient certains de n'avoir été ni vus, ni suivis. Et, par chance, pensa-t-il alors que l'animal venait vers lui, le chien ne semblait pas enclin à aboyer.

Puisque Teague avait manifestement quelque chose à lui rapporter, Quinn attendit. Presque distraitement, il se mit à gratter les oreilles du chien. Le soupir extatique que laissa échapper l'animal faillit vraiment cette fois arracher un sourire à Quinn. Il ne comprenait pas cette soudaine et inexplicable réaction venant d'un chien inconnu mais c'était… agréable. Flatteur.

Teague ralentit sa course puis s'arrêta, à peu près comme le chien l'avait fait. Le bras droit de Teague esquissa un mouvement puis s'interrompit. Teague était la dernière recrue de l'unité et ce mouvement, s'il l'avait achevé, aurait été un salut, devina Quinn. Il faudrait un moment à Teague pour se défaire de cet automatisme malvenu, songea Quinn.

— Vas-y ! lança-t-il à Teague

— Oui, monsieur. Le périmètre est sûr. Mais le chien a découvert les traces d'un gros animal dans le ravin côté nord.

— Les traces d'un animal ?

— Seulement deux traces. Il est probable que je ne les aie pas vues. Elles étaient sous le bord. Voilà pourquoi le vent ne les a pas effacées, j'imagine.

Ainsi, comme l'avait prédit Liam, le chien pourrait s'avérer utile, pensa Quinn. Il se rappela certaines des unités canines avec qui il avait travaillé par le passé et prit note d'en adjoindre une à l'équipe.

— Une idée de ce dont il peut s'agir ?

— Les empreintes étaient floues mais laissées par de grosses pattes, répondit Teague. Il n'y a pas de loups par ici, n'est-ce pas, monsieur ?

— C'est plus vraisemblablement un puma.

Teague parut troublé. Quoique bien entraîné et intrépide, il était un pur citadin. Il connaissait les fondamentaux pour survivre dans la nature mais ce n'était pas chez lui, comme chez la majorité des membres des différentes équipes, une seconde nature.

Il était arrivé jusqu'à eux par le biais de leur site Internet où ses messages réfléchis et bien rédigés avaient d'abord attiré l'attention de Tyler Hewitt, leur webmaster, qui les avait envoyés à Charlie qui, à son tour, les avait transmis à Quinn. A la différence de beaucoup d'autres, Teague avait survécu à l'incroyablement longue et difficile opération de filtrage. Et, la première fois que Quinn avait rencontré le jeune ex-marine, il avait su qu'il serait une bonne recrue.

Cela s'était produit juste avant la vague d'insatisfaction qui avait déferlé sur les marines ainsi que sur les autres corps de l'armée. Quinn et ses collègues pouvaient désormais, s'ils le souhaitaient, piocher parmi une multitude de combattants qualifiés, expérimentés et désabusés qui avaient finalement pris conscience de ce qui se passait. Quinn ne voulait d'aucun d'eux.

Charlie et lui avaient choisi une date, assez arbitrairement, mais celle-ci était devenue la date limite. Ceux qui s'étaient rendu compte de la situation avant cette date avaient une chance. Les autres… non. Quinn voulait des hommes tels que Teague, qui s'était montré assez intelligent, assez perspicace et qui avait assez de matière grise pour repérer les stratégies à l'œuvre et anticiper l'inéluctable. Et les repérer tôt, pas quand elles devenaient tellement évidentes que même le soldat le plus obtus ne pouvait les ignorer.

Personne, non plus, au-dessus d'un certain grade, avait ajouté Quinn. A ce stade de la hiérarchie, il était impossible de ne pas voir ce qui passait, à moins de l'ignorer délibérément. Cela les privait d'hommes expérimentés.

Toutefois, aux yeux de Quinn, les autres qualités étaient plus importantes.

— Les traces semblent anciennes, reprit Teague. Et le chien s'est montré intéressé mais pas frénétique.

Il termina sa phrase d'une voix hésitante, comme s'il doutait que ce mot puisse exprimer ce qu'il voulait dire. Cependant, Quinn visualisa aussitôt l'image. Il acquiesça d'un signe de tête.

— Dans ce cas, tu as probablement raison. Elles sont anciennes. Mais préviens les autres, nous garderons l'œil ouvert, au cas où.

— Et je suppose que le chien nous avertira s'il revient, ajouta Teague.

Quinn baissa les yeux sur le patient animal, debout à ses pieds.

— Probablement, convint-il. Mais nous ne devons pas compter là-dessus. Il n'est pas entraîné et nous ne le connaissons pas assez bien.

— Vous savez, c'était étrange, là-bas. On aurait presque dit…

Teague laissa sa phrase en suspens, l'air un peu gêné.

— Presque dit quoi ? lui demanda Quinn, rappelant à l'homme, de son ton posé, que dans ce monde son opinion était la bienvenue et qu'elle pouvait influer sur le cours des événements.

— Qu'il avait été entraîné. Je n'ai travaillé que deux fois avec les chiens de l'armée mais son comportement m'a rappelé ces expériences : il semblait savoir pourquoi nous sommes là, sa manière de mener les recherches, quadrillant le terrain…

Le regard de Quinn se reporta sur le chien, qui restait tranquillement assis, levant vers Quinn un regard attentif. Comme s'il attendait les ordres. Etait-ce possible ? L'animal avait-il suivi une formation ? Il paraissait trop jeune pour être un chien retraité de la police ou de l'armée et il se déplaçait trop aisément pour avoir été réformé en raison d'une blessure. Avait-il été évincé d'un programme pour une autre raison ? Ou était-il simplement doté d'une intelligence redoutable ?

Ses réflexions au sujet du chien amenèrent Quinn à penser de nouveau à sa propriétaire. Et cela engendra chez lui le besoin de bouger, de trouver quelque chose à faire, n'importe quoi.

— Bon travail, déclara-t-il brusquement à Teague. Nous fonctionnons en binôme. Quatre heures d'affilée. Rafer et toi prenez le premier tour de garde. Convenez entre vous de l'organisation mais je veux que ce périmètre soit contrôlé tous les quarts d'heure. Liam et moi vous relèverons à…

Quinn consulta sa montre — le grand chronographe qui lui en disait plus qu'il n'avait besoin de savoir sur cette mission : 11 heures pile.

— Oui, monsieur !

A nouveau, Teague réprima de justesse le salut. Quinn lui adressa un sourire en coin.

— Ça prend un moment…

— Ce n'est pas seulement ça.

Teague hésita puis il se lança.

— C'est le fait de pouvoir saluer un chef qui le mérite.

Voilà, songea amèrement Quinn, ce qui arrivait quand on envoyait un jeune homme honnête, correct et intelligent travailler avec des haut gradés qui ne se préoccupaient que de leur prochaine stratégie politique et prenaient chaque décision en fonction de leurs desseins personnels. Si Teague avait été affecté à une unité de combat, il serait resté beaucoup plus longtemps.

Et il ne serait pas à leurs côtés, ce qui serait une perte pour eux.

— Merci, fit Quinn.

Il reçut l'hommage avec une tristesse non dissimulée.

— A présent, au travail.

Le jeune ex-marine tourna vivement les talons et alla rejoindre Rafer. Celui-ci venait d'émerger de la grange où il vérifiait le bon fonctionnement du groupe électrogène. Il aperçut Quinn et lui confirma par signe que tout allait bien. Rafer était l'expert en mécanique de l'équipe et s'il disait que le groupe électrogène fonctionnait sans problème, ils étaient parés tant qu'il resterait du combustible. L'imposante citerne enterrée contenait assez pour un mois d'utilisation s'ils étaient un peu économes. Si leur séjour se prolongeait au-delà, alors se poserait le problème du réapprovisionnement.

S'il se prolongeait au-delà, un autre problème se poserait à Quinn, celui de réussir à garder la raison. Ils étaient vraiment au beau milieu de nulle part.

« Perdue au milieu de nulle part, à me mordre les doigts d'avoir souhaité atterrir et, à présent, clouée au pilori. Ma vie est soudain pleine de clichés… »

Les paroles de la femme — il refusait de l'évoquer par son prénom, ce serait mieux si elle restait simplement la femme, le problème, l'obstacle, la nuisance — résonnèrent dans la tête de Quinn.

Oh oui, elle avait de l'esprit et de la repartie.

Deux choses auxquelles il ferait mieux de s'abstenir de penser.

8

Hayley s'écarta de la balustrade de la mezzanine. Sa colère s'était progressivement apaisée, lui permettant de réfléchir. Son père lui avait dit une fois que la colère embrumait le cerveau. Et elle n'en avait jamais eu une démonstration plus claire qu'en cet instant précis.

Il était, après tout, absurde que son cerveau ait choisi de s'adonner à la colère quand Quinn avait interdit à Vicente de lui adresser la parole, comme si elle était une sorte de paria. Totalement absurde. Mais la colère, avait ajouté son père, valait toujours mieux que le désespoir. Au moins était-elle plus utile, si on la canalisait correctement.

Hayley s'assit dans le seul fauteuil disponible dans l'espace long mais étroit de la mezzanine. Elle avait plus que jamais besoin de réfléchir clairement. Durant la maladie de sa mère, elle s'était habituée à devoir lutter contre les brumes de l'épuisement pour chaque décision, pour chaque étape à entreprendre.

Là, après cette nuit de veille éprouvante, elle était également fatiguée. Mais ce n'était rien en comparaison des mois interminables au cours desquels elle n'avait jamais dormi plus de quatre heures d'affilée. Elle pouvait sans problème se priver de sommeil pendant une nuit, conclut-elle. Il était donc temps de réfléchir sérieusement à la situation et au moyen de s'en sortir puisqu'elle était seule et qu'elle pouvait se concentrer.

Liam l'avait quittée en lui communiquant la consigne polie mais ferme de rester tranquille : il y aurait constamment quelqu'un pour la surveiller depuis le rez-de-chaussée. Malgré ses plaisanteries et son sourire, Liam avait semblé tout à fait sérieux. Il y avait chez cet homme une détermination à toute épreuve derrière son apparence affable, songea Hayley.

Quinn n'aurait certainement pas recruté un autre type d'homme dans son équipe.

Et Quinn, à l'évidence, était le chef.

Hayley l'avait entendu quand il était resté à l'entrée, donnant des ordres précis et catégoriques. Visiblement, tous ces hommes lui obéissaient sans hésitation. Il était manifestement le meneur et leur inspirait le respect.

Entre autres choses..., songea Hayley. Tout serait plus simple s'il n'était pas tellement... impressionnant. Un frisson la parcourut, réaction qu'un homme n'avait pas suscitée chez elle depuis très longtemps. Que cela se produise à cet instant précis la vexa au plus haut point.

Pour ne plus y penser, elle se leva, se déplaçant aussi silencieusement que possible afin d'inspecter la mezzanine. Celle-ci ne mesurait que quatre mètres de large mais s'étendait sur toute la largeur de la maison. En dehors du fauteuil, installé près d'une lampe de lecture, il y avait un lit double, adossé à l'autre mur latéral, une table de chevet près de celui-ci et une commode basse posée contre le mur du fond.

Sous la fenêtre.

Les volets étaient fermés et Hayley s'en approcha, une idée dans la tête. Malheureusement, il ne s'agissait pas de simples volets qu'elle aurait pu ouvrir : la fenêtre était solidement barricadée, tout comme la plupart de celles du rez-de-chaussée.

Hayley testa quand même la solidité des planches. Mais les faire céder nécessiterait des outils ou beaucoup plus de force qu'elle n'en avait.

Et rien dans la pièce ne pourrait faire office d'arme.

De toute manière, songea Hayley, elle ne se voyait pas utiliser une arme, quelle qu'elle soit, contre ces hommes visiblement bien entraînés et dangereux.

Elle se laissa tomber sur le bord du lit. Puisqu'ils avaient cessé de voyager, il ne restait plus grand-chose pour la distraire de la triste réalité de sa situation.

Où donc pouvait être Vicente ? s'interrogea-t-elle. Il y avait de la place pour une chambre sous cette mezzanine. Vicente y était-il installé ? En tant qu'hôte ou en tant que prisonnier ?

Vicente avait paru sincèrement ennuyé, se rappela Hayley. Il se sentait apparemment responsable de l'avoir entraînée dans tout ceci.

C'était plutôt la faute de Cutter, nuança Hayley à regret. S'il ne s'était pas précipité hors des bois, refusant de prêter attention à ses appels, ni lui ni elle ne se trouveraient en ce lieu. Mais cela ressemblait tellement peu au comportement habituel du chien qu'il y avait forcément autre chose, estimait Hayley. Même si Cutter était un animal indépendant, il était aussi, d'ordinaire, obéissant, sauf si ce qu'elle voulait qu'il fasse entrait en conflit avec ce qu'il savait devoir faire.

Cela pourrait paraître étrange à certains, cependant elle l'avait constaté à de trop nombreuses reprises depuis que Cutter avait atterri dans sa vie.

Comme la fois où il avait refusé obstinément de venir à l'intérieur un soir : elle avait dû aller le chercher sur le côté de la maison pour l'emmener de force. Alors seulement, elle avait senti l'odeur caractéristique du propane et détecté une dangereuse fuite.

Ou encore la fois où Cutter l'avait littéralement traînée au-dehors sous une pluie battante puis au sommet de la colline jusqu'à l'endroit où elle avait découvert son voisin, coincé sous un arbre tombé au sol, blessé et incapable d'atteindre son téléphone portable. Le pauvre homme avait été trempé jusqu'aux os par les trombes d'eau tombées du ciel.

L'eau ! songea Hayley avec angoisse.

Quinn avait-il sérieusement l'intention de priver Cutter d'eau ? Hayley refusait d'y croire. On ne pouvait faire une telle chose à un animal innocent. Cependant, Quinn et ses hommes les avaient bien jetés, elle et Cutter, dans un hélicoptère pour les conduire au milieu de nulle part !

Comme si ses pensées l'avaient fait se matérialiser, Cutter entra alors dans la maison, ses griffes cliquetant sur le parquet du rez-de-chaussée.

Au bout d'un moment, Quinn ordonna :

— Emmène-le là-haut. Dis à la femme de le garder avec elle.

Il y eut un autre échange que Hayley ne parvint pas à entendre. Puis, peu après, Teague se mit à rire.

— Il refuse de m'obéir, chef.

— Alors, porte-le.

— Vous avez vu ses dents ?

— Tu as peur d'un malheureux chien ?

— Non. Je fais seulement ce que vous avez toujours prôné. Chacun se charge de ce qu'il fait le mieux. Le chien vous aime. Par conséquent, vous vous en chargez.

Il y eut une pause, puis un son qui aurait pu être un rire moqueur à demi étouffé ou une expression de dégoût pas du tout étouffée.

Puis des pas dans l'escalier. Au prix d'un effort, Hayley resta assise sur le bord du lit. Elle n'allait tout de même pas bondir à chaque apparition de Quinn.

Un moment plus tard, Cutter émergea au sommet de l'escalier et courut vers elle, manifestant sa joie habituelle de la retrouver après avoir été séparé d'elle. Quinn était juste derrière Cutter mais il s'arrêta — Dieu merci — en haut des marches.

— Tu te souviens enfin de moi, murmura Hayley au

chien sans vraiment le penser tandis qu'elle lui papouillait les oreilles avec gratitude.

Cutter poussa un soupir et s'appuya contre elle.

Elle tourna alors les yeux vers Quinn. Il l'observait intensément.

Une vieille maxime traversa l'esprit de Hayley : le meilleur moyen de vous faire vous sentir insignifiant consiste à essayer de donner des ordres au chien d'une autre personne.

De toute évidence, cela ne s'appliquait pas au cas présent. Ou sinon, Quinn était incapable de se sentir insignifiant.

— Vous ne le priveriez pas vraiment d'eau, dit Hayley, comme si énoncer un constat plutôt que poser une question lui assurerait la réponse qu'elle voulait entendre.

— Ah non ? lâcha Quinn.

Cela avait été une stupide tentative, Hayley l'avait su alors même qu'elle prononçait ces mots.

Quinn s'avança sur la mezzanine. Il était vraiment très grand, constata Hayley. Le plafond bas était à une trentaine de centimètres au-dessus de sa tête à elle, mais à quelques-uns seulement de celle de Quinn.

— Le fait qu'il puisse boire — ou manger — dépend entièrement de vous.

Elle tressaillit.

— De moi ?

— Vous vous tenez bien et il aura ce qu'il lui faut.

Hayley faillit sortir de ses gonds. Quinn n'avait pas à lui parler comme à une enfant récalcitrante. Cependant, elle devait, pour l'instant, privilégier le bien-être de Cutter, pas le sien.

— Vous maltraiteriez un animal innocent pour me manipuler ?

— Je ne suis pas convaincu qu'il soit si innocent, répliqua Quinn avec une nuance d'amusement dans la voix.

Ces mots déplurent à Hayley. Elle défia Quinn :

— Qu'est-ce qui vous fait croire que me manipuler marchera ?

Quinn haussa les épaules.

— Vous avez vu que nous étions armés et vous êtes quand même venue en courant derrière le chien.

Hayley fit légèrement machine arrière, levant vers Quinn un regard sincèrement intrigué.

— Pourquoi auriez-vous tiré sur une femme innocente poursuivant un chien encore plus innocent ?

— J'ignorais que vous étiez innocente, persifla Quinn.

Ces propos horrifièrent Hayley. Dans quel genre de monde vivait Quinn pour que l'on y soit présumé coupable, ou au moins suspect, tant que l'on n'avait pas apporté la preuve du contraire ?

Le genre de monde qui peut conférer au regard d'un homme cette froideur, ce contrôle, ce dégoût et cette défiance, se répondit mentalement Hayley. Ses yeux n'étaient pas seulement bleus, ils étaient de glace.

— Pour autant que je sache, c'est vous qui l'avez lancé contre nous, reprit Quinn.

C'était tellement grotesque que Hayley laissa échapper :

— Etes-vous souvent attaqués par les chiens de parfaits inconnus ?

Quinn haussa de nouveau les épaules.

— C'est arrivé.

— Difficile à croire, vous êtes tellement charmant ! rétorqua Hayley sans réfléchir.

Réapparut alors sur le visage de Quinn ce subtil changement d'expression, presque amusé.

— Et vous, reprit-il sur le ton faussement badin de la conversation, cela vous arrive souvent de foncer sur des hommes armés ? Vu les circonstances, la réaction la plus sage, la chose que la plupart des gens auraient faite, c'est tourner les talons et fuir aussi loin que possible. Mais vous…

— Donc, je suis une idiote. Très bien ! le coupa Hayley.

Après tout, vu les circonstances, ce n'était pas totalement faux.

— Vous l'aimez, lança soudain Quinn.

Son regard fit la navette entre Cutter et elle.

— Assez pour foncer en enfer, au sens figuré, pour lui, ajouta Quinn.

— Et cela me rend facile à manipuler ? contra Hayley.

— Entre autres choses, oui.

Elle préféra ne pas savoir lesquelles. Quelqu'un susceptible de se servir d'un chien, de menacer de l'affamer, ne prenait pas un bon départ avec elle.

Peu importait. Elle ne pouvait pas faire n'importe quoi parce que Quinn serait sans doute capable de mettre ses menaces à exécution. Et si Hayley le mettait assez en colère, il y avait cette arme…

Quoique tuer Cutter — elle déglutit tandis que les mots se formaient dans son esprit ébranlé — retirerait à Quinn son moyen de pression.

— Vous avez dit qu'il pourrait se montrer utile, rappela-t-elle.

Même elle nota le désespoir dans sa voix.

— Il l'a déjà fait, reconnut Quinn. Mais nous avons survécu tout ce temps sans un chien dans notre équipe et je pense que nous pourrons continuer encore un peu.

— Quelle équipe ? questionna Hayley. Qui êtes-vous ?

Mais le savoir serait-il vraiment mieux ? songea-t-elle dans la foulée.

— Pour l'instant, nous sommes les personnes responsables de vous, et de votre chien, répondit Quinn. Vous devriez vous rappeler cela.

Encore une menace ? Hayley dut faire appel à tout son courage pour croiser le regard de Quinn. Elle n'allait pas baisser pavillon devant cet homme même si c'était ce qu'elle mourait d'envie de faire.

Elle ne pouvait lutter contre eux, contre lui. Elle n'avait

ni armes, ni assez de force ou de connaissances. Et même si elle parvenait à se libérer, elle serait toujours au milieu de nulle part.

Non, il était dans son intérêt comme dans celui de son chien de… bien se tenir. Et elle se méprisa d'être suffisamment effrayée pour décider de s'en tenir à cela.

9

— Patron ?

Quinn s'arracha à ses rêveries au sujet de la femme à l'étage et il se tourna vers Liam. Le jeune homme était également leur expert en informatique ou, comme Liam le disait lui-même en plaisantant, leur geek. Il avait posé, sur la table basse au milieu de la pièce, son ordinateur portable, une version robuste, à coque renforcée, utilisée lors des opérations militaires.

Les talents informatiques de Liam, associés à une étonnante adresse dans le maniement des armes et à une grande endurance physique formaient une combinaison de premier choix que Quinn avait été ravi de trouver même si elle était assortie d'un début de casier judiciaire. Cependant, Liam s'était investi à leurs côtés avec zèle et une prédisposition certaine. Il lui avait seulement manqué, auparavant, d'avoir un but dans sa vie.

— Il faut que vous jetiez un œil à ça, indiqua Liam.

Quinn sortit définitivement de ses pensées.

Si Liam disait avoir découvert quelque chose, c'était le cas. L'homme était un expert en recherches, que ce soit dans le cyber espace ou dans le monde réel.

— De quoi s'agit-il ? s'enquit Quinn en s'avançant vers l'écran du portable.

Ils avaient en effet installé dans le moulin délabré une

antenne-relais qui leur permettait d'être parfaitement connectés.

— J'ai trouvé ça sur une chaîne d'actualités locale de la région de Seattle, précisa Liam.

Quinn se pencha vers la vidéo surmontée du titre :

> Incendie d'une maison, un mort présumé dans l'explosion.

Quinn lut le premier paragraphe de l'article qui accompagnait les images.

— Je suis quasiment sûr…, reprit Liam.

— Et tu as parfaitement raison, l'interrompit Quinn.

— Ils disent que l'explosion est peut-être due à une fuite de propane.

— C'est une hypothèse logique. Il y avait une citerne, rappela Quinn.

Tous deux savaient ce qu'il en était réellement.

— Ça dit que l'explosion a été signalée juste après 1 heure du matin, poursuivit Liam. Nous avons décollé à 0 h 32. Ils étaient donc juste derrière nous. En décomptant quelques minutes, le temps pour eux d'installer l'explosif, quel qu'il soit, ça laisse moins d'une demi-heure de marge.

— C'est court, observa Quinn.

— Beaucoup trop court. Irréalisable dans un tel délai.

— D'autant plus qu'ils n'auraient pas dû pouvoir localiser Vicente, maugréa Quinn.

— Vous pensez que nous avons été trahis ? demanda Liam.

— Tu penses que ceci — Quinn fit un geste en direction du portable — est une coïncidence ? Qu'une maison vide a simplement explosé une demi-heure après notre départ ?

— Non, monsieur. Je ne crois pas davantage que vous aux coïncidences.

— Le rasoir d'Occam, Liam.

— Comment ?

— Si l'on doit se donner trop de mal pour appliquer une autre théorie, elle est probablement erronée.

Quinn prit son téléphone portable et tapa le message qu'il n'avait pas envie de devoir envoyer.

— Silence radio ? s'enquit Liam.

— Oui, plus aucune communication, confirma Quinn.

Cela les priverait de toute forme d'information ou d'aide mais Quinn n'avait pas d'autre choix jusqu'à ce qu'ils soient de nouveau en mesure de communiquer en toute sécurité.

— Nous avons une fuite ? insista Liam, l'air incrédule.

Quinn apprécia sa confiance dans les leurs.

— Il en a forcément une, lui répondit-il en envoyant le signal de cesser toute communication.

Hayley s'éloigna du bord de la mezzanine et retourna s'asseoir sur le lit. Après être restée aussi longtemps accroupie à observer le salon en contrebas, elle avait les jambes engourdies. Cutter la suivit et sauta près d'elle sur le lit.

Les hommes au rez-de-chaussée l'avaient-ils entendue ? se demanda Hayley. Elle n'avait pas saisi grand-chose de ce qu'ils disaient, car ils lui tournaient le dos. Mais elle avait pu furtivement apercevoir l'écran de l'ordinateur portable : une vidéo montrait la maison de son voisin dévorée par les flammes.

De justesse, elle avait réussi à ravaler un cri d'horreur.

Le titre de la vidéo évoquait un mort présumé, cependant son voisin était avec eux, vivant et en bonne santé. Et, à la connaissance de Hayley, il vivait seul.

Mais que savait-elle vraiment de lui ?

Toutes sortes de scénarios extravagants prirent d'assaut son esprit. Quelqu'un d'autre vivait-il avec Vicente ? Cette personne était-elle morte dans l'incendie ? Ou alors était-elle déjà morte avant ? Le voisin paisible et reclus était-il en réalité un tueur, retenant une infortunée victime dans cette maison et…

Cutter laissa échapper un bref gémissement, puis remua légèrement ; en resserrant trop fort son étreinte sur lui, Hayley avait tiré sur ses poils.

— Désolée, murmura-t-elle au chien.

Pour le cas où quelqu'un viendrait se renseigner sur ce bruit, Hayley s'étendit sur le lit, où elle se trouvait d'ailleurs avant d'espionner Quinn et ses hommes. Elle avait, en vain, tenté de se reposer pour avoir ensuite l'esprit plus vif et plus disposé à trouver un moyen de s'évader.

Cependant, cette vidéo changeait tout. Les hommes de Quinn avaient-ils posé une bombe pour faire exploser la maison après leur départ ? Avec quelqu'un à l'intérieur ? Quinn en était ressorti quelques minutes après Vicente et Teague. Peut-être l'avait-il donc armée lui-même. Ce qui ferait de lui… un meurtrier ? s'étrangla Hayley.

Bien sûr, le titre évoquait un mort *présumé*. Peut-être n'en avait-on pas eu confirmation. Peut-être les enquêteurs présumaient-ils que Vicente était mort puisqu'ils ne pouvaient évidemment pas le retrouver.

Tout cela était encore plus sinistre que Hayley ne l'avait pensé. Quinn et ses hommes auraient détruit la maison pittoresque qui se dressait là depuis cinquante ans, uniquement pour effacer leurs traces ?

Etait-ce cependant le cas ? Les deux seuls mots que Hayley était certaine d'avoir entendus étaient *explosion* et *fuite*.

S'agissait-il d'un accident ?

Dans une maison alimentée par du propane pendant des années sans le moindre incident, précisément au moment où tout ceci s'était produit ?

Ces pensées résonnèrent comme un sarcasme dans l'esprit de Hayley. Elle se reprocha vertement d'être assez idiote pour même envisager cette éventualité. Elle ne vivait peut-être pas dans le monde de Quinn mais même elle ne pouvait croire à une telle coïncidence.

Allongée sur le lit confortable, elle finit par sombrer dans le sommeil. Toutefois son esprit refusa de rendre les armes et il la gratifia d'une série de scénarios cauchemardesques qui l'empêcha de se reposer.

10

Hayley s'éveilla en sursaut. Seule. Cutter avait disparu. Apparemment, le chien s'était libéré de son étreinte, il avait sauté au bas du lit et avait descendu l'escalier, tout cela sans la réveiller. C'en était déconcertant.

Hayley se redressa. Il faisait encore jour mais elle avait dû dormir au moins deux heures, peut-être trois. Il commençait à faire un peu plus chaud dans la mezzanine. C'était probablement l'après-midi.

Peut-être que Cutter était descendu en quête d'un endroit plus frais. Sa fourrure double et épaisse était adaptée au climat froid et pluvieux du Nord-Ouest mais pas à celui, plus chaud de ce lieu, où qu'il soit.

Hayley se leva et s'avança aussi silencieusement que possible au bord de la mezzanine pour jeter un œil en bas. Il n'y avait personne en vue. Même l'ordinateur portable qui avait affiché la vidéo ayant ponctué son sommeil de cauchemars avait disparu.

Tout comme son chien.

Pourvu que Cutter n'ait pas énervé Quinn, songea Hayley. L'homme était déjà assez irascible. Quoiqu'il ait paru plus favorablement disposé envers Cutter qu'envers elle. Le chien, avait-il reconnu, pouvait être utile.

Et, à moins d'avoir vraiment un cœur de pierre, il était plutôt difficile d'ignorer un chien qui se prenait d'affection pour vous. Hayley n'aurait certainement pas envie de connaître la personne capable de regarder ces yeux brillants et cette langue frétillante puis de s'éloigner sans même un sourire.

Cependant, l'idée que son chien puisse être utile à un groupe d'hommes armés ne lui plaisait pas du tout. Ce genre d'utilité se terminait souvent mal.

Une chose pouvait tout de même rassurer Hayley : l'instinct de Cutter concernant les personnes relevait quasiment du prodige. En fait, Hayley n'aurait pu citer une occasion où Cutter s'était trompé. C'était le chien qui avait amené Hayley à faire plus ample connaissance avec le bourru M. Elkhart de la bibliothèque. Celui-ci s'était tout simplement avéré être un vieil homme solitaire s'étant toujours reposé sur son épouse défunte pour briser la glace lorsqu'ils rencontraient de nouvelles personnes. M. Elkhart était également un héros de guerre qui était revenu de Corée avec un coffret de médailles et des récits édifiants. Fait plus surprenant encore, il était un artiste de grand talent. L'esquisse qu'il avait faite de Cutter était accrochée à la place d'honneur dans le bureau de Hayley.

La vision du dessin la frappa soudain de plein fouet. Reverrait-elle un jour cette esquisse ? Et sinon, que se passerait-il ?

Il ne lui restait aucune famille à l'exception de quelques cousins dans le Missouri qu'elle voyait rarement et, bien sûr, de Walker, son frère vagabond. Elle n'était même pas certaine de l'endroit où il se trouvait à cet instant. Elle n'avait plus eu de ses nouvelles depuis presque un mois. Mais il ne voudrait certainement pas de la maison. Hayley n'imaginait pas Walker poser un jour ses valises.

Bon sang, voilà qu'elle semait à nouveau le chaos dans sa tête, pensant à tout et n'importe quoi sauf à la situation présente. Il fallait que cela change. Sur-le-champ.

S'armant de courage, elle descendit en silence l'escalier. Quinn et ses hommes ne s'attendaient certainement pas à ce qu'elle reste tout le temps à l'étage ? Quinn le lui avait ordonné, exception faite des allers-retours à la salle de bains, mais peut-être n'était-il pas là en ce moment ? Par ailleurs, s'il s'était agi d'une consigne stricte, ne l'aurait-il pas attachée ?

Elle frémit à cette idée. Peut-être le feraient-ils si elle fouinait trop. Qu'ils s'en soient abstenus jusque-là n'apaisait guère ses craintes.

Elle arriva au pied de l'escalier étroit. Liam était dans la cuisine et buvait de l'eau à la bouteille. Le jeune homme lui sourit, l'air étrangement contrit.

— Salut, lança-t-il, comme si elle n'était qu'une simple invitée. Il y en a d'autres dans le réfrigérateur.

Etait-ce une invitation ?

Hayley s'avança prudemment vers Liam.

— Je pensais que l'eau posait problème.

— Seulement celle qui vient du puits, précisa Liam. Il ne nous a jamais lâchés mais il est un peu lent. On ne peut pas en utiliser beaucoup à la fois.

Le jeune homme sourit à nouveau, plus naturellement cette fois.

— Pas de douches de vingt minutes, je le crains, ajouta-t-il.

— Mais à présent, il y a moi, souligna Hayley. Et mon chien. Où est-il, à propos ?

— Nous avons tendance à surstocker, donc ça ira, indiqua Liam. Quant à votre chien, il est dehors avec Quinn. Il monte la garde. Nous alternons. Je m'hydrate parce que je prends la relève dans dix minutes.

— Quinn a un tour de garde ? s'étonna Hayley.

Liam haussa les épaules.

— Il ne demande à personne de faire ce qu'il ne ferait pas lui-même.

— Vous paraissez… admiratif, commenta Hayley.

Liam afficha un air surpris.

— Bien sûr. Je ne travaillerais pas pour lui si je ne

l'admirais pas. Il m'a remis sur le droit chemin. Il est le meilleur patron que j'aie jamais eu.

Liam était si jeune que le compliment n'avait pas forcément de sens, songea Hayley.

— Oh ! fit Liam. Ça me rappelle qu'il a laissé des choses pour vous dans la salle de bains.

Hayley douta d'avoir bien entendu.

— Quelles choses ?

— Deux sweats, un T-shirt, ce genre de choses, répondit Liam. Pour vous habiller pendant que ces vêtements…

Il les désigna avec la bouteille d'eau.

— Seront dans la machine.

Hayley fut tellement abasourdie qu'il lui fallut un moment pour assimiler l'information.

— Quinn a fait cela ?

Contrairement à son patron, Liam ne contint pas son sourire. Etait-ce uniquement parce qu'il était plus jeune ou parce qu'il n'était pas investi dans cette activité — quelle qu'elle soit — depuis aussi longtemps ? se demanda Hayley.

— Quinn est loin d'être aussi mauvais qu'il en donne l'impression, reprit Liam. Il est seulement constamment plongé dans le travail.

— Constamment ? releva Hayley.

Elle parvint à stopper la question avant qu'elle ne franchisse ses lèvres, se rendant compte à temps — pour une fois — de ce qu'elle pourrait suggérer.

— Alors, reprit-elle plutôt, les vêtements font-ils partie du surstockage ? Et quelle machine ?

Liam afficha un large sourire, et ressembla, sur le moment, à un homme ordinaire. Si l'on exceptait l'arme qu'il portait à la hanche, nuança Hayley.

— Disons simplement que nous avons la personne la plus experte en logistique de la planète, répondit Liam.

Il désigna la salle de bains.

— Et il y a un petit lave-linge ainsi qu'un sèche-linge dans le placard face à la salle de bains.

Puisque Liam paraissait assez ouvert, Hayley se risqua à tenter quelque chose dont elle s'abstiendrait d'instinct avec Quinn.

— Que diable se passe-t-il ? Et qui êtes-vous ?

En un éclair, le comportement décontracté de Liam disparut, remplacé par une attitude toute professionnelle.

— C'est à Quinn que vous devez parler de ça.

— Et je suis sûre qu'il se montrera très loquace, commenta Hayley d'un ton pince-sans-rire.

— Quinn, reprit Liam, une lueur malicieuse dans le regard, ne se montre jamais loquace.

— Quelle surprise !

Hayley s'étonna elle-même de son ton narquois. Elle était détenue par des hommes armés aux intentions indéfinies. Elle aurait plutôt dû songer à survivre, pas à se montrer insolente, au risque de susciter des représailles.

Elle étudia Liam. Ce jeune homme ordinaire au visage avenant pouvait-il être impliqué dans quelque chose d'infâme ?

— La question est, murmura-t-elle presque pour elle-même, est-il du côté des bons ou des méchants ?

— Oh ! Des bons, c'est évident. Quinn est le meilleur des hommes, lança Liam avant de se refermer comme s'il regrettait d'avoir parlé un peu trop vite.

Il finit rapidement de boire son eau, la salua tout aussi vivement et s'éloigna.

Hayley aurait aimé se sentir rassurée par la réponse spontanée de Liam. Toutefois, elle n'était pas idiote. De nombreuses personnes faisaient des choses insensées voire néfastes en pensant œuvrer pour le bien. Des écoterroristes aux poseurs de bombes, des anarchistes au drapeau noir aux marxistes au poing levé, tous étaient convaincus que leur cause était juste.

Des pas résonnèrent sur la terrasse juste avant que Liam

n'atteigne la porte. Il avait dû entendre venir quelqu'un, comprit Hayley. Elle, non. Mais elle aurait dû s'en douter. Ils ne la laisseraient jamais seule, sans surveillance, donc Liam ne serait pas parti sans savoir que quelqu'un d'autre arrivait.

En fait, réalisa-t-elle, elle avait multiplié par deux leur charge de travail. Ils devaient non seulement guetter toute menace extérieure mais également s'inquiéter d'elle. S'ils se trouvaient en un lieu propice à une évasion, elle pourrait se servir de cet argument, mais pas en cet endroit où il semblait impossible de trouver de l'aide avant des kilomètres. Kilomètres qu'elle ne pourrait parcourir sans provisions, sans eau en particulier. Elle était en bonne condition physique mais une évasion exigerait sûrement beaucoup plus.

Elle exigerait d'être en aussi bonne condition physique que ces hommes.

Sur cette pensée, le meilleur spécimen des quatre fit son entrée. Quinn s'adressa brièvement à Liam qui hocha la tête et sortit. Où étaient les deux autres hommes ? s'interrogea Hayley. Ils alternaient les tours de garde, lui avait dit Liam. Donc, une personne, au moins, serait toujours dans la maison pour la surveiller. Quinn dirigeait l'opération de main de maître.

Soudain, Cutter franchit le seuil, aperçut Hayley et se rua vers elle, lui témoignant comme d'habitude sa joie de la retrouver.

— Tu as réussi à éviter les ennuis ? demanda-t-elle au chien en se penchant pour le caresser et en accordant une attention particulière à cette zone sous son oreille droite qu'il adorait qu'on lui gratte longtemps et vigoureusement.

Elle ne pouvait pas vraiment blâmer l'animal, après tout. C'était un esprit indépendant, alors pourquoi resterait-il enfermé s'il n'y était pas obligé ? Néanmoins, sa soudaine attirance envers Quinn restait troublante.

Presque aussi troublante que la sienne, se dit Hayley. Car

elle ne pouvait ignorer la façon dont son pouls s'accélérait à chaque fois qu'elle croisait Quinn ou son émoi lorsque ces yeux bleus froids se focalisaient sur elle. La peur seule ne pouvait en être à l'origine.

— C'est un chien intelligent, déclara Quinn.

— En général, oui, acquiesça Hayley.

Si Quinn saisit la pique voilée, il ne répondit pas.

— J'en déduis qu'en général, il n'a pas ce genre de réaction face aux inconnus.

— En effet, en général, il fait preuve d'un meilleur jugement, confia Hayley.

Cette fois, les lèvres de Quinn esquissèrent un léger sourire.

Mais Hayley jugea plus prudent de ne pas se montrer trop impertinente.

— Vous êtes sûr qu'il n'a pas été à vous un jour ? demanda-t-elle à Quinn. Peut-être dans une autre vie ?

— J'en suis certain, répondit-il. Ni dans celle-ci, ni dans l'autre.

Il se dirigea vers la chambre du fond où, d'après les spéculations de Hayley, l'homme qui avait été son voisin s'était réfugié.

Que signifiait exactement la réponse de Quinn ? se demanda-t-elle.

Presque aussitôt, elle soupira intérieurement. Quinn était si mystérieux… Elle pourrait passer tout son temps à tenter de le percer à jour sans jamais approcher de la vérité.

11

Toujours surveiller la tête du serpent.

Hayley avait dû entendre cela dans une émission sur la faune sauvage. Ou peut-être dans l'un de ces documentaires sur les opérations militaires qu'elle regardait quand elle éprouvait le besoin de croire qu'il existait encore des héros en ce monde. Dans un sens comme dans l'autre, c'était pertinent. Donc, elle observait Quinn. Ce qui n'avait d'ailleurs rien de pénible.

C'était néanmoins étrange, pensa-t-elle. Ses quatre geôliers étaient de jeunes hommes robustes, forts et séduisants — dans le style baroudeur. Toutefois, c'était sans conteste Quinn qui attirait son regard.

Hayley arrangea le coussin dans son dos. Elle était parvenue à convaincre Teague de la laisser rester au rez-de-chaussée, promettant de se limiter à la salle de bains et au salon près de la cheminée.

Lorsque Quinn rentra de sa patrouille — Cutter sur ses talons —, Hayley se prépara à des reproches. Et Quinn lança effectivement à Teague un regard éloquent.

— Je lui ai montré la bibliothèque, répondit celui-ci. Elle a été occupée à lire tout le temps où j'ai été ici.

Sur ce, Teague se retira rapidement de l'autre côté de la pièce avant que Quinn puisse… quoi faire ? Lui remonter les bretelles ? Pour avoir dit la vérité ?

Parce que c'était vrai, songea Hayley. Elle avait été surprise de la sélection éclectique de livres cachée derrière l'une des portes coulissantes du couloir. Les étagères du haut contenaient des ouvrages généraux, des biographies et des livres d'histoire ainsi que de la fiction, des nouvelles, d'Hemingway à Daoul, et des romans, de Twain et Austen aux contemporaines Roberts et Flynn. Il y avait d'autres volumes en espagnol, en français ainsi que dans deux autres langues qu'elle n'identifia pas.

Il y en avait pratiquement pour tous les goûts, ce qui était vraisemblablement le but s'ils utilisaient régulièrement cet endroit pour ce genre de chose. Et cela devait être le cas. Sinon, ils ne seraient pas aussi bien organisés ni approvisionnés. Cette conclusion fut loin de réconforter Hayley.

Cependant, l'idée qu'ils aient fourni de la lecture la rassura un peu. En particulier en l'absence de télé et de tout ordinateur en dehors du leur. Une mesure de précaution, sans doute. Ils pouvaient suivre les commentaires de leurs agissements mais leurs victimes restaient dans l'ignorance.

Les deux étagères du bas étaient garnies d'une vaste gamme de livres pour enfants et jeunes adultes, remarqua Hayley. A l'une des extrémités, elle repéra les aventures du célèbre sorcier. En souriant, elle s'empara du premier tome. Cela ne la dérangerait pas de le relire, ni d'ailleurs de les relire tous. En un tel moment, un peu d'évasion ne lui ferait pas de mal.

Ce sera même le seul genre d'évasion que tu pourras te permettre, songea-t-elle amèrement. *Qui sait si tu n'auras pas le temps de les relire tous avant de partir d'ici.*

Si elle en repartait un jour, rectifia-t-elle mentalement.

Avec un temps de retard, la raison de la présence des livres pour enfants lui vint à l'esprit. Ils amenaient des enfants dans cet endroit ?

Plus que tout le reste, cette pensée l'ébranla. Et, durant tout le temps qu'elle passa, assise à lire les exploits des trois jeunes héros malins et téméraires, elle ne cessa de s'interroger sur les enfants qui avaient dû séjourner en ce lieu. Etaient-ils toujours vivants ou leurs jeunes vies avaient-elles été fauchées car ils étaient des témoins gênants ?

Hayley ne pouvait s'imaginer aucun de ces hommes tuant de sang-froid un enfant. Cependant, son cerveau ne pourrait probablement pas appréhender une telle idée de toute manière.

Sautant sur ses genoux, Cutter l'arracha à ses réflexions et la ramena au présent. Elle devrait prendre garde à cela, se dit-elle en serrant le chien dans ses bras. Il fallait qu'elle évite de s'immerger à ce point dans ses pensées, en particulier lorsque Quinn était dans les parages. Elle avait besoin d'avoir l'esprit alerte avec lui. Avec tous, sans aucun doute, mais en particulier avec lui.

Pour l'instant, il avait disparu dans le couloir, en direction de la chambre. Des voix résonnèrent. Quinn discutait avec Vicente.

Hayley se leva, fit signe à Cutter de ne pas bouger, craignant que le bruit de ses griffes sur le parquet ne la trahisse. Certes, Quinn n'aurait pas besoin de cela pour être averti puisqu'il semblait avoir des yeux derrière la tête.

Hayley s'avança lentement en direction de la cuisine, aussi silencieusement qu'elle le put. Elle sortit une bouteille d'eau du petit réfrigérateur, prenant tout son temps.

Tendant l'oreille.

— Je ne le ferai pas !

— Vicente, écoutez-moi. Voulez-vous que ces hommes gagnent…

— Je veux que *vous* fassiez le travail pour lequel *vous* avez été engagé. Vous êtes les meilleurs, exact ?

— Nous le ferons. Nous le sommes. Mais il n'y a aucune garantie.

— Si je fais ce que vous demandez, ceux qui le veulent n'auront plus besoin de moi, ajouta Vicente. Ils n'auront plus de raison de me garder en vie.

— Ce n'est pas vrai…, objecta Quinn.

— Vous êtes un homme bien. Je vous respecte. Mais je ne le ferai pas.

Quinn poussa un soupir exaspéré, marquant apparemment la fin de l'entretien. Hayley se rua hors de la cuisine et regagna sa place sur le canapé, livre en mains.

Quelle était cette chose que Vicente avait refusé de faire ? En tout cas, Quinn ne l'y avait pas forcé. En fait, il s'en était remis à la décision du vieil homme. Au moins, une chose était claire. Ils avaient été engagés pour faire cela, quoi que *cela* puisse être. Etaient-ils simplement des gardes du corps incroyablement bien équipés ? Vicente avait-il des ennuis tellement énormes qu'il lui fallait une protection renforcée ? Qui étaient ceux qui avaient besoin de garder Vicente en vie, mais cesseraient d'éprouver une telle nécessité s'il accédait à la requête de Quinn ?

Hayley s'efforça de garder l'esprit concentré sur toutes ces questions afin d'éviter qu'il ne s'attarde sur la déclaration qui l'avait le plus interpellée.

« Vous êtes un homme bien. Je vous respecte. »

Quinn l'était-il ? La perception de ce qu'était un homme bien dépendait de la personne qui faisait le constat, songea Hayley. Inspirer le respect à un citoyen modèle était une chose mais l'inspirer à un criminel en était une tout autre.

Quinn revint dans la pièce, s'arrêtant juste après l'entrée de la cuisine. Il regarda fixement Hayley, se demandant peut-être s'il devait lui donner l'ordre de remonter à l'étage.

Elle s'étonna d'avoir cru déceler chez cet homme un signe de radoucissement ; il était brusque, froid, impassible, pas le moins du monde enclin à se justifier ou à lui expliquer quoi que ce soit. Il était exclusivement concentré sur sa mission et elle n'était pour lui qu'une distraction mineure.

— Un choix intéressant, dit-il en désignant le livre.

Il n'y avait pas plus d'émotion dans ses paroles que s'il venait de rayer un élément d'une liste. Aussi, s'il la trouvait idiote de lire ce qui était présenté comme un livre pour enfants, cela ne se vit certainement pas.

— L'évasion…, lui répondit-elle succinctement, tout à fait consciente des multiples interprétations qu'il pourrait faire de cette réponse.

A nouveau, après coup, elle s'interrogea sur le bien-fondé de son impertinence.

Réfléchis avant de parler, s'admonesta-t-elle. *C'est comme ça que c'est censé fonctionner.*

Elle reporta les yeux sur le roman. Peut-être que si elle semblait simplement lire et ne pas créer de problèmes, Quinn ne l'exilerait pas sur la mezzanine. Elle faillit se mettre à rire. Quinn serait assez courtois pour ne pas déranger une personne qui lisait ? En particulier si cette personne était sa prisonnière ?

Hayley s'interdit de lever à nouveau les yeux. Il l'étudiait, elle le sentait. D'une certaine manière, l'intensité de Quinn, sa vigilance, son sens de la mission rappelaient à Hayley son chien Cutter. L'animal faisait parfois preuve de la même ténacité, de la même incroyable capacité à établir des priorités. L'écureuil qui détalait sous son nez était sans doute tentant, cependant il restait concentré sur son objectif premier, que ce soit le chat gris de Mme Kerry ou tout autre intrus de plus grande taille.

Peut-être était-ce la raison pour laquelle le chien était tellement subjugué, supposa Hayley. Il reconnaissait en Quinn une âme sœur. L'objet de son attention n'en était visiblement pas aussi sûr. Quinn paraissait plus médusé qu'autre chose par l'attitude de Cutter.

Enfin, Quinn parut faire un mouvement et Hayley se décida à lui jeter un regard : il rejoignit Teague et tous deux conversèrent à voix basse, tellement basse qu'elle ne put entendre.

Au bout d'un moment, en dépit du récit captivant, elle cessa d'essayer de lire. Avec Quinn dans la pièce, c'était impossible. L'énergie qu'il dégageait était aussi tangible que la gravité et quand il entrait quelque part, tout se mettait en mouvement.

A l'instar de Cutter, pensa Hayley.

Le chien se glissa au bas du canapé et fonça droit vers sa nouvelle idole.

Quinn, qui écoutait ce que lui disait Teague, ne sembla pas du tout remarquer le chien. Cependant Hayley le soupçonna d'avoir su exactement à quel moment celui-ci avait commencé à bouger. Il semblait avoir une perception décuplée de tout ce qui se passait autour de lui. Ce devait être le cas, songea-t-elle, s'il faisait régulièrement ce genre de chose. Elle préféra ne pas penser à cela, aux autres personnes qui avaient transité par ce lieu et qui étaient peut-être…

Ses pensées furent brusquement interrompues par un simple, et presque distrait, geste de Quinn. Un geste tout à fait naturel, dans des circonstances normales. Toutefois, dans ce contexte, et venant de cet homme, il sidéra Hayley.

Sans même regarder, il tendit la main et se mit à gratter l'oreille droite de Cutter.

Hayley n'en revenait pas, tandis que Cutter se trémoussait, évidemment ravi. Puis le chien s'appuya contre la jambe de Quinn. Celui-ci ne le regarda toujours pas mais la caresse, douce et affectueuse, se poursuivit. Et le chien soupira de contentement.

Ce ne devait pas être la première fois, jugea Hayley. A moins que Quinn n'ait deviné par magie que c'était l'endroit exact où Cutter adorait être caressé, juste en dessous de son oreille droite, vers l'arrière.

Fascinée, Hayley fut incapable de détourner les yeux. En fait, de façon presque idiote, elle se sentait rassurée. Quinn était sans doute froid, expéditif et inapprochable mais, apparemment, il n'était pas insensible.

Teague fit un geste vers Hayley. Quinn la regarda brièvement puis il secoua la tête.

Le frisson qui la parcourut balaya le peu de réconfort qu'elle avait éprouvé devant le geste affectueux de Quinn envers le chien. A l'évidence, elle était devenue un sujet de discussion et cela la rendit nerveuse.

C'était insensé, vraiment. Elle avait interprété ce simple geste de façon exagérée. Même les hommes malfaisants avaient eu, au cours de l'histoire, des chiens qu'ils aimaient apparemment.

Elle regardait fixement Quinn, réalisa-t-elle soudain, pétrifiée. Et, comme s'il le sentait, il la dévisagea de nouveau.

Le cœur de Hayley se mit à battre la chamade.

Elle s'obligea à reporter son attention sur le livre, même si cela lui était extrêmement difficile.

Observait-elle Quinn uniquement pour en apprendre plus sur lui ? Cela devenait de moins en moins crédible, s'avoua-t-elle.

12

La situation menaçait fort de virer au désastre, songea Quinn.

D'ailleurs, elle avait déjà en partie échappé à son contrôle, maugréa-t-il intérieurement alors que le chien trottait joyeusement à ses côtés. La présence de cet animal n'avait jamais fait partie du plan.

Cutter s'arrêta soudain et se tourna à demi.

D'instinct, Quinn s'arrêta lui aussi. Par quoi le chien avait-il été attiré ?

— Hé, patron…

La voix de Rafer s'éleva discrètement dans l'obscurité derrière Quinn, lui procurant un sentiment mêlé de satisfaction et d'inquiétude. De satisfaction parce qu'il n'avait pas entendu approcher Rafer ; l'homme était doué. D'inquiétude, pour la même raison ; lui-même n'était manifestement pas doué.

Ou beaucoup trop distrait.

— RAS ? s'enquit-il.

— Tout est calme, chuchota Rafer. Même chose pour Teague qui est sur le périmètre sud.

Rafer lança un regard au chien.

— Sa présence rend difficile le fait de surprendre qui que ce soit.

Mis à part moi, apparemment, se dit Quinn.

— Ce chien nous est utile. Va te reposer, Rafer. Je prends la relève.

— Ce n'est prévu que dans quarante-cinq minutes.

— Et pourtant, je suis là, marmonna Quinn. Vas-y…

Rafer acquiesça et s'éloigna.

Puis Quinn se remit à marcher. Le chien reprit immédiatement son poste à ses côtés.

Peut-être est-ce une bonne chose que ce fichu cabot soit là, conclut Quinn en lui-même. *Puisque tu as la tête ailleurs...*, se reprocha-t-il.

Cutter laissa alors échapper un aboiement étouffé, obliqua à gauche et accéléra. Le vent léger avait changé de direction, réalisa Quinn au même moment. Cela avait-il permis au chien de percevoir une nouvelle odeur ?

Un mouvement au loin sur la droite attira l'attention de Quinn. Il devait s'agir de Teague. En effet, l'instant d'après, l'homme exécuta le mouvement du bras indiquant qu'il n'y avait rien à signaler. Quinn répondit de la même manière. Le chien s'arrêta comme s'il avait compris le signal et savait que tout allait bien. Puis il revint au petit trot et reprit sa place aux côtés de Quinn.

Peut-être était-ce effectivement une bonne chose de compter ce chien parmi eux, conclut Quinn. Il avait déjà travaillé avec des unités canines et, quoique ces chiens l'aient toujours étonné, il n'avait jamais pensé à en adjoindre un à leur personnel. Cependant, ce chien, qu'il avait d'abord trouvé beau plutôt qu'intelligent, lui prouvait de plus en plus qu'il avait eu tort. Pour un animal qui n'avait pas reçu de formation militaire ou policière, soit il possédait un instinct incroyable, soit il apprenait tellement rapidement que c'en était troublant.

Enfin, en supposant qu'il n'ait pas reçu de formation de ce type… Quinn n'avait jamais vraiment posé la question à sa propriétaire.

« Hayley, bien que vous n'ayez pas pris la peine de me le demander », se rappela Quinn.

De toute façon, elle ne serait pas restée anonyme longtemps

vu le personnage. Quinn avait auparavant côtoyé d'autres femmes dans ce genre de situation et nombre d'entre elles avaient quasiment perdu tous leurs moyens. Très peu avaient eu le courage d'affronter Quinn comme celle-ci l'avait fait. Elle ne manquait pas de cran.

Ni d'ailleurs, pensa Quinn ironiquement, d'autres attributs que les membres de l'équipe avaient assurément remarqués. Et tous semblaient avoir aussi remarqué que cette femme exerçait sur Quinn une profonde attirance.

Voilà où il en était. Et il n'était pas fier. Venait-il vraiment, lui, Quinn Foxworth, de renoncer à dormir afin de s'éloigner de cette femme insolente et trop maligne aux yeux couleur de prairie ?

Et depuis quand était-il devenu poète ?

Il jura, furieux contre lui-même. S'il continuait à ce rythme, il commettrait une stupide erreur de débutant, simplement parce qu'il était beaucoup trop distrait pour rester concentré. D'accord, le plan de départ avait été *légèrement* modifié, mais n'avait-il pas toujours prêché la flexibilité ? N'avait-il pas sensibilisé ses hommes à la nature impermanente de leur travail, aux brusques changements de situation ? Pourquoi diable, alors, ne suivait-il pas ses propres conseils ? Pourquoi la situation le perturbait-elle autant ?

C'était la faute de cette femme. Voilà ce que l'on récoltait quand on errait en forêt la nuit. Elle aurait dû rester chez elle et laisser le chien retrouver seul son chemin jusqu'à la maison. Manifestement, Cutter était assez malin pour y parvenir.

Plus que malin. Quinn s'imaginait parfaitement se fier à l'ouïe et au flair de l'animal. Cela ne nécessiterait pas beaucoup d'efforts de le transformer en un auxiliaire canin de premier ordre.

Mais la femme vendrait-elle le chien ?

Quinn faillit se mettre à rire tout haut de la vision qui lui traversa l'esprit. A en juger par la façon dont la femme le regardait, elle l'imaginait capable de s'approprier purement et simplement l'animal. Il avait remarqué ces moments, souvent juste après qu'elle lui eut fait une remarque cinglante, où la peur traversait son regard. Ces moments où, un peu tard, son bon sens la rappelait à l'ordre et au silence.

Quinn aurait dû se féliciter de cette peur. Si la femme restait tranquille, peut-être pourrait-il la chasser de son esprit. Il savait faire preuve de cette discipline, durement acquise. Il devait seulement l'appliquer.

Toutefois, le souvenir de ce regard apeuré chez la femme ne le quitta plus. Il le gêna. Le tarauda, le tarabusta jusqu'à ce qu'il décide presque de renvoyer le chien à elle, pour que Cutter ne lui rappelle plus cette vision.

Mais l'animal lui obéirait-il ? Cutter semblait prendre lui-même la plupart de ses décisions et, même s'il disparaissait régulièrement pour rendre visite à la femme, il revenait toujours, comme s'il avait décidé que Quinn, lui aussi, faisait partie de ses attributions.

— C'est elle que tu devrais aller surveiller, pas moi, murmura Quinn à l'adresse du chien.

Bizarrement, comme s'il avait vraiment compris, le chien regarda la maison puis reporta les yeux sur Quinn, l'air de dire :

« Elle est en sécurité à l'intérieur. »

— Tu es presque effrayant, tu sais ça ? maugréa alors Quinn.

A ces mots, Cutter fixa intensément Quinn, lui évoquant à nouveau le chien de berger qui contrôlait ses animaux par la seule force de sa volonté et le magnétisme de son regard.

Le chien avança de quelques pas puis se retourna, attendant visiblement que Quinn reprenne le contrôle du périmètre.

Au bout d'un moment, Quinn se remit en marche, secouant la tête. Mais qui menait ce tour de garde en fait ?

Un désastre, songea-t-il de nouveau. Patrouiller avec un chien n'avait jamais fait partie du plan.

Pas plus que devoir chasser de son esprit la maîtresse de ce chien. Quinn ne voulait pas faire peur à la femme. Il voulait seulement qu'elle s'en aille. Il aurait aimé n'être jamais tombé sur elle.

Eh oui, les choses avaient vraiment tourné au désastre… Mais cela s'appliquait-il au plan ou seulement à lui ?

13

Hayley s'éveilla brusquement. Durant un moment, le rêve persista, tellement saisissant et réel que Hayley se tourna vers le mur près du lit. Dans son rêve, elle avait commencé à compter les jours en alignant des traits sur ce mur. Cela, en se servant du manche du rasoir qu'elle avait subtilisé.

Toutefois, ce n'était pas ce qui la faisait frissonner en cet instant. C'était l'image issue de ce rêve, tellement distincte et poignante qu'elle fut presque surprise que le mur qu'elle fixait soit intact.

Elle se redressa lentement, serrant ses bras autour d'elle. La pièce paraissait beaucoup plus froide qu'elle ne devait l'être en réalité.

Hayley ignorait où ils se trouvaient mais il y faisait chaud le jour et terriblement froid la nuit. Chaque soir, quelqu'un avait allumé un feu dans la cheminée avec ce que Teague lui avait décrit comme un combustible énergétique fait de sciure et de copeaux de bois, particulièrement écologique. Cela chauffait agréablement l'étage où était attiré l'air chaud.

Hayley avait demandé à Teague pourquoi ils n'utilisaient pas la chaudière. Il lui avait expliqué que cela économisait le propane de la grande citerne dans la grange pour d'autres tâches : faire la cuisine, chauffer l'eau et, le plus important, produire l'électricité.

Teague avait semblé si enclin à discuter qu'elle avait pris le risque de lui demander combien de temps ils resteraient là. Teague s'était instantanément refermé, s'excusant brusquement. Il n'avait même pas expliqué à Hayley qu'il ne pouvait pas en parler. Il avait simplement ignoré sa question et il était parti.

L'image issue du rêve traversa à nouveau son esprit. Quatre groupes de cinq traits, suivis par celui qu'elle avait ajouté dans son rêve. Vingt et un jours.

Vingt et un jours. Trois semaines.

L'idée qu'elle pourrait encore être en ce lieu trois semaines plus tard — voire plus longtemps — était horrible à envisager. Trois jours lui suffisaient déjà.

L'alternative, cependant, était pire.

Elle devait garder cela en tête. Les heures s'égrenaient et elle était toujours vivante ! Peut-être qu'ils n'allaient pas la tuer. Après tout, s'ils devaient le faire, pourquoi ne pas en finir tout de suite et éviter le tracas de la nourrir et de partager l'eau avec elle ? Comme Quinn le lui avait ostensiblement fait remarquer, Cutter, au moins, était utile. Elle n'était que…

Quoi ? Une nuisance ? Un désagrément ?

Elle secoua vivement la tête. Elle n'était rien d'aussi bénin et ferait bien de se le rappeler. Elle était un témoin. Le témoin gênant d'un kidnapping. Et, également, la victime d'un enlèvement.

Or, rien de tout cela ne cadrait avec la perspective de rentrer tranquillement chez elle lorsque tout ceci serait terminé.

Néanmoins, son esprit continuait d'y croire. Teague paraissait être un homme sympathique avec un brillant sens de l'humour qui surprenait Hayley. Liam semblait tellement jeune et innocent qu'elle ne parvenait pas à comprendre pourquoi il faisait cela. Rafer était calme, presque renfermé. Son regard recelait une part d'ombre qui ne devait pas être seulement due à la blessure, sans doute grave, qu'il avait manifestement reçue à la jambe gauche. Hayley avait eu raison à propos du boitement mais cela ne semblait pas beaucoup ralentir Rafer.

Quant à son voisin, Vicente, pour ce qu'elle avait vu de lui, il aurait aussi bien pu être un fantôme. Il avait apparemment pris à cœur l'ordre de Quinn puisqu'il n'avait fait aucun effort pour parler à Hayley. Et, lorsqu'ils s'étaient rencontrés dans le couloir, près de la salle de bains, la veille au soir, il avait détalé comme si elle était presque plus effrayante que les hommes qui les détenaient.

Ou comme s'il connaissait mieux qu'elle le prix à payer s'il désobéissait aux ordres de Quinn.

Eh oui, il fallait prendre cela en considération, songea-t-elle amèrement.

Quoique l'homme ne lui ait pas donné d'autre ordre que celui de rester dans ses quartiers. C'était une bonne chose qu'elle ne soit pas claustrophobe. Elle commençait cependant à s'agacer de n'être jamais autorisée à sortir. Quinn ne semblait pas être souvent dans la maison. Il restait toujours à l'extérieur. Supervisant. Donnant des ordres.

Excellant en tout cela, sans le moindre doute. Il semblait être ce genre de personne.

Une idée frappa soudain Hayley. Quinn et ses hommes pourraient simplement repartir en hélicoptère en l'abandonnant là, dans ce qui était vraiment pour elle le milieu de nulle part, puisqu'elle n'avait aucune idée d'où ils se trouvaient.

Elle s'irrita de ses pensées tortueuses. C'était tout ce qu'elle semblait capable de produire ces derniers temps, une succession de réflexions confuses, l'une chassant l'autre.

Peu à peu, la mezzanine s'éclairait, remarqua-t-elle. Il n'y avait pas d'horloge mais visiblement, c'était le petit matin. Cela la surprit ; elle avait mieux dormi qu'elle ne s'y était attendue étant donné les circonstances.

Le bruit familier des griffes résonna sur les marches de l'escalier. Cutter avait été près d'elle quand elle s'était couchée mais il avait disparu quand elle s'était réveillée dans la nuit. Probablement pour rejoindre Quinn… Le chien accompagnait les autres hommes s'ils le lui demandaient. Cependant, avec Quinn, c'était manifestement Cutter qui prenait la décision.

Le chien bondit sur le lit et donna à Hayley un grand coup de langue en guise de bonjour.

— J'aimerais que tu puisses parler, déclara-t-elle, pour la énième fois depuis que l'animal, si intelligent, était arrivé dans sa vie. J'adorerais connaître ton explication. A-t-il été ton maître dans une autre vie ? Quand il était peut-être seulement un homme ordinaire, un ingénieur ou un concepteur de logiciels ?

— Je préfère penser que j'ai été Sun Tzu.

Hayley réprima un sursaut. Comment un homme de la taille de Quinn réussissait-il à monter aussi silencieusement l'escalier ?

Surtout, il avait posé les yeux sur elle, ce qui lui fit regretter ses propos stupides. Cet homme, concepteur de logiciels ? Aucune chance. Hayley le voyait mal confiné dans un bureau. Ou alors, ingénieur ? Seulement s'il s'agissait de concevoir des armes, ironisa-t-elle.

Alors Sun Tzu, guerrier notoire et auteur de *L'Art de la guerre* ? Oh oui, elle l'imaginait parfaitement.

Pendant un long moment, Quinn resta simplement debout à la fixer. En fait, les rares fois où il s'était trouvé à l'intérieur alors qu'elle était réveillée, il avait semblé faire seulement cela : l'observer.

Elle devait s'y attendre, se dit-elle. Après tout, elle aussi le détaillait dès qu'elle en avait l'occasion et il en avait évidemment conscience. L'homme ne ratait rien. Cependant, Hayley continuait. Plus elle en saurait, plus elle aurait de chances de survivre, non ?

Du moins était-ce pour cela qu'elle avait commencé à le faire.

Hayley ne se rappelait que trop clairement ce moment,

la veille, où elle s'était rendu compte que les choses avaient changé. Quand elle avait profité de ce que Liam soit suffisamment absorbé par les informations sur son ordinateur pour regarder par l'une des fenêtres non condamnées de la maison.

La scène qui s'était déroulée sous ses yeux avait été aussi déconcertante qu'inattendue. Cutter s'adonnait joyeusement à l'une de ses occupations favorites, une sérieuse partie de jeu. Il courait pour aller chercher un bâton lancé encore et encore par un Quinn qui semblait tout aussi infatigable que lui.

L'espace d'un instant, Hayley s'était figée, regardant non pas le chien mais l'homme. L'homme qui se déplaçait avec aisance et robustesse, avec autant de grâce féline que de puissance. Quinn lançait ce bâton à une distance qu'elle-même n'aurait jamais pu atteindre et Cutter adorait.

Devant ce spectacle, la poitrine de Hayley s'était comprimée d'une façon étrange et nouvelle qui n'avait rien à voir avec la peur… Quinn était un homme très attirant.

Et en cet instant, il la scrutait toujours, la dominant de toute sa taille, pendant qu'elle était au lit. Elle décida donc de se lever. Cependant, elle ne portait que le maxi T-shirt que Quinn lui avait fourni. Elle dut se retenir d'attraper la couverture pour la remonter sous son menton, telle l'héroïne d'un vieux mélodrame.

Quinn te toisera, de toute façon, marmonna-t-elle pour elle-même, restant au lit.

— Que voulez-vous ? lui demanda-t-elle, sèchement afin de masquer son agitation.

Un instant, quelque chose parut animer le regard de Quinn, quelque chose de torride et tentant. Cela disparut très vite, mais Hayley en resta toute frissonnante.

— Ravitaillement, répondit laconiquement Quinn.

Il tourna son regard vers le chien.

— De quoi a-t-il besoin ?

— Vous allez en hélicoptère au supermarché le plus proche ? persifla Hayley.

Quinn ne sourit absolument pas.

— Vous pourriez peut-être vous montrer plus diplomate quand je vous demande ce dont vous avez besoin.

— Vous avez demandé ce qu'il *lui* fallait, rappela Hayley.

— Je l'aime bien, concéda Quinn.

— Parce qu'il ne pose pas de questions ?

— Et il n'est pas non plus sarcastique, ajouta Quinn.

Hayley ne put s'empêcher d'émettre un petit rire sans joie.

— Oh ! Il peut l'être. S'il en ressent l'envie.

— Sarcastique ? Un chien ? s'étonna Quinn.

A la façon dont il la regarda, il l'assimilait à ces personnes qui anthropomorphisaient à l'extrême leurs animaux de compagnie, leur attribuant pensées et motivations humaines comme si les cerveaux humain et canin fonctionnaient à l'identique.

Hayley n'avait jamais été ainsi. Cependant, Cutter… Eh bien, il était différent. Probablement les autres propriétaires d'animaux pensaient-ils la même chose de leurs chiens ou chats. Mais Cutter était vraiment différent.

Et sarcastique, donc.

Pour preuve, Hayley révéla à Quinn le fait suivant :

— Cutter hurle chaque fois qu'arrive notre factrice, qui est également une chanteuse d'opéra refoulée.

Quinn plissa les yeux.

— Comment ça ?

— Elle chante sans arrêt, pas très bien. A pleins poumons, en fait. Donc Cutter a pris l'habitude d'annoncer l'arrivée du courrier par un hurlement qui ressemble de façon effrayante à celui de la factrice. Empreint de vibrato.

Cette information sembla dérouter Quinn. Il observa le chien, assis près de Hayley sur le lit. D'ailleurs, Quinn semblait la plupart du temps dérouté par le comportement du chien. Et, en cet instant, alors que Cutter le regardait lui aussi, la langue frétillante, arborant un sourire canin, Quinn parut réprimer un sourire en retour.

A quoi ressemblerait Quinn s'il se laissait aller à afficher ce sourire ? se demanda Hayley. Il avait déjà un charme ravageur, s'il s'ouvrait vraiment, il serait sans doute…

Il est toujours l'homme qui t'a kidnappée, se rappela-t-elle abruptement.

Tu es supposée l'observer pour savoir comment te comporter avec lui afin de rester en vie. Pas pour remarquer combien il est grand, mince et sexy.

Comment y parvenir, là était la question.

— Pourquoi vous n'avez pas envoyé Liam, comme d'habitude ? lança-t-elle.

— Il dort, répondit Quinn. Il a assuré le poste de nuit.

Il indiqua cela négligemment, comme s'ils travaillaient dans une usine, de simples hommes ordinaires faisant un travail ordinaire.

Mais ces hommes n'avaient rien d'ordinaire, pensa Hayley.

En particulier celui qui se tenait debout devant elle, appuyé contre la balustrade de la mezzanine, les bras croisés sur son large torse.

Qui était son patron ? s'interrogea Hayley. Pas seulement parce qu'il était manifestement le chef de l'équipe mais aussi parce qu'elle se le représentait difficilement prenant des ordres de quiconque. Quinn recevait les suggestions de ses hommes, Hayley avait pu le constater, et il agissait parfois en conséquence, mais des ordres venant d'un supérieur ? Elle avait du mal à l'imaginer.

Elle avait pourtant une imagination fertile. Débridée, même. Elle se racontait beaucoup d'histoires. Par exemple que son cœur chavirait dès que Quinn posait les yeux sur elle. Qu'elle développait pour lui un désir croissant, plus obsessionnel à chaque heure qui s'écoulait. Et surtout que le regard de Quinn brûlait d'un même désir pour elle.

Le cliché de l'otage amoureuse de son ravisseur !
Voilà ce qu'elle était, un cliché ambulant.
Et une idiote.
Pire, si elle n'y prenait pas garde : une idiote morte.

14

— Elle est seulement effrayée, affirma Teague.

Quinn, qui était occupé à se verser un café, s'interrompit et tourna la tête vers l'ex-marine.

— Effrayée ?

Teague haussa les épaules.

— Ma sœur était comme ça. Quand elle avait peur, il fallait qu'elle fanfaronne. Elle me balançait des vannes, ce genre de choses. Je pense que c'était sa manière d'éviter de devenir hystérique.

Le regard de Teague se fit soudain distant, comme s'il contemplait une scène du passé. Quinn ne savait que trop bien laquelle. Cependant, il ne fit pas de commentaire. Ils avaient eu cette discussion une fois et Teague n'avait certainement pas envie que cela se reproduise.

— Elle pose beaucoup de questions, poursuivit Teague. Peut-être que nous devrions la mettre au courant.

Quinn haussa un sourcil.

— Je veux dire, elle est plutôt sensée et intelligente, ajouta Teague. Elle comprendrait peut-être.

— Assez intelligente pour choisir de *te* cuisiner, fit observer Quinn.

— Hé, c'est moi le membre le plus sympa de l'équipe ! plaisanta Teague.

— Et c'est l'une des raisons de ta présence ici, souligna

Quinn. Mais tu sais qu'intelligence ne rime pas forcément avec bon sens.

Teague haussa de nouveau les épaules.

— Je sais. La plupart de mes collègues enseignants me l'ont prouvé. Voilà pourquoi j'ai rejoint les marines.

Quinn ébaucha un sourire. Teague faisait assurément autant preuve d'intelligence que de bon sens, ce qui n'était pas toujours la meilleure recette pour survivre dans le monde universitaire.

— Nous ne pouvons pas prendre le risque de la mettre au courant, Teague. Trop de choses dépendent de la confidentialité de cette opération.

Teague se contenta de hocher la tête. Question de bon sens, encore une fois, songea Quinn. Mais Teague en aurait-il assez pour garder le silence ?

— Euh… patron ?

Quelque chose avait changé dans le ton de Teague et il modifia sa posture, l'air plus circonspect.

— Oui, je sais, lui confirma Quinn. Elle nous écoute.

Il y eut un léger mouvement derrière lui, juste après le seuil de la cuisine.

Teague regarda dans cette direction puis il reporta les yeux sur le visage de Quinn.

— Je vais voir si Vicente a besoin de quelque chose avant de sortir, annonça Teague avant de disparaître.

L'intruse fit le mouvement inverse et s'avança dans la pièce. Quinn en fut quelque peu surpris. Décidément, la femme ne manquait pas de courage.

Quinn l'observa tandis qu'elle prenait une tasse et se versait un café. Elle se retourna ensuite pour lui faire face, seule l'ondulation légère à la surface du liquide sombre suggérant qu'elle n'était pas aussi calme qu'elle voulait bien le paraître.

— Qu'espériez-vous ? demanda-t-elle à Quinn.

Elle marquait un point, concéda-t-il. Il ne s'était simplement pas attendu à ce qu'elle l'affronte ni reconnaisse aussi ouvertement ce qu'elle faisait.

— Savoir, c'est pouvoir, admit-il.

— Vous feriez la même chose si vous étiez à ma place, non ?

Et elle ajouta, une note d'amertume dans la voix :

— Excepté que vous ne vous seriez pas laissé kidnapper…

Quinn étudia la femme pendant un moment, puis répliqua :

— Quoique je conteste le terme *kidnapper*, vous n'avez guère eu le choix en l'occurrence.

— Et comment, reprit-elle d'une voix nettement plus aigre, appelleriez-vous cela ?

— Une décision stratégique.

Elle le détailla à son tour. A nouveau, s'il en jugeait strictement par sa façon posée de soutenir son regard, elle ne paraissait pas du tout effrayée. Seul son langage corporel défensif, la tasse de café brandie devant elle comme s'il s'agissait d'une arme et les légers tremblements qui créaient des ondulations à la surface du liquide, la trahissaient.

Elle persifla :

— Eh bien, vu d'ici, votre *décision stratégique* ressemblait à s'y méprendre à un kidnapping.

— J'en suis sûr, concéda Quinn.

La femme fronça les sourcils.

— Ne soyez pas condescendant, par-dessus le marché.

— Comment cela, condescendant ?

— Ne convenez pas de ce que je viens de dire juste pour me faire taire.

— J'en convenais parce que c'est vrai, rectifia Quinn. Je suis sûr que c'est l'impression que vous en avez eue.

La femme le regardait comme si elle ne croyait pas un mot de ce qu'il disait. Et il ne pouvait guère le lui reprocher.

Il prit la poêle, des œufs, le bacon.

— Qui êtes-vous tous les quatre ? lança-t-elle abruptement.

Quinn ne s'était pas attendu à cette question directe et

franche. Peut-être la femme n'était-elle pas aussi effrayée que le pensait Teague. Ou peut-être avait-elle simplement assez de cran pour surmonter sa peur.

— Pour l'instant, lui répondit Quinn, nous sommes les hommes qui avons le contrôle.

— Vous voulez dire que vos armes ont le contrôle ?

— Elles maintiennent l'équilibre.

— L'équilibre ? répéta la femme.

Sa voix monta un peu dans les aigus, premier indice vocal de sa nervosité, songea Quinn.

— Dieu a créé les hommes, Sam Colt les a rendus égaux. Je crois que ce sont les termes de la maxime, lança Quinn.

La femme grimaça.

— C'était une époque différente, objecta-t-elle.

Puis, après un coup d'œil à l'arme de poing dans l'étui de Quinn, elle ajouta :

— Et ce n'est pas un Colt.

Quinn ne réagit pas à ce savoir inattendu. Toutefois, il enregistra le fait : elle avait identifié l'arme.

Son arme de prédilection était généralement un HK à moins que la mission ne requière un autre choix.

— Une époque différente, en effet, acquiesça-t-il en prenant un saladier. Cependant, l'humain n'a pas beaucoup évolué sous le vernis apparent de la civilisation.

— Si c'est supposé me rassurer, ça ne fonctionne pas, commenta la femme.

— Ça le devrait, pourtant. Nous avons besoin d'hommes coriaces pendant les périodes difficiles.

— Si nous avons besoin de criminels et de kidnappeurs, alors nous sommes en très mauvaise posture en effet ! rétorqua-t-elle.

Quinn ne put retenir un petit rire. A vrai dire, il aimait la façon dont elle lui tenait tête et répliquait malgré sa peur.

Il se mit à casser les œufs dans le saladier. Lorsqu'il arriva à plus de six, la femme afficha un air perplexe.

— C'est une bonne chose d'avoir découvert que les œufs n'étaient pas si mauvais qu'on le pensait pour la santé.

Il lui lança un regard.

— Vous vous inquiétez pour ma santé ?

— Pas vous ?

— Non, puisque ce n'est pas seulement pour moi.

Elle parut surprise.

— Vous préparez le petit déjeuner pour tout le monde ?

— Chacun le fait à tour de rôle.

— Même vous ? releva la femme.

Quinn haussa un sourcil.

— Vous préféreriez que je vous affecte à ce rôle ?

— Tout dépend. Il y a de la mort-aux-rats quelque part ?

Cette fois, Quinn ne put s'empêcher de rire franchement.

— Désolé. Vous voulez prendre la suite ?

Il souleva la lourde poêle en fonte.

— Je vous en prie, pas encore un cliché, grommela-t-elle.

Un troisième rire menaça d'échapper à Quinn. Ce qui, en soi, l'étonna. Il ne se rappelait pas la dernière fois où il avait été si près de rire, même une seule fois, alors trois…

Mais, entre son chien et elle, il avait été amené à sourire — quoique intérieurement — très souvent. C'était déconcertant.

Il posa la grande poêle sur un brûleur et s'affaira à battre les œufs dans le saladier, puis à les assaisonner.

— Des personnes vont me rechercher. Le rechercher, lui aussi, probablement, ajouta-t-elle en esquissant un geste en direction de la chambre où leur précieux prisonnier semblait se satisfaire de se cacher.

— Oh ! Il va être recherché, c'est certain, concéda Quinn. Quant à vous ? Peut-être. Cependant, vous n'avez pas vraiment eu une vie sociale trépidante depuis le décès de votre mère.

Il lui lança un regard, sûr de son coup. Et en effet, elle se décomposa. Puis le dévisagea, visiblement stupéfaite.

— Comment êtes-vous au courant pour ma mère ?

— Nous préparons consciencieusement nos missions.

— Et qui diable est ce *nous* ? Qui êtes-vous donc ?

Quinn ignora la question. Cela n'arrêta pas la femme pour autant.

— J'y ai réfléchi, confia-t-elle. Soit vous menez une vaste opération criminelle, soit vous êtes des agents gouvernementaux.

— En un sens…, convint Quinn, tout en ajoutant sel et poivre aux œufs. Je dirais qu'il n'y a pas grande différence.

— Je pencherais pour le gouvernement, poursuivit-elle comme s'il n'avait rien dit. Il n'y a que des agents gouvernementaux pour enlever les gens sur leur propriété.

— D'un point de vue technique, protesta mollement Quinn, vous étiez sur la propriété de quelqu'un d'autre.

Elle leva les yeux au ciel, marmonnant :

— J'aurais dû prendre la poêle.

Quinn étouffa à nouveau un rire.

Toutefois, elle n'en avait apparemment pas terminé.

— Alors, à quelle agence appartenez-vous ? La CIA, la DEA, le DHS ? Qui a dépensé l'argent de mes impôts pour que vous me traitiez comme une vulgaire criminelle ?

— Tout de même mieux que cela, je pense, lui répondit Quinn.

Il appréciait décidément l'aplomb de cette femme, mais s'obligea à réprimer ce sentiment en cuisinant. Il déposa le bacon dans la poêle désormais chaude.

— Très bien, conclut-elle d'un ton sec. Nous dirons donc que je bénéficie d'un traitement de faveur. Ce n'est toujours pas une réponse.

— Nous ne sommes pas des agents gouvernementaux.

Quinn fut un peu surpris de l'avoir reconnu. Non que cela n'ait pas l'effet désiré. S'ils représentaient le gouvernement, la femme pourrait certes être plus encline à collaborer. Cependant, elle ne semblait pas apprécier toutes les agences émanant de Washington. Peut-être que la garder dans l'ignorance entretiendrait son appréhension et la rendrait plus coopérative, estima Quinn. Toutefois, il n'avait pas envie d'alimenter sa peur, aussi efficace que cela puisse être.

L'odeur tentante du bacon en train de frire commençait à réveiller l'estomac de Quinn, ainsi que celui de son hôte à en juger par la manière dont elle humait l'air en penchant la tête.

Quinn prit alors une décision et se tourna pour faire face à la femme. Elle tenait toujours la tasse de café, qui était probablement assez chaude pour faire des dégâts si elle la lui jetait au visage. Venant d'elle, il n'en serait pas autrement étonné.

— Hayley…

Elle ne dit rien mais de toute évidence l'utilisation de son prénom la troubla. C'était une première.

— Nous ne sommes pas les méchants, assura Quinn.

Elle l'étudia pendant un moment avant de lui répondre :

— Puisque ma vie est pleine de clichés ces derniers temps, permettez-moi d'en ajouter un : *il n'y a pas de fumée sans feu.*

— Si j'avais le choix, vous ne seriez pas ici, insista Quinn.

Les lèvres de la femme s'entrouvrirent puis se refermèrent, comme si elle hésitait à dire quelque chose.

Quinn contempla cette bouche sagace et sexy.

— Jusque-là, vous disiez *nous*, releva-t-elle.

Elle était décidément perspicace.

— Ça n'a pas été une décision concertée mais la mienne.

— Parce que vous êtes le chef.

— En effet.

Il n'allait pas nier l'évidence.

— Vous êtes donc la personne que je dois blâmer pour tout ceci, asséna-t-elle, ses lèvres esquissant un sourire.

— Il semblerait.

Hayley Cole n'avait pas froid aux yeux, songea Quinn,

utilisant ses nom et prénom pour la première fois en pensant à elle.

Quand ils avaient acheté la maison qui devait désormais être une ruine incandescente, ils avaient bien entendu mené des recherches approfondies sur tous les voisins. En fait, c'était plutôt Charlie qui avait mené les recherches. Notamment sur Hayley Cole.

Elle frissonna face à Quinn, semblant hésiter à reprendre la parole.

Finalement, elle lança :

— Pourquoi ne pas m'avoir simplement tuée ?

Cette discussion allait trop loin, jugea Quinn. D'autant plus qu'il se mettait à y prendre goût.

Il devait cesser.

— J'en ai encore le temps, répliqua-t-il, instillant ce qu'il espéra être le juste équilibre d'exaspération et de menace dans sa voix.

Au moins se mura-t-elle dans le silence.

Mais, la connaissant désormais un peu, cela ne durerait pas.

15

« Hayley, nous ne sommes pas les méchants »

Au souvenir des paroles de Quinn, Hayley frissonna. De peur ou d'envie, elle n'aurait su dire et serra ses bras autour de son corps. Quinn avait prononcé son prénom pour la première fois…

A cette pensée, elle regimba intérieurement. Ce n'était pas le moment de se comporter en adolescente. Et elle s'expliquait parfaitement pourquoi son pouls s'était emballé quand il avait prononcé son nom de cette voix grave et rauque. Après tout, cela faisait bien longtemps qu'elle n'avait plus envisagé d'avoir un homme dans sa vie. Elle en avait rencontré quelques-uns mais aucun n'avait éveillé son intérêt. Prendre soin de sa mère avait sapé toute son énergie. Probablement était-elle encore dans cet état d'hébétude…

Jusqu'à ce que cet homme ne fasse rien d'autre que prononcer son prénom.

Arrête, s'ordonna Hayley. *Tu es déstabilisée, voilà tout.*

Elle devait penser à ce que Quinn disait, pas à la manière dont il l'avait dit. Et certainement pas à l'intonation de sa voix quand il prononçait son prénom.

« Nous ne sommes pas les méchants. »

Mais ne serait-ce pas précisément ce qu'affirmeraient des criminels ? Afin de la pousser à coopérer ? Ils lui diraient n'importe quoi. Ils joueraient au gentil flic et au méchant flic, non ? Afin de la pousser à se confier à Liam ou peut-être à Teague, à qui incomberait le rôle du gentil flic. Il était parfaitement inutile de se demander qui incarnerait le méchant flic.

Néanmoins, Hayley devait l'admettre : ces instants passés dans la cuisine avaient paru… assez différents.

Bien sûr ! Parce que regarder un dur à cuire faire à manger te rend toute chose.

C'était certainement la triste vérité. Raison pour laquelle elle s'était retirée sur la mezzanine plutôt que de rester dans la pièce principale comme elle avait pris l'habitude de le faire car c'était plus confortable pour lire.

Cependant, en cet instant, elle avait besoin de réfléchir et d'avoir les idées claires. Il fallait qu'elle analyse la situation pour décider de la conduite à tenir. Allait-elle simplement se résigner en espérant que cela finirait bien ? Ou se rebeller et tenter de s'assurer que cela finisse bien ?

Cela ferait-il d'ailleurs une différence ?

Elle pourrait être une prisonnière exemplaire et tout de même finir abattue parce qu'elle était capable de les identifier.

Cette pensée lui resta en travers de la gorge.

Elle préférerait encore se battre si elle devait mourir de toute façon. Ce serait probablement plus rapide ainsi.

A l'évidence, Quinn dirigeait les opérations quotidiennes. Et il édictait les règles. Quel que soit le membre de l'équipe que Hayley interrogeait, la réponse était toujours la même :

« Désolé, je ne peux pas parler. Ordre de Quinn. »

Enfin, Rafer omettait le *Désolé*. Les civilités ne semblaient pas faire partie de son répertoire. Mais le résultat était le même. Si Hayley voulait des renseignements, elle devait les demander au patron.

Excepté que…

Tout ceci semblait tourner autour de Vicente. Son ancien voisin serait-il le véritable meneur ? s'interrogea Hayley. Se pouvait-il qu'il coordonne tout ? Cependant, puisqu'il restait tout le temps cloîtré dans sa chambre, elle ne le saurait jamais. Peut-être était-ce lui le grand patron, dont Quinn se contentait de suivre les ordres.

L'esprit de Hayley rejeta cette idée. Quinn s'était montré déférent envers le vieil homme mais pas à la manière d'un employé s'adressant à son supérieur.

Soudain, elle eut une révélation. Quinn avait effectivement fait preuve de déférence envers Vicente. Et, si l'intuition de Hayley était juste, ce n'était pas une chose qu'il faisait à la légère. Par conséquent, Vicente, en raison de qui il était ou de pourquoi il se trouvait là, avait gagné le respect de Quinn.

L'esprit de Hayley bouillonnait. Assurément, elle était sur la bonne voie. Elle devait examiner toutes les possibilités. Cette affaire tournait évidemment autour de l'homme à la barbe argentée.

La présence de Hayley en ce lieu était purement fortuite, illustration typique de l'expression *se trouver au mauvais endroit au mauvais moment*. Et peut-être était-ce sur ordre de Vicente que Quinn la gardait saine et sauve. Vicente avait semblé désolé qu'elle ait été entraînée dans tout ceci. Juste avant que Quinn ne lui interdise de parler à Hayley.

Vicente avait alors obtempéré. Cela signifiait-il qu'il n'était pas le meneur ? Ou simplement que, dans cette situation, Quinn savait mieux que Vicente ce qu'il convenait de faire ? Etait-il possible qu'un supérieur admette que l'un de ses subordonnés puisse avoir une meilleure vision que la sienne ?

Cela prouverait incontestablement qu'ils n'incarnaient pas le gouvernement, songea Hayley avec ironie.

Elle rumina tout cela pendant très longtemps avant d'en arriver aux seules conclusions possibles.

Soit ces hommes étaient des criminels, auquel cas elle mourrait vraisemblablement quoi qu'il arrive et les choses pourraient très, très mal tourner.

Soit ils étaient du bon côté de la loi, n'avaient aucunement l'intention de la tuer et, dans ce cas, ce qu'elle pouvait dire ou faire n'avait pas grande importance. Si elle continuait à insister, elle se retrouverait enfermée ou alors… elle obtiendrait des réponses.

Et comme il n'était pas dans sa nature de subir les événements, son plan d'action devint soudain très clair.

Elle signerait peut-être son arrêt de mort mais elle allait se battre.

16

— D'où vient Vicente ? questionna Hayley. Je veux dire, à l'origine.

Quinn continua d'émincer l'oignon, ignorant Hayley comme il l'aurait fait d'un moucheron, agaçant mais inoffensif. Excepté qu'il aurait écrasé un moucheron.

— Je le lui aurais bien demandé mais, bien sûr, il n'est pas autorisé à me parler, poursuivit-elle.

Soudain, Quinn regrettait d'avoir offert à Liam de préparer le dîner à sa place. Il s'était senti secrètement flatté que l'homme parti au ravitaillement ait pris la peine d'acheter du poulet ainsi que de la glace pour le garder au frais durant le trajet du retour, tout cela dans l'espoir que Quinn leur cuisinerait son poulet sauté aux piments. Le plat était l'un des préférés du jeune Texan et, en temps ordinaire, Quinn ne voyait aucun inconvénient à le préparer.

Dans le cas présent, cela l'ennuyait seulement à cause de ce moucheron insistant. Ces quatre jours avaient été très longs et, si les choses ne se déroulaient pas comme prévu, cela allait devenir vraiment lassant.

— C'est intéressant. Je n'avais encore jamais été une paria, persifla Hayley.

J'en suis certain, pensa Quinn.

Hayley avait dit cela négligemment, avec cette sorte d'intérêt curieux que l'on pourrait porter… eh bien, à son chien, par exemple. Quoique Cutter soit plus qu'intéressant, se dit Quinn. Il n'avait jamais rencontré un chien tel que lui. Liam avait grandi dans une famille d'éleveurs de chiens et même lui reconnaissait que Cutter était… différent.

Quinn jeta alors un coup d'œil à l'entrée de la cuisine où Cutter était affalé par terre, dans la position parfaite pour faire trébucher quiconque tenterait d'entrer ou de sortir de la pièce.

— C'est la première fois que je le vois se détendre vraiment, commenta Quinn.

Hayley esquissa un sourire assez mélancolique.

— A la maison, il le fait seulement quand il pense que tout est en ordre. J'ignore ce que ça signifie en l'occurrence.

Comme en réaction à ces paroles, Cutter releva la tête et les regarda tous deux. Il semblait effectivement penser que tout était en ordre, observa Quinn. Avec Hayley et lui coincés ensemble dans la cuisine ?

Quinn n'était pas coutumier des pensées fantasques et il étouffa celle-ci dans l'œuf. C'était la faute de ce satané chien. Il n'agissait vraiment pas comme un chien ordinaire.

— Où l'avez-vous trouvé ? demanda-t-il à Hayley.

— C'est lui qui m'a trouvée.

Quinn cessa un instant d'émincer les piments.

— Pardon ?

Hayley haussa les épaules.

— Cutter est tout simplement apparu sur mon perron un jour. Il portait ce collier avec la médaille à son nom. J'ai essayé de retrouver son propriétaire. J'ai passé des annonces, pensant que la forme étrange de cette médaille serait un indice révélateur mais je n'ai jamais reçu de réponse. J'ai même contacté les garde-côtes.

Quinn en fut surpris.

— La médaille ressemble à un bateau, expliqua Hayley. J'ai donc supposé que Cutter appartenait à l'un des leurs. Mais je n'ai pas eu plus de chance de ce côté.

— Vous l'avez donc gardé, conclut Quinn.

— Je n'avais plus vraiment le choix en fait. Après plusieurs mois, je ne pouvais imaginer la vie sans lui. Et j'avais… besoin de quelque chose à l'époque.

— C'est-à-dire ? voulut savoir Quinn.

— Ma mère venait de décéder deux semaines plus tôt.

Quinn cessa d'émincer et se tourna vers Hayley.

Elle poursuivit :

— J'avais l'impression de ne plus avoir de but dans la vie après avoir passé deux années à me concentrer uniquement sur le fait de prendre soin d'elle.

Instinctivement, Quinn reposa le couteau sur le plan de travail et leva le bras comme pour prendre le visage de Hayley entre ses mains. S'en rendant compte, il s'interrompit, mais pas assez tôt cependant pour dissimuler son geste. Il serra alors le poing et se planta les ongles dans la paume, se servant de la douleur comme d'une distraction.

Se distraire de ce qui pourrait le mener au désastre.

Se distraire de ce qu'il désirait soudain tellement qu'il ne pouvait être sûr de résister à l'envie de le prendre.

Il avait envie d'embrasser Hayley. De lui donner un long baiser, torride et langoureux.

Refusant de céder à la tentation, il s'empara à nouveau du couteau et reprit d'un ton cassant :

— C'était votre choix de vous consacrer à votre mère…

Hayley eut un mouvement de recul.

— Bien sûr, ça l'a été. Je l'aimais. Mais cela n'a pas rendu les choses plus simples.

Bon sang, il n'avait pas eu l'intention de dire cela.

— Je voulais seulement rappeler que certaines personnes ne font pas ce choix, marmonna-t-il entre ses dents.

Il se remit à émincer le dernier piment avec vigueur. Quelle mouche l'avait piqué ? se reprocha-t-il.

Au bout d'un moment, Hayley lui demanda d'une voix douce :

— Et vous ?

Quinn n'avait aucune envie d'aborder le sujet. Il s'attaqua au poulet.

Mais Hayley insista :

— Aviez-vous des frères et des sœurs pour s'en charger ? Est-ce la raison pour laquelle vous n'avez pas eu à le faire ?

— Vous n'avez pas un livre à terminer ?

Les mots échappèrent brutalement à Quinn, violant le serment qu'il s'était fait de ne pas s'impliquer.

D'ailleurs, Cutter releva la tête.

— Si, bien sûr, répondit Hayley. J'ai un livre en cours. Mais j'ai aussi tout le temps du monde ces jours-ci…

Elle avait parlé sur un ton insouciant avec un geste désinvolte de la main. Comme s'il s'agissait d'une conversation ordinaire dans des circonstances ordinaires.

— Personne n'a tout le temps du monde, répliqua Quinn.

Hayley tressaillit, mais se ressaisit presque aussitôt, nota Quinn avec un brin d'admiration.

— Je me demande seulement, poursuivit-elle sur un ton faussement détendu, pourquoi certaines personnes abandonnent ceux qu'elles étaient censées aimer.

Le couteau glissa, entaillant la pulpe du pouce gauche de Quinn. Il jura, saisit une serviette en papier et fit pression pour arrêter le saignement.

— J'avais dix ans, grommela-t-il entre ses dents serrées, et si quelqu'un a abandonné l'autre, ça n'a pas été moi.

Il avait enfin réussi à la faire taire. Il aurait dû être satisfait. Au lieu de cela, un profond dégoût de lui-même le saisit. Se servir des circonstances tragiques de sa vie pour réduire au silence une femme agaçante n'était pas glorieux.

— Fichez donc le camp d'ici et retournez à votre livre pour enfants ! lança-t-il d'une voix rageuse.

Il commençait à perdre son sang-froid et s'en rendit compte. Cutter aussi, car il leva la tête et son regard alla de Hayley à Quinn avec une vigilance renouvelée.

— D'accord, c'est un livre pour enfants, convint Hayley

comme si Quinn lui avait demandé une explication. Un roman rempli d'abandons, d'épreuves, d'injustice et finalement de triomphe. C'est probablement cela qui le rend tellement agréable à lire. Vous devriez essayer…

— Pour le cas où vous ne l'auriez pas remarqué, je tiens un couteau ! vociféra Quinn.

— Je l'ai remarqué, lui assura Hayley. J'ai aussi remarqué que vous êtes le seul à saigner en ce moment.

Quinn se tourna alors vers elle. Et il posa sur elle un regard qui en aurait imposé à des hommes armés.

— De-hors !

Elle hésita durant une fraction de seconde, réfléchissant certainement à ce qui pourrait arriver si elle n'obtempérait pas. Etait-elle folle ? se demanda Quinn. Ou seulement trop courageuse pour son propre bien ?

Mais elle tourna les talons et s'éloigna.

Troublé à la vue de ses fesses sexy, Quinn se força à se remettre à la tâche, découpant le poulet avec une férocité qui menaça de rouvrir la blessure de son pouce.

17

Hayley parvint à maîtriser son tremblement jusqu'à ce qu'elle soit sortie de la cuisine. Mais ensuite, dans le salon, elle heurta de plein fouet Rafer, de retour de sa garde.

— Echaudée ? demanda-t-il à voix basse comme s'il voulait éviter que Quinn l'entende.

Hayley considéra l'homme un peu plus âgé. Dans ses yeux sombres et hantés, quelque chose ressemblait bizarrement à de l'admiration. Ou peut-être était-ce seulement de l'intérêt ? De la curiosité ? Cela paraissait beaucoup plus logique.

— Peut-être un peu échaudée, admit-elle.

— Je ne peux qu'admirer votre courage, jeune dame, la félicita Rafer. Quinn est un personnage intimidant et je ne connais pas beaucoup d'hommes qui lui auraient tenu tête comme vous venez de le faire.

— Chose qui devrait lui arriver plus souvent, ça ne lui ferait pas de mal, commenta Hayley.

— Peut-être, reconnut Rafer. Enervez-le un peu.

Ce soutien, tellement inattendu, la sidéra.

Durant un instant, elle se contenta de dévisager cet homme qui, depuis leur arrivée en ce lieu, avait été une présence silencieuse et assurément funeste.

— Je ne suis pas sûre que qui que ce soit puisse énerver Quinn, soupira Hayley.

Rafer la dévisagea sans dire un mot pendant un long moment. Puis, finalement, un sourire à peine perceptible étira ses lèvres. C'était une chose que Hayley n'avait jamais vue auparavant. Lorsqu'il n'avait pas l'air sombre ou le regard hanté, Rafer était séduisant, remarqua-t-elle.

— Je le connais depuis qu'il est enfant, reprit Rafer, et je n'ai jamais vu personne lui porter à ce point sur les nerfs.

— Peut-être qu'il n'aime pas qu'une prisonnière lui réponde.

Rafer haussa un sourcil.

— Une prisonnière ?

— Comment appelleriez-vous cela ?

— Je me garderai bien de m'en mêler, conformément à ses ordres, répondit Rafer. Parce que j'ai envie de goûter à son plat avant de sortir contrôler le périmètre.

— Dommage que vous ne puissiez vous cacher de moi comme Vicente, observa Hayley.

— Prenez garde !

La voix de Quinn s'éleva derrière Hayley.

— Ou nous pourrions renverser la situation et vous confiner dans votre chambre.

Hayley se figea. Un instant, son esprit s'égara à l'évocation du mot *chambre* et son corps se contracta de désir. Comment pouvait-elle être aussi stupide dès que Quinn se tenait près d'elle ?

Elle fit volte-face.

— Pourquoi vous ne l'avez pas fait ?

— C'est *son* choix, asséna Quinn.

— Pourquoi ? insista Hayley.

— Ça *le* regarde, maugréa Quinn.

D'un geste, il désigna la cuisine à Rafer.

— C'est prêt et la poêle est chaude. Baisse le gaz après t'être servi.

Rafer hocha la tête et disparut rapidement dans la cuisine. Il devait être aussi ravi de s'esquiver qu'impatient de goûter au plat de Quinn, estima Hayley.

— Ainsi, vous avez également ordonné à tous vos hommes de ne pas me parler ?

— Non, assura Quinn.

— Mais il vient de dire…

— Je leur ai ordonné de ne pas vous parler de cette opération. Si vous souhaitez discuter du temps qu'il fait, de sorciers ou de quoi que ce soit d'autre, libre à vous.

— Quelle générosité ! répliqua Hayley en faisant un effort pour maîtriser l'intonation sarcastique de sa voix.

Cependant, pour certaines raisons qu'elle préféra ne pas analyser sur le moment, cela la perturba beaucoup plus.

— Vous ne renoncez jamais, n'est-ce pas ? marmonna Quinn.

Avant qu'elle ait pu répondre, la porte extérieure s'ouvrit.

— Désolé ! lança Liam depuis l'entrée. Je me demandais si je pouvais emprunter Cutter. Je vais contrôler le périmètre sud.

— Attends ! lui ordonna Quinn. Je m'en charge. Va manger.

Le visage de Liam s'éclaira.

— Sérieusement ?

Il ne fallut pas le lui dire deux fois.

— Ça sent bon, s'exclama-t-il en passant devant Hayley et Quinn. Et c'est encore meilleur, non ? ajouta-t-il à l'adresse de Hayley.

— Je ne pourrais vous répondre, dit-elle, parvenant cette fois à résister à l'envie de se montrer ironique.

Ça sentait vraiment bon. Délicieusement bon, en fait. Son estomac se mit à gargouiller.

Le regard de Liam fit alors la navette entre Quinn et elle. Il s'apprêta à dire quelque chose puis il se ravisa visiblement et se rua dans la cuisine.

Hayley se tourna vers Quinn.

— Vous êtes un hôte accompli. Vous faites même la cuisine.

Quinn lui jeta un regard glacial.

— Je cuisine pour mes hommes, ma famille et mes invités. Les autres personnes se prennent en charge.

— Comme si j'avais choisi d'être une hôte indésirable, pesta Hayley.

— Les choses sont ce qu'elles sont, rétorqua Quinn, l'air exaspéré. Vous ne pouvez pas simplement vous en accommoder ?

— M'en accommoder ?

Elle fixa Quinn.

— J'ai été kidnappée, traînée en pleine cambrousse et vous refusez de me donner l'ombre d'une explication…

— Je vous ai dit que cela n'avait rien à voir avec vous.

— Je suis pourtant ici, non ? riposta sèchement Hayley. Donc, cela a tout à voir avec moi.

— Ainsi, vous êtes l'une de ces femmes qui pensent que tout tourne autour d'elle ?

— Oh ! Je vous en prie, assez de diversions.

Si Quinn fut surpris qu'elle ne réagisse pas à l'insulte, il ne le montra pas. Cependant, jusque-là, il n'avait pas montré grand-chose, du moins dans le registre des émotions, se rappela Hayley.

« Je le connais depuis qu'il est enfant et je n'ai jamais vu personne lui porter à ce point sur les nerfs. »

Pourquoi, en cet instant, s'était-il énervé ? s'interrogea Hayley. Elle lui avait posé des questions auparavant. Et elle avait déjà insisté lorsqu'il avait refusé d'y répondre.

Plus profondément, pourquoi était-il si froid et détaché ? Quel enfant avait-il pu être ?

C'était des questions stupides, elle en avait parfaitement conscience, mais elle en ajouta une autre : Quinn aurait-il réagi cette fois parce qu'il se sentait aussi fébrile qu'elle l'était à son contact ?

Dans des circonstances normales, dans un monde normal,

que Quinn réagisse malgré lui à sa présence l'aurait sans doute fascinée, même un peu excitée.

En ces circonstances et dans cette situation insensée, cela devrait la terrifier.

Ce qu'elle éprouvait en fait était une combinaison troublante de toutes ces émotions, mâtinée d'une bonne dose de peur due au fait qu'elle ignorait totalement qui était Quinn, ce qu'il faisait et à quoi tout cela rimait.

Hayley se morigéna intérieurement.

Au lieu de réfléchir à son attirance pour Quinn, elle ferait mieux de se soucier de rester en vie. Elle aurait dû s'inquiéter de savoir ce qui se passait, de connaître l'histoire de l'homme caché derrière la porte close de cette chambre. De trouver un moyen de s'échapper.

Mais non, elle se laissait endormir, convaincue qu'ils n'étaient pas des criminels, bercée par la routine du quotidien, subjuguée par le charme débonnaire de Liam et l'attitude courtoise et militaire de Teague ainsi que par sa prévenance lorsqu'il rapportait des choses pour Cutter en allant au ravitaillement. Hayley était même attirée, d'une certaine façon, par la détermination hantée et parfois douloureuse de Rafer.

Mais, par-dessus tout, elle était captivée par l'efficacité détachée et le sang-froid inflexible — la plupart du temps — de leur chef.

Sans mentionner le fait qu'un seul regard émanant de lui faisait s'emballer son cœur. Elle était la prisonnière parfaite, non ? songea-t-elle, déchaînant toute la puissance de son sarcasme sur elle-même. Elle ne s'était jamais sentie aussi confuse, aussi empêtrée dans ses sentiments, comme si elle allait imploser d'un instant à l'autre.

Et Quinn s'éloigna d'elle comme si elle n'existait pas.

Sans un mot de plus, il attrapa sa veste au portemanteau près de la porte, vérifia la présence de l'arme dont il s'équipait aussi régulièrement et facilement que d'autres hommes mettaient leurs chaussures, et il quitta la maison.

Son absence ne calma guère Hayley. Comment craindre un homme qui, non seulement cuisinait pour ses hommes, mais encore assurait le tour de garde de l'un d'entre eux afin que ce dernier puisse manger ?

Un gémissement sourd échappa à Cutter tandis qu'il regardait disparaître l'homme dont il s'était tellement entiché. Toutefois, il ne fit pas mine de le suivre et resta plutôt aux côtés de Hayley alors qu'elle rejoignait le canapé, comme s'il percevait son agitation et avait décidé que cette fois sa place était auprès d'elle.

Comme si, en effet..., songea-t-elle en se laissant tomber sur le canapé, se sentant aussi épuisée que si elle n'avait pas du tout dormi.

Elle avait depuis longtemps renoncé à essayer de comprendre quel singulier instinct amenait le chien à décrypter aussi bien son humeur. Mais qu'il ait choisi d'être avec elle plutôt qu'avec Quinn lui faisait plaisir. C'était peut-être mesquin mais c'était ainsi.

Elle glissa les doigts dans la fourrure épaisse du cou de Cutter, tâchant de se concentrer sur le chien plutôt que sur l'homme qui venait de sortir de la maison.

Sans grand succès.

Elle aurait pu lire mais elle qui pensait ne jamais avoir assez de temps pour cela en était lassée. Elle avait l'habitude de faire des choses, d'aller et venir, pas de rester tout le temps assise. Elle se sentait aussi agitée que Cutter quand ses sorties étaient restreintes.

Quel dommage qu'il faille plus que lancer un bâton pour la distraire !

Il faudrait même beaucoup plus que cela pour évacuer le dénommé Quinn de ses pensées.

18

— De qui vous cachez-vous ?

Liam glissa un regard oblique à Hayley tout en prenant une bouchée du plat de Quinn. Cutter, toujours fidèle au poste, assis aux pieds de Hayley, posa un regard empli d'espoir sur le jeune homme et la nourriture.

— Qu'est-ce qui vous fait penser que nous nous cachons ? demanda Liam.

— Vous n'êtes pas venus ici pour les plages de sable fin et la brise tropicale, ironisa-t-elle.

Le jeune homme afficha un large sourire.

— L'endroit a son charme.

— C'est-à-dire ? répliqua Hayley. L'absence de voisins ? L'isolement ? L'impossibilité de s'échapper ?

— Tout cela réuni, acquiesça Liam comme si ce dernier critère était une requête normale à adresser à son agent immobilier. Mais il possède aussi l'attrait des grands espaces sauvages, la tranquillité, le silence et la possibilité d'observer des millions d'étoiles la nuit.

La remarque concernant les étoiles toucha Hayley. Car c'était l'une des choses qui lui avaient le plus manqué quand elle avait quitté la maison où elle avait grandi. Lorsqu'elle avait déménagé pour aller travailler en ville, les étoiles avaient disparu, englouties par l'éclairage urbain permanent.

— Vous êtes originaire d'un lieu comme celui-ci ?

s'enquit Hayley, sincèrement intéressée. Ou alors c'est parce que vous ne l'êtes pas qu'il vous plaît ?

Liam parut hésiter.

— Je ne vous demande pas de me dire quel est ce lieu, reprit Hayley. Je sais que vous ne le ferez pas. Quinn s'en est assuré, n'est-ce pas ?

Liam haussa les épaules.

— Quinn n'est pas très enclin à faire confiance. A juste titre.

— Qui l'a laissé tomber ?

Hayley regretta aussitôt d'avoir laissé échapper la question ; Liam se referma instantanément comme une huître. Il donna à Cutter le dernier morceau de poulet, invoqua une piètre excuse et s'échappa dans ces grands espaces.

Que Quinn ne soit pas très enclin à faire confiance n'était pas vraiment une révélation, songea Hayley. Mais qui l'avait rendu ainsi ? Un ami ? Un collègue ? Une femme ? Cela paraissait presque idiot qu'un homme aussi imposant et fort que Quinn puisse être torturé par un souvenir d'enfance, mais cela pouvait arriver après tout.

« Si quelqu'un a abandonné l'autre, ça n'a pas été moi. »

Ce qu'il avait dit résonna dans la tête de Hayley.

Elle se mit à faire les cent pas dans la grande pièce, comme elle en avait pris l'habitude, avide de mouvement, d'activité physique. Ne jamais mettre le pied dehors commençait à lui peser. Elle n'avait pas coutume de ne rien faire et les longues journées de farniente n'étaient pas aussi attrayantes qu'elle l'aurait cru.

Bien sûr, les longues journées passées en tant que prisonnière n'étaient pas précisément des vacances…

Depuis la terrasse résonnèrent des voix et, instinctivement, Hayley s'avança dans leur direction. Elle reconnut celle de Liam. Il avait dû s'arrêter une fois la porte franchie. Cependant, l'autre voix n'était pas celle de Quinn. Hayley en fut déçue et, aussitôt, irritée de l'être. Elle devait faire cesser cela, garder sous contrôle cette réaction stupide qu'elle avait à chaque fois qu'elle voyait Quinn ou entendait sa voix.

C'était Rafer. Il entra, la regarda, hocha la tête puis il alla prendre son déjeuner dans la cuisine. Son boitement était plus prononcé que d'habitude et son visage davantage tendu, remarqua Hayley.

Toujours agacée par elle-même, elle se retira au salon et gagna sa place habituelle sur le canapé. Le livre qu'elle avait à moitié lu était posé sur la table basse et elle s'en empara, espérant se laisser emporter par l'histoire. Au moins, elle n'aurait pas à faire la conversation à Rafer qui semblait s'être muré dans le silence.

Cutter sauta près d'elle sur le canapé. Avec son incroyable intuition coutumière, le chien semblait savoir qu'elle avait besoin, en cet instant, de sa présence rassurante.

Au bout de quelques minutes, Rafer réapparut, tenant en équilibre un sandwich et un verre dans une main.

Il doit se tenir prêt à dégainer pour le cas où la faible femme se jetterait sur lui, médita amèrement Hayley.

Elle se savait vraiment injuste. Ils le faisaient tous tellement machinalement que cela n'avait pas grand-chose à voir avec elle. Ils avaient été entraînés, bien entraînés et c'était vraisemblablement une seconde nature, comme le fait de s'éveiller au moindre bruit la nuit l'était devenu chez elle quand elle s'occupait de sa mère.

Rafer prit place dans l'un des fauteuils de l'autre côté de la table basse et se mit à manger son déjeuner, assez méthodiquement. C'était aussi impersonnel que s'il se contentait d'alimenter son corps. Presque comme s'il était agacé d'avoir à le faire, estima Hayley.

Elle s'efforça de se concentrer sur son livre. Manifestement, Rafer n'était pas d'humeur à discuter.

Quelques secondes après le bruit d'un verre qu'on posait sur la table, Cutter se glissa au bas du canapé. Il avançait silencieusement sur le tapis, donc, au bout d'un moment, Hayley leva les yeux.

A sa grande surprise, Cutter était assis aux pieds de Rafer, occupé à le regarder frictionner sa jambe gauche, au-dessus du genou. Etait-ce la douleur qui donnait à Rafer ce constant air irritable, renfrogné ? se demanda-t-elle.

Soudain Cutter donna un coup de langue sur la main gauche de Rafer. L'homme releva vivement la tête, surpris, et il se figea, considérant le chien avec une expression stupéfaite.

Soupirant nettement, Cutter se pencha pour appuyer la tête contre la zone que Rafer avait frictionnée, comme si cela pouvait apaiser la douleur. Hayley le savait par expérience : dans son cas au moins, le chien produisait exactement cet effet. Cela distrayait sans doute simplement de la douleur mais fonctionnait.

Rafer ne croyait certainement pas à ce genre de choses.

Cependant, au moment même où Hayley se faisait cette réflexion, Rafer leva une main. Lentement, avec un tremblement qu'il aurait probablement caché s'il s'était rendu compte que Hayley l'observait.

Rafer posa la main sur la tête du chien et Cutter la lui lécha. C'était la main qui avait travaillé sur la zone douloureuse, remarqua Hayley.

Rafer arbora alors une étrange expression. Un mélange confus d'émerveillement, de défiance et de gratitude. Qu'il puisse ressentir un tel enchevêtrement d'émotions en réponse à un simple geste de Cutter en disait long sur l'état d'esprit de cet homme, conclut Hayley.

Elle reporta vivement les yeux sur son livre ; la dernière chose qu'elle souhaitait était de se faire surprendre à espionner un moment très intime. Un épanchement d'émotions que Rafer préférerait certainement garder secret.

Du coin de l'œil, elle vit Rafer se lever et ramasser sa vaisselle. Elle attendit qu'il se soit retourné et qu'il ait commencé à marcher en direction de la cuisine pour risquer un coup d'œil. Après trois pas environ, il ralentit. Il toucha sa jambe. Puis il fit encore trois pas.

Il s'arrêta. Il tourna la tête. Pendant un long moment, il regarda fixement le chien, le front plissé.

Hayley se hâta de reprendre sa lecture, sa question avait obtenu une réponse. La douleur de Rafer s'était apaisée, le boitement avait diminué. Cutter avait, une nouvelle fois, accompli un petit miracle.

La capacité de ce chien à toujours sentir qui avait besoin de lui était stupéfiante, songea Hayley. Lorsqu'elle rentrerait chez elle — si elle rentrait un jour chez elle —, elle s'intéresserait aux formations de chien thérapeute. Elle serait incapable d'expliquer comment Cutter procédait mais il avait le don de faire se sentir mieux toute personne blessée ou malade.

Oui, elle ferait cela, décida-t-elle.

Et ce ne serait pas une vaine promesse faite à une puissance supérieure qu'elle oublierait une fois saine et sauve. Le chien possédait une sorte de don et, si celui-ci pouvait vraiment aider les gens, Hayley devait le mettre à profit.

Cutter reprit sa place près d'elle sur le canapé. Il se roula en boule et posa la tête sur sa jambe. Elle se mit à lui caresser l'oreille droite, juste à l'endroit qu'il adorait. Il poussa un soupir d'aise.

Il l'aidait à mieux supporter cette situation, songea-t-elle. Ou peut-être la faisait-il simplement se sentir moins seule. Moins effrayée. Peut-être se raccrochait-elle désespérément à cet espoir : le chien ne s'était pas trompé en adorant Quinn d'emblée.

A nouveau, Hayley en revint aux deux mêmes conclusions de base.

Soit le chien avait raison, ces hommes n'étaient pas des criminels et, en dépit de leurs actes, méritaient l'aide du chien.

Soit Cutter avait tort et Hayley ne rentrerait jamais chez elle.

D'une manière ou d'une autre, Cutter, lui, s'en sortirait. Les hommes avaient trouvé le chien utile et ils l'emmèneraient probablement quand ils en auraient terminé. Hayley avait entendu Liam et Teague parler tous deux à Quinn de la possibilité d'adjoindre un chien à leur équipe. Pourquoi pas un animal qui s'était déjà montré tellement utile ? Cutter aurait probablement besoin d'entraînement… entraînement qui serait sans doute très différent de celui de chien thérapeute auquel Hayley avait songé.

Elle frissonna légèrement malgré la chaleur qui régnait dans la pièce.

« Nous ne sommes pas les méchants. »

Les mots de Quinn résonnèrent encore dans sa tête.

— J'espère que tu as raison, boule de poils, murmura-t-elle au chien.

Cutter releva la tête et donna un coup de sa langue rose apaisante sur les doigts de Hayley. Elle reprit sa lecture, rassurée.

Mais saurait-elle conserver cet état d'esprit la prochaine fois que Quinn entrerait dans la pièce ?

19

L'inactivité rendait Hayley nerveuse ; elle se serait presque portée volontaire pour faire la cuisine. Sans doute aurait-elle dû s'estimer heureuse qu'ils ne lui aient pas assigné d'office cette tâche sous prétexte qu'elle était une femme.

Peut-être y avait-il là davantage qu'il n'y paraissait. Elle était progressivement parvenue à outrepasser l'ordre que lui avait donné Quinn de s'en tenir à la mezzanine et à la salle de bains et, jusque-là, l'incident de la veille au soir avait été un cas isolé.

Elle était descendue tard pour aller aux toilettes. Et elle avait trouvé Quinn et Vicente assis au petit bar séparant la cuisine de la pièce principale. Ils discutaient âprement. En espagnol.

Quinn n'avait même pas regardé Hayley mais il avait fait signe à Vicente de se taire. Puis, passant à l'anglais, il avait ordonné à Hayley :

— Faites vite.

— Ça prendra le temps qu'il faudra, avait-elle rétorqué.

A sa surprise, Vicente avait esquissé un discret sourire.

— *Chica valiente*, avait-il murmuré.

Quinn avait répondu quelque chose qu'elle n'avait pas compris mais le ton de sa voix était ironique.

Si Hayley avait eu son smartphone, elle aurait peut-être pu trouver la traduction — à condition de capter un signal.

Une pensée en amenant une autre, elle frémit à l'idée

des messages qui devaient s'être accumulés dans sa boîte de réception.

Que se passait-il dans le monde qu'elle avait laissé derrière elle ? Sa gentille voisine, Mme Peters, se demandait certainement où elle était, mais probablement pas au point de signaler sa disparition. Hayley lui avait confié qu'elle songeait vaguement à faire un voyage, à s'éloigner quelque temps. Cela lui semblait être une façon agréable de décider de ce qu'elle voulait faire du reste de sa vie, quoiqu'elle n'ait pas de projets concrets. Mme Peters supposerait qu'elle s'y était résolue, quand bien même il lui paraîtrait étrange que Hayley ne l'en ait pas avertie.

Hayley avait quitté son emploi pour prendre soin de sa mère et, grâce à son héritage conséquent, elle n'était pas obligée de retravailler, à moins qu'elle en ait envie… A dire vrai, son poste d'employée administrative ne lui avait pas vraiment manqué. Mais il n'y avait personne pour remarquer qu'elle ne se présentait pas au bureau.

Sa meilleure amie, Amy, s'inquiéterait, Hayley le savait. Elles se contactaient par téléphone ou par mail plusieurs fois par semaine et elles avaient prévu de se rencontrer à la fin du mois quand Amy, assistante juridique à Los Angeles, aurait des congés.

Amy pourrait remuer ciel et terre. Quand elle était motivée, c'était une femme avec qui il fallait compter. Elle…

— Hayley ?

Liam l'arracha brutalement à ses rêveries. Il se tenait devant elle, certainement depuis un moment, et la regardait d'un air intrigué.

Pas étonnant : elle était tellement plongée dans ses pensées qu'elle ne s'était même pas rendu compte de sa présence. Pas consciemment, du moins. Son inconscient avait toutefois enregistré les paroles de Liam car elle comprit soudain ce qu'il lui avait proposé.

— Dehors ?

— Quinn s'est dit que vous deviez en avoir assez de rester enfermée, expliqua Liam. Donc, si vous voulez sortir faire une promenade, c'est maintenant ou jamais.

— C'est l'idée de Quinn ? s'étonna encore Hayley.

Liam émit un petit rire.

— Je sais qu'il paraît effrayant mais c'est vraiment quelqu'un de bien.

Hayley eut envie de le croire. Dans son propre intérêt.

— En ce cas, pourquoi Quinn refuse de me parler ?

L'expression de Liam changea, sa voix se teintant d'un amusement presque étonné.

— Voilà qui est intéressant. Teague pense que votre présence ici dérange Quinn. Rafer pense que c'est parce que vous lui portez sur les nerfs et qu'il n'aime pas cela.

Cette réponse lança aussitôt un débat dans l'esprit de Hayley. Son bon sens, sa logique, son instinct de conservation lui soufflèrent des questions à poser :

Pourquoi suis-je ici ?

Où sommes-nous ?

Une autre la travaillait encore plus :

Qu'insinuez-vous en disant que je lui porte sur les nerfs ?

Mais elle s'obligea à se ressaisir.

Ne fais pas ta midinette !

Aussi, elle demanda simplement :

— Qu'en pensez-vous ?

— Je dois choisir ? soupira Liam, affichant une expression exagérément consternée qui, en d'autres circonstances, aurait amusé Hayley.

— Je ne suis pas venue ici par choix, lui rappela-t-elle plutôt sèchement.

— Je sais. Et j'en suis désolé. Nous le sommes tous. Nous savons combien ce doit être effrayant.

Hayley pensa à l'équipe, aux quatre hommes très entraînés à l'allure coriace.

— Quelque part, j'en doute.

— Si, vraiment, assura Liam.

— Bien. Vous savez pertinemment que n'importe lequel d'entre vous se serait déjà échappé s'il avait été à ma place.

— Ecoutez, Hayley, nous ne sommes pas…

Il s'interrompit, manifestement contrarié.

— Les méchants ? enchaîna Hayley. On me l'a déjà dit. Dans ce cas, pourquoi je ne peux pas obtenir de simples réponses ?

— Ce sont les ordres.

— Les ordres de Quinn ?

— Oui.

— Et les ordres de Quinn sont sacro-saints, c'est ça ?

— En effet.

Liam ne parut pas le moins du monde embarrassé de l'admettre. Son admiration était-elle à ce point totale qu'il ne voulait — ou ne pouvait — remettre en question ces ordres ? Obéissait-il aveuglément ? s'interrogea Hayley.

— Pour vous seulement ou…

— Pour nous tous, acheva Liam. Pour tous ceux qui travaillent avec lui.

Cette catégorie incluait donc d'autres hommes, comprit Hayley. Mais où ? Et combien étaient-ils ?

— Pourquoi obéir ? demanda-t-elle tout à trac.

Liam la détailla pendant un long moment. Il était difficile de croire qu'il puisse y avoir la moindre intention malveillante derrière ces doux yeux bruns, ce regard innocent.

— Parce qu'il est le patron. Parce qu'il a monté cette opération. Parce qu'il paie mon salaire, un salaire intéressant. Parce qu'il m'a offert l'occasion d'accéder à quelque chose de mieux. Mais par-dessus tout, parce qu'il a gagné notre estime et notre respect.

— Vous parlez de lui comme d'une sorte de…

— Ne la laisse pas te prendre la tête, Liam !

La voix de Quinn s'éleva derrière eux. Il était entré tellement silencieusement qu'aucun d'eux ne l'avait entendu approcher. Du moins, pas Hayley. En était-il vraiment de même pour Liam ou avait-il saisi l'occasion pour flatter Quinn ?

— Retourne à l'extérieur ! ordonna Quinn à Liam. Rafer a vu un nuage de poussière bizarrement situé, il y a un instant. Plus rien depuis, mais je veux une autre paire d'yeux à l'affût.

Liam hocha la tête, toutefois il lança un regard à Hayley.

— Je me charge de *ça*, annonça Quinn.

Le jeune homme tourna les talons et sortit comme quelqu'un qui fuit l'orage à venir.

De *ça* ? Ce mot ainsi que le ton de voix de Quinn horripilèrent Hayley.

— Non merci ! s'exclama-t-elle. Je préfère rester à l'intérieur que sortir faire une promenade avec *vous*.

— De toute façon, vous ne sortirez pas vous promener, riposta Quinn. Vous avez perdu votre temps à poser des questions auxquelles nous ne pouvons pas répondre, et vous le savez très bien.

Hayley ne s'était pas rendu compte à quel point elle avait envie de sortir jusqu'à ce que Quinn lui en retire la possibilité.

— Comment ? s'écria-t-elle, frustrée. Il ne s'agissait que de cela, cinq minutes ?

— C'était mieux que rien, ce dont vous disposez à présent, maugréa Quinn.

— Ne me traitez pas comme une enfant à qui vous devez donner une leçon.

— C'est seulement une loi de la nature, répliqua Quinn. Quoi qu'en pensent ceux qui voudraient le nier, nos actes ont des conséquences.

— Et ils provoquent des réactions, grommela Hayley.

Elle regrettait de ne pas être le genre de femme capable d'asséner un crochet à cette mâchoire carrée. Mais cela aurait-il eu un effet ? Elle en doutait.

— Egales et contraires ? lança Quinn avec ce vague amusement qui la hérissait.

— Contraires, c'est certain.

Hayley soutint le regard de Quinn, elle n'avait rien à perdre.

— Que craignez-vous si vous me dites la vérité ? Je ne risque pas d'aller la raconter à qui que ce soit.

— En effet… Je ne vous vois pas parcourir une centaine de kilomètres par cette chaleur.

— Alors quel est l'intérêt de me garder dans l'ignorance si vraiment vous n'êtes pas des criminels ?

— C'est pour votre bien.

Hayley supportait de moins en moins que Quinn lui parle comme à une enfant.

— En vertu de quoi auriez-vous le droit de décider ce qui est bon pour moi ?

— J'ai hérité de ce droit quand vous êtes venue vous mêler de ce qui ne vous regardait pas, persifla Quinn.

— Je ne me suis mêlée de rien, mon chien l'a fait ! contra Hayley. Et vous ne semblez absolument pas opposé à le laisser jouer votre petit jeu.

Quinn se figea.

— Ce n'est pas un jeu, répondit-il d'une voix monocorde et presque lugubre qui étonna Hayley.

Toutefois, elle répliqua :

— Ah, ce n'est pas un jeu ? Avec votre hélicoptère et vos armes ? Un grand jeu meurtrier ?

— Rien de ce qui implique des armes n'est un jeu, asséna Quinn. Du moins, ça ne devrait pas l'être.

Décidément, songea Hayley, les propos de Quinn sonnaient étrangement.

— Savez-vous tirer ? lui demanda-t-il abruptement.

— Je me suis essayée plusieurs fois au ball-trap.

Elle grimaça.

— Pas avec une arme de poing. Ma mère les détestait.

— Détester les armes ne vous aidera pas à vous sortir d'ici, énonça Quinn.

— Je ne déteste pas les armes, ce sont seulement des outils, rectifia-t-elle. Mon père était policier. Les armes peuvent sauver des vies, combattre le mal. Et aussi ôter des vies, perpétrer le mal. Je déteste seulement les voir en de mauvaises mains.

— Bien, fit Quinn. Voilà une chose sur laquelle nous sommes d'accord.

Hayley ne releva pas.

Quinn afficha un rictus.

— De toute évidence, vous ne pensez pas que nous soyons les *bonnes* mains.

— Comment pourrais-je le savoir ? rétorqua Hayley sans prendre la peine de dissimuler son sarcasme. Ce n'est pas comme si votre nom était inscrit partout sur ce luxueux hélicoptère.

— Je refuse cette description, objecta Quinn. Cet hélicoptère est puissant, efficace, racé et carrément génial mais *luxueux* est un qualificatif qui ne lui convient pas.

Carrément génial ? se répéta Hayley en dévisageant Quinn. On aurait cru entendre un petit garçon qui venait de recevoir le jouet de ses rêves.

— A qui appartient-il ?

— C'est le mien, répondit Quinn avec une évidente satisfaction.

— Le vôtre ? s'étonna Hayley. Pas celui de votre patron ?

— Je n'ai pas de patron. Enfin, excepté Charlie.

Cette fois, Quinn afficha une moue ironique.

— Nous rendons tous des comptes à Charlie.

Hayley faillit sourire du ton employé par Quinn. Subrepticement, le registre de la conversation avait changé. La voix de Quinn, son expression paraissaient des plus normales. Elles ne s'étaient pas radoucies. Quinn n'était certainement pas capable de douceur. Mais un changement était intervenu qui le rendait moins intimidant… moins menaçant, estima Hayley.

Elle voulut en savoir plus sur l'identité de ce mystérieux Charlie.

Mais Quinn la devança avec une autre question :

— Votre père était policier ?

Hayley regretta d'avoir laissé échapper cette information. Si elle avait réfléchi, au lieu de parler sous l'emprise de la colère, elle aurait pu juger s'il était avisé de faire cette révélation. Avec n'importe lequel des autres hommes, elle l'aurait probablement fait. Si Quinn et ses acolytes n'étaient pas du bon côté de la loi, la savoir liée à un policier pourrait leur donner de mauvaises idées.

Mais avec cet homme, sa raison semblait la déserter. Par ailleurs, elle ne pouvait revenir sur ce qu'elle avait dit.

Aussi dit-elle simplement :

— Oui, il l'était.

— *Etait* comme il ne l'est plus ? questionna Quinn.

— Etait, comme tué dans l'exercice de ses fonctions quand j'avais seize ans.

Un nouveau changement s'opéra dans l'expression de Quinn.

— Je suis désolé.

C'étaient de simples mots, souvent entendus, mais ils semblaient prononcés avec sincérité, jugea Hayley.

De précédents propos de Quinn lui revinrent alors à l'esprit. Il avait dit avoir été abandonné quand il avait dix ans.

Et en cet instant, le souvenir de la souffrance était évident dans ses yeux, accablant même.

Et si jamais tout cela n'était qu'une odieuse manipulation, alors Hayley pouvait aussi bien renoncer et les laisser la tuer car elle était trop stupide pour vivre.

— Quinn…

Elle se lança puis s'interrompit. D'une part, elle n'avait

jamais prononcé son nom auparavant et cela paraissait étrange. D'autre part, elle n'était pas sûre de ce qu'elle voulait dire.

Quinn, lui, se figea.

Allait-il prononcer son prénom en retour ?

Il la regarda seulement.

Ce fut alors avec assurance que Hayley lui demanda :

— Qui cela a-t-il été pour vous ? Votre mère ? Votre père ?

— Les deux, répondit-il d'une voix si dépourvue d'inflexion que ce ne pouvait être qu'intentionnel.

Ses deux parents, se répéta-t-elle. A l'âge de dix ans. C'était plus horrible qu'elle ne pouvait l'imaginer. Perdre son père avait déjà été assez terrible pour elle mais les perdre tous deux aussi jeune…

Un aboiement sonore de Cutter provenant de l'extérieur coupa court aux ruminations de Hayley.

Quinn tourna vivement la tête.

— C'est un aboiement d'avertissement, déclara Hayley, se sentant aussitôt idiote d'expliquer l'évidence.

Quinn se ruait déjà vers la fenêtre.

Hayley l'y rejoignit à l'instant où Cutter disparaissait derrière la grange, tête baissée, queue dressée. Manifestement, songea Hayley, il y avait un intrus et il allait recevoir un accueil aux antipodes de celui que Cutter réservait à Quinn.

Quinn se saisit de la radio accrochée à sa ceinture et qui remplaçait l'oreillette dont il faisait usage à l'extérieur.

— Au rapport !

— J'ai entendu mais RAS sur le périmètre sud-ouest, annonça Teague.

Liam intervint, reconnaissable à son accent traînant :

— Suis à mi-chemin du périmètre sud-est. Jusque-là idem.

— Rafer, je pense que le chien se dirigeait dans ta direction, annonça alors Quinn.

— Attends, je gagne une position plus élevée, répondit Rafer.

Quinn ne dit rien mais il ne se contenta pas d'attendre.

Il alla ouvrir l'armoire à fusils et en sortit une arme menaçante rien que par son design. Elle était noire, avait une forme étrange et était équipée de tout un appareillage de visée, nota Hayley.

— Le chien signale quelque chose au nord-est. Je suis presque là où…

La voix de Rafer s'éteignit et Hayley crut défaillir. Elle en était venue à apprécier cet homme, réalisa-t-elle soudain.

— J'ai une intrusion hostile, reprit Rafer.

Le constat leur parvint tellement calmement, via la petite radio ; cela rendait les paroles encore plus perturbantes, pensa Hayley.

— Six hommes au moins, sur mon front, précisa Rafer. A deux ou trois kilomètres de moi. A pied, lourdement armés.

Hayley resta un instant figée sur place, sonnée. Tout à coup, ce n'était plus un puzzle irritant et effrayant. C'était un conflit armé. Un très modeste mais très réel conflit armé.

Et ils subissaient une attaque.

20

Quinn donna brièvement des ordres, pas parce que ses hommes ne savaient pas déjà ce qu'ils devaient faire, mais pour rappeler à chacun où se trouveraient les amis. Chaque homme avait depuis longtemps exploré son secteur et choisi sa position. Teague dans le moulin à vent, Liam dans le grenier à foin de la grange, avec sa vue panoramique, et Rafer, comme d'habitude au poste le plus éloigné, dangereux et exposé, le seul endroit pouvant être réellement qualifié de colline et la première ligne de défense. Rafer était un sniper exceptionnel, rendant cette ligne de défense plus que redoutable.

— Je les vois. Ils sont encore à presque deux kilomètres, annonça Teague dans la radio.

Quinn accusa réception, informé par les sons à l'arrière-plan que l'homme se mettait déjà en position.

— Quatre de plus. Même distance.

La voix de Rafer était, comme toujours dans ce genre de situation, parfaitement calme.

Donc, dix hommes au moins, compta Quinn.

— Une chance qu'ils soient des promeneurs, des chasseurs ou des randonneurs ?

— Si on chasse désormais avec de puissants explosifs, oui, ironisa Rafer. L'un des individus est équipé comme pour un attentat suicide.

Quinn se contracta. Il fit un rapide calcul. Chaque poste

d'observation avait été pourvu d'un dépôt d'armes, incluant également des explosifs. Pas seulement parce qu'ils s'attendaient à devoir en faire usage mais parce que s'y préparer était la meilleure façon de l'éviter.

Y en aurait-il assez ? Quinn sourit intérieurement. Evidemment, Charlie y avait veillé. Il y en aurait suffisamment pour repousser toute une armée.

La voix de Teague se fit entendre.

— Vous voulez l'hélicoptère ?

— Pas encore, lui répondit Quinn. Pas avant que nous ayons vu comment ils sont armés. Je n'ai pas envie qu'*il* soit pris pour cible par un lance-roquettes ou un Stinger.

La dernière fois qu'ils avaient affronté une escouade comme celle-là, non seulement des grenades propulsées par roquettes avaient été au menu mais aussi des missiles sol-air. Quinn devait garder l'hélicoptère en réserve pour le cas où ils devraient évacuer Vicente. Une fois que celui-ci serait en sécurité, et seulement si tout le reste échouait, l'hélicoptère serait équipé de son beau petit calibre cinquante et utilisé comme une arme. Tout ce qu'ils avaient à faire était de l'armer et de décoller pour décimer les opposants restants.

Toutefois, leur mission était, pour l'instant, de ne pas en arriver à cette extrémité. Et ils devaient agir seuls. Si l'opération avait été compromise, ce qui semblait probable étant donné la vitesse à laquelle ces hommes les avaient retrouvés, ils ne pouvaient prendre le risque de briser le silence radio pour demander des renforts. Quinn avait eu raison de cesser toute communication, cependant cela ne lui apportait aucune satisfaction. Dès que la mission serait terminée, il devrait démasquer la taupe.

En attendant, il procéda à ses propres préparatifs : enfiler un gilet pare-balles et remplir les nombreuses poches de choses diverses.

Il serait la dernière ligne de défense. Il aurait préféré être à l'extérieur. Cependant, Vicente demeurait leur priorité absolue et Quinn devait s'en tenir à la mission.

Même si une femme à l'esprit vif et à la langue acérée avait singulièrement compliqué la situation.

— Qui sont-ils ? s'enquit justement Hayley.

Quinn revenait à l'armoire à fusils et commençait à sélectionner d'autres armes, luxe qu'il n'aurait pu s'offrir si Cutter n'avait pas donné l'alarme aussi tôt.

— Votre chien nous est d'une grande aide. C'est très bien qu'il ait donné l'alerte.

— En effet. Qui sont-ils ? insista Hayley.

— Vous disiez vous être entraînée au ball-trap. Vous étiez douée ?

— Meilleure que la moyenne, pas experte.

— Cela suffira, décréta Quinn en se retournant vers l'armoire pour y sélectionner une arme d'épaule, un Mossberg 500. Il a le chargeur étendu, sept plus une.

Quinn le tendit à Hayley avec une boîte de munitions.

— Chargez-le et vous pourrez l'avoir.

Hayley le prit sans hésitation. Tirerait-elle de la même façon si besoin ? se demanda Quinn. Il devait l'espérer.

Hayley chargea l'arme avec seulement un peu de maladresse, comme si elle savait exactement ce qu'il fallait faire mais ne l'avait pas fait depuis un certain temps.

Quinn revint à sa propre tâche.

Il prit deux petites grenades et les glissa dans la grande poche de gauche du gilet.

Et, après un moment d'hésitation, il choisit un pistolet incapacitant de forte puissance.

Il se retourna pour faire face à Hayley.

— Vous savez vous en servir ?

Elle jeta à peine un regard à l'arme électronique avant de secouer la tête.

— C'est assez basique, expliqua Quinn à Hayley. Vous établissez le contact. Vous appuyez sur le bouton.

Hayley ne fit aucun commentaire.

— Qui sont-ils ? demanda-t-elle pour la troisième fois.

Et, pour la troisième fois, Quinn ignora la question.

— Le fusil est une bonne arme mais gardez celle-ci à portée de main pour le cas où. S'ils parviennent jusqu'ici, mon travail est de protéger Vicente. Vous serez livrée à vous-même.

Si l'annonce de son manque d'importance la choqua ou l'ennuya, elle n'en montra rien. Quinn devait lui accorder le mérite de ne pas s'émouvoir facilement.

— Qui sont-ils ?

Passablement exaspéré par cet entêtement, Quinn finit par répondre :

— Ils sont les méchants dont vous vous inquiétiez.

Pendant tout ce temps, il réfléchissait. Deux unités, une petite, une plus importante. Où se trouverait le meneur ? C'étaient des civils, pas des militaires. Donc, la structure de commandement traditionnelle ne s'appliquait pas à eux. Tout dépendrait des ordres et de l'ego du meneur, estima Quinn. S'il était orgueilleux, il se pourrait qu'il soit dans l'unité la plus importante afin d'y commander plus d'hommes.

S'il s'agissait de lui, Quinn opterait pour l'unité la plus petite et la plus manœuvrable. Et elle serait constituée de ses meilleurs éléments, experts en tir, en explosifs ou en combat rapproché. La grosse unité, de par sa taille, attirerait le plus l'attention, permettant à l'autre de s'approcher.

Quinn alluma le micro.

— Quelqu'un a repéré le chef ?

— J'ai un individu qui fait beaucoup de gestes, répondit Teague.

— Unité calme et silencieuse, signala Rafer.

Ce commentaire décida Quinn. L'homme qui s'agitait beaucoup se pensait sans doute le chef et en possédait peut-être même le titre. Néanmoins, l'autre unité plus petite pouvait représenter la menace la plus dangereuse. Progresser dans le calme et le silence était un indicateur d'expérience, de professionnalisme ou d'entraînement.

— Evaluation de l'attaque ? demanda Quinn.

— Elle semble arriver de front, répondit Liam.

— Idem, confirma Teague. Ils font des efforts pour rester cachés, mais ils ne se rendent pas compte à quelle distance nous pouvons voir d'ici.

Des gars de la ville ? s'étonna Quinn.

— Donc, nous avons confirmation de deux fronts ? dit-il dans la radio.

Il reçut deux acquiescements puis il y eut une pause.

Quinn attendit l'évaluation qui serait l'élément déterminant.

— Mon instinct me dit qu'il y en a trois.

La voix de Rafer, pétrie de certitude, s'éleva du petit haut-parleur. Et si Rafer en était certain, Quinn ne doutait pas. L'instinct de cet homme était aussi légendaire que sa réputation de sniper.

— Direction ?

— Si c'était moi, j'arriverais en escaladant la mesa située derrière la maison pendant que nous menons le combat à l'avant.

— Vous voulez que je change de position ? intervint Liam.

Il était sans doute le seul qui avait un champ de tir dégagé, estima Quinn, en se tournant vers Hayley.

— Pouvez-vous amener ce chien à garder quelque chose de spécifique ?

Hayley fronça les sourcils.

— Oui, mais…

Quinn ignora ce *mais*.

— Garde ta position, Liam. C'est toi qui as la meilleure vue sur la mesa de là-haut.

Puis il lança :

— Qui a le chien ?

— Il vient de me quitter, répondit Rafer.

— Il vient vers moi, compléta Teague. Je vois sa queue.

— Vois également si tu peux le renvoyer ici, intima Quinn.

— Et comment suis-je censé faire ça ? Donner des ordres à un chien qui n'est pas le mien ? Vous savez ce qu'on dit…

— Demande-lui de trouver Hayley, suggéra Quinn.

— Teague aurait probablement plus de chance, fit observer Hayley d'un ton amer, s'il lui disait de trouver Quinn.

— Jalouse ?

— J'essaie simplement de découvrir comment un chien habituellement fiable a perdu sa capacité à juger du caractère humain.

Elle avait déjà prononcé cette phrase mais cette fois, sa voix était dépourvue d'animosité.

Quinn se retourna alors vers elle. Elle levait les yeux vers lui, son visage tellement expressif. La peur, le doute, l'agacement, tout apparaissait là, si clairement. Il y avait même l'espoir. Ce devait être l'espoir qu'il ne lui ait pas menti en lui affirmant qu'ils n'étaient pas les méchants.

Et, enfouie sous ce fatras d'émotions, se trouvait une chose que Quinn avait désespérément tenté de ne pas reconnaître. Une hypervigilance dans sa façon de le regarder, de le détailler.

Tout comme il s'était surpris à la dévisager trop souvent.

— Votre chien n'a pas perdu son bon sens, reprit posément Quinn.

Hayley ne réagit pas.

Son esprit s'était-il égaré ? se demanda Quinn. Mais où ?

Soudain, un bruit de pattes qui traversaient en courant la terrasse en bois résonna à l'extérieur. Cutter était de retour.

Quinn ouvrit la porte pour laisser entrer le chien. Pour une fois, l'animal l'ignora et il alla droit vers Hayley. Teague lui avait dit de la trouver, c'était chose faite. Il la renifla et, de sa truffe, lui poussa doucement la main.

Hayley lui tapota la tête, comme pour lui signifier qu'elle allait bien.

Alors seulement, le chien se calma et il se retourna vers

Quinn, posant sur lui un regard interrogateur, tout comme un membre de l'équipe attendant les ordres.

Quinn allait sérieusement envisager d'adjoindre un auxiliaire canin à son équipe.

— Peux-tu m'aider à garder l'arrière, gamin ?

Au mot *garder*, un net changement s'opéra chez l'animal. Il cessa de remuer la queue. Tout son corps souple et musclé se figea, soudain tendu, prêt à l'action. Ses yeux étaient rivés sur le visage de Quinn, le regard intense.

Puis l'animal pivota sur lui-même et se dirigea vers l'arrière de la maison.

Quinn en fut abasourdi. Que le chien comprenne le mot *garder* n'était pas vraiment une surprise. Ce devait être le cas de la plupart des chiens. Mais *l'arrière* ? Comment avait-il compris cela ?

Quinn posa la question à Hayley.

— Il l'a su parce que c'est Cutter, répondit-elle. Il n'est pas…

Elle hésita avant de poursuivre.

— Ce n'est pas un chien ordinaire. Parfois, je me dis qu'il est un peu…

De nouveau, elle laissa sa phrase en suspens.

Quinn devait se dépêcher, toutefois cette réponse lui sembla cruciale.

— Un peu quoi ?

— Magicien. Ou, du moins, médium.

Cette théorie fantaisiste était inattendue, insensée même. Cependant, Hayley l'énonça d'un ton si hésitant qu'elle semblait en avoir parfaitement conscience, jugea Quinn.

Et ce n'était certainement pas le moment d'avoir une discussion sur les éventuels pouvoirs surnaturels d'un chien qui était, à n'en pas douter, très, très intelligent.

La voix de Rafer résonna dans la radio.

— Je les ai en ligne de mire.

Quinn réfléchit rapidement. Si Rafer les avait en ligne de

mire, cela signifiait que l'unité serait réduite à un ou deux hommes aussitôt que Quinn donnerait l'ordre de faire feu. Le sniper ne ratait jamais sa cible. Teague n'était pas aussi performant à cette distance. Mais il pouvait abattre l'un des hommes, peut-être deux, de l'unité la plus importante.

Cependant, une fois les coups de feu tirés, les assaillants, qui comptaient sur l'effet de surprise, sauraient qu'ils avaient échoué. Que feraient-ils alors, privés de cet avantage ?

Tout dépendrait de ce que leur coûterait cette prise de conscience, conclut Quinn. Il incombait donc à l'équipe de rendre ce coût le plus élevé possible.

Quinn se dirigea vers l'arrière de la maison.

21

Le cœur de Hayley battait à se rompre et elle s'efforça de respirer plus profondément, plus lentement. Son cerveau, en revanche, n'était pas en effervescence. Il resta stupidement paralysé tandis que l'homme et le chien se fondaient en un binôme efficace. Comme il l'avait toujours fait avec elle, Cutter semblait non seulement réagir à ce que disait Quinn mais même anticiper ses désirs. Ils donnaient l'impression de travailler en équipe depuis des années.

Quinn s'arrêta devant la porte de la chambre et appela Vicente. Le voisin de Hayley sortit de la chambre où il s'était apparemment retiré pour la durée du séjour.

— Nous avons été repérés ? s'enquit-il.

— Il semblerait.

Quinn fit alors une chose qui, une fois de plus, bouleversa la perception qu'avait Hayley des récents événements. Il tendit à l'homme l'un des pistolets qu'il tenait.

— Vous connaissez ces hommes encore mieux que moi. S'ils arrivent jusqu'ici, faites-en usage.

Vicente prit l'arme. Son maniement lui était familier, remarqua Hayley.

— Mais… vous ne laisserez pas une telle chose se produire ?

— S'ils arrivent jusqu'à vous, lui répondit Quinn d'un ton monocorde, je serai mort.

La gorge de Hayley se contracta davantage encore.

— Et tout cela n'aura servi à rien, conclut tristement Vicente. Les meurtriers ne seront pas punis et ma tête fera le voyage du retour au pays afin d'y être exposée sur un poteau en guise d'avertissement.

Hayley sursauta. Des meurtriers ? Les hommes qui recherchaient Vicente étaient des meurtriers ?

Quinn ne dit rien.

Vicente lança un regard à Hayley.

Elle le fixa en retour. Sa tête ? Comme après une décapitation ?

Elle tenta de se secouer mentalement, exhortant son cerveau à se remettre à fonctionner.

— Et une femme innocente mourra par la même occasion, soupira Vicente.

Il regardait Hayley avec un accablement qui, durant un moment, la fit se sentir désolée pour lui, même si la mort qu'il déplorait prématurément était la sienne. Puis, la dure réalité de la situation commença à s'imposer à elle et la peur l'envahit. Tout compte fait, songea-t-elle, mieux valait avoir le cerveau engourdi.

— J'aurais dû vous écouter et tout mettre par écrit, regretta Vicente.

Le souvenir de la conversation qu'elle avait surprise traversa l'esprit de Hayley. Elle ignorait ce que Quinn avait voulu voir consigner par Vicente, mais il avait manifestement insisté dans la perspective de cette éventualité. A l'époque, Vicente avait été naturellement concentré sur son propre bien-être, mais à l'évidence, il se rendait compte désormais que Quinn avait sans doute eu raison.

D'ailleurs, Quinn avait souvent raison, du moins concernant ce genre de choses, estima Hayley.

— Gardez ce pistolet et soyez prêt à tirer, répéta Quinn à Vicente.

La radio grésilla.

— Ils se rapprochent de ma position, annonça Teague. Ils sont à moins d'un kilomètre à présent.

— Bien reçu, répondit Quinn. On doit compter avec des intrus supplémentaires, Liam ?

— J'ai cru voir un nuage de poussière au sommet de la mesa mais il y a du vent. Ce n'est peut-être rien.

— Considère que ce n'est rien, lui ordonna Quinn.

— Bien reçu.

Quinn se tourna à nouveau vers Vicente.

— Si certains d'entre eux parviennent jusqu'ici, ils ne seront pas nombreux. Deux ou trois hommes au maximum. Je peux vous promettre cela.

— Ce sont des tueurs sans scrupule, l'avertit Vicente. Vos hommes sont préparés à ça ?

— Ils le sont.

Quinn se retourna alors, visiblement résolu à terminer ses préparatifs.

Cutter, en état d'alerte, trottait près de la porte de derrière tandis que Quinn faisait la navette entre l'armoire à fusils et divers emplacements de la maison.

Il fallut un moment à Hayley pour comprendre : Quinn mettait en place les armes pour qu'elles soient à portée de main dans le cas où il devrait battre en retraite dans la maison depuis l'arrière.

Au bout d'un moment, il parut satisfait et se dirigea en effet vers l'arrière de la maison. Et vers Cutter.

— Que faites-vous ? lui demanda-t-elle alors qu'il posait la main sur la poignée de la porte.

Quinn lui lança un regard par-dessus son épaule.

— Ce que j'ai dit à Liam. En présumant que cette poussière n'était pas seulement soulevée par le vent.

— Vous n'allez pas sortir ?

Hayley n'avait pas eu l'intention de paraître désemparée. Néanmoins, ce fut l'évident effet que produisit sa question.

Quinn continua sans se préoccuper d'elle.

— Laissez-moi rectifier, reprit-elle d'un ton cassant. Vous n'allez pas emmener mon chien dehors ?

Quinn s'arrêta. Se retourna.

— Que ferait Cutter si quelqu'un vous menaçait ?

— Il me protégerait, il s'interposerait entre cette personne et moi, reconnut Hayley.

Elle l'avait déjà vu à l'œuvre, ce jour où un ivrogne était sorti en titubant du restaurant voisin de la poste et l'avait percutée. C'était exactement ainsi qu'avait réagi Cutter. Le fait qu'il ait omis de s'interposer entre Quinn et elle était une anomalie qu'elle ne devait pas prendre en compte.

— C'est ce qu'il est en train de faire : vous protéger, reprit Quinn. En anticipant légèrement.

— Mais ces hommes sont armés ! protesta Hayley.

— Oui. Nous aussi.

Hayley ne put s'empêcher de lancer un regard à Vicente. Son paisible ex-voisin ne semblait pas le genre d'homme à porter une arme. Cependant, il la maniait avec aisance.

— Oh ! Il est tout à fait capable de tirer, assura Quinn avec, dans la voix, une inflexion austère nouvelle.

— S'ils entrent ici, vous vous réfugiez tous les deux dans la chambre. Vicente, vous savez quoi faire.

L'homme acquiesça d'un signe de tête. Bizarrement, songea Hayley, il ne semblait pas effrayé, seulement pris de regret.

— A quoi bon ? répliqua-t-elle.

— La pièce est blindée et il y a une serrure spéciale.

Hayley eut tout juste le temps d'assimiler l'information.

— Maintenant ou jamais !

La voix de Rafer s'éleva de la radio.

— Le moment est venu, la fête peut commencer ! lança Quinn.

Sa voix avait perdu toute austérité, remarqua Hayley. Elle avait été remplacée par… non pas de l'excitation, ni de l'euphorie, mais une sorte d'énergie alimentée par l'adrénaline.

— Rafe, abats qui tu peux ! Les autres positions, attendez et observez leur réaction. Ensuite seulement, appliquez la riposte appropriée.

Hayley, elle, ne parvenait pas à intégrer la réalité de la situation. Des hommes allaient probablement mourir au cours des prochaines minutes. Peut-être même l'un des hommes qu'elle avait appris à connaître, Liam avec son accent texan, Teague au sourire charmeur, Rafer, plus lent à se dérider et dont l'appréciation se méritait. Ou même Quinn, qui constituait le dernier rempart entre ces hommes et ce qu'ils voulaient.

Hayley frissonna. Pas à la pensée de la mort de Quinn, pas davantage à celle d'un autre membre de l'équipe. Simplement, l'idée d'une fusillade dans ce lieu extrêmement paisible, lointain et isolé qui l'avait abritée depuis déjà quelques jours paraissait parfaitement inimaginable. C'était trop…

Comme si ses propres réflexions en étaient à l'origine, trois coups de feu successifs résonnèrent. Des détonations particulièrement sonores. Puis une salve de tirs rapides provenant de deux directions différentes, quasi simultanément, ce qui empêcha Hayley d'en déterminer la provenance.

— Trois hommes à terre. Deux définitivement.

La voix de Rafer était incroyablement calme. Il avait abattu trois des quatre hommes qui s'approchaient de lui et il annonçait cela sans le moindre émoi, songea Hayley. Soudain, elle comprit : la mission des trois hommes postés à l'extérieur était de réduire les risques encourus par Quinn.

Son estomac se noua.

Une autre transmission arriva via la radio. La voix de Teague. Cependant Hayley ne saisit pas ce qu'il disait. Un aboiement tonitruant de Cutter couvrit ses paroles. Le chien grattait à la porte de derrière, demandant à sortir.

L'ennemi arrivait.

— Je compte sur lui pour me dire exactement où ils se trouvent. Ensuite, je vous le renverrai, dit Quinn à Hayley.

— Mais…

— Ne discutez pas. Nous n'avons pas le temps.

Quinn fonça dans le couloir en direction du chien. Hayley le suivit, incapable de faire autre chose.

— Mais que…

Quinn l'interrompit à nouveau, la main posée cette fois sur le collier de Cutter qui trépignait d'impatience.

— Je le protégerai du mieux que je pourrai.

— Mais vous, qu'allez-vous faire ? parvint enfin à énoncer Hayley.

Pendant une fraction de seconde, Quinn la regarda, l'air interloqué.

— Mon travail, lui répondit-il simplement.

Et son travail consistait à s'exposer, là-dehors, seul, peut-être au prix de sa vie ?

Hayley ne put s'empêcher de le rejoindre. Il s'apprêtait à actionner la poignée de porte. Cutter s'immobilisa, la truffe guettant l'ouverture de la porte. Quinn abaissa la poignée avec son coude ; pendant un instant, il regarda de nouveau Hayley.

— Je serai de retour bientôt, lui promit-il.

Elle n'était pas du tout sûre que le chien laisserait Quinn seul dehors même s'il lui ordonnait de rentrer. Cependant, avant qu'elle ne puisse parler, Quinn la sidéra à nouveau en posant les lèvres sur son front et en ajoutant :

— Prenez soin de vous, Hayley.

Quelque chose dans sa voix lui fit se remémorer les paroles qu'il avait adressées à Vicente.

« S'ils arrivent jusqu'à vous, je serai mort »

Ensuite, Cutter et lui disparurent.

22

De nouveaux coups de feu parvinrent du front, des tirs rapides pouvant émaner de n'importe qui. Puis le son caractéristique et inexorable du M24 de Rafer. Cependant, il semblait avoir changé de position et Quinn esquissa un sourire satisfait. Rafer s'était débarrassé de la première unité et il aidait désormais Teague à éliminer la sienne depuis une distance qui pourrait paraître inconcevable à quiconque n'aurait pas vu le trophée Hathcock de Camp Perry où le nom de Rafer Crawford apparaissait trois années de suite comme celui du meilleur tireur d'élite des marines.

Que le chien ne devienne pas fou furieux avec ces inconnus hostiles s'avançant de toutes parts surprit Quinn. Cependant, Cutter semblait comprendre que leur mission se déroulait là, sur le front arrière, dans cet espace de quelques mètres séparant la maison du pied de la falaise.

A une certaine époque, cet espace avait dû représenter la protection parfaite, un à-pic vertigineux, presque vertical. Mais, au fil des années, la paroi s'était en partie effondrée, créant au bas une pente légèrement plus praticable. Cependant, cette section inférieure était aussi devenue plus meuble et traîtresse. Et, répondant en cela aux attentes de Quinn, commodément bruyante. Il était difficile de parcourir plus de quelques mètres sans qu'une pierre ne se détache et ne dévale la pente.

Cutter trottait au pied de l'escarpement, tête haute,

exactement comme un chien en mission. Quinn le surveilla tandis que lui-même progressait lentement vers l'ouest.

Le chien s'arrêta brusquement.

Une très légère brise rafraîchit la peau de Quinn. Quelle odeur avait-elle apportée à l'animal aux aguets ? se demanda-t-il.

Cutter gravit quelques mètres du terrain instable puis il s'arrêta, regardant fixement vers le haut. Un instant, les oreilles du chien pivotèrent vers l'arrière et Quinn devina son intention : Cutter s'assurait que l'humain un peu lent à la détente interprétait correctement ses signaux.

— Je t'ai compris, mon grand, lui chuchota-t-il tandis qu'il approchait subrepticement.

Il n'aurait su dire à quel point l'ouïe du chien était aiguisée et n'était pas vraiment certain qu'il l'entende. Toutefois, les oreilles de Cutter bougèrent de nouveau. Et, durant tout ce temps, sa truffe s'affaira, ses flancs battant comme des soufflets tandis qu'il recherchait et analysait les odeurs.

Ce n'était pas la position à laquelle Quinn s'était attendu. Les intrus seraient parfaitement visibles de la maison une fois qu'ils amorceraient la descente.

Lorsque le chien le rejoignit, Quinn lui lança :

— J'aimerais que tu puisses me dire combien ils sont.

La tête du chien bougea d'avant en arrière, décrivant un court arc de cercle qui, au sommet, équivaudrait à une distance d'environ trois mètres. Cette mimique rappelait étrangement le signe de la main que Quinn et ses hommes utilisaient pour désigner la zone de danger, la répartition des ennemis, l'étendue de terrain sur laquelle ils devaient se concentrer. Si Cutter était l'un de ses hommes, le mouvement indiquerait une petite formation de deux voire trois hommes.

Toutefois, il ne s'agissait pas de l'un de ses hommes. C'était Cutter. Un chien. Pourtant, il semblait…

Et il semble aussi que tu deviens fou, se reprocha sévèrement Quinn. *Fie-toi au flair et à l'ouïe du chien mais ne vois pas davantage en lui qu'un simple chien.*

— Sept hommes à terre.

La voix de Teague résonna dans l'oreillette dont Quinn s'était équipé dès l'instant où il avait mis le pied dehors.

— Bien reçu, répondit-il dans un simple souffle, puisque le micro hypersensible relaierait l'information.

Il n'était pas aussi performant que les oreilles de Cutter mais presque.

— Intrusion par l'arrière ? s'enquit Liam.

— Affirmatif. Deux, peut-être trois.

Et cette estimation était fondée sur les sons, ou plutôt sur l'absence de sons, se dit Quinn. Pas sur le mouvement fortuit d'un chien, certes très intelligent, mais qui n'en demeurait pas moins un chien.

— Bien reçu, fit Quinn.

Aucun d'eux ne proposa de lui venir en aide ; il ne s'y attendait pas, ni ne le souhaitait d'ailleurs. Le jour où il ne serait plus en mesure de maîtriser deux ou trois malheureux sujets hostiles, il raccrocherait.

« Le jour où vous ne serez plus capable de maîtriser une femme et un chien… »

La plaisanterie de Teague lui traversa l'esprit. Ce jour était-il arrivé ? Quinn chassa cette pensée négative.

Cutter gravit un mètre de plus de la pente escarpée, tout son corps contracté tandis qu'il fixait le bord de la falaise. S'il avait été l'assaillant, Quinn n'aurait pas choisi cette position. Il serait descendu par l'autre côté, juste à l'avant parce qu'il empêchait davantage d'être vu de la maison. Mais il aurait également attendu la tombée de la nuit. Cela signifiait-il, par conséquent, que les adversaires n'étaient pas très bons ou alors qu'ils étaient impatients ?

Quinn fit la grimace. Peut-être étaient-ils assez nombreux pour se dispenser d'être discrets, ce qui impliquait qu'ils adoptaient la plus dangereuse des visions, celle des *pertes acceptables*.

Ou, songea ironiquement Quinn, peut-être devrait-il cesser de se fier autant à un chien.

Toutefois, Cutter ne les avait jamais induits en erreur. Depuis son arrivée en ce lieu, il s'était montré infatigable et n'avait jamais donné de fausse alerte. Il avait toujours eu un motif valable, à défaut d'hommes armés : un coyote affamé, un serpent venimeux ou une autre menace. Ils en étaient tous venus à se fier aux sens plus affûtés du chien, c'était parfaitement logique. Le plus complexe était de réussir à interpréter ses signaux. Après tout, Cutter n'était qu'un chien. Même si Hayley le considérait comme investi de pouvoirs magiques.

Durant une fraction de seconde, une certaine nostalgie gagna Quinn, la tristesse d'avoir perdu toute imagination fantasque. Il étouffa cette pensée avec l'aisance que lui avaient conférée de longues années d'entraînement. Cependant, la vision de Hayley persista. Il devait se concentrer sur l'opération et l'objectif tellement essentiel. La jeune femme était une préoccupation secondaire. S'il devait en venir à choisir entre les deux, sa mission consistait à garder Vicente sain et sauf. Pas elle.

Le simple fait de formuler cette pensée amena Quinn à regimber. Et, pour la première fois, il s'avoua la vérité : Hayley lui était devenue chère. Il admirait son courage, le fait qu'elle n'ait jamais baissé les bras dans une situation qui avait dû être terrifiante pour elle, qu'elle n'ait jamais battu en retraite face à lui, alors qu'il s'était si souvent efforcé de l'intimider. Et son intelligence. Après le choc initial, elle n'avait jamais cessé de réfléchir, de comploter sans pour autant perdre de vue la réalité.

Lorsqu'elle s'était rendu compte qu'il lui serait impossible de s'échapper, elle avait sagement abandonné cette idée et s'était apparemment résignée à rester tranquille.

Toutefois, elle ne s'était jamais privée d'interroger Quinn avec insistance.

Cutter, lui, était toujours figé, le regard rivé sur le bord de la falaise. Quinn étudia encore un moment l'incroyable chien noir et brun, pensant à une autre des qualités de Hayley : la loyauté. Elle avait littéralement chargé des hommes armés pour récupérer ce jeune chien entêté. Il était certain qu'elle ne voyait rien là d'extraordinaire.

« Je suis responsable de lui. Il me fait confiance pour prendre soin de lui. Ça fait partie du marché. »

Ses paroles revinrent à l'esprit de Quinn, sa voix résonnant dans sa tête comme si elle se trouvait juste là. Qu'il se rappelle si clairement ce qu'elle avait dit, sa voix et son visage, jusqu'à la façon dont elle avait haussé les sourcils pour souligner l'évidence de ses propos ébranla Quinn. Il était un observateur entraîné, habituer à inventorier chaque détail pouvant s'avérer utile, ce n'était donc pas cela.

Dans son cas, ces détails provoquaient chez lui une réaction aussi ridicule qu'indéniable.

Ce qui faisait de lui un idiot, se morigéna-t-il, puisqu'il restait là à rêvasser pendant qu'une escouade armée s'apprêtait à attaquer. Il devait se décider sans tarder. Cette faction pouvait débouler du sommet de la falaise d'un instant à l'autre.

Cutter fixait toujours résolument le même endroit. Il n'avait pas bougé d'un pouce depuis que la brise légère avait charrié jusqu'à lui l'odeur qui l'avait convaincu. Grâce à leurs oreilles orientables, les animaux étaient beaucoup plus doués que les humains pour trianguler, Quinn le savait. Cependant, devait-il pour autant renier sa propre logique et sa formation qui lui disaient que la position à surveiller se trouvait de l'autre côté de l'escarpement ?

En tout cas, lorsqu'il bougea, ce fut pour se diriger vers l'affleurement rocheux, non dans l'attente d'une attaque, mais pour s'y mettre à couvert. Si l'affleurement pouvait abriter des hommes descendant de la falaise, il pouvait aussi le cacher à la vue d'hommes descendant d'une autre position.

Comme celle que Cutter désignait avec insistance.

L'espace d'un instant, le chien sembla sur le point de protester.

— C'est bon, mon grand. Je te crois, chuchota Quinn en passant devant l'animal. C'est là qu'ils sont. Nous allons les prendre à leur propre piège en nous mettant à couvert là où ils pensaient l'être.

Comme s'il avait compris, Cutter abandonna son poste et suivit Quinn. Puis, trottant en avant jusqu'à ce qu'il ait dépassé l'affleurement rocheux, le chien obliqua légèrement et s'arrêta étonnamment à l'endroit précis choisi par Quinn. Il fit alors volte-face et attendit celui-ci, le regardant aussi intensément que lorsqu'il avait fixé le bord de la falaise.

Quinn le rejoignit, secouant la tête, intrigué. Mais quand il se retourna, l'évidence lui sauta aux yeux. De ce point de vue, le profil de la pente était beaucoup plus visible. Et ce qu'il vit en disait long.

A l'endroit où Cutter lui avait signalé leur approche, la pente était nettement plus douce. L'éboulement, plus conséquent, offrait une meilleure prise et s'étendait plus haut, permettant de descendre en grande partie à un angle de peut-être quarante-cinq degrés au lieu de soixante ou soixante-dix.

Les adversaires n'avaient pas choisi la voie la plus à couvert, la plus susceptible d'assurer l'effet de surprise. Ils avaient choisi la voie la plus aisée. Ou, du moins, la plus rapide. Et ce choix indiquait à Quinn ce qu'il avait à savoir.

Il s'accroupit hors de vue derrière les rochers dans un espace incurvé, creusé par le vent depuis des temps antédiluviens. Cet espace était perpendiculaire à la pente et finirait par s'écrouler comme le reste mais, pour l'instant, il tenait bon.

Cutter s'appuya contre Quinn, à nouveau concentré sur le sommet.

— Tu es un sacré personnage, tu sais ça, le chien ? murmura Quinn.

Les yeux sombres du chien le dévisagèrent pendant un moment et son regard sembla animé par quelque chose, un fugace lien impalpable entre l'homme et l'animal. Ensuite, Cutter se détendit, affichant ce qui ne pouvait être qu'un sourire. Un sourire de chien, certes, mais cela n'en diminuait en rien l'impact.

Quinn se mit à rire intérieurement de lui-même.

Il n'avait jamais été enclin à se laisser transporter par son imagination. Ce gène, à supposer qu'il l'ait jamais eu, avait été éradiqué chez lui à l'âge de dix ans par une réalité cruelle, sanglante et délétère et il n'était jamais réapparu.

Mais, après tout, Quinn n'avait jamais non plus été enclin à nourrir une obsession pour une femme qu'il connaissait à peine et cela dans les pires circonstances qui soient. Il n'avait d'ailleurs jamais été enclin à nourrir une obsession pour quelque femme que ce soit même dans les meilleures circonstances. Il…

Cutter lui mordilla la main.

Quinn faillit sursauter et posa les yeux sur le chien qui était de nouveau concentré sur le sommet de la falaise. Comme si le mordillement avait été un rappel à l'ordre.

Un rappel à l'ordre nécessaire, reconnut Quinn, contrit. Mais comment diable le chien avait-il su…

Ils étaient là. Quinn reconnut la série de sons tandis qu'une pierre délogée dégringolait le long de la pente.

— Tu ferais mieux de rentrer maintenant, intima Quinn à Cutter. Va trouver Hayley.

Le chien jeta un regard à la maison comme s'il avait parfaitement compris. Toutefois, il ne bougea pas.

— Va, Cutter. Va trouver Hayley.

Un gémissement sourd s'échappa de la gorge du chien mais il ne bougea toujours pas.

Soudain, une corde se déroula le long de la falaise et il fut trop tard. Quinn le savait : Hayley le haïrait s'il arrivait quelque chose à ce chien. Et Quinn se haïrait peut-être lui-même. Bon sang, cet animal et cette femme énervante et obstinée étaient devenus si importants en si peu de temps !

Quinn se força à se concentrer avant de perdre le contrôle de la situation. Immobile, il surveilla l'approche de l'ennemi.

Les cordes comportaient de gros nœuds, tous les mètres environ. Ces hommes n'étaient donc pas des experts.

La meilleure occasion pour Quinn se présenterait quand ils auraient les deux mains sur la corde.

Un homme amorça la descente. Son hésitation apporta une confirmation à Quinn : l'individu n'était pas familier de la manœuvre.

Les adversaires avaient retrouvé Quinn et ses hommes. Toutefois, ils n'avaient pas été préparés à cette mission. Pas de la façon dont Charlie ou Quinn l'auraient fait.

Quinn espéra vivre assez longtemps pour remercier une fois de plus leur génie de la logistique de penser à tout.

Vivre assez longtemps pour garder Vicente en vie.

Vivre assez longtemps pour garder Hayley saine et sauve.

23

Le contact du fusil était étonnamment familier entre les mains de Hayley. Il ravivait le souvenir de son père qui l'instruisait, lui indiquant comment suivre le pigeon d'argile, quand tirer, ce qu'elle avait fait de mal quand elle l'avait raté, ou de bien quand elle avait fait mouche.

Hayley eut envie de battre en retraite, d'aller se cacher, sur-le-champ, dans la pièce de sûreté. Elle y résista. Quinn s'exposait à un danger mortel. Il s'interposait entre eux et ces hommes dangereux. C'était certes son métier, mais cela ne diminuait en rien la grandeur de cet acte. Comment pourrait-elle baisser les bras alors qu'elle disposait d'une arme dont elle savait se servir et qui s'avérerait efficace en dernier recours ?

Elle ne le pouvait pas. Elle en avait plus qu'assez de rester à attendre sans rien faire. Sa patience était à bout.

Elle s'approcha de la petite fenêtre par laquelle Quinn avait regardé au-dehors avant d'ouvrir la porte de derrière. Elle eut un mouvement de recul puis regarda à nouveau.

La vitre n'était pas du simple verre mais une sorte de lentille faisant penser à un objectif grand angle. Elle offrait une vision beaucoup plus panoramique du secteur que ce à quoi l'on s'attendrait à partir d'une aussi petite ouverture. Hayley pouvait observer tout ce qui se trouvait derrière la maison, de gauche à droite, du sol jusqu'au ciel au-dessus du sommet de la falaise. La personne qui avait équipé cet endroit, sans nul doute ce génie dénommé Charlie, dont elle ne cessait d'entendre chanter les louanges, les méritait sans conteste.

Cutter se tenait au pied de la falaise, sous une étrange saillie rocheuse verticale, qui regardait vers le sommet. Malgré sa taille, Quinn fut plus difficile à repérer à cause de la couleur fauve de ses vêtements qui se fondaient dans l'arrière-plan. En outre, Quinn était juste de l'autre côté de cette saillie rocheuse.

Soudain, Cutter se déplaça en direction de Quinn, en réponse ou non à un ordre, Hayley n'aurait su le dire. Le chien suivrait assurément un ordre de Quinn. Il s'était montré étonnamment réceptif à chacun des souhaits de cet homme depuis qu'il avait posé les yeux sur lui. Hayley ne le comprenait pas. Le chien était plutôt amical envers tous ceux qui ne lui inspiraient pas une aversion instinctive. Cependant, jusque-là, il n'avait obéi qu'à elle. Il lui arrivait, à l'occasion, de faire une chose que lui demandait une autre personne mais c'était généralement une chose que lui-même avait envie de faire. Il allait rechercher un bâton pour le neveu de Mme Peters aussi longtemps que le petit garçon pouvait le lancer mais il n'exécuterait pas de tours pour lui.

Cependant, il serait prêt à le faire pour Quinn. Hayley en avait la certitude. Cutter avait purement et simplement déclaré sa dévotion à Quinn. Et il avait cette façon irritante de regarder Hayley avec insistance comme s'il se demandait pourquoi elle n'en faisait pas autant.

Elle secoua vivement la tête. Cutter ne pouvait être à ce point brillant. C'était un chien.

Au même moment, à la grande surprise de Hayley, Cutter mordilla la main de Quinn.

Ce dernier sursauta, comme s'arrachant à ses rêveries. Ce qui semblait impossible, songea-t-elle : l'homme ne se déconcentrait jamais, pas davantage que le chien. Il…

Un mouvement au sommet de la falaise interrompit ses

pensées. L'instinct de Rafer se révélait sûr. Hayley resserra son étreinte autour du fusil. Elle résista à l'envie de revérifier la charge. Toutes les cartouches étaient en place, elle les y avait mises elle-même. Et elle avait un autre chargeur dans chacune des poches du gilet pare-balles que Quinn lui avait fait enfiler. Si elle en venait à avoir besoin de davantage que cela, elle mourrait de toute façon.

— Vous devriez venir dans la pièce de sûreté.

La voix de Vicente s'éleva à quelques mètres derrière elle.

— Pas encore, lui répondit-elle sans détourner les yeux de la vision légèrement déformée que lui offrait la fenêtre.

— Mais s'ils forcent le passage…

— Je ne pense pas qu'ils y parviennent, estima-t-elle.

— Vous lui vouez une foi inébranlable, commenta Vicente.

Hayley jeta un regard à l'homme. Ce qu'il disait était vrai, au moins en partie.

— Sur ce point, oui, concéda-t-elle.

— Cependant, à d'autres égards, vous ne lui faites pas confiance. Pas de la manière dont une femme devrait avoir confiance en son homme, continua Vicente.

Son homme ? releva Hayley. Totalement inconcevable.

— Quinn, répliqua-t-elle d'un ton neutre, n'est l'homme d'aucune femme.

— Pour l'instant.

Vicente fit ce constat d'un ton teinté d'amusement et d'une satisfaction étrange. D'un ton qui agaça Hayley. L'homme parut s'en rendre compte car il sourit.

— Une femme a besoin d'un homme bien.

Hayley tourna la tête pour toiser Vicente.

— Et qu'est-ce qui vous fait croire qu'il est un homme bien ?

— Si vous êtes incapable d'en juger, alors vous n'êtes pas aussi intelligente que je le croyais. Peut-être même pas aussi intelligente que vous le pensez, persifla Vicente.

Hayley s'apprêta à riposter. Cependant, un mouvement saisi du coin de l'œil la rappela brusquement à la fenêtre.

Ils descendaient de la falaise.

En cet instant, elle ne pouvait plus se raconter d'histoires : tout cela était parfaitement réel. Elle se trouvait dans une maison isolée, prise d'assaut par des hommes armés.

Des cordes à nœuds se déroulèrent le long de l'à-pic.

Ils lançaient l'assaut.

Au fond, Hayley n'avait cessé de ressasser les mauvaises questions. Elle n'aurait pas dû s'évertuer à découvrir qui étaient Quinn et ses hommes ou qui était l'ennemi qui les assaillait. Elle aurait mieux fait de tenter de savoir qui était l'homme qui la regardait à ce moment précis parce que la réponse à cette question englobait toutes les autres.

— C'est ma faute, soupira Vicente, d'un ton cette fois empreint de regret. Mais je vous assure que j'essayais de faire ce qui est juste et bien.

Il était aussi trop tard pour spéculer sur ce que cela pouvait être. L'heure était venue de réagir, de contrer la menace, décida Hayley. Peut-être serait-elle encore en vie après cela pour démêler la vérité.

Et savoir qui était vraiment Quinn.

Une troisième corde suivit les deux premières. Les hommes enjambèrent le bord de la falaise, descendant rapidement quoique sans trop de grâce. Ils étaient armés, lourdement ; des armes dans des holsters, à la ceinture et les plus encombrantes à l'épaule.

De nouveau, Hayley resserra son étreinte autour du fusil. Avait-elle perdu la main ? Serait-elle encore capable d'effectuer deux ou trois tirs rapprochés aussi rapidement qu'à l'époque ?

Il était plus difficile d'atteindre un pigeon d'argile en vol qu'un homme se tenant juste devant vous, mais l'aspect mental était encore autre chose.

Sauf que les obstacles intellectuels disparaissaient

peut-être quand l'homme s'en prenait à vous avec la ferme intention de vous tuer…

Deux détonations résonnèrent coup sur coup.

Deux des hommes tombèrent sur les six derniers mètres les séparant du sol.

Cutter lança un aboiement tonitruant, comme pour annoncer le début de l'affrontement.

Le troisième homme avait lâché prise et il était tombé, roulant et trébuchant dans les éboulis au pied de la pente. Hayley observa le déroulement de l'action à travers la fenêtre. A l'aide de son arme automatique, l'agresseur tira une salve en direction de l'endroit où Quinn s'était mis à couvert, faisant voler des éclats de roche dans toutes les directions. Cutter se mit à aboyer furieusement. Il était au pied de la saillie rocheuse qui abritait Quinn.

Cutter…, songea Hayley. Le chien ignorait ce que tirer signifiait. Il avait tendance à aborder les menaces de front et ne pouvait avoir idée de ce qu'étaient les armes ou les balles. Il risquait de s'exposer à la ligne de feu sans se rendre compte…

Au moment précis où cette pensée lui traversait l'esprit, Quinn posa une main sur le cou du chien, l'attirant dans une position plus sûre. L'espace d'un instant, la tête et le cou de Quinn furent à découvert, exposés aux tirs, et Hayley retint sa respiration.

Toutefois, apparemment, aucun des ennemis en approche ne fut assez vif pour en tirer avantage. L'homme et le chien regagnèrent une position à demi protégée et Hayley put respirer.

Quinn avait risqué sa vie pour mettre Cutter en sûreté.

Au moment où Hayley fit ce constat, trois choses se produisirent. Cutter se retourna pour aboyer furieusement en direction de l'est, derrière eux. Quinn, occupé par l'homme qui gagnait du terrain, jeta un coup d'œil par-dessus son épaule. Et Hayley remarqua un autre homme, déjà au sol, et qui s'approchait d'eux par l'arrière. Rapidement.

Cutter s'élança. Quinn pivota sur lui-même. L'homme menaçant tira une salve du même genre d'arme automatique que tous semblaient porter. Cependant, il fut distrait par le chien et les tirs se dispersèrent. Cutter se jeta sur lui, tourbillon déchaîné de fourrure, de dents et de férocité. Hayley retint à nouveau son souffle.

Quinn se jeta dans la mêlée et le maelström d'homme, d'arme et de chien sembla l'engloutir, lui aussi.

Une nouvelle détonation retentit. Provenant de la direction où avait été lancée la première attaque. La décision de Hayley fut prise en un éclair. Elle déverrouilla la serrure, baissa la poignée et ouvrit la porte dans le même temps. Vicente cria mais Hayley ne saisit pas le sens de ses paroles. Elle n'était peut-être plus capable d'atteindre une cible mouvante aussi éloignée, mais elle pourrait au moins immobiliser l'autre homme.

Ce fut exactement l'effet qu'eurent les trois coups de feu tirés par le Mossberg. Ils stoppèrent dans son élan l'homme qui se dirigeait vers la maison pendant que Quinn se battait au péril de sa vie. Il y eut un cri : Hayley avait dû toucher l'individu bien que ce n'ait pas été son intention. Elle voulait qu'il reste sur place et qu'il arrête de tirer.

Sa cible reprit sa progression. Elle fit feu en direction de son pied. L'homme recula en jurant tandis qu'une projection de cailloux et de poussière jaillissait devant lui.

Un rapide coup d'œil apprit à Hayley que Quinn s'était relevé. Il se tenait à proximité du corps de l'homme gisant derrière lui. Il la regarda. Si son intervention lui avait causé un choc, il n'en montra rien. Il était déjà de nouveau en mouvement. Il baissa les yeux sur Cutter, dit quelque chose et le chien s'élança vers Hayley. Quinn lui fit signe de retourner à l'intérieur. Il semblait presque furieux contre elle.

— Je vous en prie, marmonna-t-elle.

Puis elle grimaça, se sentant stupide. Elle se baissa pour toucher, reconnaissante, la fourrure chaude de Cutter et elle reçut un grand coup de langue en contrepartie. Du moins, le chien serait-il à l'intérieur, sain et sauf. Quinn avait assez à penser avec les survivants toujours prêts à en découdre.

Ou peut-être pas tant que cela ; ils se repliaient. Pendant un moment, ils furent incapables de riposter, les deux mains sur la corde tandis qu'ils remontaient précipitamment.

Soudain, Quinn se matérialisa à côté de Hayley. Il leva son fusil mais ne tira qu'une fois tandis que les survivants disparaissaient au sommet de la falaise.

— Ils sont partis, constata Hayley avec soulagement.

— Ils vont revenir, objecta Quinn avec une certitude qui l'ébranla.

Quinn appela Vicente qui le rassura sur son état. Liam, Teague et Rafer firent leur rapport par radio : les derniers assaillants battaient eux aussi en retraite.

Puis Quinn s'agenouilla près de Cutter et il fit courir ses mains sur le corps de l'animal.

— Tu vas bien ? lui souffla-t-il d'une voix douce. Tu es un bon chien.

Cutter se tortilla, manifestant une adoration que Hayley ne l'avait jamais vu porter qu'à elle. Elle fixa le chien. Il se portait bien. Heureusement.

Quinn la laissa pour vérifier l'état des hommes abattus et elle se mit à frissonner. Maintenant la menace immédiate était écartée, et que l'effet de l'adrénaline commençait à s'estomper, la réalité de ce qui s'était passé la frappait de plein fouet. Des hommes avaient trouvé la mort. Et Quinn, l'homme dont elle était presque parvenue à se convaincre qu'il était sincère, en avait tué trois, pratiquement sous ses yeux. Dont un, apparemment à mains nues, et sans écoper d'autre chose qu'une petite entaille à la joue.

Néanmoins, il l'avait fait parce qu'il n'avait pas voulu

tirer. Et il y avait une unique raison à cela. Il avait voulu éviter de toucher accidentellement Cutter, songea-t-elle.

Quinn avait pris le risque d'être grièvement blessé, voire tué, plutôt que de mettre en danger la vie d'un chien qui n'était même pas le sien.

Et cela en disait plus long sur lui que tous ses regards froids, ses ordres stricts et ses commentaires acerbes, conclut Hayley.

24

— Ils ne renonceront pas, prédit Vicente.

Cette remarque pleine de conviction et émise d'une voix posée fit frémir Hayley.

— Je sais, convint Quinn. Rafer, reconnaissance étendue.

L'homme acquiesça en silence, d'un signe de tête, et il quitta la pièce, son fusil de sniper toujours à l'épaule.

Durant la trêve, ils s'étaient tous réunis dans la maison pour cette réunion stratégique qui semblait consister à écouter les ordres donnés par Quinn.

— Teague, contrôle l'hélico, assure-toi qu'il n'ait subi aucun dommage.

A l'instar de Rafer, l'ex-marine quitta la pièce sans un mot.

Quinn se tourna vers Liam.

— Prépare le colis pour le vol.

Quinn lança alors un regard à Vicente qui parut morose mais soulagé. Il ne subissait apparemment pas le même état de choc que celui qui ralentissait les réactions de Hayley, ses mouvements et même ses pensées. Elle secoua vivement la tête, tentant de les éclaircir.

— Vous êtes prêt à faire cette déposition écrite ? demanda Quinn à Vicente.

Le vieil homme soupira.

— Oui.

— Bien. Liam, aussitôt que vous serez dans les airs, allume ton portable et prends tout ça en note.

— Ma mère m'a toujours dit que je ferais un bon secrétaire, répliqua le jeune homme avec un grand sourire.

Comment pouvait-il être aussi enjoué après ce qui venait d'arriver ? se demanda Hayley.

— Nous vous sortirons d'ici sain et sauf, monsieur, assura Liam à Vicente. Faites-nous confiance !

— Vous m'avez prouvé que vous étiez prêts à mourir pour me protéger, déclara Vicente. Je vous fais confiance.

Hayley s'interrogea alors sur son propre sort. Serait-elle évacuée en même temps que Vicente ?

Protection.

Déposition écrite.

« Si je fais ce que vous demandez, ceux qui le veulent n'auront plus besoin de moi. »

Les paroles de son voisin résonnèrent dans la tête de Hayley et, soudain, la réponse fut évidente.

Quinn et ses hommes protégeaient Vicente. A cause de ce qu'il révélerait dans cette déposition. La déposition que quelqu'un voulait tellement obtenir…

Vicente était un témoin. Dans une affaire importante.

La seule excuse de Hayley était qu'elle ne rencontrait pas souvent dans sa vie paisible des témoins protégés. Par ailleurs, elle aurait présumé que la protection d'un témoin était la mission du gouvernement. Néanmoins, tout concordait si parfaitement qu'elle aurait dû le comprendre plus tôt. Beaucoup plus tôt.

Et le fait que cela place indéniablement Quinn et son équipe du côté des anges gardiens ne faisait pas de mal.

Mais pourquoi ces anges gardiens ne venaient-ils pas à la rescousse de leurs collègues ?

Hayley secoua de nouveau la tête.

— Chute d'adrénaline, lui glissa Quinn.

Hayley cligna des yeux.

— Comment ?

— L'adrénaline nous permet de fonctionner en situation

de stress. Mais elle nous épuise également. Elle sape notre énergie. C'est pour ça que vous tremblez et que vos pensées sont confuses, comme si vous n'aviez pas dormi depuis une semaine.

C'était exactement ce que ressentait Hayley. Elle prit donc les paroles de Quinn au sérieux. Elle riva son regard sur lui. Il la regardait attentivement comme s'il la jaugeait. Il l'avait déjà fait auparavant, en fait presque constamment, mais il y avait quelque chose de différent cette fois, dans la façon dont il la regardait.

Quelque chose de plus doux.

— Vous avez fait du bon travail dehors, Hayley. Merci.

A ces mots, la colère envahit Hayley.

— C'est donc ça le prix à payer pour que vous me traitiez comme un être humain ? Manquer de tuer un homme ? Et vous regarder en tuer trois, dont un à mains nues ?

Durant un moment, il régna un tel silence dans la pièce que le tic-tac de l'horloge résonna.

Hayley regretta partiellement ses propos, si durs. Ne venait-elle pas de décréter que Quinn était du bon côté de la loi ? Et il avait risqué sa vie, affrontant seul — enfin, avec l'aide de Cutter — sept hommes. Hayley l'avait sans doute aidé mais pas beaucoup.

Et que l'objectif de Quinn ait été de protéger Vicente ne changeait rien au fait qu'il l'avait sauvée, elle aussi. Quinn s'était exposé aux tirs en toute connaissance de cause et elle était là, à le critiquer.

— La chute d'adrénaline affecte aussi le contrôle des émotions, reprit-il tranquillement. Elle vous amène à dire des choses que vous ne diriez pas si vous n'étiez pas aussi éreintée.

Hayley se sentit stupide.

— Mais vous êtes parfaitement calme, vous.

— J'ai appris à contrôler le processus, au fil des années. La décharge d'adrénaline, puis la chute.

Quinn fut apparemment très près de sourire. Elle fut presque contente qu'il se retienne. Elle n'était pas sûre de pouvoir le supporter. Au lieu de cela, il réitéra le compliment.

— Vous avez fait du bon travail dehors. Cela dit, vous n'auriez pas dû le faire et je devrais vous incendier pour être sortie alors que je vous avais dit de rester en lieu sûr. Mais, lorsque vous êtes intervenue, vous vous êtes bien débrouillée.

Hayley écarquilla les yeux.

— Eh bien, c'est sans doute le compliment le plus équivoque et tortueux que j'aie jamais entendu.

Le sourire apparut alors, comme si Quinn avait amené Hayley exactement là où il le souhaitait.

— Voilà notre Hayley telle que nous la connaissons et que nous l'aimons ! lança malicieusement Liam.

Elle n'était plus fébrile, réalisa-t-elle. Et de toute évidence, cela avait été l'intention de Quinn. Il l'avait légèrement titillée pour qu'elle pense à autre chose qu'au drame qui venait de se produire.

D'ailleurs, Quinn avait changé d'expression, il s'était encore radouci. Des ridules s'étaient creusées autour de ses yeux et de sa bouche. Soit il n'était plus autant sur ses gardes, soit Hayley apprenait à le percer à jour.

— L'hélico est paré, patron.

La voix de Teague fit grésiller la radio. Quinn lui répondit dans le micro de son col de chemise.

— Attends encore vingt minutes, jusqu'à la tombée de la nuit. Puis tu pourras décoller.

— Bien reçu.

La tombée de la nuit, se répéta Hayley, surprise. Elle avait été tellement absorbée par les événements qu'elle ne s'en était même pas rendu compte : le crépuscule était proche.

— C'est le temps dont vous disposez, signala Quinn à Vicente.

Celui-ci hocha simplement la tête et repartit vers la chambre, Liam sur ses talons.

Quinn reporta son attention sur Hayley.

— Vous aussi.

— Alors c'est une bonne chose que je n'aie pas de bagage à préparer, plaisanta-t-elle.

A nouveau, Quinn la jaugea. Elle soutint son regard, se félicitant que sa voix ait été relativement calme.

Alors, lentement, Quinn lui sourit. Un sourire certainement sincère cette fois.

— Vous vous montrerez à la hauteur, Hayley Cole.

Pendant un instant, elle se sentit offensée. Qui était-il pour émettre ce jugement ? Cependant, la réalité s'imposa à elle ; Quinn était l'homme qui savait mieux qu'elle ce à quoi ils étaient confrontés et comment l'affronter.

Les hommes qui en voulaient à Vicente devaient être dénués de scrupules, conclut Hayley. Ils étaient prêts à tuer quatre hommes, une civile innocente et un chien pour arriver jusqu'à Vicente. Et à sacrifier, par la même occasion, plusieurs des leurs.

Quinn avait assuré qu'ils n'avaient pas renoncé, qu'ils avaient simplement battu en retraite afin de planifier une nouvelle attaque. Jusque-là, il n'avait jamais eu tort, se rappela Hayley.

Ces vingt minutes furent les plus trépidantes de son existence. Quand la nuit tomba, le moteur de l'hélicoptère se mit bruyamment en marche. Quelques instants plus tard, Vicente et Liam émergèrent de l'arrière de la maison, Liam portant sur son épaule le sac du vieil homme.

— Je vais chercher les sacs d'évacuation, lança Quinn. Vous…

Il s'interrompit soudain, portant la main à son oreille, écoutant. A l'évidence, Liam entendit la même chose car il entraîna Vicente vers la portière de l'appareil.

— Reviens ici, Rafer. L'hélico va décoller.

Quinn se tourna vers Hayley.

— Allons-y. Ils arrivent. C'est une question de minutes.

Elle ne perdit pas de temps à discuter, pas après ce à quoi elle avait assisté plus tôt.

— Cutter, appela-t-elle d'un ton assez pressant.

Le chien arpentait fébrilement la pièce.

En quelques instants, il fut derrière elle.

Le temps qu'elle sorte, Quinn à sa hauteur, Cutter la suivant de près, Vicente et Liam étaient déjà à bord.

Une silhouette approcha depuis l'est, et le cœur de Hayley s'emballa. Mais c'était la foulée légèrement entravée de Rafer.

Alors que Quinn les aidait à se hisser à bord, Cutter et elle, Rafer les rejoignit.

Il jeta un coup d'œil à l'intérieur de l'hélicoptère, attardant un instant son regard sur Teague, installé aux commandes. Puis il reporta les yeux sur Quinn.

— Pourquoi m'avoir rappelé ?

— Monte à bord.

— Nous n'y arriverons jamais si nous montons tous.

— Je sais. Monte à bord.

— Quelqu'un doit rester pour couvrir…

— Je sais. Monte à bord.

— Patron…

— Fais-le. C'est ma décision.

Tandis que Rafer s'exécutait avec une évidente réticence, Quinn tourna le regard vers Teague et éleva la voix.

— Direction nord jusqu'au-dessus de l'horizon. Ensuite, emmène le colis — et la civile — au site Z. Fais ce que tu as à faire. Une fois à distance, contacte Charlie.

Teague hocha la tête.

Hayley était manifestement la civile mais qu'était le site Z ? Elle faillit sourire, c'était un nom un peu ridicule. Elle fut surprise de réagir de la sorte après tout ce qui…

Soudain, la réalité lui apparut abruptement.

« Nous n'y arriverons jamais si nous montons tous à bord. Quelqu'un doit rester pour couvrir… »

L'argument de Rafer prit tout son sens. Quinn allait rester en arrière. Il avait ordonné à Teague de partir et de le laisser derrière eux. Il allait tenter de retenir les assaillants jusqu'à ce que ses hommes, Vicente et Hayley soient hors de danger.

— Quinn, non !

Les mots avaient échappé à Hayley. Quinn la regarda et il lui adressa à nouveau ce sourire, ce sourire qui changeait tout.

— Prenez soin de vous, Hayley.

C'était la seconde fois qu'il le lui conseillait. Le disait-il toujours quand il se mettait dans une situation dont il ne s'attendait pas à sortir vivant ?

C'était insensé. Il savait cela, il devait le savoir. Il serait seul face à tous les hommes qui avaient survécu. Il était doué, elle ne pouvait en douter. Mais ses adversaires auraient soif de sang, de revanche. Ils s'étaient déjà montrés impitoyables. La crainte de Vicente que sa tête ne fasse le voyage du retour séparée du reste de son corps, semblait parfaitement fondée.

Néanmoins, Quinn allait s'assurer qu'ils s'éloignent, sains et saufs.

Quel qu'en soit le prix.

Y compris au péril de sa vie.

25

Les rotors se mirent à tourner tandis que Teague se concentrait sur la préparation du décollage.

Désespérée, Hayley lança un regard à Rafer, assis sur le siège du copilote. Il la regarda en retour, ses yeux exprimant sa pleine compréhension de la situation.

— Quinn aurait eu ma tête si je n'avais pas suivi ses ordres.

— Donc, au lieu de cela, ils auront la sienne, soupira Hayley.

Rafer parut surpris, puis son visage d'ordinaire impassible afficha un air narquois. Suivi par un sourire inattendu qu'elle ne comprit pas.

Elle tourna vivement la tête vers Quinn qui chargeait le sac de Vicente à bord. Avant qu'elle ait pu dire quoi que ce soit, Quinn recula et saisit la portière de l'hélicoptère alors que le régime du moteur changeait, montant à pleine puissance et rendant impossible toute conversation.

Teague procéda aux derniers ajustements que Hayley reconnaissait désormais. La portière se refermait, laissant Quinn seul.

Cutter émit alors un jappement aigu et se dégagea des bras de Hayley. Il repoussa la portière, puis sauta au sol près de Quinn. Alors il regarda Hayley, aboyant d'une manière si pressante que cela couvrait presque le bruit du moteur. D'instinct, elle bondit à son tour pour récupérer son chien.

La portière faillit se refermer sur elle. Elle se hâta de descendre sur le patin de l'hélicoptère. Mais un vide séparait le patin du sol ; ils étaient déjà en train de décoller !

Hayley n'avait pas le choix. Elle était en mouvement, elle sauta.

Ce n'était qu'une chute d'un mètre mais cela lui parut plus haut lorsqu'elle heurta le sol. Elle chancela un instant. Cependant, Quinn la rattrapa, son bras puissant lui faisant retrouver l'équilibre tandis qu'il jurait.

Il fit un geste circulaire en direction de l'hélicoptère. Inutile d'être médium pour deviner ce qu'il signifiait : partez !

Aussitôt, l'appareil s'éloigna et, un instant, Hayley le suivit du regard, désemparée. Que venait-elle de faire ?

Elle n'eut pas le temps de s'appesantir sur la question. Quinn lui saisit le bras et l'entraîna vers la maison. Au même instant, des bruits bizarres retentirent. L'hélicoptère avait-il un problème ? Non, il continuait à prendre de l'altitude et de la vitesse, remarqua Hayley.

Quinn brandit le fusil qu'il tenait. Les tirs d'une arme automatique retentirent à l'ouest. Hayley peina à contenir un cri de surprise. L'hélicoptère continua de s'élever dans le ciel. Quinn la poussa au sol derrière lui et s'accroupit, toujours en position de tir. De petites gerbes de poussière et de cailloux furent soulevées à quelques centimètres d'eux.

Des coups de feu. Hayley finit par comprendre. Ils étaient revenus.

Quinn tira une nouvelle salve. Il savait apparemment d'où venaient les tirs. Debout près de lui, Cutter aboyait rageusement, comme s'il saisissait la menace. Peut-être le chien incroyablement intelligent avait-il appris quel danger représentaient les armes au cours du précédent affrontement, songea Hayley, hébétée.

Quinn prit quelque chose dans la poche de son gilet pare-balles. Il se releva légèrement. Hayley protesta intérieurement.

Non, ils vous vont voir !

L'instant d'après, le bras de Quinn prit de l'élan et il lança l'objet. Cutter bondit un peu en avant, tendu comme un arc, mû par un intérêt effrayant. Hayley agrippa le collier du chien.

L'explosion fut assourdissante, même pour des oreilles encore meurtries par le bruit de la fusillade. Des grenades, devina-t-elle. Leurs assaillants savaient probablement où ils se trouvaient du fait de la riposte de Quinn.

Ce dernier tira, encore et encore, sans qu'elle puisse même apercevoir sa cible. Manifestement, lui la voyait et, puisque l'hélicoptère était désormais hors de danger, il était bel et bien parvenu à couvrir sa retraite.

Il lança une autre grenade.

Ensuite, Quinn entraîna Hayley en courant. Une nouvelle grenade explosa. L'air trembla autour d'eux. Mais ils continuèrent d'avancer, à une telle allure que Hayley peinait à rester debout sur ses pieds. Quinn décrivait une trajectoire tortueuse et fantasque, évitant les projectiles, en direction de la maison.

Enfin, ils furent à l'intérieur. Quinn claqua et verrouilla la porte derrière eux. Cela pourrait-il arrêter les balles ? se demanda-t-elle.

Quinn se tourna vers elle.

— Peu de personnes survivent à un acte aussi stupide, lâcha-t-il.

— J'en ai conscience.

Quinn parut surpris de la voir capituler aussi facilement.

— Mais il était trop tard pour m'arrêter, ajouta-t-elle. Et je ne pouvais simplement pas le laisser.

Quinn lança un regard à Cutter. Le chien les observa à tour de rôle, une certaine approbation semblant briller dans ses yeux.

— Je comprends pourquoi les moutons lui obéissent, murmura Hayley.

— Voulez-vous dire par là qu'il vous a obligée à le faire ou que vous êtes un mouton ? questionna Quinn sans la moindre trace d'humour dans la voix.

— Peut-être les deux, convint Hayley, soudain lasse.

Pendant un moment, Quinn ne dit rien. Lorsqu'il reprit la parole, son ton conciliant — et ses mots — surprirent Hayley.

— Il sait s'y prendre.

— En effet. Cutter a une volonté de fer.

— Ce doit être ainsi que ça fonctionne. Avec les moutons, ajouta Quinn.

Etait-ce une nouvelle pique ? Hayley eut besoin de donner une explication.

— Cutter le fait aussi avec les humains. J'ignore comment mais il communique tout bêtement avec eux.

Quinn hocha la tête.

— Je l'ai vu à l'œuvre.

La colère de Quinn semblait s'être apaisée. Hayley se sentit soulagée.

— Je pourrais cependant me passer de ce petit air suffisant, persifla Quinn.

Hayley le dévisagea, incrédule. Etait-ce une plaisanterie ? Mais il regardait le chien, l'air pince-sans-rire. Le voyait-il vraiment ? D'ordinaire, Hayley était la seule à déchiffrer les émotions que trahissaient les expressions de Cutter et elle gardait cela pour elle.

— C'est vrai qu'il semble content de lui, avança-t-elle prudemment.

— Il a l'air de quelqu'un dont le plan vient de se réaliser, renchérit Quinn.

Hayley n'en crut pas ses oreilles. Elle ne se serait jamais attendue à une remarque aussi… fantaisiste de la part de l'homme froid, autoritaire et indéniablement dangereux qui se tenait face à elle.

— Rends-toi utile, le chien, lança Quinn à Cutter. Préviens-moi s'ils décident de faire une autre descente.

Quinn embrassa d'un geste l'intérieur de la maison et ajouta à l'adresse de Cutter :

— Monte la garde.

Le chien émit un aboiement étouffé qui semblait dire « Oui,

monsieur » et s'avança en trottant vers la porte d'entrée et la fenêtre voisine. Puis il se mit à arpenter la pièce, s'arrêtant de temps à autre, levant la tête, l'oreille aux aguets ou la truffe levée, reniflant consciencieusement.

— Je vous jure que parfois je pense qu'il…

Quinn laissa sa phrase en suspens.

— Moi aussi, acquiesça Hayley. Parfois, je me pose vraiment la question. Puis il dévore une chaussure, creuse un énorme trou dans le jardin ou m'apporte un rat mort et là, je prends conscience qu'il est de nouveau un simple chien.

— Au moins, il nous sera utile.

En une fraction de seconde, le Quinn plus tendre s'évanouit et le professionnel réapparut.

— Contrairement à moi ? lâcha Hayley, presque malgré elle.

Quinn reporta les yeux sur elle.

— Vous les avez tenus à distance avec ce fusil, même si vous les avez ratés.

— Je ne les ai pas ratés, rectifia-t-elle. Je ne les visais pas.

Quinn eut un léger mouvement de recul.

— Entendez-vous par là que vous auriez pu les toucher mais que vous vous en êtes abstenue ?

— Je ne voulais tuer personne, confirma Hayley.

— Il y a un temps pour la pitié, maugréa Quinn. Quand les hommes qui essaient de vous tuer ignorent le sens de ce mot, ignorez-le, vous aussi.

Les scrupules de Hayley leur laissaient plus d'ennemis à affronter, semblait dire Quinn, mais il ne l'exprima pas et elle lui en fut reconnaissante.

— Vous feriez mieux d'intégrer tout de suite ce fait, Hayley. Les hommes dehors n'ont pas la moindre pitié. C'est le genre d'individu qui tue pour se venger, faire passer un message, donner une leçon ou simplement par plaisir. Et votre innocence ne vous protégera pas. Vous êtes en travers de leur chemin et cela leur suffit.

— Mais ils ont subi tellement de pertes…, rappela Hayley.

— Ils n'éprouvent pas davantage de pitié pour les leurs que pour leurs ennemis. Ils se battront jusqu'au dernier. Mon équipe va revenir avec des renforts, mais en attendant, nous ne pouvons compter que sur nous-mêmes. Et, pour le cas où vous ne l'auriez pas remarqué, nous sommes cloués ici.

Hayley fut secouée mais ne pouvait nier ces propos. Elle l'avait vu elle-même.

Elle inspira profondément.

Puis elle se dirigea vers la table où elle avait posé son fusil en rentrant dans la maison. Elle saisit l'arme puissante et fiable, puis entreprit méthodiquement de la recharger.

Ensuite, elle se tourna vers Quinn.

— Que puis-je faire d'autre ? lui demanda-t-elle en s'efforçant de maîtriser sa voix malgré sa peur.

Quinn l'examina attentivement, son regard faisant la navette entre le fusil et elle, puis il hocha la tête d'un air approbateur.

Ce simple geste la réconforta profondément.

— Nous devrons peut-être nous réfugier dans la pièce blindée, annonça Quinn. Transportez-y toute la nourriture qui n'a pas besoin d'être cuite.

Hayley hocha la tête.

— Et pour l'eau ?

— Il y a un robinet à l'intérieur, indiqua Quinn. Ainsi que des bouteilles déjà remplies.

— Quelqu'un a pensé à tout, commenta Hayley.

— Charlie, lui répondit Quinn, déjà en mouvement avant même qu'elle ne se dirige vers la cuisine.

Il revérifiait tous les endroits où il avait laissé, plus tôt, des armes. Puis il commença à transporter le reste du contenu de l'armoire dans la chambre.

Le temps que Hayley ait terminé, l'armoire était presque vide. Quinn n'avait gardé qu'une boîte de munitions pour le Mossberg.

— Et si j'ai besoin de plus ? s'enquit Hayley.

— S'il vous en faut davantage, vous vous réfugiez dans la

chambre. S'ils approchent, vous devrez les tenir à distance le temps de vous enfermer dans la pièce de sûreté.

— Vous dites cela comme si j'allais me retrouver seule, observa Hayley.

A peine ces paroles eurent-elles franchi ses lèvres qu'elle connut la réponse. Celle que Quinn avait donnée à Vicente, une heure plus tôt.

« S'ils arrivent jusqu'à vous, je serai mort. »

26

Hayley s'en sortait remarquablement bien, étant donné les circonstances.

Quinn fit une nouvelle inspection, jetant un coup d'œil par les fenêtres stratégiquement situées. Comme pour tout le reste sur ce site ainsi que les autres, Charlie avait personnellement veillé à leur emplacement. Elles étaient les meilleurs postes d'observation possibles. Et, sous peu, Vicente serait en sécurité dans leur place forte la plus imprenable, dont ils faisaient rarement usage. Toutefois, dans ce cas, Quinn n'avait pas hésité à en donner l'ordre.

L'une de ses raisons se trouvait en ce moment même dans la cuisine, d'où s'échappait un délicieux arôme de café.

Bonne initiative, la félicita mentalement Quinn. Cela ne l'étonna pas un instant venant d'elle. Elle ne cessait de réfléchir.

Excepté à ce moment où elle s'était élancée à la suite de son satané chien hors de l'hélicoptère. Pour la seconde fois. Quinn avait pourtant projeté de la mettre — ainsi d'ailleurs que Cutter — en sûreté avant la prochaine attaque.

Cependant, lui qui était un être froid, impassible et pragmatique, comprenait Hayley. Et cela le surprit. Mais Cutter était un chien incroyable. En cet instant, par exemple, plutôt que d'être sur les talons de Quinn, il montait la garde de l'autre côté de la maison. Et, à chaque fois que Quinn changeait de poste d'observation, Cutter se déplaçait à son tour. Ainsi, au moins deux des côtés de la maison étaient-ils toujours surveillés.

En d'autres termes, songea-t-il, le chien faisait exactement ce que lui-même aurait ordonné à l'un de ses hommes. Quinn n'aurait pas forcément choisi ces endroits particuliers. Toutefois, l'animal savait apparemment quels étaient ceux qui lui assuraient la meilleure réception auditive ou olfactive. C'était proprement stupéfiant.

Hayley s'approcha avec une tasse de café brûlant.

— Merci d'avoir pensé à cela.

Il but une gorgée. Le breuvage était exactement comme il l'aimait. De toute évidence, Hayley l'avait assez souvent vu le préparer pour le réussir parfaitement.

— J'ignore si j'en aurai l'occasion plus tard, dit-elle.

Sa voix était grave, une tension sous-jacente. Quinn aurait été étonné qu'elle soit calme ; il aurait présumé qu'elle ne comprenait pas la gravité de leur situation. Mais, visiblement, elle en était consciente.

— Ils seront bientôt de retour, annonça Quinn entre deux gorgées.

— Pourquoi ils n'ont pas simplement continué d'avancer ?

— Nous étions à découvert, ce n'est plus le cas, expliqua Quinn. Leur premier plan d'attaque n'a pas fonctionné, il leur en faut un nouveau. Et il fait de plus en plus sombre.

— Vous pensez qu'ils n'attaqueront pas dans l'obscurité ? demanda Hayley.

— Aucune idée, répondit Quinn. J'ignore à quel point ils sont désespérés.

Il but une autre gorgée de café puis posa la tasse. Il ne voyait pas l'intérêt d'enjoliver les choses. Hayley paraissait apte à affronter la réalité plus que la plupart des personnes l'auraient été dans sa situation. Quinn lui parla donc sans détour.

— S'ils disposent d'assez de munitions, il est possible qu'ils se contentent d'ouvrir le feu pour réduire la maison à néant. Si cela arrive, vous courez vous réfugier dans la chambre.

— En vous laissant à l'extérieur, pour faire quoi ? s'enquit Hayley.

— Mon travail.

— Je pensais que l'objet de votre mission venait de s'éloigner dans cet hélicoptère ?

Elle ne cessait vraiment jamais de réfléchir, songea ironiquement Quinn.

— Et vous auriez dû suivre le même chemin, rappela-t-il.

— Je ne pense pas que nous ayons de temps à perdre pour revenir sur ce point.

Quinn ne put se retenir d'esquisser un sourire.

— Vous marquez un point.

Il jeta un coup d'œil aux articles qu'il avait sélectionnés dans l'armoire à fusils. Aussitôt qu'il ferait nuit noire, il sortirait mettre en place quelques pièges. Il y avait aussi quelques mines terrestres qui, placées aux bons endroits, pouvaient donner l'illusion d'un champ de mines. Fils de détente, rayons laser portables qui déclenchaient une alarme stridente… Quinn avait de nombreuses options.

Et il les utiliserait probablement sous peu.

— Qui êtes-vous ? lança abruptement Hayley. Qui est Vicente, en réalité ?

Quinn hésita.

Hayley releva alors le menton. Elle le défia du regard comme peu d'hommes avaient le courage de le faire.

— Si je dois mourir ici à cause de tout cela, j'ai le droit de savoir pourquoi, tonna-t-elle.

— Vous n'allez pas…

— Vous ne pouvez pas le garantir, l'interrompit Hayley. Ils nous ont retrouvés, non ?

Son argument était pertinent. Quinn ne pouvait le nier.

Il décida de lui donner la réponse qui finirait de toute façon par être divulguée.

— Vicente Reynosa sera le témoin clé d'un procès mettant en cause un cartel de la drogue. Ce cartel a assassiné des centaines voire des milliers de personnes le long de la frontière mexicaine. Dont deux douzaines de citoyens américains.

Hayley écarquilla les yeux.

— L'homme qui fait la une des médias ?

Quinn aurait dû se douter qu'elle avait probablement vu les reportages racoleurs concernant l'enquête. Il aurait été difficile de les manquer étant donné la passion qui s'était déchaînée en raison du nombre de morts qu'il avait fallu attendre avant que la bureaucratie ne s'active. Vicente était la seule personne disposée à témoigner contre le puissant et impitoyable cartel.

— C'est… un dealer ?

Hayley parut étonnée.

— Pas vraiment, répondit Quinn. Vicente a été forcé de coopérer avec le baron de la drogue. Le cartel détenait sa famille. Son épouse, ses trois filles et sa sœur. Ils ont également torturé et sauvagement assassiné son fils unique.

Hayley fut abasourdie.

— Quelles ordures ! s'exclama-t-elle.

— Exactement.

— Quant à Vicente, il n'est pas étonnant que vous le respectiez, ajouta-t-elle.

— Oui. C'est un homme courageux.

— Qu'adviendra-t-il de sa famille quand il témoignera ?

— Nous y travaillons, répondit Quinn.

Il lança à Hayley un regard oblique.

— Si cela peut vous consoler, l'homme que j'ai tué à mains nues était celui qui avait torturé et assassiné le fils de Vicente.

Dans les yeux verts de Hayley brilla une lueur de satisfaction qui émut presque Quinn.

— Ce qui nous ramène à mon autre question, reprit-elle tout de même.

Non, elle n'arrêtait jamais. Quinn poussa un soupir las.

— Hayley…

— Etes-vous des agents du gouvernement ?

— Non.

— Mais je pensais que la protection des témoins leur incombait.

— Normalement, oui.

— Mais ? fit Hayley.

Quinn s'apprêta à lui donner l'une de ces réponses réservées aux personnes qui devenaient trop curieuses. Toutefois, ce qu'elle avait dit plus tôt le stoppa dans son élan.

« Si je dois mourir ici à cause de tout cela, j'ai le droit de savoir pourquoi. »

C'était une triste et très réelle éventualité, songea Quinn.

Puisque Hayley l'avait courageusement aidé face à leurs agresseurs, Quinn résolut de jouer cartes sur table.

— Vicente nous a sollicités, finit-il par admettre.

Cela parut surprendre Hayley.

— Vraiment ? Pourquoi ?

— Apparemment, il a perdu confiance dans le gouvernement de son propre pays et, à présent, dans celui du nôtre également. Il sait où le cartel s'est procuré ses armes.

— Il ne se fie donc à aucun d'eux pour le protéger ? demanda Hayley.

— Non.

— Par conséquent, vous êtes un organisme privé.

— En effet. Très privé.

— Travaillant pour le gouvernement ? voulut savoir Hayley.

— Non. Ils nous ont contactés cette fois, à la demande de Vicente. Cependant, nous n'avons jamais travaillé pour eux.

— Mais… comment Vicente a-t-il eu connaissance de votre existence ?

— Nous avons procédé, l'année dernière, à l'extraction d'une citoyenne américaine et de sa fille, au nez et à la barbe de ce même baron de la drogue, expliqua Quinn.

— Le gouvernement vous avait engagés, cette fois aussi ?

Quinn grimaça.

— Non. Et ils n'étaient pas particulièrement ravis que le mari de cette femme américaine l'ait fait.

— On pourrait pourtant penser que toute aide serait la bienvenue.

— Ils ont tendance à se montrer très territoriaux. Et à croire qu'ils font les choses mieux que quiconque.

— C'est juste, convint Hayley. C'est donc la raison pour laquelle Vicente vous a fait confiance ? Parce qu'il a su que vous aviez sauvé cette femme et sa fille ?

Quinn acquiesça.

— Les forces de l'ordre se concentrent principalement sur les procédures judiciaires. Ce faisant, elles se dispersent.

— Et vous êtes différents.

— Nous nous concentrons sur un seul objectif : garder notre cible en vie.

Hayley garda le silence durant un moment, semblant réfléchir intensément.

Quinn saisit cette occasion pour passer de la parole à l'action. Il en avait assez confié à Hayley et même plus qu'il n'en avait jamais révélé à une personne n'étant pas directement impliquée.

Toutefois, dans le cas présent, Hayley se trouvait aussi impliquée que l'on puisse l'être. Et puisque la sécurité de Vicente ne dépendait plus de Quinn, celle de Hayley, une civile innocente, était devenue primordiale.

Quinn se remit donc au travail, préparant ses pièges et ses moyens d'alerte pour les déployer aussitôt qu'il ferait nuit noire. Il devait se dépêcher pour le cas où leurs adversaires attendraient aussi cela pour attaquer. Avec un peu de chance, ils étaient un peu échaudés et il leur faudrait du temps pour se concerter. Mais Quinn ne pouvait s'y fier.

Hayley se tenait debout en silence et elle lui passait ce dont il avait besoin. Après la première mine, elle sut exactement quoi lui donner. Si elle l'avait souhaité, il aurait sérieusement envisagé son recrutement.

— Nous ne sommes que deux, finit-elle par dire. Un, en réalité. Je ne vous serai pas d'une grande aide.

— Contentez-vous de veiller sur vous-même, je me charge d'eux, assura Quinn.

— Mais ils sont plus nombreux, objecta Hayley.

— Et beaucoup moins qu'ils ne l'étaient au départ, rappela Quinn avec une satisfaction non dissimulée. Il en reste peut-être cinq. Donc les forces sont équilibrées.

— A cinq contre un ?

— A peu de chose près, observa Quinn tout en ajustant la sensibilité de la détente.

— Connaissez-vous le sens de l'expression *infériorité numérique* ? ironisa Hayley.

Quinn releva la tête vers elle. L'adrénaline recommençait à pulser en lui tandis qu'il manipulait ces armes familières. Elles étaient surtout défensives. Cependant, les installer serait délicat et risqué.

— Non, répondit-il avec un sourire qu'il ne put réprimer. J'ai dû manquer la classe ce jour-là.

Elle lui adressa un étrange regard, qu'il n'eut pas le temps d'analyser. Il faisait désormais assez sombre dehors et Quinn voulait mettre en place ces engins au plus tôt.

— Hé, le chien ! lança-t-il, exactement sur le même ton que celui de la conversation, ni plus fort, ni avec une inflexion différente.

Cependant, Cutter, qui patrouillait à l'arrière de la maison, se retourna instantanément et vint en trottant vers eux. C'était vraiment un animal très, très intelligent.

Le chien leva les yeux vers Quinn, comme attendant la suite.

— Tu veux m'accompagner dehors et être mon système de première alerte, cette fois encore ?

Cutter redressa un peu plus la tête et émit ce grognement étouffé qui ressemblait tant à un assentiment humain.

— A l'arrière, dit Quinn, observant le chien.

L'animal pivota sur sa patte arrière droite et retourna à la porte de derrière.

— Vous le testez ? s'enquit Hayley.

— Si c'était le cas, il est reçu, répondit Quinn.

Il s'éloigna à la suite du chien.

— Quinn ?

Il s'arrêta.

— Prenez soin de vous, conseilla Hayley.

L'usage de ses propres paroles était trop évident pour ne pas être intentionnel.

— Prenez soin de vous deux, ajouta-t-elle.

Quinn ne put s'en empêcher ; il l'embrassa. Un baiser fugace, léger, mais cette fois sur sa bouche tentante, pas sur son front.

Puis il recula vivement et se força à tourner les talons.

Cette fois, elle le laissa emmener le chien sans protester. Dire la vérité à Hayley — du moins, en grande partie — avait été une bonne chose si cela assurait Quinn de sa coopération.

En sortant, il tentait encore de s'en convaincre : tel avait été son but. Rien à voir avec l'envie de prouver à Hayley qu'il n'était pas un criminel. Non plus pour qu'elle continue à le regarder comme elle l'avait fait en lui recommandant de prendre soin de lui.

27

C'était officiel, songea Hayley. Les garçons avaient noué des liens et elle était reléguée au second rang.

Quand Cutter était arrivé dans sa vie, elle avait fait des recherches sur sa race supposée. Dynamisme, propension à faire des bêtises s'il restait trop longtemps livré à lui-même et, plus que tout, besoin de se rendre utile.

Hayley estimait s'en être plutôt bien sortie avec lui. Quoiqu'il y ait eu quelques incidents mineurs, Cutter se montrait en général parfaitement éduqué. Pour un chien, du moins.

Par ailleurs, l'animal semblait également posséder un sens de l'humour débridé et il ne paraissait jamais aussi ravi que lorsqu'il faisait rire Hayley. Comme cette fois où…

Elle coupa court au fil de ses pensées.

Elle se raccrochait à des souvenirs cocasses pour ne pas songer à ce baiser. Il avait été fugace mais, à la manière dont elle avait réagi, c'était comme si Quinn l'avait embrassée à pleine bouche. Une onde de désir, totalement disproportionnée, avait ébranlé son corps.

Etait-ce la réserve de Quinn qui avait causé en elle cette conflagration importune ?

Toute femme n'exulterait-elle pas à l'idée qu'un homme tel que Quinn soit poussé à l'embrasser à son corps défendant ?

Toute femme, rectifia-t-elle, exulterait à l'idée que Quinn l'embrasse, point.

Mais toutes les femmes n'étaient pas en danger de mort et c'était ce sur quoi elle devait se concentrer !

Elle ferait mieux de se préoccuper de l'instant présent. Du fait qu'ils pourraient essuyer des tirs d'un instant à l'autre. Elle avait fini par soutirer des réponses à Quinn mais celles-ci ne lui procuraient aucun réconfort. Elle se sentait encore plus mal. Et pas seulement parce que Quinn lui avait fait des révélations sinistres, effrayantes.

Mais parce qu'il était probable que tous deux finissent leur vie en ce lieu !

Hayley ne put retenir un profond soupir.

Comment diable, elle, la simple et ennuyeuse Hayley Cole s'était-elle retrouvée dans un tel pétrin ?

Elle se demanda, en se repassant le film des événements, ce qu'elle aurait pu faire différemment. Elle ne se voyait pas abandonner Cutter à son sort lorsqu'il s'était élancé vers l'hélicoptère près de la maison de Vicente.

Toutefois, dans ce cas, ils seraient probablement tous deux sains et saufs à la maison en cet instant. Quinn aurait sans doute ignoré le chien. L'hélicoptère aurait décollé, avec à son bord uniquement les passagers prévus. Et Hayley se serait toujours interrogée sur la provenance de cet étrange appareil non immatriculé. Depuis son foyer douillet, son chien adoré couché à ses pieds.

Bien entendu, si la maison de Vicente avait tout de même explosé, les choses auraient sans doute été différentes. Hayley aurait dû signaler aux autorités ce qu'elle avait vu et elle se serait retrouvée mêlée à tout cela, tout en étant cependant dans un lieu beaucoup plus sûr. Elle aurait…

Soudain, un souvenir de son premier jour sur place, alors qu'elle avait jeté un coup d'œil, par-dessus la balustrade de la mezzanine, au portable de Liam, lui traversa l'esprit. Seulement, cette fois, ce ne fut pas la vision de la maison en flammes de Vicente qui la frappa, mais les deux mots qu'elle avait entendus de son poste d'observation.

Explosion.

Fuite.

Liam n'avait pas voulu dire que l'explosion était due à une fuite de gaz.

Les pensées de Hayley se mirent à se bousculer dans sa tête.

Liam avait insinué que la maison avait explosé à cause d'une fuite d'informations. La même, probablement, qui avait permis aux hommes, là-dehors, de les retrouver en ce lieu isolé qui aurait dû être sûr.

Si toutes les personnes qui travaillaient pour Quinn étaient comme les trois hommes qu'elle avait rencontrés, il était difficile de croire à une fuite en interne. En fait, Hayley ne pouvait y croire. Ces hommes étaient entièrement dévoués à Quinn et il n'y avait aucune raison de penser qu'il n'inspirait pas le même sentiment aux autres.

Tu devrais plutôt te préoccuper de ce qu'il t'inspire.

Cette petite voix n'avait cessé, dernièrement, de harceler Hayley et il était de plus en plus difficile de la faire taire. Son insistance à se persuader qu'elle souffrait d'une variante du syndrome de Stockholm semblait inefficace.

Puisqu'elle connaissait la vérité à propos de Vicente, puisque Quinn et son équipe étaient du côté des anges gardiens… eh bien, elle ne savait plus trop où elle en était. Et elle n'avait pas le temps de le déterminer.

Elle s'obligea à faire le tour de la maison, examinant chaque réserve d'armes mise en place par Quinn. Partout, il y avait toujours une arme à portée de main. Certaines étaient aisément accessibles, d'autres cachées, comme le pistolet entre les coussins du canapé ou la grenade posée dans une tasse à café.

Quinn avait écarté le canapé du mur puis l'avait remis en place. Hayley y jeta donc un œil. Un imposant couteau était planté entre l'arrière du canapé et le mur, le manche vers le haut, et dissimulé par un coussin qui semblait avoir été jeté là pour s'en débarrasser.

Le bruit des griffes de Cutter sur le parquet fit alors se retourner Hayley. Quinn s'avança derrière le chien, les mains désormais vides, ses pièges manifestement posés.

Le regard de Hayley fit la navette entre le coussin qu'elle venait de remettre en place et le visage de Quinn.

— Que faites-vous ? s'enquit-il.

— Croyez-moi. Si je voulais vous trancher la gorge, je me serais lancée il y a longtemps déjà, ironisa-t-elle.

A sa surprise, Quinn afficha un large sourire, un sourire en coin ravageur comme lorsqu'il avait prétendu ne pas connaître le sens de l'expression *infériorité numérique*. Et le pouls de Hayley s'emballa de nouveau.

Il y eut alors un déclic presque audible et l'atmosphère entre eux changea. Elle devint lourde, empreinte de désir. Hayley baissa les yeux, mais Quinn la regardait toujours, elle le sentait. Ils étaient seuls, si l'on exceptait Cutter qui semblait enchanté d'être enfin parvenu à ce résultat.

Afin de masquer sa réaction, Hayley reprit précipitamment la parole.

— Pourquoi ils ne sont pas repartis, si c'est Vicente qu'ils veulent ?

Cette question lui était venue tandis qu'elle examinait les armes.

— Parce qu'ils ignorent où il se rend, répondit Quinn. Pour l'instant…

Il ajouta ces derniers mots avec colère. Hayley n'envia pas le sort qu'il réserverait à la personne à l'origine de la fuite, une fois qu'il l'aurait démasquée. Et il la démasquerait, elle n'en doutait pas. Quinn n'abandonnait jamais.

— Mais, s'il y a une taupe, ils le sauront bientôt, non ? souligna Hayley.

Quinn préparait à nouveau des explosifs et des fils de détente mais, en entendant ses paroles, il se retourna vers elle.

— Vous ne laissez pas passer grand-chose, n'est-ce pas ?

— Pas quand ma vie en dépend.

De nouveau, il sourit. Moins franchement, mais d'une façon toujours aussi renversante.

— Vous avez le don pour cela, vous le savez ?

Hayley fronça les sourcils. Pourquoi Quinn se montrait-il aussi aimable, aussi normal avec elle ? Tout à coup, il se mettait à lui dire des choses gentilles.

— Viens, Cutter ! lança-t-il au chien en s'avançant cette fois vers la porte d'entrée.

Il actionna l'interrupteur près de la porte, plongeant la pièce dans une obscurité seulement légèrement altérée par l'éclairage de la cuisine. Ainsi, il ne serait pas visible de l'extérieur, offrant une cible trop tentante aux hommes qui planifiaient sans doute leur prochaine attaque, comprit Hayley.

— Restez à l'intérieur ! lui ordonna Quinn.

Une fois de plus, homme et chien faisaient équipe. Laissant derrière eux la femme qui venait de trouver la réponse à sa question.

L'ennemi était toujours présent parce qu'il disposait d'un moyen simple et rapide d'apprendre où avait été emmené Vicente. Il avait à sa portée celui qui l'y avait envoyé.

Il restait pour capturer Quinn.

28

Hayley observa Quinn tandis qu'il ôtait le gilet pare-balles aux poches désormais vides. Il avait accompli sa tâche.

— Donc, si vous n'êtes pas une sorte d'organisme paramilitaire, qui êtes-vous ? demanda encore une fois Hayley.

Quinn lui glissa un regard oblique et, encore une fois, s'abstint de lui répondre.

Il faisait la cuisine, en toute hâte, à la manière de quelqu'un qui doutait qu'ils aient le temps de manger plus tard mais qui savait qu'ils avaient besoin de s'alimenter. Il avait battu des œufs, les agrémentant d'autres ingrédients avant de mettre le tout dans une poêle. De temps à autre, il lançait à Cutter un dé de jambon. Le chien l'attrapait au vol et remerciait Quinn d'un aboiement étouffé.

Quand il eut terminé, Quinn déposa la moitié de l'omelette sur une assiette qu'il tendit à Hayley.

— Vous devriez manger maintenant.

« Parce que vous n'en aurez peut-être plus l'occasion après. »

Telle était la suite implicite du conseil, comprit Hayley. Mais elle n'en dit rien. Elle continuait de fixer Quinn : il enveloppait sa part dans une tortilla, confectionnant une sorte de burrito.

— De nombreuses denrées peuvent être enveloppées dans une tortilla, lui dit-il en surprenant son regard. C'est moins salissant et plus pratique qu'un sandwich, avec le même résultat. Et il n'y a pas de vaisselle.

— Qui vous a appris cela ? s'enquit Hayley.

— Mon ex.

— Votre ex ? releva Hayley.

Elle était à la fois surprise par cette information et par le fait que Quinn la lui révèle.

Lui-même parut étonné et tenta manifestement de le cacher en plaisantant.

— Difficile de croire qu'une femme m'ait épousé, n'est-ce pas ?

Le sourire apparut de nouveau et tout espoir qu'avait pu entretenir Hayley de ne pas y réagir s'évanouit. A nouveau, son cœur s'emballa.

Maudit soit cet homme.

Plus que toutes les armes à feu et les grenades, ce sourire était son arme la plus radicale. Du moins, en ce qui concernait Hayley.

Le problème ne venait donc pas de lui, mais d'elle.

— Ce n'est pas difficile de croire qu'une femme vous ait épousé, lui répondit-elle. Ce qui est difficile à croire, c'est que vous ayez délaissé votre travail assez longtemps pour épouser une femme.

Quinn sembla hésiter puis haussa les épaules.

— Ça n'a pas été le cas, reprit-il d'une voix singulièrement douce. Là était le problème.

Il était donc accro au travail, conclut Hayley. Cela ne l'étonnait pas. Cependant, cela paraissait un peu différent dans le cas de Quinn. S'acharner à garder sain et sauf quelqu'un comme Vicente était différent d'une addiction aux tableurs ou à la dernière puce électronique. Même si le résultat était le même pour une femme qui voyait à peine son époux.

— Donc, elle vous a quitté ? reprit-elle. A cause de votre travail ?

Quinn grimaça.

— Disons simplement qu'elle ne partageait pas mon idéal.

Le ton était celui d'un homme qui estimait avoir fait le tour d'un sujet dont il n'avait pas, en premier lieu, souhaité discuter. Au temps pour les révélations personnelles, songea Hayley qui mourait d'envie de lui en demander plus, beaucoup plus. Qui était cet homme ? Et pourquoi la subjuguait-il autant ?

Elle finit par prendre une première bouchée de son plat et fut agréablement surprise. La combinaison des divers ingrédients était savoureuse.

Décidément, il serait pratique d'avoir un homme tel que Quinn sous la main. Pilote d'hélicoptère, tireur d'élite, expert en explosifs, imperturbable et qui, en plus, savait cuisiner.

— Quand lanceront-ils la prochaine attaque ?

— Si ce n'est déjà fait, j'imagine qu'ils attendront les heures mortes, répondit Quinn.

— Charmante expression, commenta Hayley.

— C'est ainsi que nous appelons le moment où les gens sont le plus profondément endormis. Cela varie selon les personnes mais la période optimale se situe entre 2 heures et 5 heures du matin.

— Vous voulez dire, pour eux, nuança Hayley.

— Oui. Donc, vous devriez vous reposer maintenant.

— Moi ? fit Hayley. Je dirais plutôt que c'est vous qui devriez prendre du repos.

— Ça ira, assura Quinn.

— Je ne veux pas seulement que *ça aille*, pesta Hayley. Vous êtes le seul rempart entre eux et nous. Je préférerais que vous soyez reposé et prêt à les affronter, merci bien.

Quinn eut un bref mouvement de recul. Puis il se mit à rire. Un rire assez rauque, comme s'il ne lui échappait pas très souvent. Hayley en fut choquée et Quinn en parut lui-même surpris.

— Voilà un jugement des plus expéditifs, reprit-il.

— Mais juste, non ? releva Hayley.

— Vous n'êtes pas dépourvue de ressources.

— Je sais.

— La question est : pourriez-vous tuer si vous le deviez ?

— Je… l'ignore, bafouilla-t-elle.

— Et s'ils lui faisaient du mal ? demanda Quinn en désignant Cutter.

— Alors oui.

Hayley s'exprima avec conviction, sûre d'elle. Puis, sans réfléchir, elle ajouta :

— Ou à vous.

A nouveau, Quinn parut surpris.

— A moi ?

— Personne ne serait autorisé à vous protéger ? Faut-il toujours que cela soit dans le sens inverse ?

— Je n'ai pas besoin de protection, assura Quinn. C'est mon métier.

— On en revient donc toujours à ça ? Etes-vous tellement enfermé dans votre rôle d'homme fort, protecteur, que vous ne puissiez accepter l'aide de personne ?

Quinn prit la dernière bouchée de tortilla plutôt que de répondre.

— Est-ce pour cela que votre épouse vous a quitté ? insista Hayley.

Quinn lava rapidement la poêle qu'il avait utilisée. En silence.

Poussée, sans savoir pourquoi, par le besoin de percer les redoutables défenses de cet homme, Hayley insista. Elle semblait l'irriter assez facilement. Toutefois, puisqu'elle lui avait arraché un rire, elle voulait davantage. Davantage de rires, de sourires, de ce sourire rare et précieux. Elle voulait savoir qui il était vraiment, comment il l'était devenu, ce qui l'avait amené là, non seulement en ce lieu mais à exercer ce métier. Elle voulait savoir ce qui le faisait avancer, s'il s'arrêtait jamais et ce qui le ferait s'arrêter.

Elle voulait connaître toute l'histoire de sa vie, en détail.

— Peut-être que votre ex ne pouvait pas supporter le genre de travail que vous faisiez, le fait de vivre avec un homme qui s'armait pour aller travailler ?

Quinn rangea la poêle et se retourna enfin pour regarder Hayley.

— Vous parlez par expérience ?

— Oui, concéda-t-elle. Mes parents ont failli se séparer. Ma mère avait du mal à accepter l'idée que lorsque mon père quittait la maison, il pourrait ne jamais revenir.

— Ce sont les risques du métier.

— Ainsi que du vôtre ?

— Nous ne parlons pas du mien, décida Quinn.

— Moi, si.

— Alors, arrêtez.

Quinn finit de débarrasser la cuisine, laissant Hayley se charger de son assiette et de sa fourchette.

— Quinn…

— Allez-vous enfin arrêter ? répliqua-t-il.

— Je ne peux pas, reconnut Hayley.

Quinn poussa un soupir excédé. S'apprêta à passer devant Hayley.

— Il faut que je sache, souligna-t-elle.

Quinn s'arrêta. Face à elle. Très près d'elle.

— Nous pourrions mourir ici, continua-t-elle. J'ai besoin de savoir qui vous êtes, pourquoi vous…

Les lèvres de Quinn se posèrent sur les siennes, la faisant taire. Le choc la pétrifia. Puis, comme si chacun des nerfs de son corps avait reçu une impulsion, le désir la submergea. Pendant un instant, Quinn parut aussi abasourdi qu'elle par cette conflagration soudaine et inattendue. Il l'enveloppa alors de ses bras, la pressant contre lui tandis qu'il intensifiait le baiser.

Tout le corps de Hayley s'embrasa. Ses genoux se dérobèrent et ses bras devinrent lourds et faibles. Mais peu importait, plus rien n'importait tant que Quinn était là pour la tenir enlacée. Elle ne tomberait pas, il la soutiendrait. Seule comptait la bouche de Quinn, tendre, gourmande, avide.

Dans le corps de la jeune femme pulsait désormais ce désir, cet ardent et délicieux désir qui ne ressemblait à rien de ce qu'elle avait jamais connu. Une infime partie de son cerveau tenta d'avancer un faible argument : c'était parce que son dernier baiser remontait à très longtemps. Cependant, ce n'était pas cela : elle n'avait tout simplement jamais embrassé un homme tel que Quinn.

Même pas, songea-t-elle, lorsqu'il s'écarta finalement. Pas un homme *tel* que Quinn. Parce que aucun autre homme ne ressemblait à Quinn, il était unique.

Pendant un moment qu'elle aurait voulu sans fin, il resta simplement à la regarder. Il paraissait aussi stupéfait qu'elle. Il secoua la tête, comme pour s'éclaircir les idées et Hayley fut rassurée. Il la ressentait également, cette puissante sensation qui l'avait submergée. Ce n'était pas à sens unique.

Et ce point était d'une importance vitale, estimait Hayley.

— Quinn…, murmura-t-elle, un peu étonnée du ton grave, rauque, de sa voix.

Il recula, secoua de nouveau la tête, vivement cette fois, Durant un moment, ses doigts se crispèrent sur les épaules de Hayley. Elle retint sa respiration. Allait-il l'attirer contre lui pour un autre baiser langoureux, puis encore un autre et…

Il la repoussa. Doucement mais résolument.

— Vous…

Il dut s'éclaircir la gorge, ce qui contribua à l'écarter d'elle, puis il prit un petit pistolet automatique sur la table.

— Votre temps serait mieux employé à apprendre le maniement de ceci qu'à poser des questions auxquelles je ne répondrai pas.

Hayley se raccrocha au changement dans sa voix, au moment où il n'avait plus tout à fait été le Quinn coriace, froid, imperturbable. Cependant, ses propos étaient trop catégoriques et sinistres pour qu'elle le contredise. Elle pourrait sous peu se retrouver au beau milieu d'une bataille rangée. Cette perspective lui glaça le sang, sapant la merveilleuse ardeur que Quinn avait instillée en elle.

Elle lutta pour retrouver son calme, pour ne pas céder à l'envie de quémander un autre baiser. Qu'était-elle devenue, une pauvre femme sans volonté, tellement tétanisée par le baiser d'un homme qu'elle en perdait même la capacité à raisonner ?

Oui, admit-elle ironiquement. En cet instant, c'était le cas.

Elle se ressaisit, inspira. Puis elle prit l'arme des mains de Quinn, attentive à ne pas sombrer dans le cliché intégral en faisant courir ses doigts sur la main de Quinn. L'arme était plus lourde qu'elle ne s'y était attendue et elle dut faire un effort pour la soulever.

Elle s'efforça de parler d'une voix neutre, posée.

— Alors, montrez-moi.

L'espace d'un instant, il la regarda seulement, bizarrement, comme s'il était fier d'elle. Cela la réconforta même si elle n'aurait su dire de quoi exactement il était fier. Ni depuis quand son approbation comptait autant pour elle.

La seule chose sûre, c'était ce baiser. Et, pour l'instant, elle devait l'oublier. Il n'avait d'ailleurs probablement été qu'une lubie, née de l'adrénaline et de la solitude prolongée.

S'arrêtant sur cette explication insatisfaisante, Hayley se sentit prête à se concentrer sur la tâche qui l'attendait.

Apprendre à tuer, si nécessaire.

29

Hayley, songea Quinn, était beaucoup plus coriace qu'elle ne le paraissait. Elle avait beau sembler calme, parfois même réservée, il y avait une passion intense derrière cette façade. Une bravoure certaine aussi, mais Quinn le savait depuis le début. Leur situation serait certes plus simple si elle avait abattu, plus tôt, quelques-uns de ces hommes. Toutefois, elle les avait tenus en respect jusqu'à ce que Quinn puisse se charger d'eux. Et, dans l'intervalle, ils avaient reconsidéré leur plan et escaladé la falaise plutôt que de continuer à affronter cette femme courageuse et son fusil.

Et elle venait d'apprendre à manier le petit pistolet avec une détermination qui montrait qu'elle comprenait ce à quoi ils étaient confrontés. Bien sûr, elle débutait dans le maniement du Kimber, mais son mental ne fléchirait pas et cela représentait déjà plus de la moitié du chemin vers la victoire.

Elle ferait ce qu'elle aurait à faire. Ce qui réduisait les risques de moitié, conclut Quinn.

Oui, une passion intense…

Il secoua à nouveau vivement la tête. Pourquoi avait-il fait cela ? Dès l'instant où sa bouche s'était posée sur la sienne, il avait compris que cette décision, à l'origine stratégique, était en fait très malencontreuse.

« Quinn. »

Le murmure rauque résonna dans sa tête comme si le vent léger l'y ramenait périodiquement.

Il avait entendu murmurer son prénom auparavant. Il l'avait entendu prononcer, crier, hurler. Enoncer d'une voix neutre, amicale, rieuse, en colère, paniquée.

Jamais d'une façon qui lui ait procuré un tel frisson. Ou qui ait éveillé en lui un désir aussi ardent.

Il se força à se calmer et fit un effort assez important pour s'en irriter à nouveau.

Hayley avait démonté puis réassemblé l'arme et tiré à sec à de nombreuses reprises, jusqu'à être certaine d'en maîtriser le maniement. Cependant, rien ne pourrait la préparer au recul, au bruit, à l'acte de tirer, excepté l'entraînement. Sans doute pouvaient-ils se permettre d'y consacrer un chargeur, pas davantage. Restait à espérer qu'elle serait aussi prompte à apprendre à tirer qu'elle l'avait été pour tout le reste. Quinn n'avait pas besoin qu'elle devienne une tireuse d'élite mais seulement qu'elle s'en approche.

— Cutter ?

Le chien, qui sommeillait confortablement installé sur le canapé, estimant apparemment qu'il n'avait pas besoin de les surveiller pour cela, fut aussitôt en alerte. Avant même que Quinn ait ajouté un mot, Cutter fut à ses côtés, levant vers lui un regard plein d'expectative.

— Allons faire une petite reconnaissance, lança Quinn.

Cutter acquiesça à sa manière. Le chien ne pouvait comprendre le mot *reconnaissance*, même s'il était tentant de croire qu'il saisissait absolument tout, songea Quinn. *Allons* était certainement assez clair.

— Où allez-vous tous les deux ? s'enquit Hayley.

— Sélectionner un champ de tir, lui répondit Quinn.

— Mais… cela ne va pas attirer leur attention ?

— Chérie, je vous promets que nous avons déjà toute leur attention.

Quinn s'était exprimé sur le ton de la plaisanterie et il

n'y avait aucune raison pour qu'elle rougisse comme s'il avait utilisé intentionnellement ce terme affectueux. Parce que tel n'était pas le cas.

— Je vais vraiment utiliser cela maintenant ? lui demanda Hayley, en faisant un geste avec le pistolet tout en gardant prudemment le doigt éloigné de la détente et posé sur le pontet comme il le lui avait enseigné.

— Rien ne peut remplacer l'exercice du tir. Par ailleurs, cela va les prendre de court. Les amener à se poser des questions.

— Vous voulez dire qu'ils vont se demander sur quoi nous tirons ?

— Ou sur qui, ajouta Quinn. Avec un peu de chance, ils se demanderont peut-être s'ils sont seuls dehors.

— Dans ce cas, pourquoi ne pas simplement sortir et commencer à tirer ?

— Je préférerais attirer leur curiosité sur un autre endroit, expliqua Quinn.

Hayley sembla songeuse avant puis ajouta presque aussitôt :

— Parce que s'ils doivent surveiller deux endroits, leur attention sera dispersée.

Elle avait vraiment l'esprit vif, se dit Quinn.

Ils se trouvaient à environ deux cents mètres de la maison, calcula Hayley. La lune était pleine, les éclairant, Quinn et elle, comme en plein jour. L'ennemi était certainement là, à les observer.

Quinn ordonna à Cutter de surveiller leurs arrières, puis il chuchota à l'oreille de Hayley :

— Vous avez neuf minutes, pas une de plus, pour vous familiariser avec cette arme. Une minute pour qu'ils réagissent, cinq pour qu'ils déterminent où ils pensent que nous sommes et trois, le temps qu'ils décident de la conduite à tenir. S'ils sont toujours postés là où je le crois, il leur faudra dix minutes pour arriver ici. Je veux que nous soyons de retour dans la maison bien avant cela.

Hayley acquiesça.

Quinn lui avait fait troquer son chemisier blanc contre un sweat-shirt foncé et avait utilisé ce qui ressemblait à du chatterton pour recouvrir ses baskets blanches. Et il ne l'avait pas aidée à parcourir le terrain accidenté. Devait-elle s'en offusquer ou se sentir au contraire flattée par la confiance que lui accordait Quinn ?

Probablement avait-il assez à penser sans avoir, en plus, une pauvre femme sur les bras. Cependant, le fait d'évoquer ses bras remémora aussitôt à Hayley le contact de ses lèvres et il n'y avait là rien à gagner, hormis des mains qui tremblaient et un souffle court au souvenir de ce baiser inattendu qui avait attisé sa passion.

Hayley se calma, se concentrant sur la cible que Quinn avait tracée pour elle, à même la falaise, à l'aide d'une peinture légèrement phosphorescente prise dans l'armoire à fusils. La cible se trouvait sous un surplomb rocheux qui semblait prêt à s'effondrer d'un instant à l'autre. Cela interpella Hayley. Mais si, en effet, l'éboulement s'écroulait, cela recouvrirait la cible. Mieux valait que ces individus pensent avoir affaire à deux tireurs d'élite plutôt qu'à un seul, accompagné d'une parfaite débutante.

Quinn sortit une sorte de télescope court et le dirigea vers la cible. Vision nocturne ? se demanda Hayley.

Mais aussitôt, il lui ordonna de tirer trois coups successifs.

A l'instant où elle fit feu pour la première fois, Hayley prit conscience de trois choses. Le recul n'était pas aussi fort qu'elle s'y était attendue, le bruit était bien pire et Quinn avait choisi évidemment l'endroit idéal.

Idéal parce que, à la manière dont le son se répercutait

sous le bord de cette partie de la falaise, on ne pouvait juger de loin du nombre de tirs ou de tireurs.

— Vous êtes en haut à gauche. Essayez de compenser mais pas à l'excès, observa Quinn. Trois de plus.

Hayley ajusta sa visée et tira à nouveau.

— C'est mieux, commenta Quinn. Videz le chargeur.

Une fois que ce fut fait, ils se replièrent en courant, accroupis.

Cutter les précédait, s'arrêtant une à deux secondes afin de humer la brise puis leur lançant un regard avant de repartir comme pour s'assurer qu'ils avaient compris que la voie était libre et qu'ils le suivaient.

Une fois qu'ils eurent regagné la maison sains et saufs, Quinn déclara à Cutter :

— Tu es quasiment aussi doué que les hommes avec qui j'ai travaillé. Même meilleur que certains d'entre eux.

Quinn accompagna ces paroles d'une vigoureuse caresse sur les oreilles du chien. Cutter se trémoussa de contentement tout en réussissant à paraître dans le même temps très fier de lui.

— Dans quelle mesure nous comprend-il ? s'enquit Quinn.

Hayley sourit, bien que cette situation soit la pire qu'elle ait connue de toute sa vie.

— Je sais qu'il comprend beaucoup de choses. Il a un vocabulaire remarquablement étendu pour un chien. Parfois, il semble aussi saisir le contexte. Comme lorsque le vent a fait claquer ma porte, enfermant mes clés à l'intérieur. Il connaît mes clés de voiture car il me les apporte quand nous sortons faire un tour. Mais les clés de la maison sont sur un autre porte-clés. Je l'ai envoyé chercher les clés de voiture en passant par la chatière parce que j'aurais ainsi pu ouvrir la voiture et utiliser la télécommande de la porte du garage. Mais il est directement revenu avec les clés de la maison.

Quinn parut interloqué. Il jaugea à nouveau Cutter comme si son opinion évoluait encore.

— Au début, reprit Hayley, je l'ai emmené au club d'éducation canine, sur la recommandation du vétérinaire. Pas parce qu'il en avait besoin mais plutôt pour qu'il se socialise. Quelle perte de temps…

— Il n'a rien appris ? questionna Quinn.

— Il n'en avait pas besoin. Il a enchaîné tous les exercices le premier jour puis il s'est assis en me regardant, l'air de dire : « Est-ce qu'on peut faire quelque chose d'intéressant, maintenant ? » L'éducatrice m'a demandé de le ramener afin de lui faire passer des tests.

— Des tests ? répéta Quinn.

Hayley hocha la tête.

— L'éducatrice a commencé par les couleurs et les formes. Cutter a réussi le test à chaque fois. Puis elle a compliqué les choses en cachant des objets. Beaucoup de chiens ne sont pas capables de saisir, par exemple, que la balle que vous aviez, un instant plus tôt, dans la main est à présent derrière la chaise même s'ils vous voient l'y mettre. Cutter l'a retrouvée jusque dans une boîte fermée.

— C'est vraiment un chien intelligent.

Quinn glissa à Cutter un nouveau regard oblique tandis qu'elle poursuivait.

— Ensuite, c'est devenu très intéressant. Elle lui a montré la photographie d'une poupée de chiffon. Il est allé la chercher dans une pile de jouets. Même chose avec un oiseau en plastique et un petit panier alors qu'il n'avait jamais vu aucun de ces objets.

— Hayley ?

— Oui ?

— Cessez de faire les cent pas.

Elle ne s'en était même pas rendu compte. Parler de Cutter et de l'étonnement de l'éducatrice face à son intelligence l'avait distraite de ses préoccupations. Etait-ce la raison pour laquelle Quinn l'avait laissée radoter de cette façon ?

— Désolée, marmonna-t-elle en s'arrêtant.

Cependant, comme si son corps éprouvait le besoin de faire quelque chose, le tremblement réapparut légèrement.

— Pourquoi vous ne vous asseyez pas ? proposa Quinn.

Hayley le fit, en grande partie parce qu'elle craignait que le tremblement s'amplifie et qu'elle s'écroule.

— Pourquoi maintenant ? s'étonna-t-elle. J'allais bien quand nous étions dehors, exposés aux tirs. Pourquoi est-ce que je m'effondre à présent ?

— C'est naturel, lui répondit Quinn en haussant les épaules.

Il donna une dernière petite caresse à Cutter et s'avança vers Hayley. Puis il s'assit à ses côtés, chose qu'il n'avait encore jamais faite.

Quinn observa Cutter qui avait tranquillement traversé la pièce pour venir s'asseoir à leurs pieds, les contemplant avec un plaisir bienveillant.

— Aucune idée d'où il vient ? demanda-t-il.

— D'une autre planète, probablement, plaisanta Hayley.

Un sourire en coin se dessina sur le visage de Quinn.

— Je n'en serais pas surpris.

Hayley sourit à son tour, presque involontairement. Elle avait cessé de trembler, réalisa-t-elle. En fait, elle se sentait mieux, plus calme, depuis que Quinn s'était assis près d'elle. Il la distrayait, cette fois encore, de la menace qui les guettait.

Oh ! Il te distrait, c'est certain.

Et quel meilleur moyen y aurait-il de passer ses dernières heures qu'en se laissant distraire par un homme tel que celui-là ?

Une étrange sensation l'envahit alors, évoquant celle de l'adrénaline qui avait pulsé dans son corps tandis qu'elle était à l'extérieur, occupée à décharger ce pistolet sur la cible à peine visible. C'était une sorte de témérité qu'elle avait rarement éprouvée au cours de sa vie. Elle voulut savoir.

Il fallait qu'elle sache.

— Quinn ?

— Oui ?

Hayley dut inspirer très profondément pour trouver la force de prononcer les mots.

— Embrassez-moi.

Durant une fraction de seconde, Quinn parut décontenancé.

— Je ne suis pas sûr que ce soit une bonne idée…

— Je m'en moque.

— Hayley…

— Je sais que vous m'avez embrassée tout à l'heure seulement pour me faire taire. Dois-je recommencer à vous interroger ?

Quinn esquissa un sourire. Néanmoins, il prit le visage de Hayley entre ses mains. Elle dut lutter contre l'envie de détourner les yeux. Quinn avait un regard si intense ; il lui fut plus difficile de le soutenir qu'elle ne l'avait imaginé.

Elle tremblait de nouveau. Cependant, cette fois, cela n'avait rien à voir avec la peur.

30

L'instinct de Quinn lui hurlait de ne pas embrasser Hayley. Il avait appris à faire confiance à cet instinct qui, à plusieurs reprises, lui avait sauvé la vie. Et en avait également sauvé d'autres.

Il ne luttait pas contre lui.

Non, il l'ignorait simplement.

Parce qu'il désirait faire exactement ce que Hayley lui avait demandé. Même si cette simple, quoique renversante, requête était motivée par la peur, la peur qu'ils puissent ne pas survivre à tout cela.

D'après Quinn, ils avaient une bonne chance de s'en sortir, certitude ancrée dans sa foi en ses propres capacités, son expérience et ce qu'il avait perçu de la désorganisation de leur ennemi. Ces hommes avaient beau appliquer une gestion rigoureuse à leur entreprise criminelle, ils comptaient trop d'ego surdimensionnés pour constituer une équipe efficace au combat.

Cependant, savoir ce qui poussait Hayley à lui présenter cette requête bouleversante n'empêcha pas le moins du monde Quinn d'y répondre. Parce qu'il voulait l'embrasser, goûter de nouveau à cette bouche tendre et suave, retrouver le contact de son corps lové entre ses bras.

Tirer profit de sa peur, de la situation, serait contraire à son éthique. Mais Hayley n'étant pas une cliente, Quinn n'était pas assujetti aux mêmes règles. Toutefois, elle n'était pas non plus venue là de son propre gré. Elle s'était retrouvée prise au piège à cause d'une décision que Quinn avait dû prendre dans l'instant, afin de protéger l'opération.

Il avait néanmoins envie de l'embrasser. Envie d'éprouver cette sensation qui l'avait brusquement envahi, séductrice, addictive. Il avait envie qu'elle prononce son prénom de cette voix rauque, interdite, qui lui avait communiqué un délicieux frisson.

A dire vrai, il voulait beaucoup plus qu'un simple baiser. Mais ils n'auraient pas le temps d'autre chose.

Quinn savourerait donc ce qui lui était offert, sans se soucier des conséquences.

Le léger gémissement qui s'échappa des lèvres de Hayley à l'instant où il y posa les siennes eut raison de ses dernières réserves.

Ce baiser fut aussi torride, avide et ardent que dans le souvenir de Quinn. Et soudain, il comprit pourquoi Hayley lui avait fait cette demande.

L'invite de sa bouche réduisit cependant à néant sa capacité à raisonner. Il en demanda plus, lui titillant les lèvres avec sa langue. Elle les entrouvrit légèrement, l'autorisant à explorer, à goûter. Elle était aussi douce et attirante qu'auparavant, seulement cette fois l'objectif de Quinn n'était pas d'échapper à ses questions mais de s'abreuver à la source dont il n'avait eu qu'un avant-goût.

Il était à peine conscient de ses actes tandis qu'il caressait son corps sensuel dont la tension l'incitait à continuer d'embraser ses sens. Elle bougea, non pour s'écarter mais pour se rapprocher de lui. Il la tint enlacée, stupéfait de n'avoir pas vraiment remarqué plus tôt la perfection de cette courbe féminine, des hanches à la taille, que l'on aurait dite faite pour ses mains.

Les doigts de Hayley se crispèrent sur ses épaules puis glissèrent le long de son dos, déchaînant dans leur sillon une volupté ardente. Et soudain, l'idée qu'il puisse garder le contrôle de la situation s'évanouit. Il n'avait jamais rien connu de tel et cela ne pouvait peut-être pas être contrôlé. Quinn n'était pas même sûr de vouloir le contrôler.

Et ce constat, à lui seul, aurait dû le terrifier, lui qui avait passé sa vie d'adulte et la moitié de son enfance à, précisément, garder le contrôle en toutes circonstances. Mais cela ne l'effraya pas ; il était trop excité, trop transporté pour permettre à la peur d'avoir prise sur lui. Plus qu'il ne l'avait jamais été dans aucun combat, où que ce soit.

La langue de Hayley entama alors sa propre exploration hésitante et les muscles de Quinn se contractèrent violemment. Son corps était en état d'alerte maximale, prêt à occulter la réalité et à prendre ce qu'il désirait. C'était une sensation qu'il n'avait jamais expérimentée auparavant, un désir dévorant dont il n'aurait pas cru qu'il puisse exister s'il ne l'avait pas lui-même éprouvé.

Les mains de Hayley avaient rejoint sa taille et elle tirait sur sa chemise. Cette simple constatation menaça de faire voler en éclats le peu de self-control qui restait à Quinn. Comme si le geste de Hayley l'invitait à faire de même, il lui releva son sweat-shirt, savourant le contact de sa peau satinée, découvrant le léger renflement de ses côtes. Il atteignit la courbe de ses seins, posa ses mains en coupe sur leur chair douce. Il émit alors un son guttural, incapable de le réprimer.

Cutter aboya. Posément. Le son retentit bizarrement, comme s'il répugnait à les interrompre avec cette réalité.

La réalité.

La minuscule partie de l'esprit entraîné de Quinn qui fonctionnait encore lui envoya un signal d'alerte. Signal qu'il avait jusque-là ignoré.

Au prix d'un énorme effort, il s'arracha au baiser. Le petit gémissement de protestation de Hayley lui communiqua un frisson et faillit le ramener aussitôt à sa tendre et délicieuse bouche.

Cependant Cutter aboya de nouveau, toujours avec réticence mais, cette fois, plus résolument.

Quinn observa le chien. S'il était possible pour un chien d'afficher un air contrit, celui-ci s'y employait. Dès l'instant où il vit Quinn poser les yeux sur lui, l'animal trotta jusqu'à l'angle de la maison, en façade, et il regarda derrière lui.

Quinn comprit le message du chien aussi clairement que s'il lui avait parlé.

« Ils arrivent »

La réalité frappa Quinn de plein fouet et le délicieux désir naissant s'évanouit.

— Ce sont eux, n'est-ce pas ? demanda Hayley, reprenant pied elle aussi dans le monde réel.

Quinn hocha la tête. Il avait un combat à livrer et il ne pouvait laisser cela, quoi que ce puisse être, lui embrumer le cerveau.

Pas davantage qu'il ne put résister à relever, d'un doigt tendre, le menton de la jeune femme.

— Hayley.

C'était une voix qu'il ne se connaissait pas. Une voix emplie de désir et de promesses qu'il n'avait jamais faites auparavant.

Elle croisa son regard, avec calme. De toute évidence, elle rassemblait son courage pour affronter ce qui les attendait. Une profonde admiration gagna Quinn. Oui, elle se montrerait à la hauteur, songea-t-il.

— Ce n'était pas une lubie…

Une lueur d'étonnement traversa le regard de Hayley.

Mais Quinn le savait : une fois tout cela terminé, Hayley voudrait probablement repartir au plus vite puis tout oublier. Quinn devrait la laisser faire.

Cependant, il devait d'abord assurer sa survie.

Dans un premier temps, Hayley s'était sentie chancelante, après que le baiser de Quinn l'eut laissée, en quelque sorte, déliquescente.

Cependant, elle s'était ressaisie. Sans doute parce qu'elle tenait une arme qu'elle allait devoir utiliser.

Quinn lui avait fait accrocher un étui à la ceinture de son jean et elle y glissa le petit semi-automatique. Elle enfila le gilet pare-balles que Quinn lui avait donné puis s'empara du fusil.

Quinn avait déjà rejoint la porte. Il s'était rapidement muni d'une autre sorte de gilet pare-balles aux poches garnies d'armes et de munitions. Cutter trépignait à ses pieds, impatient de se lancer dans la bataille. Ils faisaient la paire, observa Hayley, la gorge serrée.

— Ça pourrait mal tourner, dit Quinn. Peut-être que vous devriez vous réfugier tout de suite dans la chambre et…

— N'y songez même pas !

Elle s'était exprimée avec plus de conviction qu'elle n'en avait vraiment et fut surprise de sembler aussi calme et déterminée. Cependant, le tressaillement des lèvres de Quinn l'en récompensa amplement.

— Retenez Cutter, lui intima-t-il. Je vais rejoindre le moulin.

— Pourquoi le moulin ? s'étonna Hayley.

— Pour sa position élevée. Fermez à clé derrière moi.

Hayley hocha la tête.

Quinn tendit la main vers la poignée. Pendant un instant, il marqua une pause et se tourna vers Hayley. Leurs regards se croisèrent et quelque chose de profond, de primitif et d'indéniable surgit, comme si la connexion entre eux était une chose vivante.

Quinn s'avança et le pouls de Hayley s'emballa. Au dernier instant, il s'arrêta.

— Plus tard, marmonna-t-il.

Il parut s'adresser autant à cette connexion vivante qu'à Hayley.

Puis il disparut dans la nuit.

31

Cutter se contint jusqu'à la première explosion, remarqua Hayley.

Distante, cette explosion provenait sans doute de l'une des mines posées par Quinn. Cependant, le chien n'en avait que faire. Il gratta à la porte par laquelle son idole était sortie, tentant d'ouvrir la poignée. Il se mit à gémir avec tellement de force et d'insistance que Hayley en eut le cœur brisé. Elle s'avança vers lui pour tenter de le calmer mais il se déroba. Puis il la regarda fixement à un mètre de distance avant de tourner les yeux vers la porte, une intensité palpable irradiant de lui.

Il faut que j'y aille. Je dois l'aider.

Hayley secoua vivement la tête. Si la situation n'était pas aussi désespérée, elle rirait d'elle-même pour avoir attribué à un chien des pensées humaines. Même si le regard de Cutter était plus autoritaire que celui qu'elle ait jamais vu chez un humain, encore moins un animal. Pas étonnant que les moutons lui obéissent. Hayley dut prendre sur elle pour ne pas ouvrir la porte et le laisser sortir.

Une autre explosion — était-elle plus rapprochée ou était-ce son imagination ? — retentit.

Cutter lui demandait toujours en silence de le laisser se jeter dans la mêlée.

Quinn comprendrait, se dit-elle. Quel que soit le code selon lequel il vivait, cela n'incluait pas de rester en arrière pendant que les autres livraient combat. Apparemment, Cutter appliquait le même code.

Une troisième explosion. Assurément plus proche.

Et, cette fois, elle fut suivie par des coups de feu. Pas les salves de tirs d'armes automatiques, seulement des coups de feu réfléchis et posés, tirés à dessein. Rafer Crawford était sans doute le sniper de l'équipe, mais Quinn n'était pas en reste, songea Hayley.

Il y eut encore plusieurs détonations avant que les armes automatiques n'y répondent. Dans un feu nourri, émanant d'hommes dont la force résidait dans leur puissance de feu plutôt que dans leur talent, observa Hayley. La riposte calme et posée de Quinn se poursuivit. Manifestement, il n'était pas ébranlé par l'attaque.

Cutter, pour sa part, était sur le point d'enfoncer la porte à coups de griffes.

L'explosion suivante fut beaucoup, beaucoup plus proche, car plus assourdissante. Cutter lança un aboiement retentissant, rageur. Il regarda à nouveau Hayley avec la même demande dans ses yeux expressifs.

Une pensée la frappa soudain. Cette explosion avait-elle été plus assourdissante parce qu'elle était plus proche ?

Ou parce que ce n'était pas celle d'une mine, étouffée par la terre qui l'entourait ?

Hayley courut à la fenêtre. Le tableau désormais familier était paré d'une lueur sinistre issue du clair de lune. Seul le bord du moulin, la position élevée qu'avait gagnée Quinn, était visible. Et, à quelques mètres du sol, de la fumée s'élevait en volutes de l'un des pieds du moulin. Alors quelque chose vola dans les airs et heurta ce pied. Il y eut une nouvelle explosion, des flammes d'un jaune vif qui tranchait sur le clair de lune. De la fumée supplémentaire et des débris jaillirent de la base de la tour.

Des explosifs. L'homme qui en était bardé comme pour un attentat suicide, se souvint Hayley.

Ils essayaient de le démolir. Apparemment incapables de s'approcher davantage à cause des tirs meurtriers de Quinn, ils tentaient de démolir le moulin à l'aide d'explosifs lancés à distance respectable. Hayley ne pouvait les voir, à la fois en raison de l'éloignement et parce qu'ils étaient hors du champ de vision de la petite fenêtre.

S'ils réussissaient à faire s'effondrer ce pied, tout le bâtiment suivrait. Avec Quinn à l'intérieur, s'alarma Hayley.

Le bruit des pattes de Cutter qui s'éloignait en courant la fit se retourner. Le chien se dirigeait vers la porte de derrière. Hayley l'appela mais il poursuivit son chemin. Tout comme il l'avait fait le soir où tout cela avait commencé.

Elle était de plus en plus en état de choc.

Cutter se dressa sur ses pattes arrière et baissa la poignée à l'aide de ses pattes avant.

Hayley se précipita vers lui, mais avant qu'elle l'ait rejoint, ce chien obstiné avait ouvert la porte.

— Cutter, non !

Il tourna la tête vers elle et lui lança un regard d'excuse, elle n'aurait pu le décrire autrement. Puis il disparut, se jetant dans la mêlée avec une détermination égale à celle de l'homme qu'il suivait.

Durant un instant, Hayley demeura interdite. D'autres détonations, ainsi qu'une explosion, retentirent, provenant de l'à-pic face à la porte désormais ouverte.

Hayley avait involontairement aidé le chien à s'échapper. Si elle avait immédiatement tiré le verrou de cette porte, Cutter serait toujours en sécurité à l'intérieur.

Elle ne verrouilla toujours pas la porte. Quiconque la franchirait désormais, en dehors de Quinn ou de Cutter, serait abattu sur-le-champ, décréta-t-elle.

Elle se rua vers la fenêtre. Cutter traversait l'espace à découvert au pied de la falaise en suivant une trajectoire en zigzag que Hayley mit un moment à interpréter. Lorsque ce fut le cas, son cœur sembla cesser de battre. Cutter évitait les mines que Quinn avait enterrées. Comme si, non seulement, il savait quelle menace elles représentaient mais qu'en plus, il se souvenait de l'emplacement de chacune d'elles.

A la surprise de dz maîtresse, il se dirigea non vers le moulin à vent, mais vers le sud. Il s'arrêta juste après la saillie rocheuse qui les avait abrités, Quinn et lui, un peu plus tôt. Il s'accroupit, prêt à bondir, le regard et la truffe orientés vers le haut.

Les doigts de Hayley se crispèrent autour du fusil qu'elle tenait toujours. Quinn pouvait se débrouiller seul, elle l'avait vu. C'était un homme dangereux, un redoutable adversaire. Il était armé et préparé, entraîné à combattre un ennemi tel que celui-ci. Hayley en était convaincue, même si elle ignorait où il avait reçu cet entraînement.

Cutter, quant à lui, était un chien. Un chien incroyablement malin, intelligent et plein de ressources mais seulement un chien. Chose qu'elle devait se forcer à se rappeler en des moments comme celui-ci, où Cutter faisait montre d'une intelligence bien supérieure aux aptitudes canines ordinaires.

La chute d'une pierre le long de la falaise, à quelques mètres de là, la tira de sa rêverie inopportune. Son regard se reporta vivement sur le sommet : une corde était balancée par-dessus le bord de la falaise, côté sud. Alors elle comprit : Cutter ne s'était pas dirigé vers Quinn parce qu'il savait que l'ennemi était plus proche que cela.

Ils n'essayaient pas seulement de faire s'effondrer la tour de Quinn.

Ils tentaient de s'en prendre à elle.

32

Ils allaient tuer Cutter. Car le chien tenterait d'intercepter les attaquants. Hayley n'avait aucun doute à ce sujet. Tout comme elle n'en avait plus sur la nature de leurs ennemis. Le récit que lui avait fait Quinn avait clairement démontré qu'ils étaient sans pitié et ne reculeraient devant rien pour obtenir ce qu'ils voulaient.

Et ils voulaient la tête de Quinn. Et de quiconque se trouverait sur leur chemin.

Cependant, Hayley n'était pas sur le chemin. Elle était dans la maison et si elle avait mieux réfléchi, Cutter y serait encore, lui aussi. Pourquoi, alors, tentaient-ils de s'en prendre à elle ? Pourquoi, puisqu'elle était si manifestement inoffensive ?

Ils avaient subi de sévères pertes lors du premier affrontement avec Quinn et ses hommes. Ils devaient savoir qu'il leur faudrait mobiliser toutes leurs ressources pour atteindre Quinn. Quand bien même, cela ne leur servirait à rien : Quinn ne parlerait jamais. Hayley en avait l'intime conviction quoique penser à ce qu'ils lui pourraient faire pour l'amener à parler la faisait frémir.

Soudain, elle comprit. Ils la voulaient pour faire pression sur Quinn. Sans doute ignoraient-ils ce qu'elle représentait pour lui — comment le pourraient-ils puisqu'elle-même l'ignorait — mais ils avaient pris la mesure de l'homme.

Ils pressentaient qu'il ne permettrait jamais que l'on fasse de mal à une innocente s'il pouvait l'empêcher.

L'espace d'un instant, Hayley conçut un certain soulagement à l'idée que, dans ce cas, ils auraient besoin de la capturer vivante. L'instant d'après, elle fut envahie par le dégoût d'elle-même. Avait-elle toujours été une telle poltronne ? Quinn avait risqué sa vie pour garder Vicente en vie et il la risquait pour elle en cet instant : elle avait pris conscience, avec un temps de retard, qu'il n'avait pas seulement choisi la tour en raison de sa position élevée mais pour les éloigner d'elle.

Cutter aboya et il y eut une détonation. Proche. Trop proche.

Hayley attrapa une boîte de cartouches supplémentaires et la fourra dans la seule poche encore vide du gilet. Elle actionna la poignée de la porte puis ouvrit celle-ci d'un coup de pied, posant simultanément les deux mains sur le fusil, prête à tirer.

Cutter s'était littéralement retranché en arrière et en dessous de la saillie rocheuse. C'était incroyable ; il se trouvait à un endroit dont l'angle rendait impossible à quiconque venant d'en haut de le mettre en joue. Pouvait-il se rendre compte de cela ? s'interrogea Hayley.

Ce n'était pas le moment de s'étendre sur les merveilles de cet esprit canin. Les traces laissées par le chien dans la terre sèche étaient très visibles à la lueur de la lune. Cutter s'était frayé un chemin entre les mines et c'était celui qu'elle devait suivre.

— Dieu a créé les hommes, Sam Colt les a rendus égaux.

Hayley resserra son étreinte sur le fusil en murmurant les paroles de Quinn.

— Ou, en l'occurrence, M. Mossberg.

Elle traversa en toute sécurité le champ de mines de Quinn grâce au travail d'éclaireur de Cutter. Au loin, les oreilles du chien bougèrent : il l'entendait approcher. Cependant, il ne détourna jamais les yeux de l'à-pic, comme s'il s'attendait à voir surgir quelqu'un à tout moment.

Et si tel était le cas, songea Hayley, il avait probablement une excellente raison. C'était Cutter, après tout.

Hayley réfléchit rapidement. L'arrière de la maison, et par conséquent sa position, était hors du champ de vision de quiconque se trouvait de l'autre côté des rochers. Elle était impossible à distinguer dans l'ombre, sauf si l'ennemi tendait la tête.

Par exemple, en cherchant à voir quelqu'un d'autre…

— Un peu de bruit m'arrangerait, mon chien, murmura Hayley.

Puisque Cutter était à couvert, il pouvait aboyer pour attirer l'attention…

Il était impossible que Cutter l'ait entendue. Cependant, à cet instant, il laissa échapper une série d'aboiements tonitruants.

Une tête et des épaules surgirent, telle la cible en fer-blanc d'un stand de tir à la foire. Hayley avait toujours été douée à ce jeu. Et sa vue avait eu le temps de s'adapter à la clarté de la lune. L'homme braqua une arme de poing en direction de Cutter. Hayley épaula le fusil et tira dans un mouvement fluide. Un cri satisfaisant résonna à l'arrière de la maison. Hayley repéra ensuite des pieds chaussés de bottes ridiculement bien astiquées et des poches arrière ornant une paire de fesses malingres tandis que sa cible tentait de remonter en toute hâte. Hayley arrosa les fesses de plomb, pour le plaisir. Une bordée d'injures s'ensuivit.

En fin de compte, c'était beaucoup plus facile que le ball-trap, se dit-elle, réprimant un demi sourire.

— Ça t'apprendra à tirer sur mon chien, marmonna-t-elle.

Cutter était d'ailleurs redevenu silencieux et surveillait de nouveau le bord de la falaise. La corde déroulée bougea légèrement et Hayley leva son fusil. Elle perdrait de l'efficacité à cette distance et elle devrait compenser pour tirer à un angle aussi aigu. Mais, si quelqu'un regardait par-dessus le bord en réponse aux cris de l'homme blessé, Hayley pourrait néanmoins l'amener à s'en repentir.

Quelqu'un s'y risqua, un homme au visage rond qui donnait l'impression de vouloir être n'importe où ailleurs que là. Hayley renforça ce sentiment à l'aide de deux tirs rapprochés qui firent presque s'effondrer le bord de la falaise sous l'individu.

Au même instant, Cutter bondit hors de sa cachette pour rejoindre Hayley et la gorge de celle-ci se noua. Cutter s'arrêta un instant à peine, juste le temps d'une caresse. Puis il repartit, contournant la maison.

En quête de Quinn, évidemment.

Elle lança un regard en arrière mais il n'y avait plus ni son ni mouvement, exception faite du premier homme qui s'enfuyait laborieusement, éraflant ses chaussures brillantes dans son effort pour progresser avec des plombs dans les fesses. Soudain, une série de coups de feu retentit du côté où Cutter avait disparu.

Hayley rechargea rapidement le fusil. Puis elle s'élança sur les traces de son chien.

Elle contourna la maison. De toute évidence, Quinn avait un problème. Le pied en bois du moulin brûlait et les flammes gagnaient la construction branlante à une vitesse alarmante. La structure en était certainement renforcée comme celle de tous les bâtiments présents, néanmoins la fumée seule pourrait tuer Quinn.

Cutter percevait apparemment lui aussi le danger car il traversa à nouveau en zigzag le terrain à découvert, courant pour rejoindre Quinn.

Un coup de feu retentit, provenant des alentours de la grange. Cutter poussa un cri et s'effondra.

Hayley se mit à hurler.

Cutter lutta pour se relever, provoquant un nouveau tir.

Cette fois, Hayley en repéra la provenance : la petite porte aménagée dans celle, plus grande et coulissante, de la grange.

Adoptant la course accroupie qu'elle avait vu Quinn employer, Hayley arriva jusqu'au tracteur rouillé. Elle s'appuya contre le siège délabré puis évalua l'angle de l'origine des tirs qui avaient touché Cutter. L'homme devait se trouver à droite.

Hayley tira trois coups de feu successifs, les espaçant de la hauteur du genou à celle de la tête. Les plombs s'éparpilleraient sur au moins deux mètres carrés.

Durant un instant, elle retint sa respiration. Il y eut le bruit d'un objet en métal heurtant le sol, suivi d'un choc sourd. Exactement ce qu'elle avait espéré : une arme tombant au sol, suivie par le corps d'un homme blessé. Peut-être mort, Hayley n'était pas sûre de s'en soucier, l'essentiel étant qu'il ne soit plus en mesure de surveiller l'endroit où Cutter gisait, impuissant, peut-être même agonisant…

Hayley fit un pas en direction de son chien. Une balle ricocha sur le tracteur. De toute évidence, quelqu'un l'avait repérée. Pas étonnant, après tout le vacarme qu'elle avait fait.

Cependant, elle devait rejoindre Cutter. Il n'était pas mort, il avait seulement besoin d'aide. Il ne pouvait être mort, pas Cutter. Il était trop alerte, débordant d'énergie, trop intelligent.

Au moment précis où Hayley se remit en mouvement, un autre tir atteignit le tracteur, arrachant cette fois un morceau de métal qui lui entailla la joue. Elle était absolument clouée sur place.

— Cutter ! s'écria-t-elle, écarquillant les yeux.

Le chien parut bouger légèrement.

Quinn s'extirpa alors des volutes de fumée de la tour en feu. Il sauta les trois derniers mètres comme si de rien n'était. Puis il s'accroupit, se tournant vers la gauche. Il fit feu, à plusieurs reprises, en direction de l'autre côté de la grange, d'où provenaient les tirs qui avaient pris Hayley pour cible.

Dans le même mouvement, il saisit quelque chose dans la poche de son gilet et le lança avec une précision étonnante dans la même direction.

L'explosion fit sursauter Hayley bien qu'elle l'ait anticipée. Ce coin de la grange implosa ; des flammes et de la fumée s'en échappèrent.

Quinn courut droit vers Cutter. Il y eut d'autres détonations, plus lointaines, provenant d'un tireur qui n'était pas dans la grange. Quinn tressaillit mais il poursuivit son chemin. L'instant d'après, il tenait Cutter dans ses bras.

Il était désormais sans défense, avec le chien contre lui, réalisa Hayley. Et il était lui-même blessé, découvrit-elle avec effroi. Le sang s'écoulait rapidement de son épaule gauche. Hayley devait couvrir leur retraite. Elle sortit de derrière le tracteur, visant l'endroit d'où avaient été tirés les derniers coups de feu. Quinn passa devant elle, Cutter blotti dans ses bras.

Hayley continua de tirer, reculant à chaque fois d'un pas en direction de la maison. Elle vida le fusil, prit le risque de le recharger rapidement de trois cartouches, puis fit feu à nouveau bien que, à cette distance, ce soit davantage pour impressionner l'ennemi, l'efficacité des tirs étant compromise.

— Repliez-vous à l'intérieur ! ordonna Quinn.

Toutefois, Hayley était hors d'elle et n'en avait pas encore fini avec les ordures qui avaient blessé son chien. Elle tira ses deux dernières cartouches. Il y eut ensuite, derrière elle, les tirs rapides et précis d'un fusil puissant. Quinn avait repris le combat, comprit Hayley. Alors seulement lui obéit-elle.

— Il était temps ! lança-t-il.

Hayley était sur le point de lui répondre vertement, quand le bruit caractéristique d'un hélicoptère déchira le ciel. Ce n'était pas le même mais son jumeau, également lustré, noir, anonyme et menaçant.

Celui-ci avait tout du prédateur, des tirs de gros calibre décimant tout sur son passage.

A l'horizon, une faible lueur annonça le lever du soleil.

C'était terminé.

33

— Vas-y doucement avec lui. Il a pris part au combat autant que chacun de nous.

Hayley se réjouit de l'ordre de Quinn, lancé de l'autre côté de la pièce où Rafer, qui avait mené la nouvelle équipe jusqu'à eux, posait un pansement de fortune sur son bras gauche.

Hayley eut envie de se précipiter vers Quinn et de l'embarrasser devant tout le monde en l'étreignant pour ces paroles. Toutefois, elle ne pouvait, ni ne voulait, bouger avant d'être certaine que Cutter allait s'en sortir. Elle le caressa pour le rassurer.

— Oui, monsieur, répondit Teague à Quinn.

Teague palpait le corps du chien étendu sur le canapé où l'avait déposé Quinn quand ils s'étaient retranchés à l'intérieur, au moment même où la cavalerie était arrivée.

— J'ai fait assez de gardes avec Cutter pour savoir qu'il est l'un des nôtres, ajouta Teague.

La blessure de Quinn éveillait en Hayley une tout autre émotion. Il l'avait reçue en sauvant la vie de son chien ; il avait risqué la sienne — et pris une balle — pour ce faire. Mais il avait continué d'avancer, sans fléchir, concentré sur son objectif : mettre le chien à l'abri des tirs. Cet acte avait fait s'évanouir les doutes qu'elle pouvait encore avoir à son sujet.

Elle attendit, ses pensées tellement occupées par les

deux mâles blessés présents dans la pièce qu'elle fut à peine sensible au changement d'atmosphère, au calme et à la sérénité retrouvés qui y régnaient. C'était vraiment terminé. Et c'était advenu tellement rapidement qu'elle était encore un peu hébétée. Charlie, leur ange gardien omniscient, avait apparemment préparé l'intervention de renforts dès le moment où ils avaient établi le silence radio.

— Je pense que Cutter va s'en sortir, déclara Teague.

Il nettoyait l'horrible plaie, traitement que Cutter supportait stoïquement comme s'il savait qu'en dépit de la douleur, cela l'aidait.

— Pour moi, ça ressemble plus à une égratignure, indiqua Teague. Quoi qu'il en soit, il y aura un vétérinaire présent à l'atterrissage.

— Merci, Teague, fit Hayley.

— Remerciez Quinn. C'est lui qui a réquisitionné un vétérinaire.

Rafer s'avança vers Hayley et murmura à son oreille :

— Il reste froid et refuse de s'impliquer parce qu'il n'a pas le choix.

Manifestement, il ne parlait pas de Teague, comprit Hayley.

— S'il ouvrait son cœur à chaque affaire, ça le tuerait. Ce n'est pas qu'il n'en a que faire mais tout le contraire.

Hayley glissa un regard oblique au sniper dégingandé.

— Je m'en rends compte, à présent.

— Le problème est qu'il a oublié comment lâcher du lest. Peut-être que vous pourriez le lui enseigner.

Avant qu'elle ait trouvé comment répondre à cela, l'homme avait tourné les talons.

Une fois que Teague eut terminé, Cutter tenta, avec hésitation, de se relever. Hayley essaya de l'en dissuader mais Quinn, lui-même debout près d'elle, l'en empêcha.

— Mieux vaut le laisser faire, s'il le peut.

Hayley se redressa et détailla Quinn : il portait une chemise qui n'avait plus qu'une manche et un bandage assorti à celui du flanc de Cutter. Il s'accroupit près du chien, posa la main sur sa tête et le regarda droit dans les yeux.

— Tu es une excellente recrue, Cutter Cole.

L'attribution fantaisiste au chien de son nom de famille fit sourire Hayley. Elle sembla aussi ravir Cutter dont l'épais panache se mit à remuer.

— Mes deux guerriers blessés, dit Hayley d'une voix douce, à peine consciente de s'être exprimée tout haut.

Quinn se releva et il la regarda. Elle s'attendit à ce qu'il l'incendie pour avoir quitté la maison.

Soudain, la réalité s'imposa à elle. C'était vraiment terminé. Elle n'était plus un otage fortuit.

— Oui, reprit-elle d'un ton brusque, je suis sortie.

— C'est indéniable, constata posément Quinn.

— Vous n'êtes pas mon père, pour me donner des ordres. Ni mon époux, pour me faire des suggestions. Ni même mon petit ami, pour me présenter des demandes.

— Je pourrais y travailler, lui répliqua-t-il d'une voix toujours étonnamment conciliante. Excepté pour la partie relative au père, bien sûr.

Hayley écarquilla les yeux.

Quinn parut soudain décontenancé, comme s'il n'avait pas eu l'intention de dire cela.

— Vous avez fait ce que vous pensiez devoir faire, poursuivit-il d'un ton bref. Et, étant donné la tournure des événements, c'est une bonne chose que vous l'ayez fait. Je ne pensais pas qu'il leur restait assez d'hommes pour nous attaquer sur deux fronts.

Radoucie, flattée même, Hayley précisa :

— Ils n'étaient que deux à l'arrière.

— Et vous en avez abattu un puis mis en fuite le second.

— Cutter m'a indiqué où ils se trouvaient, précisa Hayley.

Quinn baissa les yeux en souriant. Le chien était assis exactement entre eux et il suivait leur conversation.

— Tu es une bonne recrue, lui dit à nouveau Quinn.

Cutter lui adressa son plus beau sourire.

Quinn s'esclaffa. Son visage se métamorphosa à nouveau. Il fallut un moment à Hayley pour trouver un sujet de conversation neutre.

— Vicente est-il en sûreté ?

— Absolument. Tout comme sa famille. Nous l'avons extraite du pays il y a trois heures.

— Tant mieux. C'est un homme courageux.

— C'est vrai.

— Comme vous.

— J'ai une bonne équipe.

— Dont aucun membre n'était présent quand vous avez risqué votre vie pour sauver Cutter.

— Il l'avait mérité. Je pensais ce que j'ai dit. Il a pris part au combat autant que chacun de nous.

— Néanmoins, ce n'est qu'un chien.

— Je n'en suis pas plus sûr que vous ne l'êtes.

Hayley ne s'attendait pas à cela.

— Nous sommes prêts, monsieur, intervint Teague.

Cette fois, lorsqu'elle monta à bord de l'hélicoptère noir racé, Hayley le fit de son plein gré. Et, cette fois, ce fut elle qui s'installa sur le plancher aux côtés de Cutter, tandis que Quinn, assis, les contemplait tous deux.

Ils s'élevèrent dans le ciel du petit matin.

— Qui êtes-vous ? Allez-vous me le dire, à présent ?

— Hayley…

— Je pense que nous l'avons mérité, Cutter et moi.

Pendant un long moment, Quinn étudia Hayley en silence. Ils se trouvaient dans l'un des bureaux d'un immeuble anonyme à deux étages, niché dans une clairière d'une épaisse forêt de conifères. Celle-ci paraissait plus accueillante que l'étendue désertique qu'ils avaient laissée derrière eux. Toutefois, la présence, dans ce secteur rural, d'un immeuble de bureaux, pourvu d'un héliport et d'un vaste entrepôt, était étrange, songea Hayley.

Quinn se tourna vers Rafer et Teague qui semblaient s'efforcer de ne pas les regarder.

— Rafe, informe Charlie de ce qui doit être réparé et remplacé là-bas. Teague, va mettre l'hélicoptère en sûreté.

Les deux hommes échangèrent un regard éloquent mais ils s'exécutèrent sans faire de commentaire. Liam, avait expliqué Teague à Hayley, était enfermé avec Vicente, occupé à consigner les détails de son long récit sanglant.

Quinn se tourna vers Hayley. L'air résigné, il l'invita d'un geste à prendre place sur le canapé adossé au mur.

Pourquoi lui était-il si difficile, alors que tout était terminé, de lui donner de simples explications ? s'interrogea Hayley.

Cependant elle s'assit, prête à entendre un long récit, si tel devait être le cas. Cutter avait été confié aux bons soins d'un vétérinaire bienveillant qui avait été véritablement attendri par l'histoire du chien. Hayley lui avait immédiatement fait confiance. Et elle avait souri intérieurement de la façon dont Quinn s'était aussitôt penché pour soulever délicatement le chien et l'installer sur la table d'examen et plus encore lorsqu'il avait caressé la tête de Cutter en lui assurant que tout se passerait bien et qu'ils reviendraient le chercher quelques heures plus tard.

Pendant un instant, Hayley avait même cru voir le chien se redresser un peu comme s'il voulait les voir, tous les deux ensemble. Puis il avait émis un son étouffé dont elle aurait juré qu'il était teinté d'une note de satisfaction, avant de se recoucher pour recevoir les soins du vétérinaire.

En temps normal, Hayley serait restée chez le vétérinaire mais elle avait trop de questions qui exigeaient des réponses et elle n'était pas disposée à laisser Quinn disparaître avant de les lui avoir fournies.

Il s'assit près d'elle dans le canapé.

— Qui êtes-vous ? lui demanda-t-elle à nouveau.

— Nous sommes une fondation privée. Nous travaillons seulement sur recommandation.

En fait, Hayley avait eu l'intention de l'interroger sur qui *il* était mais ils y viendraient certainement. De plus, le reste l'intéressait également. Elle voulait tout savoir.

— Protection de témoins ? s'enquit-elle.

— Pas d'ordinaire, répondit Quinn. Ce cas était spécial. Vicente a insisté pour que l'on fasse appel à nous. En général, il s'agit d'autres choses.

— Comme la victime de kidnapping que vous avez sauvée ?

— Cela aussi était inhabituel, mais oui.

— Quoi d'autre ?

Quinn poussa un soupir contraint.

— Nous assurons les missions dont personne d'autre ne veut. Pour des victimes qui n'ont personne vers qui se tourner ou que les organismes censés les aider ont laissées tomber.

— Comme la police ?

— Parfois… quoique ce ne soit généralement pas les policiers mais les gros bonnets qui sont à l'origine de ce genre de marasmes. Ou quelque politicien qui a privilégié ses desseins carriéristes. Et nous nous en tenons exclusivement au territoire américain, à moins qu'une affaire n'ait des ramifications ailleurs, comme le kidnapping qui a attiré sur nous l'attention de Vicente.

— Et l'armée dans tout ça ? demanda Hayley.

— C'est un milieu auquel nous ne nous mêlons pas. Nous ne faisons pas de sous-traitance pour eux, si c'est ce que vous demandez.

— Mais vous êtes tous d'ex-militaires ?

— Non. Liam, par exemple, ne l'est pas. Ce n'est pas un prérequis.

— Quel est-il, dans ce cas ?

— D'être le meilleur dans son domaine.

— L'équipe qui est présente ici…

— Est l'une des trois équipes de sécurité que nous pouvons déployer. Nous avons aussi un pôle technique, plusieurs unités d'investigation ainsi que d'autres cellules encore.

La conception qu'avait Hayley de l'envergure de cette opération évolua soudain.

— Ça fait beaucoup.

— Nous avons débuté à une petite échelle mais la demande s'est accrue.

— Ces… affaires privées…

— Nous préférons les appeler les causes perdues.

Cette idée plut à Hayley.

— Qui dirige la fondation ? Qui l'a créée ?

— Ma… famille. Ce qu'il en reste.

— Quinn ? Commencez par le début, s'il vous plaît.

Il passa une main dans ses cheveux en bataille.

— Nous avons créé la fondation il y a quatre ans. Mais j'imagine que tout a commencé en 1988.

— Que s'est-il passé en 1988 ?

Il la regarda alors, comme s'il guettait sa réaction à ce qu'il allait lui répondre.

— Lockerbie.

Hayley eut le souffle coupé.

— L'attentat à la bombe ?

Elle n'était encore qu'une enfant en bas âge quand cela s'était produit. Néanmoins, elle se souvenait de la réaction horrifiée de ses parents.

Quinn hocha la tête.

— Mes parents étaient à bord de l'avion.

« J'avais dix ans. »

Hayley fixa Quinn tandis qu'elle se remémorait ses paroles. Les souvenirs se bousculèrent dans sa tête, incluant l'affreuse découverte, *a posteriori*, que certains des passagers avaient survécu à l'explosion et étaient morts lors de l'impact. Que pourrait-elle dire en réaction à une telle horreur ?

— J'ai su que je devais devenir soldat, pour contre-attaquer, reprit Quinn.

— Et vous avez rejoint les marines, comme Teague et Rafer ?

Il sourit.

— Non, mais je les apprécie quand même. Second bataillon de rangers.

Cela ne surprit pas Hayley. Quinn était un combattant bien entraîné.

— Mais vous avez quitté ce bataillon.

D'une voix lugubre, il confirma :

— J'ai démissionné le jour où ils ont libéré ce salaud.

— Le poseur de bombe, reprit Hayley dans un souffle.

Elle se rappelait la controverse née, quelques années plus tôt, des soupçons d'entente secrète ayant mené à la libération pour raison humanitaire d'un homme n'ayant prétendument plus que quelques mois à vivre et qui se portait apparemment encore très bien des années plus tard.

— Vous avez dû être révolté, supposa Hayley.

— Pire, marmonna Quinn. J'ai su que je ne ferais plus jamais confiance, après cela, aux hommes qui nous gouvernent. Cette injustice a détruit ma foi.

— C'est cela, n'est-ce pas ? C'est ce que vous faites ?

— Quoi donc ? lui demanda-t-il.

Il lui donna à nouveau le sentiment qu'il la testait.

— Vous réparez les injustices. D'où les *causes perdues*. Vous faites ce qui devrait être fait mais ne l'est pas.

Quinn adressa alors à Hayley un sourire extrêmement chaleureux.

Comment avait-elle pu le trouver froid ?

— Nous travaillons pour des personnes qui sont dans leur bon droit mais qui n'ont pu obtenir d'aide nulle part ailleurs. Ou qui ne peuvent se permettre de continuer à lutter.

Ces simples mots éveillèrent en Hayley une résonance, lui rappelant ce qui donnait un sens à la vie, chose qu'elle avait perdue quand sa mère était décédée. Et qui lui avait manqué sans qu'elle ait conscience de ce qui lui faisait défaut.

— Vous voulez dire que vous intervenez gracieusement ?

— Oui, la fondation Foxworth est autosuffisante.

— Comment ?

Hayley fit un geste en direction du bâtiment qui abritait l'hélicoptère noir racé à l'origine de toute cette aventure.

— Tout cela n'est pas donné.

— Nous avons commencé avec l'argent que nous avaient légué nos parents et nos finances sont gérées par un génie de l'investissement qui le fait prospérer. Lequel n'est autre que ma sœur.

— Votre sœur ?

— Elle avait quatorze ans quand nos parents sont morts. Nous sommes allés vivre avec notre seul parent en vie. Le frère de maman. Grâce à l'argent que nos parents nous avaient légué, nous n'étions pas un fardeau. Cependant, oncle Paul n'était pas passionné par les enfants. Il a essayé, mais c'est en grande partie ma sœur qui m'a élevé.

— A l'évidence, elle a fait du bon travail, commenta Hayley.

Quinn cligna des yeux.

— Je… Vous…

Pour la première fois, il parut totalement confondu et une joie intense gagna Hayley.

Un coup frappé à la porte coupa court à sa délectation.

— Tout est réglé ici, monsieur. Charlie veut, bien sûr, un rapport dès que possible et il a demandé si c'était pour vous que le vétérinaire avait été appelé, claironna Teague avec un grand sourire.

Quinn répondit par une grimace.

— Dis à Charlie que j'apprécie sa sollicitude. Le rapport arrivera quand il arrivera. Vous tous avez quartier libre.

Teague regarda à tour de rôle Quinn et Hayley. Il semblait se retenir de sourire.

— Et Hayley ?

— Je la raccompagnerai chez elle.

— Et allez-vous…

— Contentez-vous de me laisser un véhicule, l'interrompit Quinn, une note d'agacement dans la voix. Rentrez vous reposer. Vous l'avez tous mérité.

Lorsqu'ils furent repartis, Hayley ne se leva pas. Quinn la regarda d'un air circonspect, comme s'il était conscient d'avoir éludé le véritable sens de sa première question.

— Où est votre chez-vous ? lui demanda-t-elle.

— En ce moment, à Saint Louis.

— C'est loin d'ici, remarqua Hayley.

— C'est central. A nos débuts, c'était essentiel. Mais, à présent, nous avons des antennes comme celle-ci dans trois autres régions également. Ainsi, nous sommes plus réactifs.

Quinn avait répondu à Hayley à propos du travail, pas de sa vie en dehors du travail. S'il en avait une.

— Votre sœur vit aussi à Saint Louis ?

— Oui. Elle y est heureuse.

— Mais pas vous ?

Il haussa les épaules.

— Je suis plutôt amateur de temps froid et sec. L'humidité est assez mortelle.

Hayley sourit.

— En ce cas, vous vous plairiez ici. La plupart du temps.

— J'aime cet endroit. J'étais ici quand nous avons été mobilisés pour Vicente.

C'était bizarre qu'il se soit trouvé dans le secteur sans qu'elle le sache. Il avait une telle présence qu'elle aurait dû la ressentir, non ?

L'esprit de Hayley fonctionnait à toute allure, assimilant l'information tout en se félicitant : non seulement Quinn n'était pas le criminel qu'elle avait craint de rencontrer ce soir-là, mais en plus, c'était un homme d'exception dont elle ne pouvait que respecter et admirer le travail. Peut-être, en un sens, l'avait-elle toujours su. Pourquoi, sinon, aurait-elle eu l'aplomb de sans cesse lui tenir tête ?

Ce qui avait été une bonne chose, songea-t-elle, le souvenir saisissant et inextinguible de ce baiser s'imposant à son esprit avec une force indéniable.

— Quinn..., reprit-elle avant de s'interrompre, ne sachant comment poursuivre.

A son changement d'expression, il avait aisément pu lire en elle.

— Hayley, je suis désolé que vous ayez été entraînée dans tout ceci. Je sais, à présent, que nous pouvons vous faire confiance pour ne rien révéler avant que Vicente ait pu témoigner et commencer une nouvelle vie en lieu sûr.

— Bien sûr, mais ce n'est pas...

— Quelqu'un vous tiendra informée pour le cas où vous ne seriez pas au fait de l'actualité.

— Très bien, mais...

— Vous savez que c'est lui qui a insisté pour que vous ayez la jouissance de la maison tandis qu'il resterait caché. Il se sentait responsable de vous avoir mêlée à tout cela.

— Je sais que c'est un homme bien. Mais c'est vous dont...

— Allons chercher Cutter et je vous ramènerai tous les deux chez vous.

Il fit mine de se lever.

— Alors c'est fini ? Juste comme ça ?

Elle prit une inspiration.

— Ce qui s'est passé entre nous...

— Est impossible, Hayley.

Seul le regret sincère dans la voix de Quinn la retint de donner libre cours à sa colère.

Quinn poursuivit :

— Vous vous êtes retrouvée plongée dans une situation cauchemardesque, vous l'avez incroyablement bien gérée. A présent, il est temps de rentrer chez vous.

Hayley ignora le compliment.

— Pourquoi est-ce impossible ?

— Parce que ce n'était pas vraiment réel. Vous étiez terrifiée, en danger, ce qui amène l'esprit à fonctionner de manière étrange.

— Donc, j'ai seulement imaginé l'incroyable alchimie qui nous fait fusionner quand nous nous embrassons ?

Quinn ferma les yeux. Ses lèvres s'entrouvrirent tandis qu'il prenait une profonde inspiration, nota Hayley. Elle prit plaisir à observer chaque signe prouvant qu'il n'était pas aussi calme et froid qu'il tentait de le paraître. Pas à ce propos.

— Non, lui répondit-il dans un soupir teinté de regret.

Il aurait pu lui mentir mais il ne l'avait pas fait. Le pouls de Hayley s'accéléra.

Quinn ouvrit les yeux et croisa son regard.

— Je mène une vie de folie, me déplaçant sans cesse. La plupart du temps, c'est la routine. Mais parfois, comme dans ce cas, c'est dangereux. Ce n'est pas la vie qu'aimerait partager une femme.

Quinn secoua lentement la tête, baissa les yeux et se massa le front comme si la lassitude le rattrapait finalement.

— J'ai essayé. Ça ne fonctionne pas.

— Je ne conteste pas que ce soit difficile, admit Hayley. Il faut, pour cela, trouver la bonne personne, celle qui comprend pourquoi il doit en être ainsi.

— Je ne demanderai plus à aucune femme de s'en accommoder. Et je ne conçois pas d'arrêter.

— Non !

Hayley protesta si vivement qu'elle-même en sursauta.

— Non, répéta-t-elle, plus normalement. Vous faites un travail remarquable. Vous ne pouvez pas arrêter.

— C'est facile à dire quand on n'a pas eu à composer avec cela. Il est temps pour vous de retourner à votre vie.

— Je n'ai pas de vie.

Et c'était la triste vérité.

— Depuis la mort de ma mère, je végétais, sans but dans

la vie. Je vivais comme un zombie. Je n'avais pas d'emploi à reprendre, pas de travail qui m'intéressait.

— Vous postuleriez à un emploi chez nous ? lança Quinn en grimaçant. Je crains que cela ne complique encore plus les choses.

— Vous voulez dire… à cause de ceci ?

Hayley se pencha vers Quinn avant qu'il ait le temps de se dérober et elle l'embrassa. L'espace d'un instant, il se raidit. Cependant, tellement rapidement que cela balaya les incertitudes de Hayley, il répondit à son baiser, émettant un son guttural qui l'excita tandis qu'il posait les mains sur ses épaules et l'attirait contre lui. Le désir, qui avait seulement été contenu, s'embrasa plus que jamais et, cette fois, Hayley l'attisa du mieux qu'elle put, se moquant de sembler inexpérimentée. Ce qu'elle éprouvait devait être réciproque.

Quinn se glissa en arrière sur le canapé, attirant Hayley sur lui. Elle s'adonna avec passion à leur étreinte, embrassant Quinn plus intensément, se délectant de chaque gémissement qu'elle lui arrachait, de chaque crispation de ses doigts sur sa peau, de chaque mouvement convulsif du corps de Quinn contre le sien, qui lui prouvait son excitation.

Lorsque, enfin, elle s'écarta de lui, il resta sans voix.

— Ceci, lui dit-elle d'une voix mal assurée, est une autre chose que je n'avais pas dans ma vie. Que je n'ai jamais eue. Parce qu'elle est rare et précieuse.

— Je le sais, convint Quinn, semblant un peu secoué. Je voudrais…

— Cessez de vouloir. Vous savez, mieux que personne, combien c'est futile.

— Vous avez raison.

— Vous devez donc savoir aussi que ce que nous partageons est trop spécial pour y renoncer.

— Je n'ai jamais dit que je voulais y renoncer.

Il resserra ses bras autour d'elle.

— Qui diable voudrait renoncer à cela ?

— Ecoutez, je veux redonner un sens à ma vie. J'ai besoin de ce genre de but, de faire ce qui est juste, ce qui devrait être la règle et non l'exception.

Quinn entrouvrit la bouche mais Hayley posa un doigt sur ses lèvres pour le faire taire.

— Vous avez dit que j'étais forte, que j'ai géré la situation mieux que vous ne l'auriez cru. Je peux m'accommoder de ce vous êtes parfois amené à faire. J'adorerais vous aider dans votre travail. Mais, plus encore, j'ai besoin de vous. Si je ne peux avoir les deux et que je dois choisir, je vous choisis, vous.

— Ah, Seigneur, Hayley, vous me crucifiez.

— Ne renoncez pas à cela. A nous. Vous ne me demandez pas de composer avec la situation. Je me porte volontaire.

Quinn lissa une mèche des cheveux de Hayley, esquissant un sourire.

— Je veux dire, littéralement. Si vous ne bougez pas, je ne serai peut-être jamais en mesure de… vous prouvez tout ce que cela signifie pour moi.

Hayley tressaillit presque : sa jambe s'appuyait plutôt pesamment contre une zone très rigide et extrêmement sensible de l'anatomie de Quinn. Hayley faillit se relever d'un bond mais Quinn sembla l'anticiper et la retint à temps pour stopper le mouvement brusque qui aurait pu faire empirer les choses.

— Doucement. J'ai des projets pour l'avenir.

Hayley fut si embarrassée qu'il lui fallut un moment pour constater le changement qui s'était opéré en Quinn. Elle releva la tête et plongea dans ses yeux bleus. Il avait rendu les armes.

— Vous capitulez, comme ça, tout simplement ?

Elle n'était pas convaincue.

— Peut-être que je n'avais pas vraiment le cœur à me battre. Peut-être que j'avais décidé de me rendre depuis le début.

Le cœur de Hayley se mit à cogner très fort contre sa poitrine.

Quinn ajouta :

— Vous êtes la femme la plus incroyable que j'aie jamais rencontrée, Hayley Cole. Et vous avez raison. Ce qui nous arrive est trop rare pour y renoncer. Et peut-être… peut-être que vous serez en mesure de composer avec cette vie de folie.

— Je m'en suis accommodée alors que j'ignorais totalement de quoi il retournait. Imaginez de quoi je serai capable en connaissant les tenants et les aboutissants.

Cette remarque fit sourire Quinn. Hayley estima avoir remporté une grande victoire.

Puis il l'embrassa et ses pensées furent dissoutes, ne laissant que les notions de victoire et de capitulation et la douce certitude de partager l'une comme l'autre.

Il était tard lorsqu'ils revinrent chercher Cutter, mais le chien ne parut pas s'en soucier le moins du monde.

Quinn s'éveilla doucement. Son bras était sensible mais pas douloureux. Surtout, Hayley était lovée contre lui. Il régnait dans la chambre une fraîcheur agréable. Hayley aimait, tout comme lui, dormir blottie bien au chaud dans une pièce froide. Oh ! Et puis aussi, nue.

Quinn n'avait jamais connu une telle suavité sans fin. Qu'il l'ait réveillée la nuit, fou de désir ou mieux encore, que ç'ait été elle qui l'ait fait, pour la même raison, ou qu'ils aient fait l'amour en plein jour, le matin dans la douche, l'après-midi dans le canapé ou le soir dans son lit, cela avait été plus torride et impérieux que tout ce qu'il avait connu jusque-là.

Il appréciait même les moments où ils restaient, ensuite, blottis l'un contre l'autre. Bien sûr, qu'elle lui ait suggéré de les considérer comme les préliminaires de leurs prochains ébats y aidait, songea-t-il en souriant.

— Tu comptes faire quelque chose pour cela ou laisser passer l'occasion ?

La voix ensommeillée de Hayley s'accompagna d'une délicieuse ondulation de ses hanches.

— Des suggestions ? lui murmura-t-il à l'oreille.

— Je vais y réfléchir.

Il se mit à rire et l'attira contre lui. Puis il se glissa en elle, en une union parfaite. Un grognement de plaisir monta de la poitrine de Hayley et Quinn s'émerveilla à nouveau de l'intensité, de la violence de cette passion à chaque fois renouvelée.

Il la pénétra de longs assauts lents jusqu'à ce qu'elle perde le contrôle sous lui, le rendant fou à son tour, puis qu'elle crie son prénom, l'amenant à s'abandonner au plaisir.

Beaucoup plus tard, alors qu'il aurait dû être rendormi, Quinn songea à la journée à venir.

La semaine qui venait de s'écouler l'avait convaincu de s'établir en permanence sur place. Il était même parvenu à faire momentanément abstraction de la taupe. Dans l'après-midi, il emmènerait Hayley à Saint Louis, visiter le siège de la fondation.

Ayant retrouvé tout son allant, Cutter resterait quelques jours avec Mme Peters et son fils. Quinn prendrait ensuite des dispositions pour pouvoir l'emmener partout. Le chien avait largement prouvé son utilité et Quinn l'emploierait volontiers lors de nombreuses opérations.

Hayley, elle aussi, s'était montrée à la hauteur. Pour la première fois, Quinn caressait l'espoir de tout concilier. Peut-être suffisait-il effectivement de trouver la bonne personne.

Il ne pourrait être sûr que cela fonctionne qu'après avoir essayé. Et ils essaieraient. Car Hayley était la seule personne susceptible de rendre cet essai concluant.

Enfin, Hayley et Cutter.

Le simple fait d'évoquer le chien fit sourire Quinn. Le chien les avait-il fait se rencontrer à dessein ?

Hayley se redressa en bâillant.

— Quinn ?

Sa voix le faisait invariablement sourire. Il resta allongé à la contempler, se laissant envahir par ce sentiment de quiétude, nouveau pour lui.

— Oui ? fit-il.

— Qui est Charlie ? demanda Hayley.

Quinn se mit à rire ; elle lui posait la question chaque jour depuis une semaine.

Il lui répondit comme il le faisait toujours.

— Tu verras bien.

Ce serait le cas l'après-midi même. Le premier jour d'un avenir qui semblait plus radieux que tout, à l'exception du sourire de Hayley.

Retrouvez prochainement,
dans votre collection

BLACK ROSE

Le combat d'un père, de Colleen Thompson - N°727

DES PROTECTEURS À L'ÉPREUVE – 1/2

À l'âge de trois ans, Cristo et Sylvia ont perdu leur mère dans un accident en Amérique latine. Malgré les efforts désespérés de Mac, leur père, pour les récupérer, c'est leur grand-mère maternelle, une riche Argentine, qui les a élevés. Aujourd'hui, enfin, les deux enfants reviennent chez leur père. Pourtant, malgré la vigilance de Sara, la séduisante assistante sociale qui les accompagne, Mac sent le danger planer sur eux...

Pour retrouver Anya, de Barb Han

« Notre Anya est peut-être en vie... » Le cœur soulevé par une bouffée d'espoir, Riggs fixe Cheyenne tandis qu'elle lui révèle la découverte d'un trafic d'enfants destinés à l'adoption. Ainsi, contre toute attente, Cheyenne et lui vont peut-être retrouver leur petite fille. Et voir renaître leur amour, brisé par la disparition de leur enfant...

Sous le signe de l'angoisse, de Jennifer D. Bokal - N°728

Tandis que Luis, son coéquipier, protecteur et vigilant, lui montre le demi-billet de deux dollars qu'il vient de trouver sur un homme, mort dans des circonstances suspectes, Julia sent l'angoisse la submerger. Car elle connaît cette signature. C'est celle de Darcy Owens. Darcy, la tueuse en série qui croupit en prison. Darcy qui signe ses crimes à distance et qui, de toute évidence, vient de tuer par procuration...

Un protecteur au regard clair, de Beth Cornelison

Glacée d'effroi, Carrie sent sur elle le regard narquois de son mari violent. Ainsi, en dépit de tous ses efforts, Joseph l'a retrouvée... Pire encore, il s'est inscrit au raid de découverte auquel Luke, le rancher au regard clair chez qui elle s'est réfugiée, l'a convaincue de participer. Un raid durant lequel Joseph aura, sans nul doute, mille occasions de la piéger pour la forcer à le suivre...

Retrouvez prochainement,
dans votre collection

BLACK ROSE

Les ombres d'autrefois, de Marie Ferrarella - N°729

En arrivant à Braxville, Gwen est bien décidée à comprendre ce qui est arrivé à sa mère, disparue depuis vingt-cinq ans. Pour l'aider dans son enquête, elle embauche Brooks, un « privé » très séduisant, au flair infaillible. Bientôt ils apprennent que deux corps viennent d'être retrouvés dans les murs d'un bâtiment en cours de démolition. Un « cold case » macabre qui donne un tour nouveau à leurs recherches...

Une femme en détresse, de Julie Anne Lindsey

À travers le miroir sans tain qui masque l'entrée de son agence de détective, Riggs observe, admiratif, la femme magnifique qui pénètre dans le hall. Mais bientôt l'inconnue entre dans son bureau, et un sentiment tout autre l'envahit : l'envie de la secourir, de la faire sourire, et d'effacer la détresse qui voile son regard tandis qu'elle garde la main sur son ventre, dans un geste protecteur qui ne laisse aucun doute sur son état...

Pour protéger son enfant, de Carla Cassidy - N°730

Fuir... Mettre le plus de distance possible entre elle et le père de son fils... Depuis des mois, Trisha et Cooper, son petit garçon de trois ans, vont de ville en ville pour échapper à Franck, l'ex-mari de Trisha, un homme possessif et violent. À Bitterroot, petite ville de l'Oklahoma où elle a posé ses bagages, Trisha fait la connaissance de Dusty, un séduisant rancher qui lui redonne le goût de vivre...

Cet inconnu dans la nuit, d'Angi Morgan

« Je ne vous kidnappe pas, Kenderly, je vous sauve la vie »... Au bord de la crise de panique, Kenderly Tyler se demande quelle mouche l'a piquée de monter ainsi sur la moto d'un inconnu. Certes, c'est grâce à lui qu'elle vient d'échapper à l'homme qui a tué sous ses yeux les deux clientes qu'elle était en train de coiffer, mais peut-elle réellement faire confiance à ce prétendu chevalier servant ?

Retrouvez prochainement,
dans votre collection

BLACK ROSE

Seule face aux menaces, de B.J. Daniels - N°731

Une propriété immense, une superbe demeure victorienne... Pourquoi Laura Beaumont a-t-elle légué son domaine à Dulcie alors qu'elles ne se connaissaient pas ? À Whitehorse où celle-ci est venue chercher des réponses à ses questions, elle n'est visiblement pas la bienvenue. En témoigne le silence dans lequel tous semblent s'être enfermés. Tous, sauf Russell Corbett, son plus proche voisin...

Étrange disparition, de Karen Whiddon

« Tu me manques, Zoe. J'ai vraiment besoin de toi. » Ces mots – les derniers qu'elle ait échangés au téléphone avec Shayna, sa meilleure amie –, tournent en boucle dans l'esprit de Zoe. Depuis, Shayna a disparu. Zoe décide de se lancer sur sa piste et revient dans leur ville natale. Cette ville qu'elle a quittée cinq ans plus tôt pour fuir Brock McCauley, son fiancé d'alors.